KB079025

권력과 욕망의 영미드라마

British and American Drama of Power and Desire

지은이 **윤정용(Yoon Jeongyong)**

대학 안팎에서 영어, 문학, 영화, 책읽기, 글쓰기, 인문학 등을 강의하며 여러 매체에 다양한 주제로 글을 쓰고 있다. 지은 책으로 『영화로 문학 읽기, 문학으로 세상 보기』, 『Talk to movie, 영화에게 말을 걸다』, 『매혹적인 영화인문학』, 『무한독서』, 『조금 삐딱한 책읽기』, 『미래는 꿈꾸는 대로 온다』, 『낯선 시간 길들이기』 등이 있다. 현재 고려대학교 글로벌학부에서 학생들을 가르치고 있다.

E-mail: greatray@hanmail.net

권력과 욕망의 영미드라마

1판 1쇄 인쇄_2022년 06월 10일
1판 1쇄 발행_2022년 06월 20일

지은이_윤정용
펴낸이_양정섭

펴낸곳_경진출판
등록_제2010-000004호
이메일_mykyungjin@daum.net
사업장주소_서울특별시 금천구 시흥대로 57길(시흥동) 영광빌딩 203호
전화_070-7550-7776 팩스_02-806-7282

값 17,000원
ISBN 978-89-5996-992-0 93840

권력과 욕망의 영미드라마

British and American Drama of Power and Desire

윤정용 지음

1. 잡지·신문은 ≪ ≫, 영화·노래·그림은 ◇, 단행본은『 』, 단편소설·시·논문 등은 「 」로 표기한다.
2. 외국어는 국립국어원 외래어 표기법을 따르되, 일부 우리말로 굳어진 것은 관용을 따른다.
3. 작품을 인용할 때 원문과 한국어 번역문을 병기하지 않고 한국어 번역문만 표기한다.
4. 인용문헌은 각주로 표기하지 않고 본문에서 괄호 안에 쪽수로 표기한다.

책머리에

영국에서 제2차 세계대전 이후 한동안 정체된 드라마를 재건하고 부흥시키려는 시도는 몇 차례 있었지만 실제로 큰 효과를 거두지 못했다. 영국 드라마의 부흥, 즉 '신연극(New British Drama)'은 존 오스본(John Osborne)의 『성난 얼굴로 돌아보라(*Look Back in Anger*)』(1956)로 본격적으로 시작된다. 이 시기 들어 대영제국의 쇠퇴, 경제적인 불확실성, 사회적 긴장, 고통스러운 자기성찰 등 예전에는 다루기 힘들었던 주제들을 극적 주제로 다루기 시작했다. 극 언어에 다양한 실험적 시도가 행해졌다. 시와 산문이 극 언어에 유입되어 결과적으로 극 언어가 풍부해졌다. 소극과 희극에 관심을 갖는 작가들이 많아지면서 진지한 문제를 희극적으로 다루는 형태가 점점 표준적인 극적 기법이 되었다. 가장 중요한 변화는 제2차 세계대전 이후 비영국계 작가들, 특히 흑인 작가들과 여성 작가들의 대거 등장이라 할 수 있다. 그들은 독창적인 방식으로 다양한 극적 주제와 스타일을 창조했다.

오스본은 『성난 얼굴로 돌아보라』를 통해 기성세대에 대한 전후 세대의 분노, 환멸, 좌절감 등을 표출했다. 오스본 극의 가장 큰 특징은 형식면에서는 기존 연극의 관행을 따르고 있지만 내용면에서는 새로움을 추구한다는 데 있다. 이외에도 좌파적 시각을 가진 에드워드 본드(Edward Bond)는 브레톨트 브레히트(Bretolt Brecht)의 영향을 받아 연극의 교육적 기능을 강조했고, 카릴 처칠(Caryl Churchill)은 자본주의 사회에서 억압받고 착취당하는 여성들에 관심을 갖고 가부장제, 제국주의, 자본주의 등 기존 체제의 모순을 폭로했다. 특히 처칠의 작품은 사회주의, 페미니즘, 포스트모더니즘의 발흥을 예고했다는 평가를 받고 있다.

현대 영국 드라마의 두 가지 중심축은 사상희극(Comedy of Ideas)과 부조리극(Theatre of the Absurd)이다. 제2차 세계대전 이전까지 조지 버나드 쇼(George Bernard Shaw)로 대표되는 사상희극이 주류였다면, 제2차 세계대전 이후에는 부조리극이 주류가 된다. 그 중심에는 사무엘 베케트(Samuel Beckett)가 있다. '인간의 삶은 무의미하다'는 실존주의 이론을 구현한 부조리극은 1950년대와 1960년대 영국과 미국 연극을 풍미했다. 부조리극은 제2차 세계대전 후 전통과 가치에 대한 환멸의 소산으로, 이미 중산층이 사회의 지배적인 계급인데도 여전히 안정과 안전을 추구하는 부르주아 가치관에 대한 반동으로 등장했다.

인간 존재의 본질적인 무의미성과 그로 인해 비롯된 공포를 표출하는 부조리극은 줄거리의 발전이나 심리적 진전 같은 인과적 논리성이 결여되어 있다. 베케트의 『고도를 기다리며(*Waiting for Godot*)』(1952)가 잘 예거하듯이 부조리극은 "시작한 곳에서 그대로 끝나 버려 출발점도 없고 목적지도 없이 그저 계속되기만 하는" 부조리한 인간 존재의 심상을 그대로 보여준다. 등장인물들은 의지나 심리적 동기 없이 그저 반사적인 행동으로 반응할 뿐이다.

대화는 의사소통 수단의 기능을 잃고 무의미해져 그저 숙어집의 상투 어구를 반복할 뿐이다. 부조리극은 비사실적인 연극 기법을 이용해 인간의 의사소통이라는 것이 얼마나 무의미하며 기계적인지를 극단적으로 예거한다. 해럴드 핀터(Harold Pitner)와 톰 스토파드(Tom Stoppard)는 베케트의 부조리극 전통을 계승하며 부조리극의 자장 안에서 극작 활동을 했다.

핀터의 작품은 종교적·철학적 가치의 붕괴로 인한 선과 악, 진실과 거짓에 대한 판단력의 상실, 인간의 대화의 단절과 불합리한 인간 행동의 무의미함을 상징적으로 재현하고 있다. 그의 작품은 현대인이 살고 있는 세계를 폭력과 위협의 세계로 상정하고, 언제 어디서든 그 위협이 가해질 수 있다는 이런 불안감과 그 불안감이 가져오는 고통에 시달리는 현대인을 묘사하기 때문에 일명 '위협극(Comedy of Menace)'으로 불린다.

스토파드는 다채롭고 다양한 극작 활동을 하는 것으로 유명하다. 그가 다루는 극의 소재는 정치, 경제, 사회, 문화, 예술, 과학 등 다양하다. 극작 활동 범위 또한 희곡에서부터 TV 드라마 대본, 영화 시나리오 등에 이르기까지 다양하다. 스토파드의 극은 형식적으로는 소극적 요소와 진지한 요소가 결합되어 있고, 내용상으로는 기지에 찬 재담으로 가득 차 있다. 그는 부조리극의 전통을 잇는 동시에 부조리극과 거리를 두고 있다. 그의 작품은 주변적인 환경과 인물을 주인공으로 삼는다는 점에 있어 부조리극과 유사하지만 분명한 플롯을 중심으로 극이 전개된다는 점에 있어서는 부조리극과 차별된다.

현대 미국 연극은 다른 문학 장르와 비교했을 때 20세기 초반까지 눈에 띌 만큼 뛰어난 성과를 거두지 못했다. 유진 오닐(Eugene O'Neill)이 등장하기 전까지 미국 연극은 멜로드라마와 상업주의에 매몰되어 유럽 연극과 상당한 수준 차이를 보였다. 미국 연극의 후진성은 본질적으로 쇼 비즈니스적인 성격에서 기인한다. 1900년 이전까지 미국의 극장은 하루의 피곤한 일과 후 향하는 도피처인 환상의 세계로 대리 경험을 통해 욕망의 충족을 얻는 장소에 불과했다. 따라서 그런 필요성에 맞게 생겨난 연극들은 단순하고, 감상적이고, 앞뒤가 교묘하게 맞아떨어지도록 고안된 플롯을 가진 멜로드라마, 소극(farce), 뮤지컬 등이었다. 그와 같은 상황에서 높은 수준의 연극이 탄생하는 것은 불가능했다.

하지만 20세기 들어 상황이 바뀌게 된다. 관객들이 보다 수준 높은 연극을 원하면서 예전에 주류를 형성하던 상업극은 대내외적인 이유로 기반을 상실하게 된다. 그 결과 상업극단들은 예술로서의 연극에 접근하는 프로덕션에 참가하기 시작했다. 대표적으로 조지 피어스 베이커(George Pierce Baker)가 하버드 대학교에 설립한 '워크숍 47(The Workshop Theatre 47)'은 오닐과 같은 새로운 극작가를 길러내며 상업 극단의 인습적인 전통과의 결별을 주도한다. 현대 미국 연극의 역사는 현대 미국 연극의 탄생을 주도한 오닐의 극작 경력과 같이 한다고 해도 과언이 아니다. 오닐은 유럽의 사상가와 극작가들의 영향을 받아 상징주의와 표현주의에 관한 과감한 미국적 실험을 감행한다.

제1차 세계대전의 종전과 함께 미국은 정치적·경제적으로 세계 최강국으로 부상한다. 미국은 문화적으로도 뉴욕을 중심으로 한 소극장 운동과 함께 세계 연극의 중심으로 자리를 잡는다. 유럽에서 극단을 중심으로 새로운 근대 연극이 탄생한 것처럼 미국 또한 극단을 중심으로 새로운 근대 연극이 탄생한다. 20세기 초의 미국 연극은 그 동안 몇 십 년을 두고 유럽에서 행해졌던 모든 연극적 실험의 장이 되었다. 유럽에서 사실주의, 자연주의, 표현주의 철학과 기법들이 한꺼번에 유입되었으며, 오닐의 작품에서 보듯이 이 영향들이 여러 미국 극작가들에 의해서 모방되고 미국적인 방식으로 변용되었다. 무대 공간과 조명에 대한 새로운 개념들이 도입되어 무대 기법상의 혁신적인 실험이 가능해졌다. 오닐에서 시작된 현대 미국 연극은 엄청난 활력을 지니며 전 세계로 퍼져 나갔다. 오늘날 20세기 후반의 리빙 시어터(Living Theatre), 오픈 시어터(Open Theatre), 환경극 등 새로운 연극 실험은 세계 연극사에 새로운 이정표를 제공하는 아방가르드 극운동으로 평가받고 있다.

미국 연극을 관통하는 두 가지 큰 흐름은 사실주의와 실험주의다. 19세기 말 유럽의 사실주의 운동이 시작된 후 몇 십 년 후에야 오닐을 중심으로 한 본격적인 근대 연극 운동을 시작할 수 있었던 미국에서는 사실주의가 제대로 자리를 잡기도 전에 실험주의를 비롯한 반사실주의 연극 양태를 실험하게 되었다. 사실주의와 실험주의는 시대의 분위기에 따라 교차했다. 한번은 사실주의가 또 그 다음에는 실험주의가 주도권을 잡으며 서로를 자극하고 견제하면서 오늘날에 이르게 되었다.

미국의 거의 모든 중요한 작가들은 '사실주의와 실험주의의 교차'라는 미국 연극의 큰 흐름을 노정한다. 오닐, 에드워드 올비(Edward Albee), 샘 셰퍼드(Sam Shepherd) 등의 개개인 극작가의 경력에서도 미국 연극의 흐름에 나타났던 사실주의와 실험주의의 갈등과 길항을 발견할 수 있다. 오닐은 극작 경력의 중기에, 올비와 셰퍼드는 초기에 왕성한 실험성을 특징으로 하는 작품 활동을 하였으나 후기에서 다시 사실주의적인 작품을 씀으로써 관객들의 기호에 접근하기 쉬운 작품을 쓰는 경향을 보여주고 있다. 이처럼 사실주의와 실험주의의 갈등과 길항은 비단 이 작가들뿐만 아니라 미국 연극 전체를 특징짓는 큰 흐름이라 할 수 있다.

삶을 이상적으로 미화해 표현하는 낭만주의 연극에 반기를 들면서 시작한 사실주의 연극은 인생의 충실한 재현을 그 목표로 삼았지만 시간이 가면서 그 나름대로의 관행과 전통을 점차 굳혀가게 되었으며 이러한 관행은 원래의 의도와는 달리 환상 속에 관객을 몰입하게 하는 역설적인 결과를 낳았다. 특히 반사실주의적 연극이 반발하고 나선 것은 '제4의 벽(The Fourth Wall)'에 대한 충실한 존중과 객석에 불을 끔으로써 관객을 수동적으로 환상에 몰입하게 하는 극의 관행이었다. 특히 브레히트의 서사극은 사실주의의 환상 창조에 반발하여 '소외 효과(Alienation Effect)'를 통해 관객을 환상으로부터 이끌어내는 데 역점을 둔다. 또한 표면적인 현실이 전부가 아니며 속에 감추어진 진실이 더욱 중요할 수 있다는 생각은 표현주의가 미국 연극에 도입되는 결과를 가져왔다.

오닐이 미국 현대 연극의 양대 조류를 형성하는 심리극과 사회극 요소를 통합하고 있다면, 사회극 전통은 아서 밀러(Arthur Miller)에 의해 원숙한 단계에 이르고, 로레인 한스베리(Lorraine Hansberry)와 데이비드 매밋(David Mamet)에 의해 완성된다. 반면 심리극 전통은 수전 글래스펠(Susan Glasspell)을 거쳐 테네시 윌리엄스(Tennessee

Williams)에 이르러 완성된다. 인간의 심리 묘사에 있어 윌리엄스는 그 누구보다도 미묘하고 복잡한 정서를 여러 가지 상징이나 은유로 적확하게 포착해냈다. 윌리엄스가 인간의 섹슈얼리티, 광기, 예술 정신 등 한 개인의 내면 의식의 여러 변경을 탐색했다면, 밀러는 인간과 사회의 접촉에서 빚어지는 갈등과, 그로 인한 주인공의 심리적 반응에 주목했다. 특히 그는 그리스 비극의 고전 비극관을 거부하고 민주주의적인 현대 비극관을 역설한다.

1980년대에 들어 미국 연극 무대에서는 다양한 소수 집단에 의해 새로운 형태의 정치극과 실험극이 시도된다. 전술했듯이 올비는 독특하게 미국 연극에서 부조리극의 전통을 잇는다. 독특한 양식의 사회극을 지향하는 올비 극의 주제는 의사소통의 부재 혹은 불가능성이다. 미국 사회극 전통의 형식과 내용을 완성한 셰퍼드는 오닐에서 시작된 미국 연극의 완성자라고 할 수 있다. 셰퍼드에 이르러 미국 현대 연극의 큰 두 줄기인 사회극과 심리극 경향이 합류한다. 셰퍼드의 작품은 대체로 '키친 싱크 사실주의(kitchen sink realism)'에 기초하고 있다. 반면 매밋은 셰퍼드와는 달리 사실주의를 집요하게 밀고 나가며 자본주의의 물질적 측면을 신랄하게 풍자한다. 또한 토니 쿠시너(Tony Kushner)는 동성애를 주요 극적 소재로 삼으면서 미국의 정치, 사회, 종교, 문화 전반을 비판한다. 궁극적으로 그는 자신의 연극을 통해 동성애자뿐만 아니라 소수자의 권리를 옹호한다.

연극평론가 빅스비(C. W. E. Bisgby)는 『현대 미국 연극: 1945~1990(*Modern American Drama: 1945~1990*)』(1982)에서 미국 연극의 중흥기부터 20세기가 마감되는 1990년대 초까지의 미국 연극을 희곡

중심으로 탐색하고 있다. 그는 1920년대 제1차 세계대전 이후의 경제공황, 1930년대와 1940년대에 걸친 제2차 세계대전과 대학살, 1950년대의 핵전쟁과 냉전의 공포, 1960년대의 흑인인권운동과 반전운동, 1970년대의 여권운동, 1980년대의 소수민족의 자아찾기운동이라는 시대적인 흐름 속에서 개인과 개인 생활, 그리고 개인의식의 변화 양상을 냉철하게 투시하면서 미국이라는 사회에 극작가와 그 극작가의 작품이 나오게 된 전말을 분명하게 논증하고 있다. 그의 연구는 한마디로 '희곡 작품에 나타난 극작가의 통찰력과 정치적·사회적 영향력의 탐구'라고 요약할 수 있다. 그는 『현대 미국 연극』에서 "미국의 정신과 문화가 연극을 통해서 표현되고 발전된다"고 결론을 내리고 있는데, 이는 비단 미국 연극에만 국한되지 않는다. 그의 말을 그대로 받으면, 영국의 정신과 문화가 연극을 통해서 표현되고 발전된다는 결론으로 귀결된다.

이 책은 윌리엄 셰익스피어(William Shakespeare)의 작품을 비롯해 주로 현대 영미드라마 작가와 작품을 주제로 쓴 여덟 편의 논문을 그러모은 것이다. 『권력과 욕망의 영미드라마』라는 책 제목에서 알 수 있듯이 '권력'과 '욕망'은 이 책에서 논의되고 있는 작품들을 관통하는 키워드다. 그렇다고 해서 이 책에서 다루고 있는 모든 작품을 권력과 욕망이라는 키워드로 묶을 수 없다. 처음부터 권력과 욕망이라는 키워드로 논문을 쓴 게 아니라 발표된 논문을 책을 묶으면서 권력과 욕망이라는 키워드를 뽑고 이를 제목으로 삼았기 때문이다.

이 책은 여러모로 부족함이 많다. 일단 통일성과 일관성이 부족하다. 이 책에서 언급되는 작가 또는 작품들에 대한 설명으로 영미 드라마를 일반화할 수 없다. 사실 부족하고 또 부족한 이 책을 세상에 내보내야 한다고 생각하니 부끄럽고 두려운 마음이 앞선다. 하지만 부끄럽고 두려운 마음보다는 밝은 눈과 꼼꼼한 손으로 끝까지 글을 살펴주신 경진출판의 양정섭 대표님에 대한 감사함이 더 크기에 이 책을 세상에 내보낸다. 많은 격려와 질정을 부탁드린다.

2022년 봄

윤정용

차례

『미국의 천사들』에 나타난 쿠시너의 정치철학

『헨리 5세』에 나타난 왕권의 탈신비화 양상

1. 셰익스피어 새로 읽기

제2차 세계대전 이후 윌리엄 셰익스피어(William Shakespeare) 사극의 정치적인 주제에 대한 관심이 집중되면서, 셰익스피어 사극에 대한 비평은 틸라이어드(E. M. W. Tillyard) 중심의 역사주의가 그 주류를 형성했다. 역사주의 관점에 따르면, 엘리자베스 시대는 조화롭고 안정된 통일의 시기, 즉 영국의 르네상스 시기였고, 셰익스피어 사극은 영국 르네상스 시대의 통일된 세계상을 반영한다. 특히 틸라이어드는 우주적 질서 개념에 천착해, 이를 "당대인들의 집단의식"의 일부로 당연하게 간주했다(18).

1970년대 말 이후 셰익스피어 연구의 새로운 비평 양식으로 등장한 신역사주의(New Historicism)와 문화유물론(Cultural Materialism)은 셰익스피어 사극에 대해 새로운 텍스트 접근 방식을 시도했다. 신역사주의 비평은 협의로는 스티븐 그린블랫(Stephen Greenblatt)으로 대표되는 미국의 신역사주의를 뜻하며, 광의로는 조너선 돌리모어(Jonathan Dollimore)를 비롯한 영국의 문화유물론까지도 포함한다. 신역사주의와 문화유물론은 역사의 과정을 이해하는 데 있어 방법상의 다소 차이가 있지만, 역사를 통합의 과정으로 파악하는 역사주의 접근 방식을 비판하며, 문학이 당대의 문화적·정치적 상황과 밀접한 관계가 있다고 보는 관점에서는 유사하다.[1]

돌리모어는 신역사주의 접근 방식은 문학과 문학을 둘러싼 비평, 텍스트, 컨텍스트 사이의 오래된 구분을 제거하는 급진적인 재문맥화를 요구한다고 천명한다(Dollimore 4). 그린블랫 역시 역사주의의 접근 방식 또는 태도를 "과거의 역사적인 학문에 대한 독백과 같은 접근"이라고 규정했다(Dollimore 4 재인용). 신역사주의자들에 따르면, 왕권신수설에 기반을 둔 튜더 왕조 신화는 당대 권력의 이해관계에 따른 산물이며, 엘리자베스 시대의 세계상은 당대인들의 집단의식의 표현이 아니라, 단지 지배계급이 기존 질서를 정당화하기 위하여 형성시켰던 이데올로기와 다름없다. 궁극적으로 그들은 역사를 단일한 통합체가 아닌 불연속적이고 모순적이며 상호충돌적인 이질성의 혼합으로 보는 한편, 문학의 콘텍스트를 중요시하여

1) 신역사주의와 문화유물론 모두 틸야드의 역사주의와 상반되는 관점을 견지하는바, 본 논문에서는 신역사주의와 문화유물론을 같은 맥락으로 파악하고 신역사주의 전복, 봉쇄, 강화를 주요 개념어로 사용한다. 신역사주의와 문화유물론의 개념 및 관점의 차이에 관해서는 김종환, 「문화유물론과 셰익스피어」, *Shakespeare Review* 25, 1994, 169~172쪽 참조.

문학 텍스트를 당대의 역사적·정치적 상황 속에서 파악하고자 노력한다.

신역사주의는 셰익스피어의 극을 비롯해 소위 정전으로 규정되는 작품들을 보편성과 절대적 가치의 구현체가 아닌 당대의 지배 이데올로기와의 관계에서 생겨난 문학적 담론의 한 형태라고 간주하고, 그들이 당대의 지배 권력과 갖는 관계를 주목했다. 특히 그린블랫은 셰익스피어 사극의 정치성을 분석하며 셰익스피어가 지배 계급의 이익에 봉사했다고 비판한다(45). 돌리모어 또한 셰익스피어의 사극이 재현되는 과정에서, 텍스트의 의미가 지배 계급에 의해 특정한 목적에 전유되었다고 비판한다.[2] 그에 따르면, 틸라이어드를 비롯한 역사주의자들은 셰익스피어 극에서 질서관의 이데올로기를 증명하는 과정에서, 셰익스피어 당대에 지배 권력의 후원과 검열 등의 방법에 의해서 작가와 무대에 대한 통제가 이루어졌다는 사실을 간과했다(7~10).

신역사주의는 과거 역사주의가 단선적인 역사인식을 바탕으로 지배층의 문화를 전체의 문화로 간주한 것과 다르게, 지금까지 간과되었던 갈등, 모순, 투쟁을 아우르는 복수의 또는 다층적인 역사를 상정한다. 즉 역사주의가 내세운 통합으로서의 역사가 아닌, 상대적이고 가변적인 역사관을 통해 역사를 하나의 담론행위로 파악하고 이질성, 모순, 분열로 특징을 이루는 다양한 역사들로 파악

2) 전유는 사회적 담론을 형성하고 유포하고자 하는 세력이 무엇인가를 자신에게 유리한 방향으로 선별적으로 이용한다는 개념인데, 이는 문학 텍스트의 의미가 그 어떤 보편적 기준에 의해 완전히 고정된 것이 아니라, 담론의 작용에 의해 항상 변형되고 유동적이라는 전제에서 비롯된다(김종환 181).

하려는 것이다. 따라서 신역사주의자들에게 있어 역사는 더 이상 객관적인 실체가 아니라, 해석 주체들의 관점과 이해 방식에 따라 달라질 수 있는 가변적인 상상의 산물이기에 언제나 당대의 역사적 맥락에 따라 다시 쓰여질 수 있다.

신역사주의는 역사의 본질을 지배층 대 피지배층의 갈등과 충돌의 양상으로 파악하기 때문에, 특히 텍스트에 나타난 권력 갈등과 모순에 주목한다. 그린블랫은 전복과 봉쇄 개념을 도입하여 권력은 스스로 전복을 생산하여 그 위에 구축된다고 보았다. 그의 주장에 따르면, 전복은 지배 문화에 대한 저항이며, 봉쇄는 전복적 세력의 억압이고, 강화는 지배 질서를 영구화하는 이데올로기적 수단을 의미한다. 권력은 전복적 요소들을 봉쇄함으로써 지배 이데올로기를 구축하거나, 혹은 이데올로기를 강화하기 위해 통치자는 때로는 전복을 조장한다(23~24).

돌리모어 또한 문화적 과정의 세 가지 측면을 전복, 봉쇄, 강화로 구분하고 저항과 전복적 요소들을 강조했다. 그는 권력의 정당화를 위해 전복이 생산되고 전유되지만, 일단 전복이 생성되면 그것이 권력에 대항하는 도전세력으로 작용할 수도 있다고 주장한다. 그는 피지배 문화가 지배 문화에 의해 파괴, 흡수되기도 하지만, 한편으로는 지배 문화를 수정하고 대체할 수도 있다는 보다 적극적인 정치적 신념을 피력한다(10~14).

신역사주의의 권력 구조 개념을 셰익스피어 사극에 적용하면 상충하는 이해관계에서 발생하는 갈등과 대립의 역사를 추출할 수 있다. 셰익스피어 사극의 배경이 되는 중세 영국은 왕위의 찬탈과 폐위로 점철된 정치적 혼란기였는데, 셰익스피어는 이러한 중세의 혼란을 재현하면서 르네상스 시대의 과도기적인 정치 이데올로기를 반영하고 권력 행위와 그 결과를 극화한다. 특히 그는 중세 왕권의 절대적 권위가 전복적 요소와 마키아벨리즘(Machiavellism)에 의해 위협받는 상황을 재현함으로써 절대왕정으로 대변되는 중세 왕권을 탈신비화하고 있다.[3)]

셰익스피어 사극 중 엘리자베스 시대의 복잡하고 다층적인 권력 구조와 권력자의 통치술을 극명하게 보여주는 작품이 바로 『헨리 5세(*King Henry V*)』(1599)다. 지금까지 『헨리 5세』에 대한 많은 비평적 언급은 있었지만 대부분 '전쟁영웅이자 이상적 군주로서의 헨리 5세', 즉 '헨리 5세의 성격비평'에 머물렀던 게 사실이다.[4)] 하지만 황효식은, 『헨리 5세』는 단순히 '호전극'이냐 '반전극'이냐, 라는

---

3) 엘리자베스 시대에는 왕권과 정치적 권력의 행사는 매우 연극적인 측면을 지니는바, 연극은 왕의 권위를 드러내고 재현하는 매개체로서 중요한 역할을 수행한다. 르네상스 시대 연극의 효용성에 대해서는 크게 두 가지 상반된 관점이 있다. 첫째는 민중을 교화시키고 복종시킴으로써 왕의 권위를 유지하고 국가 권력의 행사를 용이하게 하는 제도로서 연극의 기능을 강조하는 입장이다. 즉 연극은 사회적 갈등을 해소하고 귀중한 도덕적 교훈을 가르치며 만약 연극이 없었다면 정당한 권위에 대항해서 음모를 꾀할지도 모를 대중에게 유익한 소일거리를 제공함으로써 왕권 유지에 도움을 가져온다는 입장이다. 하지만 이와 반대되는 관점은 왕의 권위를 탈신비화하고 심지어는 그것을 전복시키는 연극의 힘을 강조한다. 즉 연극은 특유의 재현을 통해서 반란과 무질서를 조장할 수 있는 전복적이고 파괴적인 힘을 가지고 있다는 입장이다. 그린블랫의 지적대로, 이 시기 권력의 시학은 연극의 시학과 불가분의 관계에 있다(43~44). 이 글에서 사용되는 주요 개념인 왕권의 '탈신비화'와 영웅 군주의 '비영웅화'가 자칫 헨리 5세의 이미지에 부정적으로 침윤할 수도 있지만, 절대 왕정의 왕권신수설을 객관적으로 조망하는 중립적인 개념어로 기능한다.

4) 전통적인 관점에서는 『헨리 5세』를 "영국 역사상 가장 인기 있는 전설적인 영웅-왕에 대한 칭찬"으로 간주하는데, 대표적으로 시드니 리(Sidney Lee), 셸링(F. E. Shelling), 나이트(G. W. Knight), 어빙 리브너(Irving Libner), 윌슨(J. Dover Wilson), 월터(J. H. Walter) 등을 들 수 있다(Hwang 361). 국내에서도 송건화, 윤여웅 등은 '이상적 군주로서의 헨리 5세'에 초점을 맞추고 있고, 문강희, 김성원 등은 『헨리 5세』에 나타난 '헨리 5세의 복합적이고 양극적인 성격'에 초점을 맞추고 있다.

이분법적인 독해에서 벗어나 르네상스 당시 영국의 군사주의가 평화주의로 이행되는 정치적·역사적 맥락 속에서 고려되어야 한다고 주장한다(384~385). 즉 『헨리 5세』는 시대적으로 영국 르네상스 시대의 흐름과 상호관계를 맺고 있는바, 당대의 역사적인 맥락 속에서 읽혀져야 한다.

이 글에서는 기존의 『헨리 5세』에 나타난 헨리 왕에 대한 성격비평에서 벗어나 셰익스피어 사극에 나타난 권력 관계를 주로 분석한다. 셰익스피어 사극이 단순히 당대의 질서관이나 안정된 세계상을 반영하는 것이 아니라, 전복과 봉쇄를 재현하는 정치적 갈등의 구현체임을 규명하고자 한다. 또한 정치적 역사극으로서 국가통합이라는 지배적인 정치 논리의 관철과 그 과정 중에 나타나는 분열과 모순의 양상, 중앙의 지배적 세력과 주변의 배제된 세력들이 전략적 타협을 이루는 과정에서 나타나는 왕권의 탈신비화 양상을 살펴보고자 한다. 헨리 왕이 전복과 봉쇄를 통해 강화하는 권력의 본질과 영웅 군주의 외면 뒤에 내재된 그의 비영웅적 면모를 살펴봄으로써, 지배 이데올로기의 강화 과정에서 드러나는 모순과 이면의 양상을 조명하고자 한다.

2. 전복과 봉쇄

영국 역사에서 헨리 5세의 치세는 중세 후기에서 가장 강력한 왕권이 형성되었던 시기로서, 그가 승리로 이끈 아쟁쿠르(Agincourt) 전투는 영국인들의 가장 영예로운 역사적 사건으로 평가된다.[5] 따라서 『헨리 5세』에는 전력상 압도적인 열세를 극복하고 쟁취한 기적적인 승리, 승리의 원동력이 되는 전우애, 더 나아가 국가적 민족적 통합, 이 모든 것을 가능케 한 헨리 왕의 탁월한 리더십 등이 재현된다.[6] 반면 『헨리 5세』는 체제 전복을 효과적으로 봉쇄하면서 지배 권력을 강화시켜 나간 헨리 왕의 행적을 통해, 왕권의 유지와 강화가 통치자의 끊임없는 통치전략에 기인하고 있음을 예증하기도 한다. 여전히 이상적인 통치자의 롤 모델로 간주되고 있는 헨리 왕은 역사적으로 국가적 통합에 장애가 되는 모든 전복의 가능성을 흡수, 통합, 억압함으로써 권력을 국왕에게 집중시키고 왕권을 확장해 나갔다.

『헨리 5세』에서 헨리 왕은 대내적으로는 체제 전복 위험을 봉쇄함으로써 국가적 통합을 이끌어내고, 대외적으로는 프랑스 원정에서 승리를 거둠으로써 애국심을 고취시킨 탁월한 통치자로서 제시되지만, 왕권을 강화시키는 과정에서 그가 발휘하는 마키아벨리 통치술은 전승 왕의 영웅 신화에 대한 신비감을 약화시키고 전쟁

5) 실제로 『헨리 5세』는 제2차 세계대전 중 영국 국민의 사기를 진작시키고, 애국심을 고취시킬 목적으로 1944년에 로런스 올리비에(Laurence Olivier)에 의해 영화화되었다. 보다 최근에는 스티븐 스필버그(Stephen Spielberg)가 제2차 세계대전 당시 노르망디 상륙 작전에 투입된 미 공수부대원들의 활약을 그린 전쟁물 시리즈의 제목 〈밴드 오브 브라더스(*Band of Brothers*)〉(2001)를 『헨리 5세』에서 가져왔다. 원래 "생사를 같이 하는 전우들"을 뜻하는 이 어구는 헨리 5세가 아쟁쿠르 전투를 앞두고 병사들 앞에서 행한 웅변에서 따온 것이다(김문규 16).

6) 셰익스피어가 헨리 5세의 영광스러운 역사를 재현한 이유는 당대 영국의 정치적 위기에서 찾아볼 수 있다. 아일랜드 원정의 실패와 여왕의 후사 문제는 엘리자베스 시대의 종말에 대한 음울한 전망을 키웠고, 이런 불안함은 이 튜더 왕조의 절정에 대한 향수와 함께 새로운 역사와 새로운 리더십에 대한 갈망으로 표출되었다. 따라서 헨리 5세는 영국의 과거와 현재, 그리고 미래를 아우르는 대영제국의 기획이라는 소명을 받은 군왕으로 재현된 것이다(김문규 17).

영웅의 비영웅적인 면을 드러내기도 한다. 그는 선왕 헨리 4세(Henry IV)가 그랬던 것처럼 왕권을 확보하기 위해 냉혹함과 관대함, 권모술수와 정직함, 폭력적인 정복자와 평화를 사랑하는 기독교 왕이라는 상반되고 중층적인 역할연기를 하게 되고, 이는 불가피하게 왕권의 탈신비화를 초래한다.

헨리 왕의 통치전략은 통치자의 권력이 단순히 왕위의 합법적이고 정당 계승만으로 형성되지 않는다는 것을 예증한다. 왕자(Prince Hal) 시절부터 그는 성공적인 통치자가 되기 위한 역할 연기를 해왔고, 즉위 후에는 마키아벨리 통치술을 발휘해 왕권을 강화하고 국론을 통일시켜 안정된 정국을 유지하는 한편, 영토 확장에 힘쓰며 짧은 기간 동안 큰 업적을 이루어 성공적인 통치 기반을 형성한다. 하지만 그는 선왕의 치세에 상실된 왕권의 정통성을 회복하기 위하여 기존의 질서와 지배적 담론에 배치되는 폴스타프(Falstaff)를 비롯해 모든 잠재적 전복 세력을 봉쇄, 타자화시키고, 상황에 따라서는 권력을 강화하기 위해 이들을 전유한다. 그[폴스타프]의 존재는 오직 기존 권력의 정당성을 드러내는 증거로 허용되고, 그의 저항은 항상 봉쇄될 뿐이다(김종환 179).

헨리 5세는 스스로를 권력에 동화했던 리처드 2세(Richard II)나 왕위를 찬탈한 헨리 4세와 차별화된다. 리처드 2세가 "지상의 왕은 하늘의 신에 의해서 대리인으로 임명된 기름부음을 받은 왕"(박우수 2012: 21)이라는 왕권신수설을 신봉한 반면, 헨리 4세, 즉 헨리 5세의 아버지이자 리처드 2세의 사촌인 헨리 볼링브루크(Henry Bolingbroke)는 백성들과 귀족의 여론을 이용할 줄 아는 영악한 찬탈자이다. 헨리 5세는 상징과 현실 사이의 괴리와 균열을 명민하게 인지했다. 그는 선왕 헨리 4세가 상정해 놓은 중세적 권력에 구심적으로 향하는 동시에, 권력의 중심 바깥의 주변을 향해 원심적으로 향하기도 한다. 그는 한편으로는 자신을 권력에 동화시키기도 하고, 또 다른 한편으로는 스스로 중심에서 멀어지는 양가적인 태도를 취함으로써 왕권을 강화해 나간다. 하지만 헨리 5세의 전략은 왕권 강화라는 정치적 목적을 달성하는 데 기여하기도 하지만 동시에 왕권을 탈신비화하는 결과를 낳는다.

헨리 5세는 왕의 권위가 철저히 대중의 가시성에 의존한다는 사실을 직시하고 있다. 그는 헨리 4세와는 달리 왕권에 대한 정통성을 갖고 있음에도 불구하고 정통성만으로는 왕의 권위가 담보될 수 없다는 것을 인지하고 의도적으로 연극적 상황을 연출한다. 그는 누구보다도 왕의 권위라는 것이 결과적으로 연극적인 상황에서 그 연기를 보는 관객인 신하들에게 의존한다는 사실을 직시하고 있다(Greenblatt 44). 그의 이런 연극적 통찰력은 특히 프랑스와의 전쟁 출정에 앞서 모반자를 처단하는 장면에서 잘 드러난다.

사우샘프턴(Southampton)에서 케임브리지(Cambridge) 일파의 음모를 단죄할 때, 헨리 왕은 배신당한 왕의 역할 연기를 한다. 사실 헨리 왕의 죽마고우인 스크루프(Scroop)와 케임브리지는 프랑스 왕에게 매수되어 그를 암살하려는 음모에 가담하지만 사전에 발각된다. "왕이 쥐도 새도 모르게 정보를 수집하여 음모를 파악해 왔다"[7] (2.2.6~7)는 베드포드(Bedford)의 말에서도 알 수 있듯이, 헨리 왕은

7) William Shakespeare, *King Henry V*, ed. T. W. Craik (London: Routledge, 1995). 이후 작품 인용은 괄호 안에 막, 장, 행수로 표기함.

치밀한 첩보망을 통해 케임브리지 일당의 모반 음모를 사전에 탐지해낸다. 그런 뒤 모반자들의 모반의 증거를 확보한 후 교묘하게 그들 스스로 죄를 인정하지 않을 수 없게 유도한다.

> 케임브리지: 그러나 미연에 방지해 주신 신께 감사할 따름입니다. 처형의 고통을 당하는 것을 충심으로 기뻐하며 신과 전하께서 소신을 용서하여 주시기를 간청합니다. (2.2.158~160)

즉 헨리 5세는 케임브리지 일파의 모반 사건을 처리하면서 배신당한 왕의 역할 연기를 통해 한편으로는 모반자들에게 관용을 과시하지만, 다른 한편으로는 그들을 능란한 정치적 수법으로 궁지에 몰아넣으며 모반에 대한 단죄가 정치적 이유가 아닌 도덕적·윤리적 기준에 의거하고 있음을 밝힌다. 그는 모반에 대한 처벌은 왕의 개인적인 복수심에서 비롯된 것이 아니라 왕국의 안전을 위한 것이니만큼 법에 따라 집행할 것이라고 천명한다(2.2.175~178).[8]

헨리 왕은 여러 차례 모반자들의 죄에 대해 신의 자비를 구하면서도, 자신은 울어 줄 뿐 자비를 베풀 능력은 없다고 말하며, 그들에게 죽음을 견뎌 낼 인내심과 참회의 기회를 베풀어달라고 신에게 기도한다. 결국 헨리 왕은 모반을 단죄하면서 스스로를 신의 대행

---

8) 『헨리 5세』에서 헨리 왕은 처음부터 끝까지 그의 모든 행동, 특히 모반자의 처벌, 전쟁의 결정 등 중요한 사건에 대한 결정의 근거로 법률 또는 신의 이름을 앞세운다. 그가 지나칠 정도로 그의 행동의 준거로 법률 또는 신에 천착하는 이유는 단순히 '준법'을 중요한 가치로 생각하기 때문이 아니라, 이를 권력의 속성이자 권력의 기반으로 인식하기 때문이다. 마키아벨리는 "좋은 법률"과 "좋은 군대"는 권력의 확고한 토대로 작용한다고 보았는데(84), 헨리 왕은 이 점을 충분히 인지하고 있다. 그는 권력의 본질을 꿰뚫는 혜안과 뛰어난 통치술로 전복을 봉쇄했고 이를 통해 권력을 강화했다.

인으로서 격상시키고, 모반의 당사자들 역시 마치 신에게 죄를 지은 사람들이 속죄하는 듯이 헨리 왕 앞에서 고해 성사를 한다. 즉 헨리 왕은 모반의 죄상이 폭로된 것을 신의 기적으로 돌리며 왕권의 정통성과 도덕성을 보장받는 기회로 이용한다(2.2.187~194).

모반자들을 처단하는 장면에서 배신당한 왕의 역할을 완벽하게 연기하는 헨리 왕의 마키아벨리 통치술에 대해, 데이비드 리그스(David Riggs)는 그의 기만적 술책이 군주로서 처해 있는 불가피한 상황의 결과인바, 그의 위선을 단순히 도덕성의 척도로 판단할 수 없다고 지적한다(152). 하지만 로버트 온스타인(Robert Ornstein)은 헨리 왕이 모반자를 처벌하는 것은 법이지 그 자신이 아니라는 태도로 죄인들을 단죄하지만 너무나 긴 그의 격노의 웅변은 상식적인 의도를 넘어선 것이기 때문에 그의 입장을 전적으로 다 받아들일 수 없다고 반박한다(187~188).

반면 폴스타프와의 관계에서도 그랬듯이 헨리 왕은 권력의 은폐성을 구사하여 왕권을 교묘히 합리화하고 반역자들로 하여금 저항을 포기하고 복종을 강요한다. 즉 그에게 있어 전복적 세력은 그의 권력을 약화시키는 요소가 아니라 오히려 권력을 강화시키는 유인으로 작동한다. 특히 적이나 반대 파벌로부터 공개적으로 정당성을 입증 받는 것은 권력자에게는 무엇보다도 효과적인 봉쇄전략이 된다(Greenblatt 38~40).

『헨리 5세』에서 헨리 왕은 국정에 불만을 갖는 교회, 역심을 품는 귀족, 이기적인 평민들, 즉 잠재적인 전복 세력들에게 둘러싸여 있다. 헨리 왕은 이들을 봉쇄해 왕권강화와 국가적 통합이라는 정치적 목적을 위해 불가피하게 전쟁을 선택한다.[9] 하지만 전쟁은 목적과 의지만으로 할 수 있는 게 아니었다. 무엇보다도 전쟁을 치르기 위해서는 전쟁의 정당성을 뒷받침하는 '대의'와 전쟁에 참가하는 모든 구성원들을 설득시킬 '명분'이 필요했다. 왜냐하면 당시 전쟁은 징집권을 남용하여 뇌물을 받는 일부 지휘관과 도둑질을 노리는 자들에게는 개인적인 이익을 얻는 용이한 수단으로 이용되고, 또 일반 백성들에게는 징집과 부역을, 귀족과 성직자들에게는 세금과 헌납액의 증액으로 인한 경제적 손실을 의미했기 때문이다 (Dollimore and Sinfield 216).

헨리 왕은 프랑스와의 전쟁의 도덕적 정당성과 명분을 확보하기 위해 교회와 정치적으로 타협한다. 캔터베리(Canterbury) 대주교와 일리(Ely) 주교로 대표되는 교회는 원래 전쟁을 반대하지만, 단지 교회 지배층의 이해관계 때문에 불가피하게 헨리 왕의 프랑스 원정을 지지한다. 그들은 교회 영지를 수용해 노약자를 위한 시설을 짓도록 하는 법안이 통과될 경우 재산상 큰 손해를 볼 수 있는바, 그보다는 적은 비용을 치르게 될 왕의 프랑스 원정을 적극 지지한다.

헨리 왕은 처음부터 교회 영지를 몰수하는 법안 상정으로 다급해진 교회 지도자들이 전쟁을 정당화할 논리와 명분을 제공하리라는 것을 이미 간파하고 있다. 그러나 그는 평화를 지키기 위해 최선을 다하는 평화주의자의 역할 연기를 한다.

---

9) 마키아벨리에 따르면, 군주는 전쟁, 전술 및 훈련을 제외하고서는 다른 일에 관심을 두어서는 안 된다. 또한 국민 통합을 위해서는 영토를 확장해야 하고, 국민의 불안을 해소하기 위해 국민의 관심을 국외 문제로 돌리도록 해야 한다. 이를 위해서는 외국과의 전쟁이 불가피하다. 외국과 전쟁을 일으키고 불리한 상황에서 전쟁을 승리로 이끈다면 애국심이 고취되고 왕권은 강화된다. 따라서 이상적인 군주에게 필요한 덕목은 운명에 순응하는 것이 아니라 주어진 기회를 포착하는 능력이다(101~104).

짐은 가슴에 듣고, 새겨 두고 믿을 것이오.
대주교의 말씀은 세례에 의해서 원죄가 깨끗이 씻기듯,
그대의 양심에 의해서 깨끗이 씻긴 것이라는 것을. (1.2.30~32)

결국 헨리 왕은 평화주의자로서의 자신의 이미지를 지키는 동시에 대주교의 종교적 가르침과 도덕적 명분 때문에 불가피하게 참전할 수밖에 없다는 전쟁의 명분과 정당성을 교회로부터 얻어낸다. 원래 성직자들은 전쟁 자금의 지원에 불만을 갖는 계급이지만, 신중한 협상을 통해 원정을 지지하기로 결정하고 왜곡된 논리로 국왕의 참전을 권유한다. 결국 전쟁을 기획하는 국왕은 교회를 이용하고, 교회는 자신들의 이익을 지키기 위해 왕에게 전쟁의 명분을 제공함으로써 양자 간에 이념적 타협이 이루어진 것이다. 셰익스피어는 헨리 5세와 캔터베리 대주교의 대화를 통해서, 프랑스 원정이 정당한 명분이나 대의에서 기인하지 않고 특정 집단의 이해관계에 의해 기획되고 수행되는 매우 복잡한 정치적 계산의 산물임을 보여준다. 즉 이 장면을 통해 셰익스피어는 인간의 행위가 하나의 원인이 아니라 다층적이고 복잡한 유인들로부터 기인한다는 사실을 논증하고 있다.[10)]

---

10) 캔터베리 대주교는 헨리 왕의 교묘한 심리적 압박에서 벗어나기 위해 살리카 법(Salic Law) 조문을 장황하게 인용하며 전쟁의 정당성을 역설한다. 그는 애국심 고취와 국가의 통합이라는 명분하에 헨리 왕이 다시 한 번 영국의 영광을 재현해야 한다고 주장하고, 더 나아가 그런 명분 있는 전쟁을 위해서라면 교회가 나서서 거액을 모금하여 헌납할 것이라고 맹세한다(1.2.130~135). 비록 그의 논증이 사실에 의거한다 할지라도, 결국은 헨리 왕의 원정 전쟁을 정당화하는 정치적 수사에 불과하다. 다른 한편으로 셰익스피어는 이 장면에서 캔터베리 대주교를 희화화하고 있는데, 이는 엘리자베스 여왕 당시의 제국의 기획에 대한 양가적인 반응 가운데 냉소주의가 반영된 것으로

프랑스 왕위를 주장하는 헨리 왕의 요구는 "선조들의 명성을 드높인 피와 용기가 지금 폐하의 혈관을 흐르고 있습니다"(1.2.118~119)라는 일리 주교의 언술에 의해 정당화된다. 헨리 왕은 출정에 앞서 "프랑스 왕이 되지 못하면 영국의 왕도 아니다"(2.2.194)라고 단언하며, 프랑스를 절대 악으로 상정하고, 영국인들의 애국심에 호소하기 위해 프랑스 원정을 신의 가호가 함께 하는 성전으로 규정한다.[11] 하지만 아쟁쿠르 전투는 실제로 님(Nym), 바돌프(Bardolph), 피스톨(Pistol) 등과 같은 비천한 무리들로 조직된 군대에 의해 행해졌으며, 이들에게 있어 전쟁은, 피스톨의 "난 병영에서 종군 상인이 되어 돈벌이를 할 거야"(2.1.111~112)라는 말에서 알 수 있듯이, 정의를 실현하는 성스러운 의식이 아닌 단순히 개인적 이익을 도모하기 위한 사업에 다름없다. 님과 바돌프는 전쟁 중에 저지른 절도죄로 교수형에 처해지기도 한다.

헨리 왕은 전쟁의 명분과 가치를 저해하는 피스톨, 님, 바돌프 등을 프랑스군의 포로들과 마찬가지로 전복적 요소로 간주하고 그들을 봉쇄함으로써 국가적 통합에서 배제한다. 『헨리 5세』에 나타난 전복적 요소들은 질서를 위협하고 파괴하기 보다는 오히려 왕권과 질서를 유지하는데 이용된다. 다시 말하면, 지배 권력이 피지배층에게 강요하는 정의, 충성심과 같은 도덕적 가치들은 역설적으로 이 가치를 훼손하는 집단에 의해 강화된다.

볼 수 있다(Altman 21). 즉 이 장면을 통해 셰익스피어는 당시 전쟁을 통한 제국의 확장이라는 주장에 유보적인 태도를 취했다고 할 수 있다.

11) 중세 사회에서는 전쟁의 개시와 그 결과가 신의 뜻에 의한 것이라고 정당화하는 것이 전쟁의 명분을 확보하는 가장 일반적인 전략이기 때문에, 헨리 왕 역시 "신이 우리를 위해 싸우신다"(4.8.121)라고 천명하며 프랑스 원정을 정당화한다.

3. 왕권의 탈신비화 양상

『헨리 5세』는 낭만적 애국주의와 위대한 영웅 군주의 행적을 찬양하는 코러스로 시작된다.[12] 하지만 "군신 마르스의 모습으로 등장한"(1.0.6) 헨리 왕은 이어지는 장면들에서 "기독교 군주"(1.2.242)로서의 중세적 위엄을 드러내지 못하고 비영웅적 양상을 보인다. 헨리 왕은 프랑스와의 전쟁에서 승리를 통해 강력한 왕권을 형성하는 데는 성공하지만, 선왕 대에 사라진 중세적 이상을 회복하는 데에는 실패한다. 무엇보다도 그는 자신의 언행이 군중들에게 주는 극적 효과를 항상 의식하고 이를 가시적 가치로 계산한다. 결과적으로 헨리 왕의 명분보다는 실리에 바탕을 둔 계산적인 행동은 신성한 왕권을 탈신비화하는 결과를 초래한다.

앞에서 살펴보았듯이 헨리 왕은 캔터베리 대주교에게 전쟁의 명분을 떠넘기는 한편, 명분이 결여된 전쟁을 정당화하기 위해 전쟁의 책임을 프랑스의 루이 황태자(Louis the Dauphin)에게 전가한다. 그는 프랑스 대사(Ambassador)로부터 프랑스 황태자의 회신을 듣기

12) 『헨리 5세』에서 각 막에 등장하는 코러스는 작가 셰익스피어의 입장을 대변하기보다는 왕권의 정당성과 국가 질서의 중요성을 강조하는 헨리의 대변인 역할을 수행한다. 코러스는 서사적 사건을 극중에서 재현하는 것의 한계를 계속 강조하면서 관객들로 하여금 그들의 상상력을 통해 극중 재현을 넘어 새로운 창조자가 될 것을 당부한다. 『헨리 5세』에서 코러스가 극의 서사적 장대함을 강조하면 할수록 관객들은 극과 현실을 분리해달라는 환상을 파괴하는 서사극의 성격을 상기하도록 강요받고 있다. 코러스가 말하는 극의 전개 내용과 실제 극의 전개 과정에서 보이는 괴리는 관객의 기대를 저버리고, 이 괴리에서 극적 아이러니를 줄기차게 야기하며 관객의 비판적 참여를 유도하는 결과를 가져온다. 이 작품에 나타나는 코러스의 기능에 대해서는 박우수, 「코러스의 극적 기능: 『헨리 5세』의 경우」, *Shakespeare Review* 45.1, 2009, 27~66쪽 참조.

전 이미 프랑스 원정을 결심했음에도 불구하고, 마치 그 결심이 프랑스 황태자가 자신을 모욕했기 때문인 것처럼 말한다.

> 이제 짐은 결심했소. 신의 가호와
> 우리 왕국의 고귀한 혈통인, 여러 경들의 도움으로,
> 우리들의 영토인 프랑스를, 우리의 경외감으로 굴복시키든가
> 아니면 산산조각을 낼 것이오. (1.2.223~226)

셰익스피어는 프랑스에 대한 영유권을 주장하는 헨리 왕이 외교적 협상 중임에도 불구하고 프랑스의 입장과는 상관없이 독자적으로 전쟁을 계획하고 있음을 극화함으로써, 과거의 자신을 버리고 완전히 변했다는 자신의 고백(1.2.269~276)과 일리 주교의 발언(1.163~166)을 차치하더라도, 그가 상당히 외교적으로 능란한 정치가임을 보여준다. 하지만 노련한 헨리 왕의 이미지가 강하면 강할수록 이상적 군주로서의 그의 이미지는 점점 약화된다.

아쟁쿠르 전투에서의 승리는 헨리 왕을 영국 국민들의 이상적인 군주 또는 전쟁 영웅으로 인식시키기에 충분하다. 왜냐하면 예로부터 전쟁은 군주의 통치력의 판단 준거이고, 영토 확장은 곧 정치적인 성공으로 귀결되는바, 전력상 심각한 열세를 극복하고 대승으로 이끈 아쟁쿠르 전투는 헨리 왕의 통치자로서의 능력을 입증하기에 충분하기 때문이다. 사실 아르플뢰르(Harfleur) 성 점령 후 영국군은 오랜 진군으로 지쳐 있는 상태로서, 행색은 초라하고 사기가 저하되어 앞으로 있을 아쟁쿠르 전투에서 패할 것이라는 두려움 또는 불안감을 갖고 있다. 이와 대조적으로 프랑스 군은

화려한 위용을 과시한다. 프랑스 병사들은 자신들이 수적으로 우세하다고 과신하며 낮게 평가된 영국군을 걸고 주사위로 내기를 하는 등 의기양양해 있다(4.0.17~22). 그러므로 아쟁쿠르 전투에서의 경이적인 전승은 전쟁영웅 헨리 왕의 신화를 창조하기에 충분해 보인다.

그럼에도 불구하고 『헨리 5세』에는 중세 기사도 시대의 전쟁 신화와 영웅적인 군주에 대한 동경과 향수를 자극하기보다는 전쟁영웅으로서의 이미지를 약화시키는 요소가 극화되고 있다. 헨리 5세는 전쟁의 무자비한 공포를 열거하고 전쟁의 결과에 대한 모든 책임을 피해자인 아르플뢰르 주민들에게 전가한다(3.3.10~14).

> 눈멀고 피에 주린 병사들이
> 불결한 손으로 그대들의 처절하게 우는 딸들의
> 머리채를 더럽히는 것을 곧 보게 될 것이다.
> 그대들의 아비들은 흰 수염을 휘어 잡힐 것이고
> 그 존엄한 머리는 벽에 짓이겨질 것이다.
> 그대들의 벌거벗은 아이들은 창에 꽂힐 것이다. (3.3.33~38)

전쟁이라는 특수한 상황을 감안하더라도 아르플뢰르 성을 포위하고 성주로부터 항복을 받아내기 위해 협박과 회유를 병행하는 장면은 전쟁 영웅으로서의 헨리 왕의 이미지를 탈신비화하고 있다.

영국의 포위로부터 아르플뢰르 성을 구해주겠다고 지원을 약속했던 프랑스 황태자가 지원을 끊은 사실이 전해지고 결국 아르플뢰르 성주가 항복하자, 헨리 왕은 "관대함과 잔인함이 왕국을 놓고 다툴 때는 더 부드러운 쪽이 이기는 법"(3.6.110~112)이라며 병사들의 부당한 약탈을 금지한다. 헨리 왕은 정복지의 주민을 회유하는데 있어서 정치공학적인 측면에서 억압책과 회유책을 효과적으로 구사한다. 공성전에 있어서는 약탈 행위를 종용, 방조하는 듯하지만, 적이 항복한 뒤에는 관용책이 보다 더 효과적임을 인식하고 진군 도중 부락민들의 물건을 강제로 징발하거나 주민들을 모욕하지 않도록 명령하고, 명령을 위반한자는 가차 없이 처형을 명한다. 그러나 아군의 사기를 진작시키기 위해 프랑스군 포로들에 대해서는 즉각 처형하겠다는 단호한 입장을 취하기도 한다(4.7.62~64).

헨리 왕의 상황에 따른 온화하고 경건한 기독교적인 이상적인 영웅과 호탕한 정복자라는 상충되는 면은 전승왕의 영웅적 이미지를 훼손하고 왕권을 탈신비화하기에 충분하다(Smidt 141). 즉 상황에 따른 언행은 권력을 유지하는데 정치적으로 외교적으로 기여하지만, 언표와 행동의 간극이 커짐에 따라 결과적으로는 기독교 군주로서의 왕권의 신성성이라는 가치를 저하시키고 왕권을 탈신비화한다. 언어(맹세)와 정치적 권력에 천착한 조르조 아감벤(Giorgio Agamben)에 따르면, "말과 사물(사태)과 인간의 행위를 하나로 묶어주는 (인지적일 뿐만은 아닌) 윤리적인 연관이 깨지면 사실상 한편으로는 공허한 말이, 다른 한편으로는 입법 장치들이 대대적이고 유례없이 만연해 더 이상 통제 불능으로 보이는 그러한 삶 전반을 법으로 집요하게 틀어쥐려고 한다"(145). 즉 인간의 언어는 화자와 그의 언어 사이에 설정된 윤리적 관계에 기초하고 있으며, 이 관계가 깨지면 외부 제도에 의존하게 된다.

헨리 왕은 프랑스 원정을 떠나기 전 이미 신의 가호를 받은 공인

된 '기독교 군주'로 신격화되었고, 전쟁의 승리는 이를 증거할 것이다. 하지만 4막에서 코러스는 헨리 왕을 "이 기진맥진한 군대의 총사령관 왕"(4.0.29)으로 묘사한다. 아쟁쿠르 전투가 개시되기 전날 밤 헨리 왕은 패전의 불안으로 사기가 저하되어 있는 병사들의 사기를 진작시키기 위해 병사로 변장해 군영을 순시한다. 그는 우연히 만난 병사들에게 왕 역시 보통사람과 마찬가지로 두려움을 가질 수 있지만 병사들을 위해서 두려워해서는 안 된다고 짐짓 자신의 속마음을 털어놓는다(4.1.108~112).

헨리 왕은 더 나아가 "난 왕 옆에서 죽을 수만 있다면 어디서라도 기꺼이 죽겠다. 그 분의 전쟁의 대의는 정당하고 목적도 명예로우니까"라고 당당히 말하며 병사들에게 자신의 의견에 동조를 구한다(4.1.126~128). 하지만 그의 기대와 달리 윌리엄스(Williams)를 비롯해 병사들은 전쟁에 관해 그 어떤 고상한 신념도 갖고 있지 않다. 이는 헨리 왕이 전쟁을 통해 목적의 통일성을 이루고자 한 그의 소망과는 완전히 상반된 모습이다.

베이츠(Bates)는 전쟁을 치르기보다는 차라리 배상금으로 일을 해결하면 많은 이들의 목숨을 건질 수 있지 않겠느냐며 전쟁에 대해 회의적이다(4.1.121~123). 베이츠는 절대 왕정 체제를 받아들이기는 하지만 현실적인 입장에서 순응하고 받아들이는 것이지, 절대 왕정의 이데올로기를 전적으로 내면화하고 있다고 보기는 어렵다.

반면 윌리엄스는 국왕의 백성으로서 복종하여 전쟁의 임무를 수행하는 병사들의 생사에 대한 모든 책임을 마땅히 국왕이 져야 한다고 주장한다. 더 나아가 전쟁을 일으켜 군사를 동원한 왕은 회개도 못한 채 죽는 전사자들의 영혼에 책임을 면할 수 없을 것이라고 일갈한다. 뿐만 아니라 전쟁에서 죽는 자들은 참회를 할 기회도 없이 죽게 되는데, 이들의 비참한 죽음을 초래한 자는 바로 국왕이니 만큼, 국왕이 그들의 불운한 죽음에 대해 마땅히 책임을 져야 한다고 주장한다(4.1.134~146). 윌리엄스는 전쟁에 임하면서 무엇이 옳고 그른지 판단하기 어려운 병사들이 왕의 명령에 복종함으로써 그들의 도덕적 딜레마를 해결하는 전형적 입장을 대변한다(Ornstein 195).

전력상 심각한 열세이고 명분이 결여된 전투에서 도덕적 문제에 봉착한 헨리 왕은, "모든 신하 각자가 갖는 의무는 왕께 바치는 것이지만, 각자의 영혼은 각자의 것이기 때문에" 왕이 개개인의 영혼에 대해서 책임이 없는 만큼 병사들의 개인적인 죽음에 대해서도 아무런 책임이 없다고 항변한다(4.1.175~177). 하지만 헨리 왕은 전쟁의 명분에 대해 적절히 설명하지 못할뿐더러 윌리엄스의 주장의 본질을 파악하지 못하고 있기 때문에 논리적으로 윌리엄스를 설득시키지 못한다. 예컨대 그가 예로 든 불의의 사고는 예외적인 불운인 데 반해, 그가 기획한 전쟁은 보편적인 불운에 해당한다. 그는 보편적 불운과 예외적 불운을 동일 선상에서 비교하는 논리상의 오류를 범하고 있다.

윌리엄스의 냉소적 힐난으로 헨리 왕은 모든 고상함과 영웅적인 가치에 대해 회의감을 갖기 시작한다. 그는 부하들의 잠재적인 불복종의 가능성에 직면하여, 왕으로서의 권위와 위엄을 지켜주는 의식에 대해 심각하게 생각하게 된다(4.1.246~250). 즉 전쟁을 앞두고 자신은 의로운 성전으로 인식하지만 병사들은 자신과 달리 생각하고 있다는 현실을 직시하게 된 것이다. 헨리 왕은 군영을 돌며 병사들의 사기를 진작시키려 했지만 결국 자기 통제로부터 빠져나올 수 없는 명령하는 인물, 그렇기에 접근할 수 없는 인물로 남게 된 것이다(Danson 39).

헨리 왕은 영국군의 사기를 진작시키고 자신을 억누르는 불확실성으로부터 벗어나기 위해 신에게 도움을 청한다. 그는 선왕의 왕위 찬탈에 대해 신께 용서를 구하고 죄책감에서 벗어나고자 한다(4.1.289~299). 하지만 그가 취하는 경건한 의식들은 용서를 간구하는 기도에 '참맹세'가 결여되어 있기 때문에 기도 행위 자체는 공허하고, 오히려 왕권의 신성성을 저하시키고 그 권위를 탈신비화할 따름이다. 다시 말하면 그가 신에게 하는 맹세에는 언표와 그에 따르는 수행적 행위 사이에 간극이 크기 때문에, 그의 행위는 '참맹세'보다는 '정치적 수사'로 해석되고 왕권의 탈신비화를 가속시킬 뿐이다.[13)]

결국 헨리 왕은 불굴의 의지와 뛰어난 지도력으로 전쟁을 승리로 이끈다. 전투 중 절도죄를 저지른 바돌프를 처형하고, 프랑스 포로들이 군막을 지키던 소년병을 살해하고 도주했다는 소식을 듣고 난 뒤에는 프랑스 포로들을 처형하도록 명령한다(4.7.7~10). 몇몇 병사들은 프랑스 포로들을 처형하면 그들의 몸값을 받지 못하기 때문에 경제적으로 손해라고 불평했지만, 대체로 헨리 왕의 처사에 대해서는 전쟁의 승리를 위해 불가피한 상황에서 기인한 행위라고 간주한다. 즉 이처럼 아쟁쿠르 전투의 승리는 헨리 왕이 기독교

13) 아감벤은 "맹세의 '의미'는 의미론적인 것도 아니고 지시적인 것도 아닌 그러한 발화로 인해 현실화되는 수행적인 의미인바, 맹세의 중심 기능은 말의 진실함과 신뢰성을 수행적으로 확언하는 데 있다"라고 논평한다(153~154).

군주이나 이상적인 영웅임을 증거하는 것처럼 보인다. 하지만 셰익스피어는 헨리 왕을 역사서에서 그랬던 것처럼 무결점의 영웅으로 성격화하지 않고 있고, 오히려 그를 위대한 승리의 영광을 가져온 애국적 전쟁 영웅으로서보다는 능란한 정치인으로 묘사하고 있다.

아쟁쿠르 전투에서 승리한 후 병사들을 "형제의 무리"(4.3.60)로 받아들인다는 헨리 왕의 연설은 그가 평민들에게 대해 갖는 계급적 우월의식을 고려할 때 설득력이 감쇄된다. 그는 표면상 병사들과 동등한 입장에서 대화에 임하는 것처럼 보이지만, 실제로는 계급적 우월감에서 벗어나지 못하고 있다. 그는 전쟁 승리의 모든 영광과 영예는 자신에게 돌리고 전쟁의 책임은 회피하며 자신의 행위를 정당화한다. 이는 목적을 위해 수단을 정당화하는 마키아벨리 통치술의 기본 정식일 뿐만 아니라 튜더 시대의 절대 왕정의 논리를 내면화하는 전형적인 군왕의 모습이기도 하다. 헨리 왕은 명목적상 계층적 통합을 내세우지만 실제로는 자신의 전쟁 의도와 병사들의 참전 목적 사이에는 괴리가 크기 때문에, 전쟁의 성전화를 통한 국민적 통합의 실현은 하층 계급과 병사들과는 무관한 것이다.[14)]

헨리 5세는 표면상 마치 대영제국의 연합군을 이끌고 프랑스 원정을 수행하는 것처럼 보인다(김문규 28). 왜냐하면 아쟁쿠르 전투에 참전한 병사들은 나중에 대영제국에 편입되지만 당시에는 적국이거나 식민지에 해당하는 스코틀랜드, 아일랜드, 웨일스 출신

14) 당시의 전형적인 역사극들은 귀족이 아니라 평민이 왕의 진정한 친구이자 국가의 중추라고 주장하는데, 이는 평민 계급의 자기미화인 동시에 자기주장이다. 셰익스피어는 왕과 평민과의 관계를 애정 어린 결합이 아니라 대결로 묘사하고 있을 뿐 아니라, 평민 계급의 자기주장과 상승 욕구의 표출을 의도적으로 차단하는 인상까지 준다(이종숙 218).

으로 구성되어 있기 때문이다. 제이미(Jamy), 맥모리스(MacMorris), 플루엘렌(Fluellen)은 각 지역을 대표한다. '통합된 영국'과 '악의 소탕'이라는 국왕의 정책을 지지하는 이들 병사들은, 영국 본토에 대한 이상적인 종속성을 보임으로써 영국의 식민 정책에 기여한다(Dollimore and Sinfield 216~217). 즉 헨리 왕의 통합 이데올로기를 내면화하는 제이미, 맥모리스, 플루엘렌의 등장으로 스코틀랜드, 아일랜드, 웨일스에 대한 잉글랜드의 지배는 역사적 당위로 간주되고, 프랑스를 정복하려는 영국의 시도 역시 정당하고 합법적인 것으로 받아들여짐으로써, 영국의 식민주의 또는 제국주의가 애국주의로 승화되었다고 할 수 있다.

이처럼 아쟁쿠르 전쟁의 승리는 헨리 왕이 추구하고자 한 이상적 국가 통합이라는 목적이, 해결해야 하는 많은 문제점에도 불구하고, 외형적으로는 성공했음을 증거하는 것처럼 보인다. 하지만 그들은 프랑스라는 공공의 적으로 인해 표면화되지 않았을 뿐 언제든지 잠재적인 위협요소로 기능할 수 있다. 셰익스피어는 헨리 왕의 리더십을 통한 그들의 국민적 통합과 동시에 출신 지역이 다른 그들 간의 잠재적 불화를 병치시킴으로써 대영제국의 기획은 당대의 현실 속에서는 여전히 미완이며 역사적 당위로서만 제시될 수밖에 없음을 암시한다. 전투가 진행되는 중에 맥모리스와 플루엘렌은 국가의 의미에 대해 논쟁을 벌이는데, 헨리 왕과 같은 웨일스 출신의 플루엘렌이 맥모리스가 아일랜드 출신임을 언급하자 맥모리스는 이에 분노한다. 즉 맥모리스는 헨리 왕의 (영국)연합군의 일원임을 자랑스럽게 여기지만 동시에 식민지 출신으로서의 열등의식과 피해의식을 동시에 갖고 있다. 그의 분노의 감정 표출은 대영 제국의 이념으로 봉합되기 힘든 분열과 반목의 선을 노출시키기에 충분해 보인다(김문규 28).

다른 한편으로 전쟁에서 정당성을 추구하고자 한 헨리 왕의 목적과는 다르게 전쟁의 결과에 대한 부르고뉴(Burgundy)의 보고는 전쟁의 정당성과 명분에 대해 회의감을 갖도록 한다.[15] 부르고뉴의 프랑스에 대한 "파괴되어 가는"(5.2.40) "세계 최고의 정원"(5.2.36)이라는 묘사는 헨리 왕이 기획한 전쟁이 그가 대외적 명분으로 내세운 영국과 프랑스의 국가 통합, 국민 통합이라는 본령을 완수하지 못하고 오히려 살육과 파괴로 점철되어 있음을 방증한다.[16] 부르고뉴가 헨리 왕에게 국가가 과연 정의의 대리자가 될 수 있는지 넌지시 묻자, 헨리 왕은 프랑스 측이 평화를 원한다면 영국이 제시한 정당한 요구 조건에 따라 평화협상을 하면 된다고 그의 의문을 일축한다. 뿐만 아니라 "당신이 그렇게도 갈망하는 평화는 오직 당신네 국왕의 대답에 달려 있다"(5.2.75~76)고 말하며, 전쟁에 대한 책임을 프랑스 국왕에게 전가한다.

---

15) 『헨리 5세』는 1597년에서 1600년 사이에 나온 전형적인 영국 역사극들과는 중요한 차이를 보여준다. 이 시기에 나온 전형적인 역사극들이 증오스런 외적과의 전쟁이나 전쟁 영웅을 지극히 감정적으로 이해하고 이상화하는 경향을 보인다면, 『헨리 5세』는 코러스의 열렬한 찬양에도 불구하고 실제로는 주인공 헨리 5세와 그가 이끄는 전쟁을 비판적으로 해부하고 있다는 점에서 차이가 있다(이종숙 218).

16) 케네스 브래너(Kenneth Branagh)의 〈헨리 5세〉(1989)는 올리비에의 영화와는 달리 전쟁의 참혹성을 부각시키고 있다. 아쟁쿠르 전투를 재현함에 있어, 올리비에의 영화에서는 날씨가 화창하고, 광활한 대지에서 펼쳐지는 데 반해, 브래너의 영화에서는 비가 내리고 질척거리는 가운데 양국의 군사가 엉켜 있다. 이처럼 브래너의 영화에서는 전쟁의 참혹성을 부각시키고 있다. 이는 영화가 제작되던 시대적 분위기를 반영한다고 볼 수 있다. 앞에서 언급했듯이 올리비에의 영화는 제2차 세계대전 당시 애국심을 고취시킬 목적으로 제작되었고 브래너의 영화는 포클랜드 전쟁(Falklands War) 이후 '반전' 정서가 지배적이었던 영국의 시대적 분위기를 반영한다.

헨리 왕은 조약을 포함한 전쟁의 사후 논의 과정을 귀족들에게 일임하고 프랑스 공주 카트린(Katherine)에게 구혼한다. 장면이 갑자기 헨리 왕의 카트린에 대한 서투른 구애와 그녀의 어색한 영어 발음이 빚어내는 희극적 장면(5.2.104~121)으로 갑작스럽게 전환되기 때문에 표면상 평화와 화해로 종결된 것처럼 보이지만, 실제로는 헨리 왕의 구애가 프랑스 도시를 획득하는 것과 연동되기 때문에, 결과적으로 그들의 결혼이 프랑스에 대한 지배권을 보장받는 정략적 방편에 불과하고 또 다른 불안을 내재하고 있다. 헨리 왕이 카트린에게 구혼하는 것은 무엇보다도 그 자신을 상징적인 강간범이 아닌 합법적인 남편으로 만듦으로써 그의 전쟁의 기획을 정당화하고 위대한 영국 남성상을 확립하기 위한 것이다. 이런 기획을 위해 극은 아르프뢰르 성 함락 직후 카트린이 영어를 배우는 장면을 배치하여 그녀로 하여금 정복자 남편을 미리 맞이하도록 준비시킨다(Wilcox 66).

『헨리 5세』는 프랑스 정복 전쟁을 찬미하는 긴 코러스로 시작되지만, 막상 극이 시작되면 코러스가 찬미하는 위대한 영웅에 대한 환상은 사라진다. 즉 작품 전체에 걸쳐 영국과 프랑스 간의 전쟁이 극을 이끌어가는 중요한 사건이고, 플롯 역시 시종일관 전쟁에 관한 에피소드로 구성되어 있지만, 실제로 생동감 있는 전투 장면은 재현되지 않고 그 또한 그렇게 인상적이지 않다. 대신 극의 초점은 헨리 왕의 긴 웅변을 통해 위대한 역사가 어떻게 기억되고 기록되는지, 그리고 국민들의 정서를 어떻게 효과적으로 지배하는지에 수렴된다. 헨리 왕은 전쟁이 끝난 뒤 연설에서 전쟁에 참전한 모든 귀족들을 호명하며 모두가 형제임을 강조하고, 이름 없는 천한 병사들도 귀족이 될 수 있다고 천명한다.

> 얼마 안 되지만, 얼마 안 되는 우리는 행복한 형제들이다.
> 왜냐하면 오늘 나와 함께 피를 흘린 누군가는
> 나의 형제가 될 것이다, 아무리 비천하다 할지라도
> 오늘부터는 귀족이 될 것이다. (4.3.60~63)

하지만 모두가 형제라는 그의 선언 또는 맹세는 신분이나 출신의 차이에서 비롯되는 사회적 분열을 봉합하기 위한 정치적 수사로 읽힌다.

대신 헨리 왕의 천명과 전사한 귀족들의 죽음을 묘사하는 장면이 병치된다. 엑시터(Exeter)는 헨리 왕에게 요크 공작(Duke of York)과 서포크 백작(Earl of Suffolk)이 최후의 순간까지도 우정을 확인했다는 그들의 숭고한 죽음을 전한다. 엑시터는 그들의 죽음을 전하며 기사도를 찬미하고, 헨리 왕 역시 그들의 죽음에 안타까워하고 최후의 순간까지 고결함을 잃지 않은 그들의 기사도를 칭송한다(4.6.7~38). 셰익스피어가 전쟁 승리를 선언하는 이 장면에 엑시터의 귀족의 죽음을 전하는 장면을 외삽한 의도는 귀족 계급이 숭상하는 기사도가 일반 백성들의 정서와 얼마나 유리되어 있고 시대착오적인가를 보여주기 위함이다.

『헨리 5세』에는 작품 전반에 걸쳐 전쟁 영웅인 헨리 왕의 비영웅적인 행적이 전개되는바, 전쟁 신화의 신비적인 요소는 거세되고 전쟁에 대한 회의와 불안이 표면화된다. 특히 헨리 왕의 가장 위대한 업적을 찬양하는 극의 마지막 장면에서조차 회의적인 요소가 드러나 있다.

> 짧은 시간, 그러나 그 짧은 시간 속에서 영국의 별 헨리 5세는
> 가장 찬란한 빛을 뿜었습니다. 운명이 그의 칼을 만들었고
> 운명으로 단련된 그 칼로 세계 최고의 프랑스 정원을 수중에 넣고,
> 그의 아들에게 세계를 지배하는 권한을 남겨 놓았습니다.
> 헨리 6세는 어린 몸으로 부왕을 계승하며
> 프랑스와 영국 두 나라의 왕이 되었습니다.
> 그러나 그를 둘러싸고 많은 사람들이 정권 싸움을 벌여
> 프랑스를 잃게 되고 영국에는 유혈이 빚어졌습니다. (Epilogue 5~12)

이 장면은 헨리 왕의 영광을 간결하게 정리하는 동시에 그의 왕위를 계승한 아들 헨리 6세 때 그 영광이 완전히 퇴색되어 프랑스도 잃고 영국도 내홍에 휩싸이게 될 것이라는 역사적 사실을 환기한다. 즉 헨리 왕의 정치적 성공이 지속적인 것이 아니라는 것을 보여주는 동시에, 그가 이룩한 강력한 왕권에 대한 신비감을 약화시키고, 결과적으로 그의 성공이 불안정한 성취에 불과했다는 것을 강조한다.

셰익스피어는 『헨리 5세』에서 아쟁쿠르 전투를 극화하면서 헨리 왕의 왕권의 실체를 객관적으로 그려내고 전승왕의 비영웅적 측면을 재현함으로써, 애국적인 사극과 냉소적인 의문 사이에 '미묘한 균형'을 취했다고 할 수 있다. 『헨리 5세』는 헨리 왕의 승리와 영광의 극인 동시에 또한 불안정과 덧없음에 관한 극이라 할 수 있다 (Garber 185). 하지만 셰익스피어가 표면상 분명한 입장을 취하지

않았다 하더라도, 이상적인 통치자의 역할 연기를 한 헨리 왕의 비영웅화를 통해 중세의 왕권을 탈신비화하고 이데올로기 문제에 대해 비교적 신중하고 합리적인 태도를 취했다고 평가할 수 있다.

『헨리 5세』는 표면상 전쟁에서의 승리와 이질적 세력의 통합을 주요 플롯으로 삼고 있기 때문에 영웅전 또는 성전으로 읽혀질 수도 있다(Tennenhouse 120). 하지만 왕권을 강화하기 위해 헨리 왕이 발휘하는 마키아벨리 통치술은 왕권의 위상을 저하시키고 군주의 이미지를 '전략가'나 '배우'의 이미지로 전락시킨다. 따라서 헨리 왕의 마키아벨리 통치술은 통치자의 권력이 권위라는 토대에 있지 않고, 통치술에 의한 끊임없는 권력 생성에 의존한다는 사실을 예증한다. 정치적 위기를 타개하기 위해 또는 왕권 강화를 위해 보이는 일관되지 않고 때로는 모순되는 언행은 개인적인 성격의 결함이라기보다는 상황에 따른 불가피한 선택이었지만, 결국 왕권을 탈신비화하는 결과를 가져왔다.

4. 권력과 이데올로기 장으로서 셰익스피어 사극

전복과 봉쇄를 권력 구조의 핵심 기반으로 삼는 신역사주의 관점에서 보면, 『리처드 2세(*King Richard II*)』(1595), 『헨리 4세 1부(*1 King Henry IV*)』(1597), 『헨리 4세 2부(*2 King Henry IV*)』(1598), 『헨리 5세』에 이르는 일련의 셰익스피어 사극은 중세 영국 역사를 재현하면서 지배 권력이 어떤 방식으로 전복을 봉쇄하고 대항하여 권력을 유지하고 강화해 나가는지, 또 봉쇄에 실패한 권력이 어떻게 붕괴되는지를 예증함으로써 전복과 봉쇄의 권력 관계를 다층적으로 규명한다.

셰익스피어는 사극에서 정치적 갈등과 반역, 전쟁을 소재로 국왕이 중심이 된 지배 세력에 대한 전복 세력의 끊임없는 도전과 충돌 양상을 일관되게 극화했다. 셰익스피어의 사극에서는 전복의 양상이 반역을 도모하는 반대 파벌에 그치지 않고 지배층에 저항하는 피지배 계급, 지배 계층 내부의 적대적인 반대 세력 등 지배 이데올로기를 위협하는 다양한 요소들로 확대된다는 점에서 특이할 만하다.

『헨리 5세』는 셰익스피어의 제2부 사극(the Second Cycle)뿐만 아니라 그의 사극 전체에 있어 내용과 형식을 종결하는 작품이다. 하지만 앞서 살펴보았듯이 『헨리 5세』의 텍스트적 의미는 모호하고 다층적이다. 극적 구조가 형식적으로는 닫혀 있지만 실제 작품의 결말은 헨리 왕을 이어 왕이 되는 헨리 6세의 정치적 혼란기를 향해 열려 있는 이중성을 갖고 있기 때문에 영웅 군주로서의 그의 정체성에 의문을 제기한다.

『헨리 5세』는 표면상으로는 프랑스와의 전쟁에서 승리를 거둔 헨리 왕을 성공적인 통치자로 묘사하고 있는 것처럼 보이지만, 동시에 그의 권력이 전복 세력과의 부단한 충돌과 갈등 속에서 형성되는 과정을 보여주고 있는바, 강력한 왕권의 이면에 있는 지배 이데올로기의 모순되는 측면을 드러낸다. 『헨리 5세』에서 지배 권력에 의한 전복 세력의 봉쇄는 전복 세력을 단순히 억압하는 것만이 아니라, 그들을 흡수하여 지배 이데올로기에 통합하는 보다 고차원의 형태로 나타난다.

헨리 왕은 다양한 전복의 가능성에 대항하기 위해 전략적으로 권력을 행사하고 성공적인 봉쇄전략을 통해 지배 권력을 강화하지만, 이데올로기의 강화 과정에서 그가 발휘하는 마키아벨리 통치술과 비영웅적인 양상들은 왕권의 절대성을 약화시키고 탈신비화한다. 결국 이상적 군주로서의 헨리 왕의 이미지는 결국 지배 이데올로기에 봉사하도록 가공된 허상으로 전락한다.

셰익스피어 사극에서 지배 이데올로기는 끊임없는 전복의 가능성에 직면하여 온갖 형태의 전복적 세력을 흡수하거나 억압함으로써 강화되고 전복과 봉쇄의 연쇄를 통해 질서가 유지된다. 한편으로 전복은 권력 형성에 불가피한 요소로 작용하면서 기존의 지배 질서를 유지, 강화하기도 하지만, 다른 한편으로는 전복적 이데올로기 자체가 일종의 대항 권력이 되어 지배 질서 체제를 수정할 수도 있기 때문에 권력과 이데올로기의 보다 심층적인 분석의 근거를 제공한다. 결론적으로 『헨리 5세』는 셰익스피어 사극에서 일관되게 나타나는 전복과 봉쇄 개념을 효과적으로 극화함으로써 권력의 속성을 잘 예증하고 있다.

‘권력투쟁’과 ‘주체성’으로 살펴본 『귀향』

1. 난해하고 당혹스러운 핀터

“[버나드] 쇼 이후 영어로 최고의 희극적 재능”(Styan 244)을 펼치는 작가로 평가받는 해럴드 핀터(Harold Pinter)는 몇몇 비평가들에 의해서는 ‘키친 싱크 사실주의(kitchen sink realism)’ 계열의 극작가로 규정되기도 하지만,[1] 기본적으로 그의 작품은 사무엘 베케트(Samuel

---

1) 키친 싱크 사실주의 드라마는 영국의 중하층 계급의 말투와 주거 공간을 배경으로 하는 연극을 특별히 구별하여 지칭하던 용어로서 언론계에서 처음 사용되었다. 1956년 로열 코트 시어터(Royal Court Theatre)에서 존 오스본(John Osborne)의 『성난 얼굴로 돌아보라(*Look Back in Anger*)』의 성공 이후에는 영미희곡의 한 전형적인 하위 장르가 되었다. 일반적으로 키친 싱크 드라마는 런던의 웨스트 엔드(West End) 드라마에서 탈피한 것으로 평가된다. 당시 성공적인 상업연극인 웨스트 엔드 드라마는 ‘응접실 희극(drawing-room comedy)’이라고 불리며 주로 중산층을 소재로 거실에서 공연되고

Beckett)와 외젠 이오네스크(Eugene Ionesco) 등과 같이 목적이나 의미를 상실한 현대인의 불안과 소외된 삶을 다루는 부조리극 전통을 따르고 있다(유송희 1 재인용). 그러나 대부분의 부조리 극작가들이 인간관계에서 비롯되는 의사소통의 불가능 또는 무익함에 대해 천착하는 데 반해, 핀터는 의사소통의 불가능 또는 무익함을 가족 간의 갈등과 반목을 반영하는 도구로 간주한다는 점에 있어, 다른 부조리 극작가와는 차별된다. '부조리극'이라는 용어를 창시한 마틴 에슬린(Martin Esslin) 역시 핀터의 작품이 극도로 사적인 세계를 다루지만 힘의 사용과 악용, 생존 공간을 위한 투쟁, 잔인성, 공포와 같은 공적인 문제를 다루고 있다고 평한 바 있다(36). 핀터는 한편으로는 부조리 계열의 작가로 규정되지만, 또 다른 한편으로는 다른 부조리 계열 작가들과는 달리 하나의 잣대로 규정될 수 없는 다층적인 작가적 정체성을 지니고 있기에, 현대 영국의 가장 대표적인 극작가이면서도 작품의 난해성으로 인해 일반 독자들뿐만 아니라 비평가들까지도 당혹스럽게 한다.

이 글에서 살펴볼 『귀향(*The Homecoming*)』(1964)은 핀터의 초기작이지만 작가 스스로 "나를 만족시키는 구조적 독립체에 어느 정도 근접해 있는 유일한 극"(Almansi and Henderson 60 재인용)이라고 평할 정도로, 극의 내용에 있어 중요한 의미를 지니며 핀터 극 언어의

있었으며, 아널드 웨스커(Arnold Wesker), 핀터, 존 아든(John Arden) 등의 작품 등이 이 범주에 속했다. 키친 싱크 드라마는 제2차 세계대전 이전의 보수적이고 부르주아적인 영국 연극의 관습을 탈피한 혁신적인 극 장르로 규정된다. 그러나 키친 싱크 드라마가 당대 영국 연극에 긍정적인 기여를 한 것은 틀림없지만, 사회적인 담론을 형성하지 못하고 작가 개개인이 매우 상이한 소재와 예술적 방법으로 창작했기 때문에 당대의 영국 극작계의 새로운 유파를 모두 망라하는 데 있어 분명한 한계를 노정했다.

특징을 잘 보여준다. 핀터의 작품에 사용되는 언어들은 지시적 기능보다는 오히려 대인관계적 혹은 사회적 기능이 강조되어, 등장인물 상호간의 공격과 방어, 은폐 및 위장을 엮어내는 직접적인 수단이 된다(김성제 10). 비평가들이 핀터의 극 언어가 그의 극의 주제가 된다고 말하는 것은 이런 맥락에서 이해될 수 있다. 핀터의 작품은 등장인물들의 소통 불가능한 대화를 통하여 불안한 자아를 드러내고, 일상적으로 체험되는 헤게모니 쟁취를 통해 인간 내면의 욕망을 투시한다. 또한 언어의 이질감 또는 괴리감을 인지한 인물들은 침묵하면서 무언의 항변을 시도한다. 그들은 인간의 존재 방식과 사회 구조, 사회장치 사이에서 야기되는 부조리 속에서 본래의 자아를 찾기 위해 방황하고 고민한다.

핀터는 '침묵(silence)' 또는 '휴지(pause)'와 내러티브의 적절한 혼용으로 언어 사용에 대한 탁월한 재능을 보여준다. 그의 작품에서 침묵/휴지와 내러티브는 극 중 등장인물 간의 지배와 종속의 관계를 규정하는 언어전략이다. 『귀향』에는 여러 가지 면에서 이전의 핀터 극에서 찾아볼 수 없는 우수한 요소들이 많이 포함되어 있다. 그 중에서 가장 두드러지는 것은 핀터가 초기에 천착했던 등장인물의 신체적 영역과 심리적 영역 간의 상관관계를 통해 형성되는 인물 간의 관계 구성으로의 회귀다(Quigley 173~174).

핀터 극의 주요한 특징 가운데 하나인 '권력투쟁'은 물리적 공간과 추상적 권력을 차지하기 위한 주도권 다툼에서부터 섹슈얼리티에서 우위를 차지하려는 남녀 간의 갈등에 이르기까지 다양하고 다층적이다. 특히 최근 들어 비평가들이 핀터의 극을 '섹슈얼리티'와 '젠더'의 문제와 관련하여 조명하려고 시도하면서 이 힘겨루기의 주요한 측면은 남성에서 여성으로 이동했다. 지금까지 남성 비평가들에 의해 여성의 육체와 섹슈얼리티는 남성이 자신들의 욕망을 투영하기 위한 수단으로써만 사용되어 왔다. 하지만 최근 페미니즘 비평가들은 오히려 여성의 육체와 섹슈얼리티를 직접 드러내 보이고 이를 응시하는 남성을 동시에 보여줌으로써 기존 관념에 대한 전복을 시도한다. 이런 시도를 가장 잘 예증하는 작품이 『귀향』이다(유송희 4).

『귀향』의 중요한 극적 주제는 극 중 유일하게 등장하는 여성인물 루스(Ruth)를 두고 벌이는 남성들 간의 '권력투쟁', 그리고 루스와 남성들 간의 '권력투쟁'에 의해 형상화된다. 권력투쟁은 루스의 '주체성'의 확립 과정으로 귀결된다. 따라서 이 글에서는 루스를 비롯한 등장인물들 간의 '언어게임'을 분석 도구로 삼아, 그들의 갈등상황과 권력 획득을 위한 투쟁 과정을 살펴보려 한다.

2. 위협극으로서 핀터 극

『귀향』은 내용과 주제 면에서 '새롭게 부상하는 세력'과 '서서히 쇠락하는 세력' 간의 갈등과 모순을 전경화한다. 부상하는 세력으로는 신세대와 여성, 쇠락하는 세력으로는 구세대와 전통적인 남성을 들 수 있다. 이 네 가지 갈등 요소들이 뒤얽히는 갈등은 가족이라는 특별한 관계를 기조로 훨씬 더 비정상적인 효과를 연출한다(김성제 10). 『귀향』은 내용면에 있어 등장인물간의 갈등과 모순의 고착과 해체 과정을 잘 보여주는바, 가부장적인 유형화의 가장 정교한 예라 할 수 있다(Milne 205). 반면 이 작품의 언어와 구조의 우수성에 천착해 작품을 분석한 오스틴 퀴글리(Austin E. Guigley)는, 이 극이 핀터의 일상적인 대화극뿐만 아니라 한 개인이 무대 위의 다른 인물들과 대립하는 구조 속에 펼쳐지는 일련의 각색된 대화로 구성되어 있다고 보았다(174). 요컨대 『귀향』은 내용과 주제에서뿐만 아니라 형식면에 있어서도 핀터의 독특한 작품의 스타일을 효과적으로 예거하고 있다.

핀터의 작품은 대체로 위협 상황을 소재로 삼기에 '위협극(Comedy of Menace)'으로 규정된다. 그의 작품 대부분은 가족/가정이라는 소공간을 중심으로 전개되고 그 안에서의 등장인물의 위협과 불안의식을 담고 있다. 이처럼 핀터의 극이 일상적인 상황, 특히 사회의 가장 기본적인 단위인 가족을 모형으로 삼는 까닭은 가장 내밀하고 안전한 공간으로 간주되는 가정이란 울타리 속에서조차도 인간은 어쩔 수 없이 위협과 불안을 느낄 수밖에 없는 존재라는 것을 예증하기 위함이다.

『귀향』은 런던의 한 가정을 무대로 하고 있다. 제씨(Jessie)가 오래전에 죽은 뒤로 정육업자 출신의 공격적인 맥스(Max), 자동차 운전기사인 나약한 그의 동생 샘(Sam), 포주로 암시되는 맥스의 둘째 아들 레니(Lenny), 권투선수이자 건물 철거반원 막내아들 조이(Joey)가 살고 있다. 이 공간에 6년 만에 미국에서 철학교수로 있는 첫째 아들 테디(Teddy)가 그의 아내 루스를 데리고 '귀향'하면서 극이 시작된다.

표층적으로 『귀향』은 테디 부부의 '귀향'을 주된 줄거리로 삼고 있는 듯하지만, 심층적으로 가족/가정이라는 내밀한 공간에 외부로부터의 위협 대상의 침입과 이에 대한 반응을 주요 플롯으로 삼고 있다. 환언하면, 『귀향』은 구체적인 위협 대상인 루스의 출현으로 인한 그녀와 나머지 가족 간의 갈등으로 압축된다. 하지만 실제로 이들은 루스가 출현하기 이전부터 갈등 양상을 보여 왔고, 상대방을 위협하고 굴복시키기 위해 서로에게 끊임없이 폭력을 가한다.

『귀향』에서 등장인물 간의 권력투쟁 관계는 물리적 폭력과 더불어 '봄(vision)'의 구조와 방식에 의해서 규정된다. '봄'은 모리스 메를로-퐁티(Maurice Merleau-Ponty)의 살(flesh) 개념을 주조하는 바탕 개념이기도 하다. 정윤정에 따르면, 본다는 것은 사유와는 다르게 사물과 직접적으로 접촉하면서 사유 이전에 존재한다. 또한 순환하는 '생성성(generativity)'의 특성을 가지는데 이러한 끊임없는 관계의 생성은 얽히고 엮여 있는 관계이기 때문에 가능하다. 그 자리에 그대로 고정되어 있는 것이 아니라, 상호간의 끊임없는 흐름을 만들면서 생성된다. 하지만 이 생성성은 주체와 대상의 영원한 불일치성을 전제한다. 이와 같은 불일치성으로 인해 보임의 이중적 구조가 존재하며 이때 불일치성은 끊임없이 상호교차로 결착하면서 생성된다(288~289). 이처럼 『귀향』에서 등장인물 간의 권력투쟁 관계는 비가시적인 헤게모니적 투쟁이라기보다는 직접적인 얽힘과 엮임에 의해 구체화된다.

1) 가부장적 권력투쟁

『귀향』은 맥스와 레니의 거친 대화로 시작되는데, 그들의 대화는 구세대와 신세대 간의 갈등의 전형적인 양상이다. 맥스는 가부장적 권위를 앞세워 레니에게 끊임없이 잔소리를 퍼붓지만 레니는 시종 일관 무관심으로 대응하거나 심지어는 그에게 욕설을 퍼붓기까지 한다.

> 맥스. …
>
> 내가 뭐라고 하는지 듣고 있는 거야? 너한테 말하고 있잖아. 가위 어디 있어?
>
> 레니(쳐다보며, 조용히). 입 좀 닥치지 그래요, 나발대는 얼간이 같으니라구.[2)]

그들에게 무관심과 폭력은 일상이다. 그들의 대화는 위협, 모욕, 조롱 등으로 가득 차 있다. 맥스는 가부장적 권위를 유지하기 위해 거친 말투와 물리적 폭력에 의존한다. 특히 그는 '정리정돈'에 대해 강박관념을 가지고 있는데, 이는 제씨로 인해 붕괴된 가족에 대한 강박관념이고, 나아가 남성의 상징적 질서 체계가 파괴되는 것에 대한 두려움이자, 자신의 현재의 가부장적 권위를 지키려는 일종의 방어 기제라 할 수 있다.

하지만 레니는 지난 과거를 미화하고 기득권을 지키려는 맥스의 장광설을 지겨워하며 그의 모든 것을 부정하려 한다. 레니는 맥스를 논리적으로 설득하기보다는 그의 위협과 욕설에 똑같은 방식으로 대응한다. 맥스는 레니가 자신의 권위를 인정하지 않자 폭력의

---

2) Harold Pinter, *Plays Three*(London: Eyre Methuen, 1978), p. 23. 이후 작품 인용은 괄호 안에 쪽수로 표기함.

수위를 좀 더 높여 맞대응한다. 예컨대 그는 지팡이를 들이대며 "그 따위로 말하지마. 경고했어"(23)라고 말하며 위협한다. 물리적 폭력에 기반한 전략이 성공을 거두지 못하자 맥스는 과거의 무용담을 늘어놓으며 심리적·상징적 폭력을 구사한다.

맥그레거라는 놈과 어울리곤 했었지. 나는 그를 맥이라고 불렀어. 너 맥 기억나, 어?

사이

허! 우리들은 런던의 웨스트엔드에서 가장 악랄한 놈들이었지. 정말이야, 아직도 흉터가 남아 있다니까. 어디 안으로 들어가면 모두 일어서서 우리가 지나가게 길을 내주었지. 그런 침묵은 들어본 적이 없었을 거야. 잘 들어, 그 놈은 덩치가 컸어, 육 피트가 넘었다구. (24)

…………

나는 경마장 옆 목장에서 제일 잘 알려진 얼굴이었어. 정말 멋진 노천 생활이었어. (25)

현실에서 자신의 권위를 인정받지 못하는 인물이 자신의 우월성을 과시하기 위한 유일한 방법은 현실과는 유리되어 자신의 과거를 이상화하는 것뿐이다. 맥스 역시 위협과 협박을 통해서도 자신의 권위가 담보되지 않자 과거를 재구성하며 스스로를 이상화한다.

맥스와 레니 사이의 근본적인 적대감과 불신을 가족 내 부자간의 갈등으로 한정시켜 생각해 볼 수도 있지만, 당시의 전반적인 사회적 분위기로 확대해 일반화할 수도 있다. 즉 제2차 세계대전 이후 영국의 구세대는 승리감에 도취되어 과거의 영광 속에 침잠해 있었고, 신세대는 과거에 집착하는 구세대에 적대적이다. 이런 세대간의 갈등은 맥스와 레니의 대립에서 포착된다. 그들은 언어적·물리적 폭력, 특히 언어 게임을 통해 기존의 체제를 전복시키지 않는 상태에서 가부장적 권력을 확보하기 위해 일종의 세대 간의 전쟁을 수행한다고 할 수 있다.

그러나 맥스가 기억하는 혹은 창조해 낸 과거는 논리적 유기성이 결여되어 있다. 그는 레니에게 "내가 어땠는지 샘 삼촌에게 물어봐"(24)라고 말하며 자신의 폭력성을 강조한다. 하지만 그는 곧바로 "그러나 난 동시에 항상 친절한 마음씨를 가졌었지. 항상"(24)이라고 말하며 자신의 말을 뒤집는다. 슬그머니 다른 이야기로 화제를 돌리려 했던 맥스는 결국 처음 자신의 과거를 회상했던 강한 인상을 흐리게 만들고, 이는 오히려 상대방으로 하여금 그의 언어를 불신하도록 만든다. 과거의 이상화를 통해 현재의 지배를 강화하려 했던 그의 전략은 오히려 현재의 입지를 더욱 불안하게 만들고, 그러면 그럴수록 또 다른 과거에 대해 이상화를 시도한다.

맥스의 과거가 허구로 드러나는 또 다른 장면은 그 자신이 동물에 대한 직관이 있다고 주장하는 부분이다.

> 나는 동물에 대한 본능적인 이해가 있었어. 조련사가 되었어야 했는데. (……) 그러나 나는 가족에 대한 의무가 있었어, 우리 가족은 집에

서 나를 필요로 했지. (26)

그러나 그의 주장은 마지막 진술로 인해 그 진위 자체가 모호해지고, 오히려 허구라는 인상만을 강화할 뿐이다. 빅터 칸(Victor L. Cahn)에 따르면, 핀터의 극 중 인물은 지배권을 확보하기 위해 과거의 한 사건을 끌어들이거나 기억해냄으로써 이를 무기로 사용하고 때로는 관객이나 다른 등장인물들이 그 진위를 밝힐 수 없는 이야기를 창조한다(4). 버나드 듀코어(Bernard F. Dukore) 역시 핀터의 주인공들은 그들의 기억의 정확성에 대해 확신하지 못하기 때문이 그들이 회상하는 것이 무엇이든 간에 현재에 사실인지 아닌지 기억도 인식하지도 못한다고 지적한다(9). 그들에게는 확실하지는 않지만 기억 그 자체가 폭력을 휘두를 수 있는 하나의 무기가 되기 때문에 불확실성 자체가 더 중요하고, 진위 여부보다도 언어를 통해 상대방을 지배할 수 있느냐가 그들에게는 훨씬 더 중요한 문제다.

앞에서 살펴보았듯이 맥스의 위협과 폭력은 언어에만 국한되지 않고 물리적인 폭력으로 발전하기도 한다. 그러나 맥스에 대한 레니의 반응은 "오, 아버지, 지팡이로 저를 치지는 않을 거죠, 그렇죠? (……) 아버지, 그 지팡이로 저를 치지는 마세요"(27)라고 말하는 데에서 알 수 있듯이, 그는 맥스를 두려워하기보다는 오히려 조롱하며 상대방에게 모욕감을 안겨준다. 바로 이어지는 '침묵'은 둘 사이의 대결의 '일시 정지'인 동시에 승부의 균형추가 레니 쪽으로 이동했음을 암시한다. 듀코어는 이 극에 대해 언어폭력과 물리적 폭력이 극 전체에 스며들듯이, 모욕 또한 극 전체에 걸쳐 스며들고 있다고 설명한다(79).

가장이라는 절대적 권위로 지배자로 군림하던 맥스는 이제 레니로부터 공격을 받고 조롱당하는 처지로 전락한다.

> 뭐 좀 물어보죠. 우리가 아까 저녁으로 먹은 거, 이름이 뭐예요? 뭐라고 불러요?
>
> 사이
>
> 개나 사서 키우시죠. 아버지는 개 먹이 요리사예요. 사실. 아버지는 여러 마리의 개를 위해 요리한다고 생각하시잖아요. (26~27)

에슬린 이후 많은 비평가들, 특히 남성비평가들은 『귀향』을 주로 '오이디푸스 콤플렉스(Oedipus Complex)'로 분석하려 한다. 특히 맥스에 대해 공격적인 태도를 보이는 레니의 행동을 '아버지－아들의 투쟁'이라는 입론으로 분석하려 한다. 하지만 오이디푸스 콤플렉스 입론에 의거한 분석은 맥스 대 레니의 대립구도에서는 어느 정도 유효할 수 있지만, 레니와 다른 인물 간의 갈등 구도에서는 유용하지 않을뿐더러, 특히 루스에 대한 레니의 공격적 행동을 설명하는 데 한계를 드러낸다. 아버지 맥스에게 취했던 공격성이 상징적인 '어머니'의 형상이라 할 수 있는 루스에게도 똑같이 재현되기 때문이다. 따라서 레니가 맥스에게 공격적인 성향을 보이는 것은 그가 아버지이기 때문이라기보다는 맥스가 자신에게 아버지로서의 가부장적 권위를 강조하며 일방적인 복종을 강요한다는 사실에서 기인한다.

맥스에게 정향되는 레니의 폭력성이 또 다른 아버지의 형상이라고 할 수 있는 삼촌 샘에게는 투사되지 않음은 맥스와 레니의 관계가 오이디푸스 콤플렉스로만 설명되지 않는다는 사실을 방증한다. 샘은 이 극의 인물들 중에서 가장 연약한 인물이기 때문에 레니는 샘에 대해 어떤 공격성도 취하지 않는다. 반면 이 집을 예기치 않고 방문한 루스의 경우, 위협 대상으로서 그녀의 잠재력을 파악할 수 없기 때문에 레니를 포함해 모든 가족이 그녀에게 공격적인 성향을 드러낸다.

존 라르(John Lahr)는 맥스 집안의 남자들이 폭력성의 원인을 사랑의 결핍에서 찾았다.

> 『귀향』은 인간의 근원의 상실을 특징화한다. 등장인물들은 그들이 찾을 수 없는 과거에 도달하기 위해 노력한다. 그들은 표류하고 있고 폭력은 그들의 혼돈과 고독을 암시한다. (유송희 12 재인용)

즉 『귀향』의 남성 인물들은 폭력을 통해 불안과 고독으로 점철된 현실에서 벗어나고자 하지만, 결국 표류하고 더욱더 깊은 혼돈에 빠지고 고독감은 더욱 깊어진다. 사랑의 근원을 모성이라고 상정한다면, 어머니 제씨의 부재는 그들에게 상실감을 키웠고, 그로 인해 그들의 폭력성이 배가되었다고 할 수 있다.

2) 주체성 확립을 위한 권력투쟁

남성과 여성의 힘의 관계에 주목해 핀터의 극을 생존게임과 힘을 겨루는 장소로 간주한 칸은, 이미 형성된 남성들 사이의 영역 갈등에 루스라는 여성이 침입하게 되고, 결과적으로 남성들 사이의 영역 다툼은 이제 루스를 차지하기 위한 투쟁으로 변하고 루스는 이 과정에서 주도권을 갖게 된다고 파악했다(59). 핀터의 극이 위협극이라는 점을 상정할 때 테디와 루스 부부가 맥스, 레니 샘에게 위협적 요소로 간주되는 것은 논리적으로 개연성이 있다. 그런데 테디와 루스의 관계를 고려하면 그들 사이에서는 위협의 구도가 상정될 수 없다. 왜냐하면 테디는 오랜만에 일시적인 귀향을 한 것이고, 루스는 남편인 테디를 따라 낯선 이방인으로 방문을 한 것이기 때문이다. 그럼에도 불구하고 이 둘 사이에서는 긴장감이 흐르고, 특히 루스는 테디에 의해 위협의 대상으로 간주된다.

맥스와 레니가 힘의 양축을 이루고 있는 공간에 테디가 결혼한 지 6년 만에 그의 아내 루스와 함께 귀향하게 된다. 극 중에서 직접적으로 문제의 본질에 대해 언급되지는 않지만, 이들은 미국에서, 혹은 런던에 도착하기 전 방문한 베니스(Venice)에서 문제가 있었던 것으로 보이고, 둘의 불편한 관계가 대화에서 감지된다. 이들 역시 상대방을 제압하기 위해 언어게임을 벌이는데 그 양상은 루스가 테디에게 저항하는 방식이다.

루스는 가정 내에서 남편의 가부장적 권위를 인정하려 하지 않는다. 루스는 의도적으로 테디의 말에 부정적으로 반응한다. 테디는 6년 만의 귀향인데도 불구하고 집이 크게 변하지 않은 사실에 대해 흥분한다.

당신은 이 방 어떻게 생각해? 크지, 그렇지? 내 말은 좋은 방이란 말이야, 그렇지 않아? 사실은 벽이 있었어, 저기 건너에 …… 방문이 달린 벽이. 우리가 …… 몇 년 전에 부숴버렸어 …… 열린 거실 공간을 만들기 위해서 말이야. 구조는 그대로야, 보다시피. 우리 엄마는 돌아가셨어. (37)

테디는 집이 예전과 같다는 사실을 장남으로서의 자신의 위치가 여전히 확고하다는 증거로 간주한다. 그러나 그의 흥분된 반응에 대해 루스는 철저히 무관심으로 대응한다. 테디가 피곤하지 않느냐는 질문에도, 방을 보여 주겠다는 제안에 대해서도 시종일관 부정적으로 반응한다(38~39). 루스의 이런 부정적인 반응은 표면적으로는 테디의 질문과 제안에 대한 거절로 보이지만 실제로는 남편으로서의 권위를 인정하지 않겠다는 루스 나름대로의 의지의 발현으로 볼 수도 있다.

루스는 테디의 사회적인 성공에 대해서도 회의적이다. 오히려 다른 식구들과 합세해 테디의 철학 교수로서의 자질에 의문을 제기하며 그의 사회적 성공을 무화시킨다. 예컨대, 그녀는 가족들이 모두 모인 자리에서 테디에게 "당신 가족들이 당신의 논문을 읽은 적이 있나요?"(77)라고 공세적으로 질문하며 그들로 하여금 철학자로서의 그의 경력에 대해 의구심을 갖도록 한다.

테디는 표면적으로는 루스의 공격적인 질문에 대해 수세적 입장을 취하는 것처럼 보인다. 하지만 실제로는 다른 식구들이 그의 학문적 연구를 이해하지 못할 것이라고 예단하고, 그 자신만이 사물의 본질을 파악할 수 있고, 그에 따라 행동할 수 있다고 단언한다. 즉 그는 자신이 직업이 노동자 계층에 속하는 자신의 가족들과는 구별된다는 점을 강조하면서 지식이라는 상징적 권력을 통해 그녀뿐만 아니라 나머지 가족들을 굴복시키려 한다.

그러나 후반부로 갈수록 테디의 언술은 설득력을 잃는다. 극 초반 그는 자신의 철학세계를 그 누구도 이해할 수 없을 것이라고 단언하지만, 그의 철학세계는 실제 삶과는 유리되어 있다. 테디는 탁자에 대해 철학적으로 언술을 해 달라는 레니의 요구에 대해 탁자는 탁자일 뿐이라며 묵살한다. 즉 가장 간단한 사물조차도 자신의 철학을 통해 본질을 규명하지 못한다. 오히려 그는 레니와의 토론에서 자기중심주의 또는 남성중심주의에 매몰되어 자신의 철학의 논리적 허구성을 드러낸다. 이에 반해 루스는 그녀만의 방식으로 사물의 본질에 천착한다.

> 너무 확신하지 말아요. 뭔가 잊은 게 있군요. 나를 봐요. 나는 …… 다리를 움직이고 있어요. 그렇죠. 그러나 나는 …… 속옷을 …… 입고 있고 …… 그건 나랑 같이 움직이죠 …… 그게 …… 당신의 관심을 끌고 있죠. 아마 당신은 잘못 해석하고 있을 거예요. 행위는 간단해요. 다리를 …… 움직이는 거죠. 내 입술이 움직이죠. 왜 당신이 관찰을 그것에 …… 한정지으려하지 않는 거죠? 아마도 입술이 움직이고 있다는 사실이 …… 그걸 통해서 나오는 말보다 더 중요하겠지요. 당신은 그런 …… 가능성을 …… 염두해 두어야 해요. (68~69)

그녀는 다리를 움직이는 행위는 단순하지만, 그 행위로 인해 사람들은 속옷이 움직일 것이라는 사실에 주목한다고 말한다. 그녀에게 있어 중요한 것은 발화된 내용보다는 발화 행위 그 자체이고,

이를 통해 즉각적인 반응이 도출될 수 있다. 루스는 자신만의 내러티브를 통해 사물의 본질을 이해하고 사물의 재현의 한계를 분명하게 인식하고 있다. 루스의 내러티브는 테디의 언어와 철학에 내재된 근본적인 한계를 규명하는 동시에, 신체의 움직임, 그리고 그 움직임을 통해 자연스럽게 표현되어 전달되는 물리적 언어가 그 어떤 철학적 진술보다 더 위력이 있음을 예증한다. 요컨대 어떤 진술된 내용보다 발화 행위 그 자체가 중요하다는 루스의 언어관은 진술 내용의 진위보다도 진술 행위 자체에 의미를 두는 핀터의 언어관을 표상한다.

테디는 토론 과정에서 상황이 여의치 않자 루스에게 미국으로 돌아갈 것을 종용한다. 이 과정에서 그는 미국을 "매우 깨끗한"(70) 곳으로 묘사한다. 루스는 테디의 언술에서 논리의 허점을 발견하고 이를 집중 공격한다. 즉 그녀는 미국이 깨끗하다면 그들이 머물고 있는 "여기는 더럽냐"(70)라고 반문한다. 순간적으로 어휘 선택에 문제가 있었다는 것을 깨달은 테디는 그건 아니지만 미국이 더 깨끗하다고 답한다. 그러면서 화제를 바꾸어 방문 목적에 대해 루스를 설득시키려 하지만 성공을 거두지 못하고, 결국 자신이 가정과 사회에서 역할을 제대로 수행하지 못한다는 것을 드러낸다. 일이 자신의 뜻대로 되지 않자 명색이 철학자이고 대학 교수임에도 불구하고 "지저분한 화장실!"(71)이라는 원색적인 표현도 서슴지 않는다.

루스는 테디와의 대화에서 가정과 일, 이 두 가지를 조화시켜 나가지 못하는 그의 무능함을 공격하는 데 초점을 맞추었다. 테디는 루스와의 대결에서 패배해 이제 더 이상 머무를 수가 없다. 왜냐하면 그의 형이상학적인 언어가 통하지 않기 때문이다. 그는 속으로는 루스가 가족의 제안을 받아들일지도 모른다는 두려움에 사로잡혀 있지만 겉으로는 태연한 척한다. 이는 패배자의 비겁함과 자신의 무능함을 드러내는 지식인의 허위의식과 다름이 없다. 결국 테디는 가족들의 욕망에서 루스를 지켜내어 점유할 수 없다고 생각하고 그녀를 두고 떠나기로 결정한다. 즉 자신의 필요에 따라 가족들을 찾아 왔지만 얻는 게 없자, 바꿔 말하면 자신의 권력을 자신의 뜻대로 향유하지 못하자 곧 떠나 버리기로 결정한 것이다.

반면 루스는 테디가 미국으로 떠남에도 불구하고 남아 있기로 결정하는데, 루스의 결정은 현재 처한 상황에서 벗어나고자 하는 "열정적인 삶, 성욕, 폭력에 대한 갈증"(Ganz 186)으로 설명될 수 있다. 스티븐 게일(Stephen Gale)은 테디가 떠나고 루스가 이 집에 남게 됨으로써 결혼과 가족이 만족시키는데 실패한 깊은 감정적 공허함을 채울 수 있을 것이라고 보았다(153). 엘리자베스 사켈라리도우(Elizabeth Sakellaridou)는 루스가 남편 테디를 따라가지 않고 맥스의 집에 남기로 결정하고, 그녀의 본성의 본질적인 요소로서 매춘을 자유 의지로 받아들이는 행동을 그녀에 대한 남성들의 의도적인 모욕에 휘둘리지 않으며 여성으로서의 정체성을 확립해 가는 과정으로 해석했다(109~112). 결국 루스는 이 집에 남고 테디는 아이들에게 보여줄 맥스의 사진을 건네받으며 식구들에게 작별인사를 하고 떠난다(95).

루스는 즉각적인 반응을 도출할 수 있는 언어를 구사하고 또 조작함으로써 이 세계에서 군림할 수 있고 오히려 그녀에게 테디의 세계보다는 이 세계가 보다 큰 의미를 가질 것이다. 그렇기 때문에 그녀의 공격은 그가 떠나는 장면에서도 멈추지 않는다. 그녀는 떠나는 남편의 등 뒤에서 그를 불러 세워 "에디 (……) 날 잊지 마세요"(96)라고 말한다. 즉 그녀는 더 이상 자신의 공격에 대해 맞설 수 없어서 혼자 떠나는 남편에게 그의 마지막 남은 힘까지 철저하게 빼앗는 최후의 일격을 가한다. 루스는 테디와의 관계에서 언술과 침묵의 혼성을 적절하게 이용하여 그를 굴복시키고 자신의 정체성을 획득하는 데 성공한다. 아널드 힌칠리프(Arnold P. Hinchliffe)는 『귀향』에서 철학은 "논쟁의 일부라기보다는 심리적인 무기"라고 논평한다(126). 요컨대 테디는 철학을 논쟁의 도구로 여긴 반면, 루스는 심리적인 무기로 간주했기에 그와의 논쟁에서 승리하고 주체성을 획득하게 된 것이다.

엘리자베스 그로츠(Elizabeth Grosz)에 따르면, 자아는 궁극적으로 신체적 감각으로부터 기인한다. 자아가 구체화되는 형태는 순수한 정신적인 작용이 아니라 리비도적인 신체 기관을 통해 경험되는 성적인 강렬함의 투사의 결과이다(85). 테디는 냉철한 합리주의자로서 세상을 보며 상대방의 감정이나 생각은 고려하지 않고 자신만의 기준과 방식으로 상대방을 평가한다. 따라서 그의 언어는 현실과 유리되어 있고 관념적이고 현학적일 수밖에 없다. 반면 루스의 언어는 보다 직관적이고 실제적이다. 그녀의 언어는 한 여성으로서 본능이 더 중요하므로 그녀는 원하는 것을 할 수 있는 자유로운 몸이라는 것을 강조하는 것이다. 즉 그녀는 자신의 욕망을 언어가 아닌 몸으로 형상화한다고 할 수 있다. 사켈라리도우는 루스의 언어가 "새롭게 공식화된 여성 이데올로기를 반영하는 최초의 굳건하면서도 논리 정연한 여성의 대사"라고 주장하며 루스의 언어를 지지한다(109).

핀터는 테디의 언어와 루스의 언어를 대비시킴으로써, 바꿔 말하면 형식 논리에 매몰된 형이상학적이고 관념적인 언어와 육체적 행동으로 드러나는 수행적인 언어를 대비시킴으로써, 일상에서 논리, 즉 문법 체계에 의존하는 언어가 노정하는 한계를 명확히 보여준다. 또한 관념적이고 현학적 언어를 구사하는 테디가 일상 언어를 구사하는 루스에게 패배하는 상황을 통해 '언어 게임'이 권력의 충돌의 한 양상임을 보여주고 있다.

3) 성정치학적 권력투쟁

남성과 여성의 성치학적 권력투쟁이라는 관점에서 살펴볼 인물은 맥스와 루스다. 앞에서 살펴보았듯이 루스는 테디와의 관계에서는 적극적인 언술과 침묵의 전략을 통해 그를 압도한다. 그러나 맥스와의 관계에서는 다소 수세적인 침묵과 회피의 전략을 구사한다. 루스는 맥스의 공격에 직접적 대응은 피함으로써 물리적 폭력의 희생자가 되기를 거부 또는 방지한다.

맥스를 비롯해 레니, 샘은 테디의 방문에 반가워하기보다는 오히려 동행한 루스를 보자마자 그녀를 경계한다. 루스에 대한 경계심은 다음날 아침 테디와 루스를 맞이하는 가족들의 태도, 특히 맥스의 경계적 태도에서도 잘 드러난다. 이들이 느끼는 두려움은 근원을 알 수 없는 이방인 또는 침입자로 규정되는 그녀의 불확실한 정체성에서 기인한다.

맥스. 너 그가 있었다는 거 알았어?
샘. 아니.

맥스는 조이를 쳐다본다.

맥스. 너 그가 여기 있었다는 거 알았어?

사이

너 그가 여기 있었다는 거 알았는지 묻고 있잖아? (56~57)

맥스와 테디 부부의 상봉은 보통 가족들의 그것과는 다르다. 맥스의 말에서 알 수 있듯이, 그에게 중요한 것은 아들 부부가 자신의 집을 방문했다는 사실이 아니라, 자신이 모르는 상태에서 그들이 집에 들어왔다는 점이다.[3] 맥스에게 가장 중요한 것은 누군가가 자신의 영역을 침입했다는 사실 자체이다. 테디가 맥스에게 루스를 자신의 아내라고 아무리 설명해도, 맥스는 그녀에 대한 경계심을 늦추지 않는다. 그에게 테디나 루스는 자신의 영역에 침입한 낯선 이방인일 뿐이다.

---

3) 힌칠리프는 테디와 루스의 귀향 사실을 알지 못한 사실에 대해 맥스가 분노하는 것은 개연성이 있다고 보았다. 특히 레니가 테디 부부의 귀향을 알고도 그 사실을 자신에게 숨겼다고 맥스가 의심하고 있다고 가정한다면 그의 분노는 더욱 이해가 된다고 주장했다(122). 그렇다 하더라도 자신의 분노를 루스에게 투사하는 것은 온당치 않다. 이 장면은 맥스가 정신적으로 안정되지 않았다는 사실과 함께 침입자로서의 루스에 대한 그의 두려움을 시사한다.

그렇기 때문에 맥스는 루스를 처음 본 순간 "누가 창녀를 여기에 들여놓으라고 했어?"(58)라고 욕설을 퍼붓는다. 이 언술은 직접적으로 루스에게만 정향되지는 않지만, 맥스는 궁극적으로 루스에게 모욕적이고 거친 말을 구사함으로써, 이를 공격과 동시에 자신의 두려움을 감추기 위한 일종의 방어기제로 활용하고 있다고 할 수 있다. 그는 가부장적 권위를 통해 루스를 압도하고 굴복시키기를 원했지만, 그 권위는 레니와의 대결을 통해 이미 상실되었다. 따라서 그가 루스를 굴복시킬 수 있는 방법은 그녀에게 최대한 성적 모욕감을 안겨주어 그에게 두려움을 느끼도록 하는 것이다. 레니가 자신의 권위를 인정하기 않을 때 과거의 물리적인 힘을 과시했던 것과 마찬가지로, 맥스는 가부장적 권위를 과격한 성적 폭언으로 갈음한 것이다. 하지만 당연하게도 그의 이런 위압적인 태도에 대해 당황하는 인물은 테디지 루스가 아니다. 맥스의 비난이 계속되는 동안 루스는 한마디 말도 없이 침묵으로 일관한다.

루스에 대한 폭력적인 언어가 효과를 발휘하지 못하자 맥스는 짐짓 경계를 풀고 그녀를 자신의 며느리로 받아들이는 유화적인 태도를 취한다(59~60). 하지만 그는 표면상으로는 루스를 반갑게 맞이하는 것처럼 보이지만, 실제로는 그녀를 경계하고 약점을 파악할 때까지 공격을 일시적으로 유보함으로써 일단은 그녀와의 전면전을 피하는 것이다. 대신 언어의 조작이 가져오는 폭력성을 잘 인지하고 있는 맥스는 자신이 이 가족의 가장이라는 자신의 위치를 끊임없이 강조하고, 자신의 힘을 과시하기 위해 또 다시 과거를 재창조/재구성한다.

특히 제씨에 대한 서술에서 맥스의 의도가 잘 나타난다. 집안에서 그의 역할과 제씨가 했던 역할에 대한 서술을 통해 그가 얻고자 한 효과는 그가 집안에서 중요한 인물임을 강조하면서 자신의 가부장적 권위를 강조하는 것이다. 일반적으로 가부장적 가족 구조에서 어머니는 가족의 중추적인 역할을 담당하면서도 그 존재 가치를 인정받지 못하고 절대 복종과 봉사를 강요받는 존재다. 여성의 신체를 새로운 방식으로 개념화한 뤼스 이리가레(Luce Irigaray)에 따르면, 가정에서 아버지의 이름으로 표시되고 가정 내에 갇힌 재생산적 도구로서 어머니는 사적 소유물로서 교환으로부터 배제되어 있다. 그들은 남성들이 구축한 세계를 위협하지 않고 사회적 질서를 유지하도록 훈육되어 있고, 자녀에게 아버지의 법칙에 순응하도록 교육하는 의무를 지니고 있다(185). 즉 『귀향』에서 남성들은 이 같은 관습적인 성(gender) 역할을 제씨에게 부과하고 이를 통해 자신들의 가부장적 권위를 내세우려 한다.

하지만 맥스는 무심코 "그 여자[제씨]가 이 집안의 중심이었지"(62)라고 말하며 집안에서 자신의 권위를 스스로 무너뜨리고 있다. 또한 그는 루스에게 제씨를 "강철 같은 의지, 따뜻한 마음씨, [고귀한] 정신"(62)을 가진 사람이라고까지 말하며 긍정적으로 평가한다. 그러나 맥스는 루스를 처음 보았을 때 테디에게 "나는 이 지붕 밑에 창녀를 둔 적이 없어. 네 어미가 죽은 후로는"(58)이라고 말함으로써 제씨가 부정한 여자였음을 암시한다.4) 즉 이처럼 일관

4) 제씨에 대한 비교적 정확한 묘사는 샘에 의해 이루어진다. 샘은 제씨의 부정에 대해 상세히 알고 있다. 제씨의 부정을 알고 있는 맥스는 샘이 그 사실을 폭로할 것이 두려워 그를 육체적·정신적으로 학대한다. 맥스가 동생 샘을 학대하는 장면은 극의 시작에서부터 곳곳에 나타난다. 결국 제씨가 부정했던 여인이라는 것은 나중에 샘에 의해서 밝혀진다. 그는 죽기 직전 "내가 그 둘을 태웠을 때 맥그레거는 제씨와 내 택시 뒤에서

성 없는 맥스의 언술은 그의 가부장적 권위를 실추시키며 루스와의 대결에서 권력을 상실하게 되는 단초가 된다.

맥스는 루스와의 대결에서 주도권을 상실했음에도 불구하고 마지막 순간까지도 패배를 인정하려 하지 않는다. 그래서 그는 마지막으로 그의 언술이 가진 힘을 다시 확인 받고자 그녀에게 폭력적 언어를 퍼붓지만 결국 실패로 끝나고 만다. 이제 그는 더 이상 자신을 지탱할 기력조차 없어 바닥을 무릎으로 기면서 루스에게 키스를 간청하지만 이 역시 무시당한다. 결국 맥스는 루스에게 자신의 가부장적 권위를 무기로 그녀를 제압하려고 했지만 실패로 끝나고 오히려 그 자신이 굴복당하기에 이른다. 그리고 마지막 장면에서 루스와의 권력투쟁에서 자신의 패배를 인정하며 레니와 샘에게 경고한다.

> 나는 그녀가 우리를 배신할 것이라는 야릇한 생각이 들어, 내기 할래? 그녀는 우리를 이용할 거야, 우리를 이용할 거야, 장담해! 냄새가 나는 걸! (……) 그녀는 …… 우리의 말을 듣지 않을 거야! (97)

맥스는 이미 언어가 갖는 힘과 영향력을 깨닫고 있기 때문에 루스에 대해 공포를 느끼고 있다. 루스와의 권력투쟁에서 그가 루스

했어"(94)라고 고백한다. 제씨는 이 극에 직접 등장하지는 않지만 극중 인물들에 의해 여러 차례 언급되면서 작품 전체에 유령처럼 출몰한다. 그녀의 창녀로서의 이미지는 나중에 루스에 의해 재현된다. 『귀향』에 나타난 맥스 가족의 모계 중심 구조는 제씨의 죽음으로 붕괴되었다(Adler 382). 리처드 더튼(Richard Dutton)에 따르면 루스는 "죽은 어머니 제씨의 화신"(133)으로 형상화되고, 가족의 체계이자 직관적이고 직설적인 언어를 구사해 남성가족들을 압도한다.

를 굴복시키지 못한 이유는 물리적인 힘에만 의존하여 자신의 권위를 드러내려 했다는 점과 더불어 언술에 일관성이 결여되고 있다는 사실에서 찾을 수 있다.

권력구조에서 맥스의 쇠퇴와 루스의 부상은 맥스의 가부장적 권위를 내세우며 독재자로 군림하던 그의 집안에서 권력 구조의 변화를 시사한다. 제씨가 죽은 후 집안에는 구심점이 없다고 한 맥스의 언술을 상기해 본다면 이 집안에서 루스가 할 일은 이미 예정되어 있다. 즉 그녀가 해야 할 임무는 맥스나 레니 대신 집안의 중심이 되어 집안을 이끌어가는 일이다.

이제 루스는 가족의 지배자로 군림하기 시작한다. 그녀는 직설적이고 직관적인 언어를 사용해 자신이 더 이상 위협의 대상이 아니라고 인식시키는데, 이는 처음부터 계산된 의도였다. 그렇지만 그녀의 의도를 파악하지 못한 가족들은 그녀를 가정부로서, 매춘부로서, 요리사로서 적당하다고 생각하고 그녀에게 이 집에서 함께 살 것을 제안하고, 결국 루스는 이 제안을 받아들이고, 테디만이 미국으로 떠나게 된다. 즉 이처럼 『귀향』은 표면상으로는 테디의 귀향으로 보이지만 궁극적으로는 루스의 귀향, 더 나아가 '정주'로 귀결된다. 루스가 테디가 떠난 뒤 맥스의 집에 남기로 한 결정에 대해 사켈라리도우는 다음과 같이 설명한다.

> 『귀향』에서 남성들의 부적절함은, 완전함과 통합을 위한 루스의 투쟁과 상반되게, 자신들을 전체의 작은 부분들로 보는 그들의 성향에 의해 강하게 나타난다. (115~116)

사켈라리도우는 루스의 결정을 남편 테디에 대한 거부이자 동시에 완전함과 통합을 추구하는 투쟁의 결과로 파악한다. 추상적인 개념보다는 실체적 사실을 중요시하는 루스는 이제 세계를 능동적으로 조정하는 행위자이면서 가족을 통합하는 조정자의 역할을 수행한다. 요컨대, 제씨의 죽음으로 붕괴되었던 맥스 가족의 모계 중심 구조는 루스의 귀향으로 복원된다고 할 수 있다.

4) 주도권 쟁취를 위한 권력투쟁

루스와의 권력투쟁에서 가장 복잡한 양상을 띠는 인물은 레니다. 루스를 지배하기 위해 레니가 사용하는 언어 전략은 테디나 맥스의 그것과 비교해보면 훨씬 정교하고 다층적이다. 레니는 루스와의 권력투쟁에서 도전과 거부를 통해 일방적이고 잔인한 남성적 공격성을 표출한다. 『귀향』에서 루스와 다른 인물들 사이에서의 권력투쟁보다도 레니와의 관계에서 그 과정이 구체적이고 실제적이다. 그렇기 때문에 듀코어는 그들의 충돌을 "지배를 위한 싸움"(77)으로 규정했다.

루스와 레니의 권력충돌은 첫 장면에서부터 감지된다. 둘 사이에는 긴장감이 흐르고 그들은 상대방을 압도하기 위해 또는 경계하기 위해 처음부터 언어게임을 벌인다. 레니는 자신의 감정을 숨기고 상황에 부합되지 않는 어휘를 사용하고, 상대방이 예상치 못한 질문 등을 퍼부으며 루스를 공격한다. 하지만 그녀는 전혀 동요하지 않고, 레니의 폭력과 위협에도 불구하고 그의 언술에서 논리적 약점을 간파하기 위해 침착하게 반응한다.

레니와의 대결에서 루스는 양동작전을 구사한다. 그녀는 때로는 그가 가진 언술의 힘을 인정하기도 하고, 때로는 그의 공격을 무시하기도 하면서 그의 공격을 효과적으로 방어한다. 첫 대결에서 루스가 자신의 공격에 굴복하지 않자, 레니는 그녀가 만만치 않은 상대임을 직감하고 그녀를 위협의 대상으로 간주하며 잠시 공격을 유보하면서 탐색을 시도한다.

레니. 뭐 좀 먹을래요? 음료수? 빈속에 술이라도?

루스. 아뇨, 됐어요.

레니. 다행이네요. 집에 마실게 없어요. 잘 들어요, 우리가 파티나 그런 걸 한다면 사오죠. 당신도 알다시피 …… 뭔가 축하할 일이 생기기라도 한다면. (44)

레니는 위협적인 언어 공격이 효과를 거두지 못하자 언어를 조작한다. 즉, 그는 루스에게 자신의 위치를 확고히 하기 위해 맥스가 자신에게 행했던 방법을 재현한다. 그는 루스에게 "손 좀 잡아도 될까요?"(46)라고 갑자기 묻는다. 그 이유를 묻자, 그는 느닷없이 자신이 창녀를 가혹하게 대했던 이야기를 장황하게 늘어놓는다.

레니. 얼마 전 어느 날 밤에, 부두 옆에서 혼자 아치 밑에 서 있는데 (……) 어떤 여자가 내게 와서 제안을 하더군요. 이 여자는 며칠 동안 나를 찾아다녔죠. (……) 유일한 문제는 그녀가 매독에 걸렸다는 거예요. 그래서 거절했죠. (……) 그런데 그 여자가 계속 고집을 부렸고 아치 밑에서 수작을 부리기 시작하는 거예요. (……)

그녀를 한 대 쳤죠. (……) 그래서 나는 그녀의 코를 한 방 먹이고 구둣발로 몇 번 차고 그냥 그대로 내버려뒀죠. (……)

루스. 그녀가 병에 걸렸다는 것을 어떻게 알았죠?

사이

레니. 그녀가 그렇다고 내가 결정했죠. (46~47)

레니는 자신의 폭력성을 강조함으로써, 자신의 공격적 이미지를 부각시키는 동시에 루스에게는 은연중에 창녀의 이미지를 투사하고 있다.

레니의 이야기를 단순하게 폭력적 무용담으로 치부할 수도 있지만 그의 실제 의도는 과거의 일을 회상하는 것이 아니라 루스를 위협하기 위함이다. 레니는 언어게임을 통해 루스를 지배하는 것이 불가능하자, 물리적인 폭력보다도 심리적·상징적인 폭력을 통해 그녀를 굴복시키려한 것이다. 그의 이야기는 결국 조작된 것으로 밝혀진다. 하지만 앞에서 언급했듯이, 레니의 이야기는 사실이든 허구이든 간에, 즉 진위 여부에 관계없이 자족적 의미를 갖는다. 왜냐하면 핀터의 극 인물들의 언어에 있어 중요한 것은 사건이나 언술의 진위여부가 아니라 이를 토대로 사건을 창조해 낼 수 있는 조작의 가능성과 그 언술이 상대방을 위협할 수 있느냐가 무엇보다도 중요하기 때문이다.

루스와의 주도권 싸움에서 그녀를 제압하는데 실패하자, 레니는 자신에게 쇠로 된 무거운 다리미 압축 롤러를 옮겨 달라고 부탁한

노파 이야기를 한다(48~49). 칸은 이 장면에서 레니가 루스에게 전하는 폭력적 무용담이 갖는 의의는 사실과 허구의 문제가 아니라 원인이 무엇이든 간에 "여성에 대한 잠재적 폭력성"의 여부라고 논평한다(61). 이처럼 레니의 의도는 폭력성을 부각시켜 루스로 하여금 그에 대해 두려움을 느끼도록 하기 위함인데, 루스는 레니의 폭력에 대해 아무런 반응이 없다.

초조해진 레니는 이번에는 루스에게 실제로 물리적 위협을 가하려 한다. 물 컵을 놓고 벌이는 두 사람의 갈등과 충돌은 둘의 관계가 어떤 식으로 정립될 것인가를 암시한다. 레니는 루스가 물 컵을 달라고 요구하지도 않았는데도, 강제로 물 컵을 주고, 그녀가 물을 다 마시지 않았다고 말하는데 불구하고, 이번에는 물 컵을 강제로 빼앗으려 한다. 컵을 빼앗겠다는 레니의 말에 루스는 아직 덜 마셨으니 줄 수 없다고 완강히 버틴다. 오히려 레니를 "레너드"(49)"라고 부르며, "만일 물 컵을 가져간다면 …… 내가 당신을 갖겠다"(50)라고 말하며 기존의 수세적 입장에서 공세적 입장으로 전환한다.

레니는 루스의 갑작스러운 공격으로의 전환에 무방비 상태로 당한다. 맥스를 대신해 이 집안의 지배자로 군림하게 된 레니는 맥스가 했던 방법과 똑같은 방법으로 침입자 루스에게 맞섰지만 결국 패배하고 만다. 요컨대 루스는 레니의 장황한 이야기들이 갖는 심층적 의미에 반응하지 않고 표층적으로 접근한바, 그의 의도를 무력화시키며 상황을 자신에게 유리하게 이끌어 권력투쟁에서 승리한다.

루스는 맥스, 테디, 레니와의 주도권 싸움에서의 연이은 승리로 점점 자신감을 갖게 되면서 더욱 자신을 솔직하게 드러낸다. 심지어는 "난 예전에 모델이었어요. 사진모델 말이에요"(73)라며 자신의 과거를 당당하게 밝힌다.[5] 그녀의 솔직함에 가족들은 루스에 대한 경계심을 완전히 풀어버리고 오히려 그녀에게 압도되어 그녀를 자신들과 동일화하고 가족의 일원으로 받아들이려 한다. 하지만 그들은 루스의 진짜 의도, 즉 그녀가 자신에게 경계를 풀도록 한 것 역시 의도된 계산에서 비롯된 것이고, 이를 위해 그녀가 즉각적인 언어를 사용한 것임을 인지하지 못한다.

자신에 대한 경계심이 완전히 사라지자 루스는 본격적으로 자신의 힘을 드러내며 권력을 확보하기 시작한다. 그녀는 레니에게 마실 것과 먹을 것을 가져달라고 부탁하고 레니는 그녀에게 순종한다. 부탁처럼 보이지만 실제로는 명령에 가깝다. 조이 역시 그녀에게 물 컵을 가져다주며 그녀에게 굴복한다(76~77). 칸은 루스의 이와 같은 행동은 그녀의 성적 욕망을 표상할 뿐만 아니라 가족 내에서의 헤게모니를 확보하기 위한 시도로 간주한다.

> 오디션이 끝나자 루스는 자신을 드러낸다. 그녀는 남자를 성적으로 다루는 기술을 보여줌으로써 자신의 능력을 증명한 셈이다. 더욱이 남성들은 정서적·경제적·성적 이유들로 그녀를 필요로 한다. 그러므로 이 집에서 그리고 사업에서 권력은 그녀의 것이고, 그녀도 그렇게 알고 있다. (68)

5) 많은 비평가들은 루스의 '사진모델'이었다는 진술에서 '사진모델'을 '매춘부'로 동일화한다. 대표적으로 에슬린은 사진모델은 매춘부에 대한 완곡어법이라고 주장한다(Prentice 462 재인용).

레니는 언어게임을 통해서는 루스를 굴복시킬 수 없음을 인식하고 전혀 다른 접근 방식을 취한다. 그는 루스를 '매춘부'로 만들어 식구들의 생계를 책임지도록 하려 한다. 그는 표면상으로는 그녀의 권위에 굴복한 것처럼 보이지만 실제로는 루스에게 매춘부 또는 창녀라는 부정적 이미지, 즉 남성의 성적 욕망을 만족시켜야 하는 수동적 존재를 투사해 그녀에게 보복 공격을 시도하려 한다.

많은 비평가들은 『귀향』에서 루스를 창녀로 규정하고 있다. 대표적으로 사이먼 트러슬러(Simon Trussler)를 들 수 있는데, 그는 루스를 창녀로 규정하고, 더 나아가 창녀라는 이미지를 이 작품 전체에 투사하고 있다.

> 섹스와 특히 폭력 같이 원인과 결과를 떠나 극히 쉽게 조종되는 인간 정서를 다루는 작품을 외설이라고 한다면 『귀향』은 그와 같은 범주에 해당된다고 말할 수 있다. (185)

루스가 『귀향』에서 매춘부가 될 것이라고 확언할 수는 없지만, 매춘부로서 일을 할 수도 있다는 개연성을 상정할 때,[6] 루스를 매춘부로 만들어 권력투쟁에서 우위를 점하겠다는 레니의 계획 역시 성공을 거두었다고 단정할 수 없다. 왜냐하면 이 극을 통해 알 수 있는 레니의 직업은 포주인데, 그럼에도 불구하고 레니는 자신의

---

6) 루스의 매춘 행위에 대해 버트 스테이츠(Bert O. States)는 다음과 같이 논평했다. "현대적인 '가족'이라는 관점에서 어떤 행동을 파악하는 것은 쉽지 않다. [왜냐하면 그와 같은 관점은] 너무나도 많은 우리의 도덕적 양심을 힘들이지 않고 믿도록 하는 데 관심을 기울이지 않고 위반하기 때문이다"(476~477).

직업과 관련해서조차도 루스와의 대결에서 우위를 차지하지 못하기 때문이다. 그녀를 수동적 지위에 놓이게 하고, 그를 위해 일을 해서 돈을 벌어줄 계획을 세우면서도 그의 계획은 구체적이지도 못하고 전문적이지도 않다. 그래서 이들 간의 매춘 사업에 관한 대화도 루스가 주도하고 있으며, 구체적인 사항에 대한 목록 작성과 계약서 작성을 제안하는 사람 역시 루스이다. 따라서 루스는 모든 등장인물과의 권력투쟁에서, 모든 사안에서 완벽하게 승리를 거두었다고 할 수 있다.

『귀향』에서 맥스가 루스 앞에 무릎을 꿇는 마지막 장면은 권력의 이동이 완벽하게 이루어졌음을 시사한다. 그렇기 때문에 『귀향』은 제목으로 보면 테디의 귀향이지만 실제로는 루스의 귀향이라는 에슬린의 논평은 더욱 설득력을 얻는다(159). 루스는 이 극에서 가장 능동적으로 행동하는 인물이며 최후의 승리자라 할 수 있다. 루스는 겉으로는 남성들에게 복종하는 수동적인 여성인 것처럼 행동하면서 궁극적으로는 남성들과의 권력투쟁에서 자신의 지위를 확보했다. 자신을 지키지 못하는 나약한 남편으로부터 벗어나 루스는 이제 완전히 독립적이고 자신의 주체성을 확립하는 동시에, 가족에 대한 지배권을 확보했다. 귀도 알만지(Guido Almansi)와 사이먼 헨더슨(Simon Henderson)의 설명대로 『귀향』은 여성혐오주의적인 연극이 결코 아니라 여성의 독립을 위한 강력한 항변으로 간주될 수 있다(69). 결국 이 작품에서 루스는 매춘부 또는 가정부로서의 희생자로 전락된 것이 아니라 새로운 '권력자'로 부상하게 된 것이다.

루스가 남편과 아이를 버리고 맥스의 집에 머무는 것은 가부장적 규범, 인습, 그리고 전통에 예속된 세계, 획일화되고 기계화된 인위적인 문명세계에서 벗어나 본능에 의해 추동되는 자연으로 돌아가는 일종의 제의라고 할 수 있다. 핀터는 한 인터뷰에서 루스에 대해 다음과 같이 평했다.

극의 마지막에서 루스는 일종의 자유를 갖게 됩니다. 그녀는 자신이 원하는 것을 할 수 있게 되지만 이것이 그녀가 창녀가 될 것이라는 확신을 주는 것을 결코 아닙니다. (Hewes 58)

핀터는 루스를 동물적인 욕망으로 가득 찬 남성들에 의한 피해자가 아니라 자신의 의지에 따라 행동하는 능동적인 인물로 규정하고 있다. 즉 루스는 자신이 추구하는 진정한 삶을 위해 사회적 관습에서 탈피해 자신만의 삶의 길을 개척한 진취적인 인물이라 할 수 있다. 알만지와 헨더슨은 결말부의 루스의 행위에 대해 다음과 같이 평했다.

루스는 창녀가 됨으로써 철학 교수의 초라한 아내라는 학문적인 구속으로부터 자유로워질 수 있기 때문에 역설적인 독립을 얻는다. (69)

마리사 에스포지토(Marisa D'orazio Esposito)는 이 극의 결말을 등장인물 간의 만족의 상태라고 보았는데, 왜냐하면 "이 극의 형태는 중심적이고 통합적인 존재로서 모든 남성들의 여성관을 충족시키는 루스의 귀향과 환영에서 나오기" 때문이다(유송희 45 재인용). 요컨대 루스는 자신의 다양한 여성성 안에서 진정한 자아를 회복하며 이 가족의 공동의 창녀이자 맥스, 레니, 조이를 돌보는 상징적인 어머니로서 역할을 완성하고 가족들을 하나로 화합시키는 귀향의 가능성을 제시했다고 할 수 있다. 휴 넬슨(Hugh Nelson)의 설명처럼, 루스는 여성으로서의 모든 가능성을 안고 귀향한 것이다(Adler 383 재인용).

핀터는 루스를 통해, 원형적인 인물을 창조하던 기존의 여성인물의 성격화에서 벗어나 여성을 완전하고 독립된 주체로 격상시킨다. 루스는 끊임없는 남성의 숭배와 학대의 대상일 뿐만 아니라 여성 정신이 남성 작가의 면밀한 검토의 핵심 대상이 되었다는 점에 있어서 『귀향』의 "결합체"이자 "정점"이다(Sakellaridou 107). 루스는 더 이상 남성들의 시선에 의해 자신을 바꾸는 욕망의 객체에서 벗어나 모든 남성들을 지배하는 지배자의 위치를 넘어서 테디가 얻고자 했던 지적 평형을 성취한 완전한 인간으로 격상된 것이다. 간단히 정리하면, 루스는 표면상으로는 맥스 집안 남성들의 욕망의 객체처럼 보이지만, 실제로는 이를 수동적으로 받아들이지 않고 자유 의지를 통해 자신의 다층적인 정체성으로 받아들인다. 또한 이를 통해 남성 중심 사회에서 배제되는 여성성을 극복하고 자아를 회복하기에 이른다.

그럼에도 불구하고 『귀향』의 결말 장면을 통해 루스의 일방적 승리라고 단정 짓는 데는 몇 가지 의문점이 남는 게 사실이다. 마지막 장면에서 테디는 떠나고 맥스와 샘은 무릎을 꿇거나 누워있다. 반면에 레니는 조금 떨어진 거리에서 이들을 바라보고 있다. 비록 극중에서는 레니가 루스와의 대결에서 승리하지 못했으나 여전히 권력 전복의 가능성이 상존한다. 따라서 이 극을 루스에 의한 권력의 획득이라고 단정 짓는 것은 지나친 단선적인 해석일 수도 있다.

또 다른 근거로는 루스의 행동 자체를 하나의 모방 재현으로 보는 시각이다. 에슬린은 『귀향』에는 극단적인 사실주의와 욕망 성취라는 원형적인 꿈의 이미지 특질이 완벽하게 결합되어 있다고 보았다(154). 이 극에는 실제로 어머니가 등장하지 않는다. 아버지는 존재하지만, 맥스 스스로 어느 정도 인정하듯이, 자식들의 정신적인 지주 역할을 제대로 수행하지 못하고 있다. 오히려 이 집안에서 정신적인 지주의 역할을 담당했던 인물은 제씨로서 루스의 역할은 제씨의 부재로 인해 생긴 공간을 채우는 것이다. 그녀는 상징적인 아버지 역할을 수행해야만 한다. 루스는 남성에게 복종하는 수동적인 여성 역할 연기를 통해 남성들과의 대결에서 권력을 획득했다. 그러나 그것이 상징적 아버지의 역할의 모방재현에 불과하다면, 그녀 또한 진정한 자신의 주체성 확립에는 도달하지 못한 것으로 볼 수도 있다. 루스가 모방재현을 통해 상징적 아버지의 권위를 획득했다면, 그녀의 행동은 오히려 가부장적 권위에 대한 그녀의 동경에서 비롯된 것으로서, 그녀는 권력의 도구로서 가부장적 권력을 더욱 공고화하는 기능을 수행한다고 볼 수도 있다.

하지만 이런 몇 가지 의문점에도 불구하고 루스가 맥스 집안의 남성들과의 권력투쟁을 통해 권력을 확보했고, 그녀의 승리가 자아 회복으로 귀결되었다는 사실은 분명하다. 결론적으로, 루스는 핀터의 극작 시기에 있어 전환점을 이루는 여성 등장인물이다. 왜냐하면 핀터의 여성인물이 대체로 "'어머니－아내－창녀'라는 고착화된 이미지"(유송희 5)에 머물렀다면, 루스는 이를 넘어서 자신의 정체성을 되찾는 능동적인 인물로 발전했기 때문이다.

3. 루스를 통해 본 핀터의 여성관

지금까지 루스의 귀향으로 맥스의 가족들 사이에서 벌어지는 권력의 충돌과 권력의 이동 과정을 중심으로『귀향』을 살펴보았다. 이 작품은 구체적인 가족사를 재현하면서 보편적인 인간관계의 권력구조 변화와 그 과정에서 파생되는 부조리성과 모순의 양상을 반영한다. 핀터의 극에서의 등장인물들은 자기보호본능에 의거해 세상에 대처하며 상대방과 언어대결을 벌이는데, 이들은 자신의 영역을 확보하기 위해 투쟁하고 폭력적인 언어를 조작해 낸다.『귀향』의 남성 등장인물들은 침입자라 할 수 있는 루스의 출현 이전부터 이미 자기들끼리 언어 대결을 통해 권력투쟁을 벌였다. 또한 그들은 권력투쟁에서 우위를 확보하기 위해 끊임없이 과거를 조작하며 현재를 이상화하려 시도했다. 하지만 결국 모두 루스의 언어에 모두 굴복하고 만다.

루스가『귀향』에서 보여주고 있는 언어는 즉각적인 반응을 이끌도록 조작된 직관적 언어이며, 이는 테디의 형이상학적인 언어와 대비되어 그 위력을 나타낸다. 뿐만 아니라 이 극은 이처럼 언어의 폭력성뿐 아니라, 언어의 조작이 추동하는 효과에 대해서도 예거하고 있다. 루스가 선택한 새로운 삶은 과거에 여성의 육체와 성적 욕망이 남성들의 욕망을 충족시키기 위한 수단으로 사용된 것과 달리, 남성을 통제하고 때로는 복종시키는 지배 이데올로기로 제시됨으로써 여성에 대한 기존 관념을 전복한다.

루스는 기존의 강요된 여성의 역할에서 벗어나 새로운 정체성을 찾고 자신의 결정에 따른 삶을 살아가려는 능동적이고 주체적인 여성으로 제시된다. 루스는 허위와 위선에 가득 찬 현실, 즉 결코 행복하지 않음에도 불구하고 결혼이라는 사회제도로 인해 끊임없이 강요받고 희생당했던 어머니와 아내의 역할에서 벗어나 자신만의 진정한 삶을 추구하기 위해 분투하는 전형적으로 '핀터적인(pinteresque)' 인물로 발전한다.

결론적으로 루스는 더 이상 과거의 인습을 답습하는 수동적인 여성이 아니라, 자신이 원하는 바를 이루기 위해서라면 어떤 희생이라도 감수할 각오가 되어 있는 적극적이고 진취적인 여성이며, 기존의 극에서처럼 남성들의 싸움에서 승리자의 전리품이 아니라 남성들과의 싸움에 직접 참여하는 능동적인 주체라는 점에 있어서, 「귀향」은 핀터의 발전된 여성관을 구현하고 있다.

스토파드 극에 나타난 영화적 기법

1. 스토파드와 영화

많은 비평가들이 논평하고 톰 스토파드(Tom Stoppard) 자신도 인정하듯이, 그의 극작 세계는 영화와 매우 밀접한 관련을 맺고 있다. 그는 영화 연출에 대한 전문적인 경험이 없었지만, 자신의 극작품 『로젠크랜츠와 길덴스턴은 죽었다(*Rosencrantz and Guildenstern Are Dead*)』(1966)를 직접 각색하고 연출한 동명 영화로 베니스 영화제에서 황금사자상을 수상했다. 그의 황금사자상 수상은 단지 우연적이고 일회적인 사건이 아니라 그의 영화에 대한 지속적인 관심과 극작가로서의 영화적 재능에서 비롯되었다.

사실 스토파드는 아주 오래전부터 영화에 관심을 가졌다. 공식적으로 그는 연극평론가로 연극 세계에 첫발을 들여놓지만, 연극평론가로 연극 세계에 입문한 이후에도 영화에 대한 관심을 이어간다. 즉 그는 연극평론가가 된 이후 자신이 일하던 신문사 근처의 영화관에서 많은 영화를 접하면서 연극평론뿐만 아니라 영화평론도 썼다. 그는 영화를 통해 영화의 여러 가지 요소, 즉 창의적인 가능성, 관점, 극적 대화 등을 습득하고, 거기에 시각적인 요소에 대해 자신만의 감각을 키워나간다. 요컨대 많은 평론가들이 이야기하는 것처럼, 스토파드가 극작 능력은 그의 천재적인 영감과 재능에서 전적으로 비롯되었다기보다는, 부분적으로는 아니 상당 부분 연극평론가 또는 영화평론가로서의 그의 경력에서도 비롯되었다.

스토파드는 ≪브리스톨 이브닝 월드(*Bristol Evening World*)≫의 영화평론가로 다양한 장르의 많은 영화에 대해 평론을 썼다. 그런데 사실 그는 영화평론보다도 영화 문화 자체에 관심이 더 컸기에 영화평론에서 개별 영화에 대한 정교하고 치밀한 분석보다는 영화 문화를 즐기고 이를 패러디했다. 따라서 그의 영화평론 중 가장 흥미로운 부분은 영화의 미학적 측면보다도 배우들이 정글이나 사막 등 영화 촬영 현장에서 겪었거나 겪을 것으로 추정되는 것들에 대한 그의 논평이다(Nadel 85). 스토파드는 영화에 대한 전문적인 또는 진지한 평론가라기보다는, 영화 문화 자체에 관심을 두고 여기에서 즐거움을 느낀 순수한 영화광에 가깝다고 할 수 있다.

하지만 스토파드도 영화평론을 쓰면서 점차 영화에 대한 전문적인 지식과 감각을 축적하게 되고, 당연하게도 그의 영화평론은 점차 "미학 이론의 한 실험장"(Nadel 86)으로 전화한다. 즉 그는 열정적인 영화광에서 진지한 영화평론가로 전화한다. 그는 1960년대 초반 많은 영화평론을 쓰면서 미학과 논평 간의 분리될 수 없는 연관 관계에 대해 자신의 주장을 펼쳐나간다. 영화평론가로서의 경험은 극작에 큰 자산이 되었다. 그는 영화평론을 통해 자신의 극작품의 등장인물의 이름과 아이디어를 얻었다. 그러나 그가 영화를 통해 얻은 가장 큰 소득은 영화의 시각적인 문법을 배웠다는 점이다(Nadel 88~89). 그는 영화를 통해 극적 상황뿐만 아니라 등장인물을 규정하면서, 대화의 중요성, 추가로 그의 작품을 규정하기 시작한 영화에서 필요한 구조의 경제성을 습득한다(Nadel 89).

스토파드는 영화평론도 쓰고 여러 배우를 인터뷰하면서 영화 문화에 대해 알아가기 시작하고 마침내는 영화에 경도되기에 이른다. 그는 영화에 대한 관심과 경험을 자신의 극작품에 반영한다. 그가 극작가로서 이름을 알리며 성공하자, 여러 영화 제작사들이 그의 극작품에 관심을 갖기 시작한다. 나중에 그는 자신이 경의를 표했던 작가들, 즉 블라디미르 나보코프(Vladmir Nabokov), 그레이엄 그린(Graham Greene), 존 르 카레(John le Carré) 등의 작품 각색 요청을 받기에 이른다. 영화 시나리오를 쓰는 일은 경제적 보상도 뒤따랐지만, 스토파드는 기본적으로 그 일을 독창적인 연극 아이디어를 찾는 것으로부터의 휴식으로 기꺼이 받아들였다. 사실 극작가로서 그는 연극 대본을 쓰는 것과 영화 시나리오를 쓰는 것을 효과적으로 병행했다.

스토파드는 독창적으로 영화 대본을 쓰기보다는, 극작에서와 마찬가지로 기존의 작품을 재조립하고, 다시 쓰는 각색의 방식을 취했고, 점차 이를 자신만의 고유한 창작 방식으로 확립해나갔다. 그의 이런 글쓰기 방식은 원래 희곡을 쓰는 방식에서 유래한다.

하지만 그가 기존의 작품을 이용하는 방식은 단순히 인용이나 차용 또는 현대적 상황에 맞게 다시 고쳐 쓰는 리메이크가 아니라 원래의 작품을 그대로 두고 다른 관점에서 보거나 아니면 원작에서 언급되지 않은 부분을 채우는 독창적인 변형의 방식이다. 그런 점에서 스토파드의 극작 방식은 '창조적 변형(creative transformation)'으로 규정될 수 있다.[1)]

스토파드는 연극평론가로서의 경험을 살려 직접 극작품을 썼고, 그 후에는 극작의 영역을 라디오, TV, 영화로까지 넓힌다. 나중에는 자신의 극작품을 직접 영화로 연출한다. 그는 연극평론가로 출발해 극작가, 영화감독으로 자신의 예술적 관심을 확대한 것으로 알려졌지만, 사실 그는 극작 이전부터 영화에 대해 상당한 관심을 가졌다. 다시 말하지만, 그는 1966년에 연극평론 경험을 바탕으로 영화적 요소가 다분히 들어간 극작품 『로젠크랜츠와 길덴스턴은 죽었다』를 썼다. 작품은 흥행에 성공했고, 비평 면에서도 상당한

---

1) 『톰 스토파드에 대한 케임브리지 길라잡이(*The Cambridge Companion to Tom Stoppard*)』(2001)의 편저자인 캐서린 켈리(Katherine E. Kelly)는 책의 서문인 「변형 중인 스토파드(Tom Stoppard in Transformation)」에서 스토파드의 독창적이고 포괄적인 극작 방식과 작품 세계를 "변형적 교류(Transformational Exchange)"로 설명하고 있다. 켈리는 스토파드의 글쓰기를 "작품 속에 인용되고 있는 텍스트, 작품 속에 재현되고 있는 역사와 허구, 그리고 초기 작품과 후기 작품 사이의 일련의 변형적 교류"로 규정하고 있다(10). "변형적 교류"라는 용어는 스토파드의 초기 작품에서부터 최근의 작품까지 그의 극작 세계를 설명하는데 상당히 유효하다. 그뿐만 아니라 그의 극작품에 나타난 영화적 특성을 설명하는데도 유효하다. 스토파드는 셰익스피어를 비롯해 많은 극작가들로부터 영향을 받았고, 그들의 작품 또는 작품양식을 차용했다. 특히 그는 고전 작품에 대한 의식적인 '오독(misreading)'을 통해 고전 작품의 단편들을 자신의 작품에 맞게 조합하거나 다른 문맥으로 자유롭게 변형함으로써 자신만의 독특한 작품 세계를 구축했다. 이 글에서 언급되는 '창조적 변형'이라는 개념은 졸고 「창조적 변형: 스토파드 극에 나타난 상호텍스트성」(2006)에서 비롯되었음을 밝힌다.

호평을 받았다. 나중에 그는 존 부어맨(John Boorman)으로부터 작품을 영화화할 것을 제안받고 영화화 작업에 착수하지만 곧 한계에 부딪히고, 영화화 작업은 한동안 중단된다. 대신 그는 다시 극작에 전념해 극작가로서 성공을 거두고, 이런 성공을 발판으로 그는 영화 시나리오 작업에 전념한다. 그는 극작과 여러 영화의 시나리오 작업을 통해 영화의 여러 양상을 직접 경험한다.

사실 스토파드는 극작가로서는 거의 예외 없는 성공을 거두었지만, 그의 영화 작업은 극작만큼 항상 성공적이지는 않았다. 그는 나보코프의 『절망(*Despair*)』(1966)을 원작으로 한 동명 영화 시나리오 작업을 하는데, 영화 〈절망〉(1978)은 그에게 "재앙"(Nadel 92)이었다. 그는 작가로서 나보코프를 존경했기 때문에 원작의 분위기를 살려 영화가 가볍고 빠른 흐름을 갖기를 원했지만 완성된 영화는 길고 지루했다. 스토파드가 원작을 존중했던 것과 다르게 감독인 라이너 베르너 파스빈더(Rainer Werner Fassbinder)는 자신만의 스타일로 영화를 찍길 원하면서, 결국 스토파드는 〈절망〉에서 '절망적인' 실패를 경험하게 된다.

하지만 스토파드는 〈절망〉의 실패를 통해 그린의 『인간적 요소(*The Human Factor*)』(1978)의 시나리오 작업에서는 원하는 결과를 얻는다. 실제로 영화 〈인간적인 요소〉는 배우들의 연기와 시나리오 면에서 상당히 높이 평가되었다. 그는 이 작품에서는 원작을 살리면서도 자신만의 독창성을 추가해 원작자인 그린으로부터도 칭찬을 받는다. 스토파드는 그린에게 인간적인 신뢰감을 느끼게 되었고, 그린 역시 스토파드의 능력에 대해 확신했다. 스토파드는 〈절망〉의 실패와 〈인간적인 요소〉의 성공을 통해 원작에 머무는 것과 원작에서 벗어나는 것 모두 극작가 고유의 몫이라는 것을 배운다.

하지만 스토파드는 테리 길리엄(Terry Gilliam)의 〈브라질(*Brazil*)〉(1985)에서 예술적 독창성에 대해 다시 고민하게 된다. 영화는 크게 성공했지만, 그는 감독과 그가 데려온 또 다른 극작가인 찰스 맥케온(Charles McKeown)과 작품의 한 특정 장면의 연출에 대해 논쟁을 벌인다. 스토파드는 〈브라질〉의 시나리오 작업을 통해 영화는 성공했지만, 극작가로서 자신의 역할이 침해받고 축소되는 것에 대해 아쉬움을 느꼈다고 토로했다.

영화 〈태양의 제국(*Empire of the Sun*)〉(1987)은 스토파드에게 또 다른 경험이었다. 왜냐하면 이 영화의 플롯은 자신의 실제 경험에서 비롯되었기 때문이다. 〈브라질〉에서는 그의 역할이 상당히 제한을 받았지만, 〈태양의 제국〉에서 스토파드는 주도적으로 영화 제작에 참여하게 된다. 감독인 스티븐 스필버그(Steven Spielberg) 또한 스토파드의 생각을 상당 부분 수용하려 했다. 하지만 스토파드의 의견을 중용하려는 스필버그의 계획은 영화 제작자의 반대에 부딪히고, 결국 그는 영화 제작에서 하차하고 라디오 극에 전념하게 된다. 비록 그는 영화 〈태양의 제국〉 제작 과정에서 물러났지만 그 과정을 통해 얻은 경험은 그에게 많은 것을 일깨워주었다.

스토파드는 〈태양의 제국〉에서 하차한 뒤 〈러시아 하우스(*The Russia House*)〉(1990)의 제작에 참여한다. 일단 영화의 주제와 내용, 그리고 비밀 요원의 활약을 그린 탐정극 구조가 그를 만족시켰다. 또한 영화의 기술적 측면, 예컨대 "교차 편집, 이미지에서 탈구된 뒤죽박죽된 대화, 영화의 빠른 속도"(Nadel 96) 등도 그를 만족시켰다. 하지만 무엇보다도 스토파드가 이 영화 작업을 가장 마음에 들어 했던 이유는 따로 있었다. 그가 이 영화에서 유일한 시나리오 작가였다는 점이다. 영화에 대한 평가도 전체적으로 우호적이었다. 배우들의 연기뿐만 아니라 "스토파드적인 시간과 공간의 능수능란함"(Nadel 96)도 높이 평가되었다.

스토파드는 10년이 넘는 오랜 기간 동안 여러 편의 영화 시나리오 작업을 하면서 영화 제작 전반 과정에 대해 배우고 직접 각색하고 연출한 〈로젠크랜츠와 길덴스턴은 죽었다〉(1990)를 내놓는다. 그는 이 작품을 발표하기 몇 년 전 이 작품을 어떻게 만들어야 할지 확신을 하지 못했다. 하지만 그는 데이비드 퍼트넘(David Puttnum)과 점심을 먹던 중, 감독이 알 필요가 있는 것은 영화가 어떻게 보이기를 원하는지, 다시 말하면 영화의 색조와 분위기라는 것을 직감하고(Nadel 96), 그 뒤 그는 한동안 중단했던 〈로젠크랜츠와 길덴스턴은 죽었다〉의 원고 작업을 재개한다. 그는 장면을 편집하고, 확장하고, 영화에 맞게 고쳐나갔다. 또한 원작에서는 도드라지지 않았던, 혹은 원작에는 없던 장면을 추가했다. 그는 게리 올드만(Gary Oldman)과 팀 로스(Tim Roth)를 각각 로젠크랜츠와 길덴스턴 역할로 캐스팅하고 영화 촬영지로 유고슬라비아를 결정했다. 그렇다고 모든 게 순조로웠던 것은 아니다. 예컨대 영화 제작에 도움을 주었고 배우(Player)의 역할을 맡기로 했던 숀 코너리(Sean Connery)가 갑자기 하차해 영화가 중단될 위기에 처했지만, 리처드 드레이퓌스(Richard Dreyfuss)가 그 역할을 대신함으로써 캐스팅 문제도 해결되고, 영화 제작에 들어가게 된다.

스토파드는 〈로젠크랜츠와 길덴스턴은 죽었다〉 제작에서 감독으로서 경험이 없다는 것을 숨기지 않았는데, 오히려 그 점은 영화

제작에 상당히 도움이 되었다. 그는 한 인터뷰에서 자신이 할 수 없는 것을 어떻게 하는지 할 수 있는 척하지 않았기 때문에 영화의 극적 사건과 시점이 영화 속에서 원활하게 이동했다고 밝혔다(Nadel 97 재인용). 즉 스토파드의 감독으로서 경험의 부재는 오히려 영화에 신선함을 가져왔다. 논란은 있었지만 〈로젠크랜츠와 길덴스턴은 죽었다〉로 베니스 영화제에서 황금사자상을 받는데, 그의 황금사자상 수상은 로런스 올리비에(Laurence Olivier)의 〈햄릿(*Hamlet*)〉(1948) 이후 처음이었다. 사실 올리비에의 〈햄릿〉은 스토파드가 처음 접한 영화였는데, 공교롭게도 이 영화에는 로젠크랜츠와 길덴스턴은 등장하지 않는다.

스토파드는 『햄릿』을 창조적으로 변용한 극작품 『로젠크랜츠와 길덴스턴은 죽었다』를 써서 극작가로서 주목을 받았고, 이를 원작으로 한 영화를 직접 연출함으로써 영화감독으로서도 인정을 받았다. 이후 그는 극작과 영화 시나리오 작업을 병행해나갔다. 한마디로 말해 그의 극작 세계와 영화는 결코 분리될 수 없다. 예컨대 스토파드는 존 매든(John Madden) 감독의 영화 〈셰익스피어 인 러브(*Shakespeare in Love*)〉(1998)의 시나리오를 써서 또다시 영화에 대한 그의 재능을 유감없이 펼친다. 이 영화는 작가로서 여러 가지 어려움에 부닥치지만 슬기롭게 극복하는 셰익스피어를 다루고 있으며 로맨스와 유머가 가득하다. 또한 역사적 사실과 허구를 교묘하게 뒤섞어 관객들이 셰익스피어뿐만 아니라 엘리자베스 시대에 호기심을 갖도록 했다.

스토파드의 영화에 대한 관심은 일시적인 것이 아니라 본격적으로 극작가로 출발하기 이전부터 시작되었고 오랫동안 지속되었다.

또한 극작에도 상당한 영향을 끼쳤다. 따라서 스토파드의 시나리오를 살피는 것은 스토파드가 영화에 끼친 공헌을 규명하는 것이다(Nadel 98). 스토파드는 영화에 연극의 특징적인 대화의 정확한 감각을 도입했다. 반면 연극에 영화에서 요구되는 장면의 구조와 정확한 감각을 연극에 도입함으로써 그의 연극을 고양했다. 이처럼 스토파드에게 연극과 영화는 별개의 독립된 장르가 아니라 서로의 장점을 주고받는 상생의 관계에 놓여 있다. 요컨대 "그의 극작품의 속도, 리듬, 극 행동은 그의 작품을 촬영하고 편집하면서 그가 목격한 것을 흡수한다"(Nadel 99).

이 글에서는 이미 영화로 제작된 『로젠크랜츠와 길덴스턴은 죽었다』와 아직 영화화되지 않았지만, 그 어떤 작품보다도 영화적 요소를 많이 담고 있는 『아카디아』(Arcadia, 1993)를 중심으로 스토파드의 극에 나타난 영화적 요소를 살피려 한다.

2. 『로젠크렌츠와 길덴스턴은 죽었다』: 공간의 병치

『로젠크랜츠와 길덴스턴은 죽었다』가 발표되었을 때 로널드 브라이든(Ronald Bryden)은 스토파드의 등장을 "존 아든(John Arden) 이후 젊은 극작가로서 가장 화려한 데뷔"라고 평했고, 해럴드 홉슨(Harold Hobson)은 이 작품의 국립 극장(National Theatre)에서의 공연을 "[존 오스본의 등장 이후] 지난 9년간의 영국의 전문 극장 공연 중에서 가장 중요한 사건"이라고 격찬했다(Whitaker 1 재인용). 어빙 워들(Irving Wardle) 역시 이 작품이 "놀랄만한 작품인 동시에 무게를

잴 수 없을 정도의 걸작"이라고 칭찬했다(Billington 29 재인용). 반면 로버트 브루스틴(Robert Brustein)은 이 작품이 "연극적 기생충"에 불과하다고 비난했다(93). 더 나아가 스토파드를 "탐구하기보다는 조종하는 영리한 작가"로 간주했고, 존 러셀 브라운(John Russell Brown)도 이 극이 부조리극의 면모를 단순히 망라하고 있을 뿐, 사실은 부조리극의 패러디에 불과하다며 혹평했다(Styan 136~137 재인용).[2]

요컨대 『로젠크랜츠와 길덴스턴은 죽었다』에 대한 비평가들의 평가는 작가 스토파드에 대한 평가만큼이나 상반되었고 그에게 명성과 비난을 동시에 가져다주었다. 하지만 이 작품을 계기로 스토파드가 영국 연극계에 확실하게 한 자리를 차지하게 되었다는 사실에 대해서만큼은 이론의 여지가 없다.

원래 『로젠크랜츠와 길덴스턴은 죽었다』의 구상은 스토파드의 연극 공연 대리인인 케네스 유잉(Kenneth Ewing)의 기발한 생각에서 시작되었다. 로젠크랜츠(Rosencrantz)와 길덴스턴(Guildenstern)이 국왕 클로디어스(Claudius)의 지시대로 햄릿을 죽이라는 내용의 편지를 가지고 영국에 도착하고 보니, 황당하게도 영국을 리어왕(King Lear)이 통치하고 있다는 것이다(Stoppard 1994: 56~57). 그래서 스토파드도 처음에는 작품의 제목을 『로젠크랜츠와 길덴스턴 리어왕을 만나다(*Rosencrantz and Guildenstern Meet King Lear*)』(1964)로 했다가, 몇 차례의 수정을 거쳐 마침내 『로젠크랜츠와 길덴스턴은 죽었다』가

---

2) 로젠크랜츠와 길덴스턴은 베케트의 『고도를 기다리며(*Waiting for Godot*)』(1952)의 주인공들이 그랬듯이 무의미해 보이는 진술을 반복한다. 운명과 죽음을 둘러싸고 벌어지는 그들의 논쟁에서 한 쪽의 우위를 논하는 것은 처음부터 불가능하다. 그들은 상대방의 주장은 아랑곳하지 않고 상충하는 주장을 되풀이한다. 그렇기 때문에 스토파드의 작품은 "무한한 등 짚고 뛰어넘기"(Stoppard 1994: 58)로 규정된다.

되었고, 에든버러 연극제(Edinburgh Festival)에서 옥스퍼드 극단(Oxford Theatre Group)의 공연을 통해 널리 알려졌다.

스토파드는 처음부터 『햄릿』을 염두에 두고 『로젠크랜츠와 길덴스턴은 죽었다』를 극작했다. 사실 『햄릿』은 스토파드를 비롯해 수많은 현대 극작가들에 의해 가장 활발하게 개작된 작품 중 하나다. 『햄릿』이 이처럼 현대 극작가들에 의해서 끊임없이 개작되는 이유는 현대인의 삶의 당혹스럽고 분열된 경험 세계를 반영하고 상징하는 주제로서 그 생명력이 현대의 신화로서 지속적인 호소력을 발휘하기 때문이다(Scofield 6). 스토파드 자신도 관객들이 다른 어떤 작품보다도 『햄릿』이 인간의 운명의 미스터리를 이해하는 데 보다 도움이 될 것이라고 믿고 있고, 또한 거의 종교적인 태도를 보였기 때문에 『햄릿』을 『로젠크랜츠와 길덴스턴은 죽었다』의 구조적 틀로 사용했다(Gruber 86~87). 그는 자일스 고든(Giles Gordon)과의 인터뷰에서도 어떤 언어로 썼든 간에 『햄릿』은 가장 유명한 작품이고 보편적인 신화의 일부이기 때문에 구조적인 틀로 사용했다고 밝힌 바 있다(18~19).

『로젠크랜츠와 길덴스턴은 죽었다』는 극 구조뿐만 아니라 대사, 사건, 등장인물 등 거의 모든 면에서 『햄릿』에 바탕을 두고 있지만, 그렇다고 해서 『햄릿』에 전적으로 의존하는 것은 아니다. 스토파드는 이 작품에서 표면적인 텍스트뿐만 아니라 똑같지는 않다고 하더라도 극적 분위기와 맥락을 그대로 살리고 텍스트 안의 광범위한 어구의 반향과 인유를 포함해 『햄릿』을 비판적으로 재창조하고 있다.

빅터 칸(Victor Cahn)도 『로젠크랜츠와 길덴스턴은 죽었다』는 크게 보았을 때 스토파드가 창작한 부분과 『햄릿』에서 차용해 온 부분의 합성으로 구성되어 있다고 말한다(35). 하지만 스토파드가 차용한 사건과 인물은 『햄릿』에서 지녔던 상징성을 그대로 갖는 것이 아니라 전혀 다른 상징적 의미가 있다. 실제로 이 작품의 주요 플롯은 『햄릿』에서는 중요하게 다루어지지 않거나, 전혀 극화되지 않는 사건이다. 『로젠크랜츠와 길덴스턴은 죽었다』의 온 스테이지에서는 『햄릿』이 재현되고, 오프 스테이지에서는 『햄릿』의 플롯과는 별개의 사건이 전개된다. 이와 같은 서로 다른 두 공간의 병치는 스토파드 극의 영화적 특징을 예거한다.

팀 브라셀(Tim Brassell)도 『로젠크랜츠와 길덴스턴은 죽었다』의 전체적인 구조에 대해서 다음과 같이 말한다.

> 『로젠크랜츠와 길덴스턴은 죽었다』의 전체 3막은 등장인물의 '온 스테이지'적 자아와 '오프 스테이지'적 자아 사이를 교차한다. '온 스테이지' 부분들은 『햄릿』의 관련된 구절들을 이 극에 직접 짜 맞추어 넣음으로써 제공된다. 이보다 훨씬 긴 '오프 스테이지' 부분들은 온 스테이지의 에피소드와 그리고 그 에피소드와 그들과의 관계를 이해하려고 전반적으로 노력하면서 제멋대로 하도록 방치된 로젠크랜츠와 길덴스턴을 보여준다. (39)

다시 말하면 『로젠크랜츠와 길덴스턴은 죽었다』는 로젠크랜츠와 길덴스턴이 『햄릿』의 공연에 등장하고 퇴장하면서 무대 위에 이중으로 설정된 온 스테이지와 오프 스테이지 사이를 번갈아 오가는 과정으로 치밀하게 구성되어 있다. 또한 스토파드는 두 인물을 제외한 다른 등장인물들에게는 『햄릿』의 대사만 할애함으로써 이 극의 주요 사건이 『햄릿』의 플롯과 빈틈없이 맞물리도록 했다.

케네스 타이넌(Kenneth Tynan)은 『로젠크랜츠와 길덴스턴은 죽었다』에서 벌어지는 사건은 "셰익스피어의 상상력의 날개" 속에서 일어난다며 『햄릿』과의 구조적 연관성을 언급했다(74). 로널드 헤이먼(Ronald Hayman)은 『햄릿』과의 연결 방식을 고려해 이 작품을 "옷의 재봉선을 보여주기 위해 안을 뒤집은 주머니"와 같다고 논평한다(37). 헬레네 케이서 프랑케(Helene Keyssar-Franke)도 『햄릿』의 장면과 스토파드가 창조한 장면의 병치는 자유의 가능성과 탈출의 비현실성이라는 긴장감을 창조한다고 말한다(Gruber 86 재인용).

하지만 전술했듯이 『로젠크랜츠와 길덴스턴은 죽었다』가 전적으로 『햄릿』에 기대거나 그 영향 아래에 있는 것은 아니다. 사실 스토파드는 지속해서 연극 또는 예술의 고유성과 진정성에 대해 의문을 제기함으로써 단순한 모방을 회피한다. 그렇기 때문에 그 자신도 다른 극작가로부터 영향을 받았다는 사실은 인정하지만, 자신의 작품이 다른 작가의 작품의 단순한 각색이라는 주장은 단호히 거부한다(Guppy 296). 다시 말하면 스토파드의 극은 기존의 극을 차용하되 독창적으로 재구성해 새로운 작품으로 형상화해 기존의 관점에서 벗어난 새로운 시각을 보여준다는 데에 의의가 있고, 바로 이점이 스토파드 작품 세계의 핵심이라고 할 수 있다.

『로젠크랜츠와 길덴스턴은 죽었다』가 『햄릿』과 가장 크게 다른 점은 『햄릿』에서는 전혀 언급되지 않았던 로젠크랜츠와 길덴스턴의 사생활이 다루어지고, 또한 관객이 흥미를 갖고 동정을 표하는 대상이 햄릿이 아니라 로젠크랜츠와 길덴스턴이라는 점이다(Holderness

807). 스토파드는 이 작품에서 『햄릿』을 근간으로 미처 파악하지 못했던 점을 일깨우고 절대적 진리로 간주되었던 것의 허구성, 또는 '모호성'을 드러내기 위해 텍스트를 변형한다. 클라이브 제임스(Clive James)는 "스토파드의 관심은 복수의 맥락에 있으며 각각의 맥락이 결합하는 지점에서 모호성이 드러난다"고 논평했다(27).

『로젠크랜츠와 길덴스턴은 죽었다』는 기본적으로 『햄릿』이 잠재적으로 불완전하다는 전제에서 출발한다. 사실 『햄릿』에서 로젠크랜츠와 길덴스턴은 『햄릿』에서 주변부 인물로서 햄릿의 친구이자 왕의 심부름꾼으로서 미친 척하는 햄릿을 감시하라는 임무를 맡고 있다. 그리고 나중에는 폴로니어스(Polonius)를 살해한 햄릿을 영국으로 호송하는 임무를 수행하게 된다. 그러나 그들은 자신을 배신했다고 믿는 햄릿에 의해 영국에서 교수형에 처해진다. 『햄릿』에서는 그들의 죽음은 실제로 극화되지 않고 단지 극의 마지막 부분에서 사신(ambassador)에 의해 "로젠크랜츠와 길덴스턴은 죽었다"(5.2.376)[3]고 간단하게 언급될 뿐이다. 그렇기 때문에 그 누구도 그들의 죽음에 대해 관심을 두지도 않고, 의문을 제기하지도 않는다. 오히려 그들의 죽음을 당연하게 받아들인다. 하지만 스토파드는 로젠크랜츠와 길덴스턴을 클로디어스가 보낸 "앞잡이들이라기보다는 혼란에 빠진 죄 없는 인물들"(Gordon 19)로 파악한다. 햄릿을 결정적으로 위험에 빠뜨리지도 않기 때문에 그들의 희생이 부적절하다고 생각한다.

---

3) William Shakespeare, *Hamlet*, ed. Harold Jenkins(London: Methuen, 1985). 이후 작품 인용은 괄호 안에 막, 장, 행수로 표기함.

스토파드는 로젠크랜츠와 길덴스턴을 중심부 인물로 부각하고 상대적으로 햄릿을 탈중심화(de-centering)함으로써 『햄릿』과 차별화를 시도한다. 즉 로젠크랜츠와 길덴스턴을 중심부에 위치시킴으로써 그들이 처한 부조리하고 불가피한 상황, 다시 말하면 아무것도 할 수 없고 그냥 자신들의 운명을 받아들여야 하는 상황을 극의 중심 사건으로 다루었다. 스토파드의 극적 관심은 『햄릿』에서는 극의 중심 서사와는 관계가 없는 주변부 인물에 불과했던 로젠크랜츠와 길덴스턴의 "텍스트 외적인"(Weightman 72) 리얼리티를 창조하는 작업이다. 그는 이 과정을 통해 로젠크랜츠와 길덴스턴에게 자신들이 정체성에 대해 탐색할 수 있는 계기를 제공했다.

스토파드는 『로젠크랜츠와 길덴스턴은 죽었다』에서 항상 고뇌에 차 있고 선왕의 복수를 결심하고 실행해 나가는 이성적 인물의 전형으로서의 햄릿을 거부한다. 대신 로젠크랜츠와 길덴스턴과 별로 다르지 않은, 어쩌면 그들보다 더 세속적이고 천박한 인물로서의 햄릿을 구현하고 있다. 스토파드는 햄릿을 탈신비화시켜 햄릿이 가지고 있는 전통적인 이미지, 즉 '고뇌에 찬 이성적 인물'이라는 상징성을 소거했다.

『로젠크랜츠와 길덴스턴은 죽었다』에서 햄릿은 무언극을 통해 처음 등장한다. 『햄릿』에서 오필리아(Ophelia)가 폴로니어스에게 햄릿의 미친 행동을 전달하는 장면(2.1.77~83)은 이 작품에서 무언극으로 재현된다. 무언극에서 햄릿은 얼굴이 창백하고 더러운 양말을 발목까지 내려 신은 채 뜨개질을 하는 오필리아를 희롱한다. 햄릿과 오필리아는 이 극에서 로젠크랜츠와 길덴스턴에 의해 관찰되는 배우일 뿐 중심인물이 아니다. 특히 햄릿에게 이성적 인물이라는 정체성을 부여했던 독백이 『로젠크랜츠와 길덴스턴은 죽었다』에서는 제거되기 때문에, 복수를 결의하는 고뇌에 찬 햄릿의 모습은 찾을 수 없고 단지 제정신이 아닌 인물로만 그려질 뿐이다. 요컨대 『로젠크랜츠와 길덴스턴은 죽었다』에서 햄릿은 원작에서와 달리 위상이 완전히 바뀌어 주인공이 아니라, 단지 로젠크랜츠와 길덴스턴에 의해 관찰되는 주변부 인물일 뿐이다.

햄릿 대 로젠크랜츠와 길덴스턴의 위상 변화는 역할놀이에서 두드러진다. 로젠크랜츠와 길덴스턴은 클로디어스와 거트루드(Gertrude)로부터 햄릿이 기이한 행동을 하는 원인을 밝혀달라는 부탁을 받고 서로 역할 놀이를 한다. 로젠크랜츠는 길덴스턴의 역할을 하고 길덴스턴은 햄릿의 역할을 한다.

로스: 어떻게 시작하지?

길: 내게 말을 걸게.

로스: 친애하는 길덴스턴!

길 (조용히): 자네, 까먹었군—그렇지?

로스: 나의 친애하는 로젠크랜츠!

길 (상당히 자제하며): 자네 내 말을 못 알아들은 것 같군. 우리가 하는 것은 내가 그[햄릿]를 대신해 대답하고, 반면에 자네는 내게 질문을 한다는 가정이란 말 일세.[4]

---

4) Tom Stoppard, *Rosencrantz and Guildensern Are Dead*(New York: Grove, 1967), p. 47. 이후 본문 인용은 괄호 안에 쪽수로 표기함.

『햄릿』에서는 햄릿이 로젠크랜츠와 길덴스턴을 의심했지만, 이제는 상황이 바뀌어 오히려 로젠크랜츠와 길덴스턴이 햄릿을 의심하고 그를 감시한다. 즉 햄릿은 독백을 통해 관객에게 자신의 욕망을 표현하던 발화 주체에서 의미를 부여받는 지시대상으로 전락하는 동시에 텍스트의 중심 서사에서도 배제된다. 스토파드는 이처럼 직접 텍스트를 변형시키지 않고 단지 상황만 현대적으로 바꿔『햄릿』을 '재문맥화'하고 있다.

또한 스토파드는『로젠크랜츠와 길덴스턴은 죽었다』에서『햄릿』에서 극화되지 않았던 부분을 극화시켜『햄릿』의 틈새를 채우고 있다. 예컨대『햄릿』에서 로젠크랜츠와 길덴스턴은 단지 주변부 인물로서 중심 서사에서 벗어나 있기 때문에 그들이 엘시노어(Elsinore) 성으로 오는 과정이 재현되지 않는다. 하지만 스토파드는 그들이 엘시노어 성으로 오는 과정을 중심 사건으로 극화하고 있다. 로젠크랜츠와 길덴스턴은 자신들의 정체성과 임무도 정확히 인식하지 못한 채 불안감에 휩싸인 상태로 성으로 향하고 있다. 불안감이 증폭하자 그들은 나름대로 왕의 소환을 받은 이유를 추론한다.

로스: 맞아—새벽이 오기 전의 어슴푸레한 하늘, 안장에 앉아 있는 한 남자가 큰 소리를 내며 문을 두드렸어—소리를 질렀지—도대체 무슨 일이야? 꺼져 버려!—그러나 그때 그가 우리 이름을 불렀어. 자네도 기억하지—그가 우리를 깨웠어. (19)

로젠크랜츠보다 조금 더 논리적이고 이성적인 길덴스턴은 자신들의 소환에 의미를 부여하고 그래도 나름대로 논리적으로 그 이유를 추론하지만, 로젠크랜츠는 막연히 불안해한다. 그들은 불안감을 쫓기 위해 동전 던지기 놀이를 하면서 아무 일도 없을 것이라고 자위한다. 그러나 동전이 계속해서 '앞면'만 나오자 그들은 더욱 불안해한다.

3막 역시 『햄릿』에서는 극화되지 않은 부분으로서, 로젠크랜츠와 길덴스턴이 햄릿을 영국으로 호송하는 과정이 주요 사건이다. 이 장면의 배경은 영국으로 향하는 선상이다. 로젠크랜츠와 길덴스턴은 시간을 보내기 위해 다시 동전 던지기 놀이를 하는데, 그 과정에서 자신들이 클로디어스로부터 받은 임무, 즉 햄릿을 영국으로 호송하는 임무를 수행하고 있으며, 자신들에게 영국 왕에게 건넬 편지가 있음을 문득 깨닫게 된다. 그들은 영국 왕을 만났을 때 어떻게 행동해야 할지를 고민하다가 영국 왕의 반응을 예상하기 위해 또다시 문답 놀이를 한다.

길: 전하, 저희가 도착했습니다.
로스 (왕처럼): 자네들은 누구인가?
길: 저희는 로젠크랜츠와 길덴스턴입니다.
(……)
로스 (당당하지만 조금은 귀찮은 듯이): 그래 무슨 목적으로 왔는가?
길덴스턴: 저희는 명을 받들고 왔습니다.
(……)
로스: 그래 자네들이 원하는 게 뭔가?
길: 없습니다—다만 햄릿을 데리고 왔을 뿐입니다.

(……)

길: 저희는 왕의 친서를 가지고 왔습니다.

(로스는 편지를 낚아채 뜯는다.)

로스 (능숙하게): 알았네…알았어…이것이 그런대로 자네 이야기를 뒷받침해주는 것처럼 보이는군—덴마크 왕께서 보내신 틀림없는 명령이야. 여러 가지 이유로, 덴마크와 영국의 안위와 관련이 있군. 이 편지를 읽는 즉시 햄릿의 목을 베어야만 한다는군. (109)

로젠크랜츠와 길덴스턴은 문답 놀이 과정에서 클로디어스가 영국 왕에게 은밀하게 보낸 편지의 내용을 알게 된다. 그들은 햄릿이 곧 죽을 운명에 처했음을 알지만, 자신들이 햄릿을 위해 어떤 행동도 할 수 없다고 체념한다.

한편 햄릿은 『햄릿』에서 그랬듯이 로젠크랜츠와 길덴스턴이 잠든 사이 그들이 갖고 있던 편지를 읽고 내용을 바꾼다. 얼마 후 해적의 습격을 받자 그는 혼란을 틈타 도망친다. 햄릿이 사라지자 로젠크랜츠와 길덴스턴은 햄릿이 죽었다고 생각하며 난감해한다. 그들은 영국 왕에게 보고할 일을 걱정하다가 또다시 문답 놀이를 한다.

길 (왕처럼): 자네들은 누군가?

로스: 저희는 길덴스턴과 로젠크랜츠입니다.

(……)

길: 도대체 무슨 일인가?

로스: 저희는 햄릿을 데리고 오던 중에—해적들을 만나—

길: 무슨 말인지 이해할 수 없군. 이 사람들은 누군가, 그리고 나하고 무슨 상관이 있는가? 돌연 그 황당무계한 이야기를 가지고 나타나서—

로스 (편지를 들고): 편지가 있습니다.

길 (편지를 빼앗아 열어본다): 편지라—맞아—사실이군. 편지라도 있어서 다행이군…편지…(읽는다) "영국은 덴마크의 충실한 속국이고…양국 간에는 종려나무처럼 우호가 증진될 것이기 때문에…이 내용을 알게 되면 즉시 이 편지를 가져온 사람들, 로젠크랜츠와 길덴스턴을 즉시 죽이시오—" (121~122)

길덴스턴은 원래의 편지의 내용이 바뀌어 자신들이 죽게 되리라는 사실을 알게 된다. 하지만 그들은 처음에 편지의 내용, 즉 햄릿이 죽게 될 것이라는 사실을 알았을 때 아무 행동을 취할 수 없다고 체념했듯이, 이번에도 그들은 체념하고 자신들의 운명을 받아들인다.

다시 말하지만 스토파드는 『로젠크랜츠와 길덴스턴은 죽었다』에서 실제로 『햄릿』에서 극화되지 않는 사건을 극화시켜 원작의 틈새를 채우고 있다. 그는 이런 극작 방식을 통해 관객들에게 생각할 수 있는 여지를 제공하고 결과적으로는 『햄릿』의 해석의 지평을 넓히고 있다. 궁극적으로 그는 『햄릿』이라는 정전을 해체하는 것이 아니라 다른 읽기를 통해 『햄릿』이 더욱 완전해질 수 있다고 생각했다(Colby 30~31). 즉 그의 상호텍스트성은 궁극적으로 텍스트가 서로 바뀔 때마다 텍스트의 변화는 관객이 셰익스피어라는 아이콘의 위대함을 다시 생각하도록 부추긴다(Kelly 18).

사실 『로젠크랜츠와 길덴스턴은 죽었다』가 성공할 수 있었던 가장 큰 이유 중 하나는 『햄릿』과의 관계 설정이었다. 다시 말하지만 스토파드의 극작 목표는 『햄릿』의 세계를 전면적으로 부정하고 반항하거나 해체하는 것이 아니라, 로젠크랜츠와 길덴스턴을 본래부터 무의미한 존재로 보는 기존의 『햄릿』읽기에 의문을 제기하고 새롭게 읽기/쓰기를 시도하는 것이다. 그는 『햄릿』이라는 그 누구도 의문을 제기하지 않았던 텍스트가 완전하지 않을 수도 있다는 전제하에 다시 읽기/쓰기를 시도하고 있고, 이를 극작의 출발점으로 삼았다. 스토파드는 『로젠크랜츠와 길덴스턴은 죽었다』를 쓰면서 『햄릿』을 극작의 실제적인 문제를 해결하는 수단으로서뿐만 아니라, 관객과 공유할 수 있는 텍스트상의 해석 근거로 본 것이다 (Levenson 159~160).

사실 스토파드만이 셰익스피어를 현대적 관점에서 재해석하는 작업을 시도했던 것은 아니다. 그를 비롯해 많은 작가들이 셰익스피어를 현대적 관점에서 해체하고 새롭게 조명하는 작업을 했는데, 그들의 셰익스피어의 변형 방식은 대체로 시대정신을 반영할 수 있도록 원래 장면을 다시 쓰거나, 아니면 작품의 결말을 바꾸는 것이었다. 즉 그들은 셰익스피어 극의 주제와는 다른 주제를 창조하기 위해 셰익스피어 극에서 재현되지 않은 사건을 다루며 셰익스피어를 "현대화"(Innes 1993: 193)했다.[5] 반면 스토파드가 그들과 다

5) 영국의 좌파극작가인 에드워드 본드(Edward Bond)는 엘리자베스 시대를 대표하는 극작가가 아닌 한 개인으로서의 셰익스피어의 삶을 소재로 새로운 극을 창조했다. 『빙고(*Bongo*)』(1974)』는 셰익스피어의 말년을 소재로 셰익스피어를 포함한 당대 지주층의 이기주의적인 행동과 사고를 비판했고, 『리어(*Lear*)』(1971)는 셰익스피어의 『리어 왕(*King Lear*)』(1605)의 정치성의 결여를 비판했다. 본드가 원작을 모티브로 하여

른 점은 셰익스피어를 고정된 관점으로 보는 것이 아니라 일관되게 새롭게 본다는 것이다. 이러한 작업이 일회성으로 끝나는 것이 아니라 지속적으로 이루어지고 있다는 점이 더욱 중요하다.

로젠크랜츠와 길덴스턴에 관심을 두고 그들을 주인공으로 작품을 쓴 것도 스토파드가 처음이 아니다. 스탠리 카우프만(Stanley Kauffman)에 따르면, 윌리엄 슈웽크 길버트(William Schwenck Gilbert)가 로젠크랜츠와 길덴스턴을 주인공으로 해서 『로젠크랜츠와 길덴스턴(*Rosencrantz and Guildenstern*)』(1891)이라는 작품을 썼지만(123), 이 작품은 문학적으로나 대중적으로나 스토파드의 작품만큼 큰 반향을 일으키지 못했다. 스토파드의 극적 재능을 유감없이 보여준 『로젠크랜츠와 길덴스턴은 죽었다』만이 『햄릿』의 기본적인 플롯을 그대로 유지하면서도 나름대로 창조적인 변형을 통해 새로운 관점과 새로운 결말을 제시했다. 그렇기 때문에 워들은 『로젠크랜츠와 길덴스턴은 죽었다』의 선례가 되는 작품은 없으며, 이 작품은 다른 어떤 작품보다도 "문학적인 발견"으로 불릴 수 있다고 평가한다(70).

스토파드는 단순히 셰익스피어를 조롱과 비판의 대상으로 여기지 않는다. 앤드루 케네디(Andrew Kennedy)의 주장처럼, 그의 『로젠크랜츠와 길덴스턴은 죽었다』는 "셰익스피어와 현대의 비극적 관점의 진지하면서도 희극적인 패러디"라 할 수 있다(Brater 120 재인용). 그는 『햄릿』에 기대면서도 그 안에만 머무르지 않고 이를 비판

원작과 전혀 다른 작품을 창조했다면, 스토파드는 원작을 훼손하지 않고 단지 관점을 다르게 해서 혹은 원작의 여백을 채움으로써 전혀 다른 작품을 창조했다.

적, 창조적으로 변형시켜 궁극적으로는 셰익스피어라는 거대한 영향의 불안을 넘어서려 했다. 그의 이런 극작 목표는 극에 나타나는 영화적 특성 또는 영화적 기법에 의해 고양된다.

3. 『아카디아』: 과거와 현재의 대칭

스토파드의 작품은 흔히 난해하다고 평가되는데, 그 이유는 무엇보다도 그가 작품의 플롯과 소재를 다른 작가의 작품이나 어려운 과학 이론이나 철학 등에서 취하기 때문이다. 그것도 그대로 차용하는 것이 아니라 자신의 의도에 맞게 '재문맥화'하기 때문에 그의 작품을 이해하는 것은 훨씬 더 어렵다. 또한 구조면에서도 그의 작품은 사실주의 작품과 달리 단선적인 구조가 아니라 복잡한 작품 구조를 취하고 있다. 때때로 아무런 설명 없이 서로 다른 시간과 공간이 병치, 분리, 또는 결합된다. 스토파드 작품의 난해함은 부조리극에서 느껴지는 논리적 해석의 어려움보다는 내용과 주제의 난해함과 미로처럼 얽혀 있는 구조의 복잡성에서 기인한다. 그렇다고 그의 작품이 몇몇 부조리극이 그런 것처럼 영원한 미로에 갇혀 제자리를 계속 맴도는 것은 아니다. 하나의 고정된 해석을 지양하고 다양한 해석과 관점을 지향하는데, 바로 이 점은 스토파드의 극이 가진 영화적 특징으로 수렴된다.

스토파드의 극은 내용면에서는 인간 삶의 부조리성과 인간 존재의 불확실성을 보여주고 있고, 형식면에서는 사실주의 극 무대 관습을 거부하고 공연을 위한 예술로서의 연극을 지향해 당시 영국 연극계에 놀라운 반향을 일으켰다. 특히 그는 삶의 주변부에 머물다가 수동적으로 사건에 연루되는 '주변인'의 시선을 통해 "자유의지 대 운명, 신의 존재, 예술의 기능, 자유의 본질과 언론의 책임, 현대 물리학의 실존적인 적용"(Innes 1992: 325)과 같은 진지한 주제를 논리적이고 재치 있는 언어와 시각적 효과를 통해 가볍게 다룬다. 스스로 "내가 하려고 하는 것은 사상희극과 소극 또는 아마도 고급희극 사이의 완전한 결혼을 고안하는 것"(Stoppard 1994: 66)이라고 천명할 정도로 그의 작품은 희극적 요소와 지적 요소가 강도와 균형을 달리해서 잘 결합되어 있다.

스토파드는 미리 계획한 중심 사상에 근거하여 극을 쓰는 것으로 유명한데, 그가 차용하는 개념은 추상적인 정치, 예술, 철학 등에 국한되지 않고, 서양 고전을 비롯해 현대 물리학, 수학 등에 이르기까지 다양하고 심오하다. 비록 그가 『햅굿(*Hapgood*)』(1988)에서 '양자역학' 개념을 과도하게 다루어 극이 너무 지성에 치우쳤다는 비난을 받기도 했지만, 다른 한편으로는 빛의 이중성을 통해 인간의 이중성을 예거하는 긍정적인 성과를 거두기도 했다. 그의 연극적 실험은 『아카디아(*Arcadia*)』(1993)로 연장된다.

『아카디아』는 스토파드의 이전 작품들의 주제와 기법을 아우르기 때문에 가장 '스토파드적(Stoppardian)'이다. 마이클 빌링턴(Michael Billington)은 스토파드적이라는 용어를 지적인 위트와 철학적 탐구에 기초해 상충하는 논쟁과 풍부한 재담으로 가득 찬 모양새 좋은 호화 극으로 규정했다(169). 이 작품이 초연되었을 때 팀 비어즐리(Tim Beardsley)는 "『아카디아』에 나타난 언어의 묘기는 현대 과학이 세상을 바라보는 방식에 대한 경의를 표하는, 심지어는 동정을 표하는 조사에 의존하고 있다"면서 그의 언어적 재치를 칭찬했다(98). 존 라르(John Lahr) 또한 "스토파드가 (……) 양자 물리학을 가미한 뒤에 혼돈이라는 양념과 약간의 열역학을 곁들인 또 다른 지적인 스튜를 접대하고 있다"고 호평했다(111). 이처럼 『아카디아』가 평론가들로부터 호평을 받은 이유는 무질서하고 혼돈을 이루는 것처럼 보이는 현대의 삶을 여러 대칭적 요소를 재치 있는 언어로 잘 표현했기 때문이다.

사실 지금까지 『아카디아』에 대한 비평은 주로 스토파드의 '언어적 재치'와 난해하고 심오한 주제를 아우르는 그의 '박식함'에 초점이 맞추어져 왔다. 하지만 이 작품은 그 외에도 극 구성, 등장인물, 아이디어 면에서도 독창적이고 탁월하다. 19세기 초반과 20세기 후반을 시간적 배경으로 살인 사건, 과거의 기록, 혼돈이론, 역사 연구의 오류, 섹슈얼리티와 문학 등 다양한 주제를 다루고 있다. 과거와 현재는 서로 독립적으로 진행되는 것이 아니라, 과거는 현재의 인물들이 추적해 나가는 사건의 실체이자 해결의 실마리를 제공하고 있다. 특히 현재와 과거의 인물이 때로는 겹치고 때로는 대칭을 이루는데, 이는 스토파드 극에서 두드러지게 나타나는 영화적 기법의 한 양상이라 할 수 있다.[6]

라르는 "'『아카디아』'의 훌륭함은 말장난보다도 극 구성에 있다" 면서 정교한 극 구성을 높이 평가했다(112). 전체 2막 7장으로 구성

6) 사실 현재와 과거의 병치는 연극보다는 영화에서 더욱 효과적으로 재현될 수 있다. 연극에서는 현재와 과거의 경계선을 등장인물의 대사나 의상 또는 제한된 무대장치로만 나타낼 수 있지만, 영화에서는 이 두 장면을 교차편집이나 몽타주 등 다양한 영화적 기법을 통해 재현할 수 있고, 훨씬 효과적이다.

된 이 작품은 시간적 순서를 따르지 않고 과거와 현재가 교차하면서 전개된다. 즉 1, 3, 6장에서는 1809년을 시간적 배경으로 주로 토마시나(Thomasina Coverly)와 그녀의 가정교사 셉티머스(Septimus Hodge)의 이야기가 다루어지고, 2, 4, 5장에서는 1990년대를 시간적 배경으로 과거 시들리 파크(Sidley Park)에서 일어났던 사건의 실체를 규명하려는 버나드(Bernard Nightingale), 밸런타인(Valentine Coverly), 해나(Hannah Jarvis)의 이야기가 다루어진다. 그리고 마지막 장에서는 과거와 현재가 교차하며 동시에 펼쳐진다. 따라서 이 작품은 극 구성상 부분적으로는 장별로 과거와 현재가 대칭을 이루고 있고, 전체적으로는 1막과 2막이 4장과 5장을 분기점으로 대칭을 이룬다.

『아카디아』는 조숙한 13살의 소녀 토마시나와 가정교사 셉티머스의 수업 장면으로 시작된다. 그들은 '육체적 포옹(carnal embrace)'을 주제로 토론을 벌이는데, 그들의 토론은 둘의 관계에서뿐만 아니라 작품 전체에 흐르는 중요한 주제가 된다. 그녀는 체이터 부인(Mrs. Chater)이 정원의 정자에서 누군가와 육체적 포옹을 했다는 사실을 엿듣고 셉티머스에게 물어본 것이다. 셉티머스는 자신이 관련된 사건이기 때문에 육체적 포옹을 "쇠고기의 한쪽 근처에 팔을 두르는 행위"라고 얼버무린다.[7] 하지만 그녀는 육체적 포옹이 '성교(sexual congress)'를 의미하고, 그 육체적 포옹에 연관된 사람이 셉티머스라는 사실을 알고 있다. 그녀가 계속해서 육체적 포옹에 관해 묻자, 그는 그녀의 관심을 '페르마의 마지막 정리(Fermat's last

7) Tom Stoppard, *Arcadia*(London: Faber and Faber, 1993), p. 1. 이후 작품 인용은 괄호 안에 쪽수로 표기함.

theorem)'로 돌리려 한다(3). 이때 집사 젤라비(Jellaby)가 셉티머스에게 체이터(Ezra Chater)의 편지를 건넨다. 잠시 뒤 등장한 체이터는 격노해서 셉티머스가 자신의 부인과 부적절한 관계를 맺은 것에 대해 비난하며 결투를 신청한다. 하지만 셉티머스는 자신과 체이터 부인 사이의 불륜 관계를 부인하지 않고, 오히려 체이터를 칭찬하면서 교묘하게 관심을 그의 시집 『에로스의 의자(*The Couch of Eros*)』로 돌린다. 체이터는 셉티머스가 가진 자신의 시집에 헌정 서명을 해준다(9). 이 서명은 나중에 큰 역사적 오류와 혼동을 일으킨다.

장면이 현대로 넘어오면 커벌리 가문의 후손인 클로이(Chloë Coverly), 밸런타인, 말을 하지 못하지만 혼란과 궁금증을 유발하는 거스(Gus Coverly), 그리고 시들리 저택을 방문한 해나와 버나드가 등장한다. 시들리 파크는 타락 이전의 세계인 아카디아를 상징하는 동시에 "고딕 소설의 풍경"(25)으로 변해 버린 자연 상태의 정원으로서의 대지를 나타낸다. 해나는 그런 역사적 중요성을 가진 시들리 파크의 정원에 대해 깊은 관심을 두고 있는 문학사가다. 그녀는 버나드와 대화를 통해 셉티머스가 가르친 학생이 크룸 부인(Mrs. Croom)의 딸이라는 사실을 알게 되지만, 은둔자의 정체에 대해 아직 확신하지 못한 상태이다. 다만 은둔자가 죽었을 때 발견된 종이 더미를 통해 그가 "천재로 의심되나 정신적 혼돈"(27) 상태에 있으며, 그의 정신적 고통의 원인이 "이성으로부터 감성으로의 쇠퇴"(27)라고 추정하고 있을 뿐이다.

낭만주의 시인 조지 고든 바이런(George Gordon Byron) 연구가인 버나드는 시들리 파크의 정원과 특히 그곳의 은둔자에 대해 깊은 관심을 두고 있는 해나에게 학문적으로뿐만 아니라 개인적으로도 관심이 많다. 그는 체이터의 시집 『에로스의 의자』가 바이런의 서재에서 발견되었기 때문에 바이런의 시집으로 단정한다. 해나가 그 편지가 원래 셉티머스의 것이었다고 반박하자, 그는 시집 안에 끼워져 있는 편지를 근거로 체이터가 바이런에게 결국 결투를 신청했고 바이런이 체이터를 죽이고 영국을 떠났다고 결론을 내린다(29~31). 나중에 밝혀지듯이, 그가 내린 결론은 사실은 아니지만, 독자들에게 주어지는 새로운 정보로서 독자들의 호기심과 극적 긴장감을 고조시킨다. 거스는 해나에게 사과를 건네는데 이는 이 작품의 주제라고 할 수 있는 '진리의 탐색'을 예시하고 있는 '무언의 행위'라고 할 수 있다.[8]

시들리 파크의 정원의 설계도에 있는 은둔처의 은둔자인 "황야의 침례교도"(14)와 "이 공식을 증명하기 위해서는 여백이 너무 좁아 그 과정을 기술할 공간이 없었다"(6)는 '페르마의 유언'은 모두 토마시나와 셉티머스에 연관된 것으로서 현재 인물들의 탐색과 연구를 통해 규명될 수 있다. 즉 과거의 장면에서 생략되거나 설명되지 않았던 부분들은 남아 있는 단서를 통해 현재 인물들에 의해 해석될 수 있다. 하지만 현재 인물들의 해석은 완전치 않고 오히려 그들의 해석상 오류와 예단에 의해 과거는 더욱 복잡해진다. 스토파드는 이처럼 과거와 현재를 자유롭게 이동시켜 관객의 주의를

8) 사과는 '뉴턴의 과학', '신화', '성서'의 함의를 갖는다. 이 모든 암시적인 요소들은 '지적인 지식'과 '육체적인 지식'으로 도달하지 못하는 비연속적인 결과를 가져올 것이라는 암시적인 경고를 포함한다. 거스는 말을 못 하지만 해나에게 사과를 준 것처럼 사건을 해결하는 데 있어 결정적인 단서를 제공하는 인물이다. 따라서 거스가 말을 하지 못하기 때문에 스토파드는 거스의 행위를 '무언의 행위'라고 규정했다(Melbourne 562).

환기하고, 과거의 단편은 단지 과거에 한정된 것이 아니라 현재에 똑같은 모습으로, 아니면 변형을 통해 다시 등장함을 예거하고 있다. 요컨대 이와 같은 플롯의 구성 요소의 반복과 변형은 『아카디아』의 전체적인 주제와도 연결되고, 스토파드 극에 나타난 영화적 특성으로도 귀결된다.

토마시나는 대체로 엄격한 규칙과 논리적 사고에 바탕을 두는 라틴어 수업을 지루하게 느끼지만 상상력과 직관에 의존하는 수학에 호기심이 많다. 그녀는 셉티머스에게 "우리가 자연을 숫자로 쓸 수 있다고 믿지 않나요?"(37)라고 질문한다. 해나와 밸런타인은 토마시나의 수학책을 보다가 깜짝 놀라는데, 왜냐하면 그녀가 시도한 수학적 방법은 그녀가 살던 당시에는 혁명적인 방법으로서, 실제로 1970년대에 와서야 비로소 '반복 연산(iterated algorithm)'으로 규명되기 때문이다. 반복 연산은 이 작품의 반복되는 플롯의 구조에도 적용되어 플롯에서 각 부분은 이중적인 시간 구조에서 연속적으로 환원되고, 또한 과거와 현재가 서로 연관되어 나타난다. 예를 들어 토마시나의 수학적인 노력을 나타내고 있는 "그녀가 종이를 다 써 없앨 때까지"(43)는 은둔자의 모습을 불러일으키는 "종이가 산더미처럼 쌓여 있는"(27)과 연관되어 있다. 결국 토마시나는 새로운 수학적 패턴을 창조해낸 것이다. 그녀의 수학적 업적은 밸런타인의 뇌조 수 연구와 관련이 있다. 그는 커벌리 가문의 시들리 저택에 전해 내려오는 사냥 기록을 갖고 있지만, 뇌조 수에서의 유동을 한정하는 알고리즘을 발견할 수 없다. 해나가 토마시나의 반복 연산과 그 중요성에 대해 혼란스러워하자, 그는 반복 연산은 자연 상태에서 "예측할 수 없는 요소"를 "예측할 수 있는 변수"와 뒤섞는 것을 가능하게 했다고 설명한다(47).

앞에서 말했듯이, 버나드는 『에로스의 의자』를 발견하고 상당히 흥분되어 있다. 해나는 크룸 부인이 남편에게 보낸 편지로 브라이스 대위(Cap. Brice)가 체이터 부인과 결혼했다는 사실을 알게 된다. 그녀는 과거에 결투를 요청한 체이터의 부인인 체이터 부인과 브라이스 대위와 결혼한 체이터 부인이 동일 인물이라는 사실을 알게 된다. 하지만 버나드는 셉티머스의 대학 동창이자 시들리 파크의 손님인 바이런이 체이터 부인을 유혹하려다가 결국 체이터와 결투를 하게 되었고, 그 과정에서 체이터를 살해해 영국을 갑자기 떠날 수밖에 없었다고 단정한다.

해나는 바이런이 시들리 파크에 체류했다는 결정적인 증거가 없다며 버나드의 주장을 반박한다. 하지만 바이런이 실제로 체류했다는 사실을 입증하는 밸런타인의 사냥 기록에 의해 해나와 버나드의 논쟁은 중단된다. 버나드는 자신의 가설이 옳다고 무척 흥분해 있지만, 해나는 여전히 그의 가설에 의문을 제기한다. 해나는 또 다른 한편으로 토마시나의 수학적 방정식에 사로잡혀 있다. 그녀는 반복의 연속 뒤에 있는 토마시나의 추론과 그녀의 관심이 무엇인가를 쉽게 단정 짓는 것에 대해 반대한다. 그녀는 토마시나 이 전에 되먹임 과정을 왜 아무도 시도하지 않았는가에 대해 궁금하게 여기고, 밸런타인은 그녀의 궁금함에 대해 당시에는 “충분한 시간”과 “충분한 연필”이 없었기 때문이라고 설명한다(51).

2막은 버나드가 해나, 밸런타인, 클로이 그리고 거스에게 바이런에 관해 예비 연설을 하는 장면으로 시작된다. 그는 “시들리 파크가 비둘기에 관련된 곳이 아니라 성과 문학에 관련된 곳이었다”라고 주장한다(54). 그의 주장에 대해 해나는 계속해서 그가 너무나 자의적인 역사 해석을 통해 오류를 범한다며 반박한다. 하지만 처음부터 버나드에게 관심을 보인 클로이는 일방적으로 그를 옹호하고, 반대로 해나에게 관심이 있는 밸런타인은 "실제로 중요한 것은 수학적 계산, 과학적인 진보, 지식"이라며 버나드의 비과학적인 태도를 문제 삼는다(61). 버나드는 밸런타인이 주장하는 과학적인 진보를 신랄하게 반박하고 그의 뇌조 수 연구를 조롱한다. 버나드와 밸런타인의 논쟁은 처음에는 개인적인 성격의 차이에서 비롯된 신경전으로 시작되었지만, 점차 '과학적인 진보' 대 '개성'이라는 진지한 학문적 토론으로 발전하게 된다.

버나드는 밸런타인을 거칠게 공격해 상처를 준다. 밸런타인이 자신의 과학적 연구를 포기할 정도로 낙담해 방에서 나가자 버나드는 이번에는 해나를 공격한다. 그는 해나의 최근 저서의 표지에 사용된 스케치 '왕립 아카데미에서의 바이런 경과 캐롤라인 램'이 그녀가 추정하는 것처럼 바이런이나 캐롤라인 램(Caroline Lamb)이 아니라는 주장이 담긴 『바이런 학회지(*Byron Society Journal*)』를 건네며 그녀를 절망감에 빠뜨린다. 그는 『최고봉 여행자와 지명 사전(*The Peaks Traveller and Gazetteer*)』이라는 소책자도 함께 건네는데 거기에는 시들리 파크에 살았던 은둔자에 대한 설명이 있다.

> '그 광인의 유언은 프랑스 유행에 대한 주의를 환기시킨다 …… 왜냐하면 그를 빛 또는 삶이 없는 세계의 우울한 확신으로 이끈 것은 프랑스풍의 수학이었기 때문이다 …… 재가 난로가 하나가 되고, 열이 지상에서 없어질 때까지 자신을 태워야 하는 나무 난로의 역할을 한다.' (65)

해나는 시들리 파크에 살았던 은둔자가 자신이 생각한 것처럼 낭만주의의 황량함으로 인한 정신적인 고통으로 미치게 된 것이 아니라, 토마시나가 해결하려고 했던 수학 문제에 고심하다가 미치게 되었다는 것을 알게 된다. 이때 밸런타인이 편지를 들고 다시 등장하는데, 그 편지에는 은둔자에 대한 결정적인 단서인 그의 출생 일자와 사망 일자가 적혀 있다. 그들은 시들리 파크의 은둔자와 셉티머스가 같은 해에 태어났으며, 또한 셉티머스가 토마시나의 가정교사였다는 사실을 알게 된다(66).

시간은 다시 과거로 넘어가서 셉티머스와 체이터의 결투가 벌어지게 되는 날 아침이다. 셉티머스는 집사인 젤라비로부터 결투가 취소되었고, 체이터 부부와 브라이스 대위, 바이런이 바로 전날에 시들리 파크를 급하게 떠났다는 소식을 듣는다. 그는 이 모든 게 크룸 부인이 꾸민 일이라는 것을 알게 된다.

마지막 장에서는 과거와 현재의 모든 미스터리가 해결된다. 즉 체이터는 바이런과의 결투에서 죽은 것이 아니라 서인도제도에서 원숭이에게 물려 죽었고, 토마시나의 '토끼 방정식'은 밸런타인에 의해 반복 연산으로 입증되고, 토마시나의 도표는 열역학 제2법칙으로 판명되고, 토마시나가 장난으로 그린 그림의 주인공인 셉티머스가 시들리 파크의 은둔자였다는 사실 또한 밝혀진다.

과거와 현재의 등장인물 연애 관계도 자연스럽게 정리된다. 즉 예전부터 셉티머스를 마음에 두고 있던 토마시나는 셉티머스에게 사랑을 고백하고 셉티머스도 토마시나의 마음을 받아들인다. 해나는 처음부터 자신에게 관심을 보이던 버나드, 그녀와 학문적으로 동조했던 밸런타인의 구애를 거절하고, 거스의 구애를 받아들인다.

과거의 장면에서 체이터 부인과 불륜 관계에 있던 바이런이 크룸 부인에 의해 시들리 파크에서 쫓겨난 것처럼, 클로이를 농락한 버나드도 그녀의 어머니인 크룸 부인에 의해 시들리 파크에서 쫓겨난다.

『아카디아』는 과거와 현재를 자유롭게 오가면서 "문학적인 추리"와 "과학적인 발견"이라는 대칭적인 축을 형성하고 있다(Hawkes 266). 과거와 현재가 서로 대칭을 이루며 번갈아 진행되다 마지막 장에서는 과거와 현재가 같은 공간에 재현된다. 하지만 과거와 현재가 단순히 병치 되는 것이 아니라 과거의 인물과 현재의 인물이 한 공간에 동시에 등장해 자신들의 이야기를 끌어간다. 그렇기 때문에 이 장면은 영화에서 스토리의 이해를 돕거나 새로운 스토리를 만들기 위해 서로 다른 시공간에서 촬영된 장면을 마치 같은 시공간에서 촬영한 것처럼 편집하는 영화의 교차편집과는 다르다. 이 장면에서는 어떤 사람 또는 어떤 집단이 알 수 없는 이유로 시간을 거슬러 과거 또는 미래로 떨어지는 타임 슬립처럼 과거와 현재 인물의 시간적·공간적 경계가 무화되고 하나가 된다.

과거와 현재 인물의 '동시 등장' 혹은 과거와 현재 사건의 '동시 발생'은 등장인물이 춤을 추면서 끝나는 장면에 의해 예거된다. 마지막 장에서 과거는 1809년이 아니라 1812년으로 토마시나는 열세 살의 소녀가 아니라 열일곱 번째 생일을 앞둔 처녀다. 토마시나와 셉티머스는 처음이자 마지막으로 왈츠를 춘다. 거스는 시들리 파크의 은둔자의 정체에 대한 결정적인 단서가 되는 토마시나가 그린 그림, 즉 "플로터스를 들고 있는 셉티머스"(97)를 찾아서 해나에게 건넨다. 그는 그녀에게 춤을 출 것을 청하고, 그들 또한 토마시나와 셉티머스처럼 함께 왈츠를 춘다. 토마시나와 셉티머스는 피아

노 음악에 맞추어 자연스럽게 왈츠를 추는 데 반해, 해나와 거스는 어딘지 모르게 서툴고 "예의상의 거리"(97)를 유지한다는 차이가 있다. 라르는 그들의 왈츠에 대해 다음과 같이 말한다.

> 그 춤은 시간의 춤이 된다: 서툴기도 하고 우아하기도 하다. 때로는 축하하는 것 같기도 하고 단념하는 것 같기도 하다. 우울함 속에서의 우아한 행위인 왈츠는 스토파드의 영적인 균형의 완전함을 구현한다. (113)

이처럼 토마시나와 셉티머스, 해나와 거스의 춤은 상반되는 두 가지 요소를 공유하고 있다. 스토파드는 어느 하나가 또 다른 하나를 지배하지 못하고 혼돈되고 대칭을 이루는 두 요소가 공존하는 현대를 왈츠를 통해 은유적으로 보여주고 있다. 스토파드는 『아카디아』에서 시간상으로 과거와 현재라는 대칭을 이루는 두 시기를 택해서 서로 다른 시대의 인물들이 어떻게 서로 영향을 미치고 있는가를 탐색하고 있다.

스토파드는 『아카디아』에서 서로 다른 두 시기를 교차시켜 '과거가 현재와 어떻게 충돌되는가', '현재가 과거를 어떻게 해석하는가' 등의 문제를 제기한다(Nathan 261). 특히 버나드와 해나가 현재에 남아 있는 불완전하고 불확실한 단편을 바탕으로 과거를 얼마나 잘못 해석하는가를 보여주고 있다. 버나드가 『에로스의 의자』에 적힌 장소와 날짜 때문에 바이런 연구에서 오류에 빠져드는 것과 마찬가지로, 해나는 정원의 설계 도면에 토마시나가 장난으로 그려 넣은 그림을 낭만주의의 황야에서 고통을 받으며 은둔처에 살았던 은둔자라고 믿는 오류를 범한다. 과거에 무슨 일이 일어났는가를 탐색하는 현재의 연구는 시간을 되돌릴 수 없기 때문에 과거를 완전하게 해독할 수 없다. 결론적으로 스토파드는 서로 얽혀 있는 대칭적 시간 구조와 버나드와 해나의 예를 통해, 과거에 무슨 일이 일어났는지를 정확히 안다는 것은 처음부터 불가능하다'는 것을 예증하고 있다.[9)]

스토파드는 『아카디아』에서 두 겹의 층을 이루는 시간 구조를 사용하고 있는데, 이런 극적 구조는 그의 영화적 기법을 잘 예증한다. 실제로 그는 비록 그것이 새로운 문제를 일으키리라는 것을 알고 있지만 『아카디아』를 오래전부터 영화로 제작할 것을 고심했다. 그는 한 인터뷰에서 『아카디아』의 시나리오 작업의 어려움을 다음과 같이 토로했다.

> 나는 결코 그 작품[『아카디아』]의 첫 번째 연극적 항목의 문제를 보상할 방법을 찾지 못했다. 즉 '1809년에 살아있는 사람이 방을 떠나고, 1998년에 살아있는 사람이 방에 들어와도 똑같아야 한다.' (Nadel 99 재인용)

스토파드는 『아카디아』에서는 가능했던 과거의 인물과 현재의 인물이 한 장면에 같이 나오는 장면을 영화에서 어떻게 연출할지를

---

9) 스토파드는 『아카디아』에서 낭만주의와 고전주의의 대칭을 등장인물 버나드와 해나를 통해 예각화하는데, 그의 낭만주의와 고전주의에 대한 관심은 『사랑의 발명(*The Invention of Love*)』(1997)에서 극 중 인물 하우스먼(Housmann)의 이중성으로 확장된다. 사실 하우스먼이 스토파드에게 흥미롭게 보였던 것도 이런 면이 크게 작용했다 (Fleming 266).

고민하고 있고, 이 문제는 여전히 그에게 숙제로 남아 있다.

4. 연극과 영화의 상호변형적 교류

앞서 말했듯이 스토파드의 영화에 대한 관심은 일시적인 것이 아니라 본격적으로 극작가로 출발하기 이전부터 시작되었고 오랫동안 지속되었다. 그의 영화적 관심은 그의 극작에도 상당한 영향을 끼쳤다. 따라서 스토파드 극에 나타난 영화적 요소를 살피는 일은 그의 극작 세계를 살피는데 상당히 중요하다. 그는 한편으로는 연극의 특징적인 대화의 정확한 감각을 영화에 도입했고, 다른 한편으로는 연극에 영화에서 요구되는 장면의 구조의 정확한 감각을 연극에 도입했다. 이처럼 스토파드에게 연극과 영화는 별개의 독립된 장르가 아니라 서로의 장점을 주고받는 상생의 관계에 놓여 있다.

스토파드는 『로젠크랜츠와 길덴스턴은 죽었다』에서 『햄릿』에서 극화되지 않은 무대 외적 상황을 부각하고 주변부 인물에 불과했던 로젠크랜츠와 길덴스턴을 중심인물로 설정함으로써, 의심되지 않는 보편적 진리에 대한 기존의 통념에 의문을 제기하고 『햄릿』의 전통적인 읽기를 거부하고 새로운 읽기를 시도했다. 즉 등장인물들의 위상을 바꾸고, 그들의 성격을 확장하며, 극에 사용되는 장치들을 변형시킴으로써, 궁극적으로는 『햄릿』을 미학적 차원에서 새롭게 쓰고 기존의 기호가 지닌 의미 체계에 균열을 가져왔다.

스토파드는 『로젠크랜츠와 길덴스턴은 죽었다』에서 『햄릿』의 새롭게 읽기를 통해 단순히 서사 질서를 파괴하거나 로젠크랜츠와 길덴스턴의 희생의 부적절함을 지적하는 것이 아니다. 전술했듯이, 그가 『햄릿』의 전복을 통해 얻고자 하는 것은 셰익스피어로 대표할 수 있는 문화적이고 정치적인 권위와 텍스트지 셰익스피어 자체가 아니다. 스토파드의 기존 관점과 다른 읽기 혹은 다시 쓰기는 이 작품뿐만 아니라 이후의 작품에까지 일관되게 흐르는 중요한 주제가 된다. 그리고 이런 주제를 효과적으로 창출하기 위해 그는 영화적 기법을 사용하고 있다.

스토파드는 지금까지 정교하고 재치 있는 많은 작품을 썼으나 『아카디아』는 다른 어떤 작품보다 그의 특유의 지적 관심을 잘 표현했다. 그는 과거와 현재를 넘나들면서 예술, 과학, 역사, 조경학에 이르는 다양한 주제를 놀랄만한 솜씨로 다루고 있다. 이 작품은 과거가 사건의 실마리를 제공하고 현재는 남아 있는 단서를 통해 진실을 탐색해 가는 탐정극 구조를 취함으로써 극적 긴장감을 고조시킨다. 과거와 현재를 직접 연결하는 매개체가 없이 단지 등장인물간의 대화가 두 시대를 연결하고 무대 지시 없이 시간이 앞뒤로 자유롭게 이동되기 때문에 관객은 주의를 집중해야 한다. 스토파드는 이 작품의 서로 얽혀 있는 대칭적 시간 구조를 통해 현재에 남아 있는 단서를 통해 과거에 무슨 일이 있었는가를 안다는 것은 불가능하다는 사실을 예거하고 있다.

체코를 바라보는 스토파드의 시선

1. 스토파드의 정치극

해럴드 핀터(Harold Pinter), 카릴 처칠(Caryl Churchill) 등과 함께 현대 영국 희곡을 대표하는 톰 스토파드(Tom Stoppard)는 연극뿐만 아니라 영화, TV 드라마 등 여러 방면에서 탁월한 역량을 발휘하고 있다. 그는 『로젠크랜츠와 길덴스턴은 죽었다(*Rosencrantz and Guildenstern Are Dead*)』(1966), 『곡예사들(*Jumpers*)』(1972), 『희작(*Travesties*)』(1974), 『진짜(*The Real Thing*)』(1982)를 비롯한 극작품뿐만 아니라, 영화 〈셰익스피어 인 러브(*Shakespeare in Love*)〉(1998)로 아카데미영화상 각본상과 베를린 영화제에서 은곰상을 수상했다. 그보다 앞서 1990년에는 자신의 동명 희곡을 직접 각색하고 연출한 영화 〈로젠크랜츠와 길덴스턴은 죽었다〉(1990)로 베니스 영화제에서 황금사자상을 수상하기도 했다.

사실 스토파드는 뛰어난 연극평론가이자 영화평론가이기도 하다. 평론가로 연극 경력을 시작한 그는 영화평론가로도 활동하며 연극과 영화에 대해 이론적인 기초를 쌓았고 이를 자신의 극작에 적극적으로 활용했다. 그렇기 때문에 스토파드의 극에는 무엇보다도 영화적 요소가 두드러진다. 『아카디아(*Arcadia*)』(1993), 『인디언 잉크(*Indian Ink*)』(1995), 『사랑의 발명(*The Invention of Love*)』(1997)에서는 서로 다른 두 시대가 교차되거나 다른 시대의 인물이 병치된다. 스토파드 극에 두드러지게 나타나는 교차와 병치는 전통적인 연극에서는 낯설게 느껴질 수 있지만 영화에서는 교차편집이라는 익숙하고도 전형적인 영화 기법이다.

스토파드는 극작 초기에는 사무엘 베케트(Samuel Beckett)의 부조리극(Theatre of the Absurd) 전통을 계승하면서도 부조리극에 머물지 않고, 윌리엄 셰익스피어(William Shakespeare)를 비롯한 고전 극작가의 작품을 패러디하면서 '사상희극(Comedy of Ideas)'이라는 자신만의 독창적인 극작 세계를 창조했다. 그는 첫 작품 『로젠크랜츠와 길덴스턴은 죽었다』를 발표할 때부터 "부조리극 전통의 영국판"(Bull 2001: 38)으로 불렸다. 그는 베케트에서 핀터로 이어지는 현대 영국의 한 갈래인 부조리극의 전통을 따랐다. 하지만 『곡예사들』과 『희작』에서는 "재기 넘치는 대화와 깊이 있는 주제, 사실과 허구 간의 변형적 교류 등을 나타냄으로써 일찌감치 초창기의 부조리극적인 특색에서 벗어났다"(권혜경 2012: 25).

스토파드의 극작 세계를 두고 한편에서는 연극성을 능란하게 이용한다고 칭찬했지만, 다른 한편에서는 그의 극작품이 정치의식이 결여되었고 소극적(farcial) 기교가 철학적 진술을 방해한다고 비판했다.[1] 그의 작가적 능력과 작품에 부정적인 비평가로 존 러셀 테일러(John Russell Taylor)와 로버트 브루스틴(Robert Brustein)을 꼽을 수 있다. 테일러는 스토파드가 언어를 괴팍하게 사용하고 있으며, 그의 작품이 겉으로는 상당히 화려하게 보이지만 사실은 빈약한 철학적인 토대를 가졌으며, 그의 사고는 사무엘 테일러 콜리지(Samuel Taylor Coleridge)의 용어를 빌리자면, "상상력보다는 공상의 수준"이라며 작가로서의 진지함이 심각하게 결여되었다고 비판했다(107).

브루스틴은 작품을 독창적으로 창조하지 않고 다른 작품을 차용하는 스토파드의 극작 스타일을 강하게 비난했다. 그는 "『로젠크랜츠와 길덴스턴은 죽었다』는 연극적 기생충으로서 『햄릿』, 『고도를 기다리며』, 『작가를 찾는 여섯 명의 등장인물』을 먹고 산다"고 강하게 비난했다(93). 테일러와 브루스틴보다는 덜 하지만 빅스비(C. W. E. Bigsby) 또한 스토파드가 자기만의 독특한 세계를 갖고 있는 패러디 작가이자 재담꾼이지만, 예술지상주의를 맹신한 나머지 사회문제는 전혀 제기하지 않는 "자칭 미학적 반동주의자"라고 비판적 입장을 견지했다(4).

---

1) 부조리극 또는 사상희극을 특징으로 하는 스토파드의 극작 태도는 그에게 "냉정하고 정치에 관심이 없는 스타일리스트"(Schulman 108) 또는 "정치에 관심이 없는 언어 조련사"(Herbert 125)라는 유쾌하지 않은 별칭을 가져왔다. 스토파드 스스로 극작 초창기 자신의 작품이 정치와 관련이 없다고 여러 차례 밝히기도 했다. 즉 그는 한 인터뷰에서 "작품을 쓸 때 어떠한 사회적 목표를 가지고 쓴다고 말할 수 없다"고 말했다(Bull 2001: 141 재인용).

이와는 상반되게 스토파드의 작가적 능력을 높이 평가하는 비평가들은 스토파드를 대체로 동시대의 사회 비판적 경향이 강한 작가들과 프랑스의 부조리 극작가 계열 사이에서 어느 한 쪽으로도 편향되지 않고 자기만의 독특한 스타일을 창조한 재능이 있는 극작가로 평가했다. 토머스 휘테이커(Thomas Whitaker)는 스토파드를 오스카 와일드(Oscar Wilde), 조지 버나드 쇼(George Bernard Shaw), 노엘 카워드(Noël Coward)로 이어지는 영국 희극의 전통과 전위적인 새로운 형식을 잘 융합시킨 작가로 보았다. 그는 스토파드가 이 작가들과 유사성을 지녔으면서도 이들의 세계를 그대로 받아들이라고 강요하지 않고 오히려 인간다운 균형과 자유를 재발견하도록 해주는 독창성을 지닌 작가로 파악했다(7~8).

스토파드는 정치성이 결여되었다는 평론가들의 비판을 의식했기 때문인지 아니면 체코 출신이라는 정체성 때문인지 1970년대 중후반부터 극작 세계를 사상희극에서 정치극으로 선회한다. 이에 대해 그는 원래부터 정치에 관심을 갖고 있었기 때문에 극작 스타일의 선회가 아니라 극작 세계의 확장이라고 주장한다. 그의 정치극에 대한 관심은 일회적 사건으로 그치지 않는다. 그는 1970년대 후반부터 1980년대 초반까지 일련의 정치극을 발표했다. 1980년대 후반부터 2000년대 초반까지의 작품들은 대체로 예전의 극작 스타일, 즉 사상희극으로 분류되지만, 2000년대 중반에는 다시 정치극에 회귀한다.

이 글의 목적은 동유럽, 그중에서도 자신의 고국이기도 한 체코에 대한 스토파드의 태도와 시선을 살펴보는 데 있다. 그의 작품들을 살펴보기에 앞서 먼저 체코의 근현대사에서 가장 중요한 두 사건이라고 할 수 있는 1968년의 '프라하의 봄(Prague Spring)'과 1989년의 '벨벳 혁명(Velvet Revolution)'에 대해서 살펴보고, 그 뒤 프라하의 봄 실패 이후 체코를 비롯해 동유럽의 정치적 상황에 잘 녹아 있는 『모든 착한 아이는 칭찬을 받을 만하다(*Every Good Boy Deserves Favour*)』(1977), 『의도적인 반칙(*Professional Foul*)』(1977), 그리고 '프라하의 봄'부터 '벨벳 혁명'에 이르는 체코의 신산한 역사를 담고 있는 『로큰롤(*Rock 'n' Roll*)』(2006)을 살펴본다. 궁극적으로 체코를 비롯한 동유럽의 정치적 상황에 대한 스토파드의 시선을 통해 극작가로서 그의 극작 세계를 조명하고자 한다.[2)]

2. '프라하의 봄'부터 '벨벳 혁명'까지[3)]

스토파드의 작품을 살펴보기에 앞서 프라하의 봄부터 벨벳 혁명까지의 체코의 정치 상황을 살펴볼 필요가 있다. 체코 공산당은 제2차 세계대전 이후 이른바 코시체 프로그램(Kosice Program)을 통해 급속한 사회주의화를 추구했고 1960년 신헌법을 제정하여 권력 기반을 구축하고자 했다. 체코는 1961년부터 추진했던 제3차

---

2) 체코는 1918년부터 1992년까지 보헤미아, 모라비아, 슬로바키아와 더불어 체코슬로바키아 연방공화국을 이루다가 1993년 1월 1일에 분리, 독립했다. 이 글에서 다룰 체코의 역사적 시기는 1968년 프라하의 봄부터 1989년 벨벳 혁명까지 아우른다. 역사적 시기로 보았을 때 체코의 공식적인 국가명은 체코슬로바키아가 맞지만 이 글에서는 체코와 체코슬로비키아를 구분하지 않는다. 당시의 정치적 상황을 가리킬 때는 체코슬로바키아로, 스토파드의 정치적 입장을 가리킬 때는 체코로 표기한다.

3) 체코의 민주화 과정, 즉 프라하의 봄부터 벨벳 혁명까지의 약사는 안승국의 「체코의 벨벳 혁명과 민주화」, 『기억과 전망』 30, 2014, 213~245쪽 참조.

5개년 경제개발계획의 실패와 서유럽과의 경제교류 중단으로 경제 침체에 직면하게 되었다. 비록 1965년 중앙통제 경제의 강화, 지출의 감소, 소비 증대, 소련 경제에 대한 의존으로 일시적으로 회복되었지만 사회주의 체제의 구조적 모순은 체코의 경제 상황을 더욱 악화시켰다.

공산당과 소수 엘리트에 의존한 체코의 정치 체제는 한계에 직면했고 공산당 내부에서도 개혁의 필요성이 제기되었다. 이런 절박한 상황에서 젊고 유능하고 진보적인 인사들을 주축으로 한 개혁파가 국정운영에 참여하면서 공산당의 권력독점과 특권을 추구하는 보수파와의 갈등과 대립이 표출되기 시작했다. 1967년 10월 슬로바키아 공산당 제1서기장 알렉산더 둡체크(Alexander Dubček)는 체코슬로바키아 제1서기 안토닌 노보트니(Antonin Novotny)에게 경제정책 실패의 책임을 지고 사임할 것을 요구한다. 노보트니가 사임하자 체코슬로바키아 공산당 중앙위원회는 1968년 1월 5일 둡체크를 노보트니의 후임으로 선출했다. 3월 말에는 개혁파의 루드비크 스보보다(Ludvik Svoboda)와 요세프 스므르코프스키(Josef Smrkovsky)가 각각 대통령과 의장으로 선출됨에 따라 보수파는 사실상 당과 정부에서 퇴진하게 되었고, 이로써 이른바 '프라하의 봄'이라고 불리는 자유화가 추진될 수 있었다(Renner 49~50).

체코슬로바키아 공산당은 1968년 자유화 노선의 헌법이라고 할 수 있는 행동강령(Action Program)을 선포했다. 둡체크를 비롯해 오타 시크(Ota Sik), 파벨 아우어스페르그(Pavel Auersperg), 라도반 리히타(Radovan Richta) 등이 기초한 행동강령은 집회와 결사의 자유를 인정했고, 사전검열을 폐지했고, 지도자의 정기적인 기자회견 시행을 약속했고, 국외여행의 자유까지도 보장했다. 얼마 후에는 문화인들이 2000어 선언(2000 Words Manifesto)을 발표했다. 또한 시위 또는 파업을 통해 권력 남용을 저지할 것과 외국의 간섭에 대해서는 무력투쟁을 전개할 것을 공표했다.

프라하의 봄은 공산당 일당 독재를 탈피하여 정치적으로 다원주의와 민주주의를 도입하고, 경제적으로 시장경제를 지향하면서 궁극적으로는 이른바 인간의 얼굴을 한 사회주의 건설을 추구했다. 소련 및 동유럽 각국은 행동강령과 2000어 선언과 같은 체코의 자유화 조치에 경고를 했지만 체코는 이를 따르지 않았다. 결국 소련을 중심으로 한 바르샤바조약기구(WTO) 통합군은 1968년 8월 20일 체코슬로바키아 침공을 감행했다. 바르샤바조약기구 통합군이 프라하 침공을 감행한 이유는 체코 자유화의 물결이 여타 동유럽 지역으로 전파될 것을 두려워했기 때문이다. 프라하 침공은 사회주의 진영의 전체 이익이 각국의 개별적 이익에 우선한다는 제한주권론에 근거한 것이다.

사실 프라하의 봄이 실패로 끝난 데에는 내적인 이유도 있지만 외적인 이유가 훨씬 크다. 즉 소련을 중심으로 한 바르샤바조약기구 통합군의 무력 개입이 체코의 자유화를 봉쇄했다. 최정호에 따르면, 소련의 군사 개입은 몇 가지 측면에서 설명될 수 있다. 첫째, 서독을 비롯한 서방측의 영향이 소련 및 동유럽의 안정보장을 위협하게 되리라는 전통적인 경계심이다. 둘째, 중소분쟁에 대비한 동유럽 확보의 필요성이다. 셋째, 프라하의 봄이 공산당의 일당독재를 부정함으로써 사회주의 체제의 연쇄적인 붕괴를 유발할지도 모른다는 우려이다. 넷째, 개혁의 사상적 영향이 소련 및 다른 동맹국에까지 확산되어 강력한 반대 세력을 형성시키게 될 수도 있다는 우려 등이다(108).

바르샤바조약기구 통합군의 프라하 점령으로 체코 국민들은 적지 않게 실망했다. 바르샤바조약기구 통합군의 침공은 체코에 여러 억압 정책을 가져왔다. 모든 군사시설 및 민간시설은 통제되었고, 1968년 9월 언론과 결사의 자유를 제한하는 법안이 가결되었고, 검열제도가 부활했다. 10월에는 소련군의 주둔이 합법화되었고 해외여행의 자유가 제한되었다. 체코의 국내 정치는 소련에 의해 서서히 장악되었다. 11월에는 체코 공산당 지도부 내에도 친소파가 실권을 장악하면서 공세를 취하기 시작했다. 소련 지도부는 체코를 프라하의 봄 이전상태로 되돌리기 위해서 국내 주요 인물들에 대한 탄압을 더욱 강화했다.

1969년 3월 20일 세계 아이스하키 챔피언 결승전에서 체코가 소련에 승리를 거두자, 소련은 프라하 등지에서 벌어진 시위를 명분으로 체코 공산당 지도부의 교체에 착수한다. 그 결과 구스타프 후사크(Gustav Husak)가 공산당 제1서기장에 선출되고, 공산당 전체 당원의 21.6%에 이르는 약 323,000명이 1971년 초까지 선별적으로 당에서 축출된다. 많은 이들이 직장을 잃었다. 특히 지식인이라 할 수 있는 언론인과 교육자 중 상당수는 부적합 판정을 받고 허드렛일을 해야만 했다. 후사크 정권은 경찰 및 비밀경찰의 수를 증대해 정치적 반대나 공식적인 이데올로기로부터의 이탈행위를 신속히 처벌했다. 정치적 권리를 포기하는 대가로 많은 소비재를 공급했고, 대중음악이나 영화, TV 연속극 등을 통해 정치에 대한 시민들의 무관심을 조장했다. 이는 후사크가 추진한 정상화(Normalization) 정책의 핵심 요소이자 효과적인 수단이었다.

후사크는 1975년에 대통령직까지 넘겨받았다. 그의 최대 목표는 현상 유지였다. 현상 유지를 위해 후사크 정권은 국가 통제에 바탕을 둔 통제형 경제정책을 적극적으로 시행했지만 별다른 진전이 없었다. 1987년 후사크의 뒤를 이은 밀로스 야케쉬(Milos Jakes)는 소련의 고르바초프(Mikhail Gorbachev)가 시행하는 개혁정책을 도입하고자 했다. 하지만 이 또한 큰 효과를 거두지 못했다. 왜냐하면 야케쉬 또한 근본적으로 강압 통치를 벗어나지 못한 채 보수적인 정부를 현상 유지하는 게 목표였기 때문이다.

후사크 정권의 초창기 반대 세력은 구체적인 조직을 갖추지 못했다. 하지만 시간이 지나면서 그들은 정상화 정책을 강력하게 비판했고, 이를 통해 조직적인 반대 운동을 전개할 수 있는 계기를 마련했다. 바르샤바조약기구 통합군의 침공 1주년을 계기로 작성되어 발표된 노동자와 학생들의 호소문은 체코인과 슬로바키아인들이 불명예스러운 정상화 기간에 어떻게 행동을 해야 하는가에 대해 호소했다. 10명의 지식인들이 모여 발표한 10개항 선언문(Ten Point Manifesto)은 후사크 정권을 강력하게 규탄했다.

정상화에 대한 반발, 인간성과 양심의 회복, 인간 연대를 실현시키려는 운동은 1976년 후사크 정권의 록그룹 탄압 사건을 계기로 구체화된다. 후사크 정권은 더 플라스틱 피플 오브 더 유니버스(The Plastic People of the Universe, 이하 플라스틱 피플)와 DG-231 등의 록그룹을 대중을 어지럽게 하고 평화를 파괴한다는 죄목으로 처벌했다. 이에 지식인들은 부당한 법조항의 남용, 재판의 불공정한 진행, 그리고 재판의 비공개 등의 이유로 후사크 정권을 비난했고, 젊은

음악가들은 그들과 연대해 반체제 운동을 이어나갔다.

특히 1977년에 발표된 77헌장(Charter 77)은 체코 반체제 운동에 새로운 동력이 되어 반체제 운동을 결속하고 지속성을 제공했다. 그런데 77헌장은 처음 의도와 다르게 점차 국내외적으로 정치적인 성격을 띠게 되었다. 인권 문제와 직접적으로 관련이 없는 경제정책이나 환경정책에 대해서도 비판하고 그에 대한 대안을 제시했다. 77헌장은 1968년 프라하의 봄을 정신적으로 계승하고, 이를 1989년 벨벳 혁명으로 승화하는 데 구심적인 역할을 수행했다. 무엇보다도 77헌장은 벨벳 혁명의 정치철학적 기반이 되었다는 데 역사적 의미가 크다.

체코에서 벨벳 혁명은 권위주의의 종식과 민주주의 체제로 이행을 의미한다. 체코는 1990년 이행 선거를 통해 정치적으로 진정한 민주주의를 수립하게 된다. 벨벳 혁명의 발단은 1988년 8월 21일 바르샤바조약 군대 침공 기념일에 대한 항의 시위였다. 지식인 주도로 시작된 반체제 운동에 고무된 대중 시위는 10월 28일 건국기념일을 전후로 소규모 시위로 확산되었다. 11월 17일에 프라하에 집결한 5만여 명의 학생들이 바츨라프 광장으로 진입하려 하자 경찰이 이를 제지하는 사건이 발생했다. 이때 시위하던 한 학생이 경찰에 의해 사망했다는 소문이 돌았고, 소규모 시위는 경찰의 무력 진압에 항의하는 대규모 반정부 시위로 확대되었다. 학생들은 지식인과 연대를 표명하고 휴교와 총파업을 요구했다. 후사크 정권을 반대하는 반체제 인사들은 조직적인 반정부활동을 인식하고 기존의 운동조직에 포괄적으로 참여하는 시민 포럼(Civic Forum)을 창설했다. 프라하의 봄으로 권좌에서 물러났던 둡체크는 21년 만에 군중집회에 참석하여 후사크 정권의 퇴진과 민주화를 요구했다.

결국 대규모 반정부 시위로 체코 공산당의 주요 간부들이 사임했고, 시민 포럼의 요구에 따라 연방의회는 헌법 개정을 통해 당이 지도적 역할을 삭제하고 마르크스-레닌주의에 따른 교육 규정을 폐지함으로써 정치적 다원주의를 도입할 법적 근거를 마련했다. 12월 10일에는 시민들의 민주화 요구에 따라 공산정권이 퇴진하고, 12월 28일에는 프라하의 봄의 주역 둡체크가 연방회의 의장에, 12월 29일에는 바츨라프 하벨(Vaclav Havel)이 대통령에 선출됨으로써 마침내 체코 민주주의의 기반이 구축되었다.

40여 년간 지속되어 온 체코의 공산주의 정권은 벨벳 혁명에 의해 마침내 붕괴되기에 이르렀다. 그 붕괴 원인으로 몇 가지를 들 수 있다. 첫째, 사회주의 통제경제의 역기능으로 인한 경제적 파탄이다. 둘째, 공산주의 종주국인 소련에서 고르바초프에 의해 추진된 개혁(perestrojka)과 개방(glasnost) 정책이다. 개혁과 개방의 물결이 헝가리와 폴란드의 민주화를 거쳐 체코에 들어와 벨벳 혁명의 성공을 가져왔다. 셋째, 자유와 인권을 유린하고 개인과 집단의 극단적인 이기주의를 불러일으켜 인간의 윤리적·정신적 타락을 조장한 공산주의 체제에 대한 불만과 불신의 증대다. 결국 이런 여러 가지 원인들이 지난 40여 년간 복합적으로 누적되어 체코 공산당 체제의 붕괴를 가져왔다(권재일 337~338).

벨벳 혁명은 프라하의 봄과 마찬가지로 정치개혁을 지향했지만 결과는 정반대였다. 1968년의 프라하의 봄은 소련을 주축으로 한 바르샤바조약기구 통합군의 개입으로 좌절되었지만, 벨벳 혁명은 소련의 군사적 개입이 없었기 때문에 성공할 수 있었다. 냉전시기에 소련의 동유럽에 대한 영향력은 강력했지만 1989년 탈냉전을 계기로 소련의 영향력이 약화되었기 때문에 소련은 체코의 민주화에 더 이상 관여할 수가 없었다. 따라서 체코는 1968년의 상황과는 달리 민주화를 추진하기 적합한 대외적 조건에 놓여 있었으며, 소련의 영향력이 약화되었기 때문에 벨벳 혁명에 대한 공산당 보수파의 반대도 제한적일 수밖에 없었다(안승국 236).

프라하의 봄 이후 20년에 걸친 후사크 정권은 1989년 동유럽에 확산된 민주화의 물결에 따라 시대적 전환에 직면하게 되었다. 고르바초프의 등장 이후 동유럽 체제개혁을 금지한 브레즈네프 독트린(Brezhnev Doctrine)은 공식적으로 폐기되었다. 고르바초프는 동유럽 국가에서도 소련식의 체제 개혁이 이루어지기를 원했다. 그는 1988년 3월 신베오그라드 선언에서 사회주의국가들도 자국의 실정에 맞는 노선을 독자적으로 선택해야 한다고 주장했다. 고르바초프의 이 선언은 소련이 더 이상 동유럽의 체제 개혁에 관여하지 않겠다고 천명한 것이었다. 이는 결과적으로 보수적인 체코 공산당 지도부의 입지를 약화시키고 반체제 세력을 성장시키는 계기가 되었다. 체코 국민들은 서유럽 언론 매체를 통해 자유세계의 실상을 알게 되었고, 다른 나라와의 체제 비교는 체코 내 비판의식을 고취시켰다. 특히 폴란드의 자유노조운동은 벨벳 혁명의 도화선이 되었다. 또한 1980년대 중반 이후 체코를 비롯한 동유럽 국가들은 심각한 경기 침체에 직면해 있었으며, 회복 전망이 불투명했다. 따라서 공산당 일당 독재에 대한 비판이 제기되었고 체제 변동 국면에 들어선 것이다. 체코의 민주화는 공산정권이 그들의 반대세력의 정치적 요구를 수용하면서 시작되었다. 소련군의 프라하 침공을 항의하는 시위를 계기로 반체제 운동이 전개되었고, 이른바 벨벳 혁명을 통해 40년간의 공산당 지배 체제가 종식되었다(안승국 215~216).

1990년대 들어 사라진 한 가지 신념은 마르크스주의, 즉 국가사회주의에 대한 절대적인 믿음이었다. 소련의 해체와 동유럽 도처의 공산주의 붕괴는 역사적으로 중요한 분기점으로 동유럽뿐만 아니라 전 세계의 좌파 지식인들에게 엄청난 영향을 주었다. 좌파 지식인뿐만 아니라 스토파드와 같은 비교적 보수 우파 극작가에게 엄청난 영향을 끼쳤다. 스토파드는 그와 동시대를 살았던 어떤 다른 작가들보다도 해체되는 구소련의 사건들과 영국 중산층 체통의 가치 세계를 충돌시켰다(Bull 1994: 205).

3. '프라하의 봄' 실패 이후 체코

체코에서 태어난 스토파드는 어린 시절 제2차 세계대전을 피해 조국을 떠났으며 나중에 어머니의 재혼으로 영국 국적을 취득하게 된다. 그는 하벨과 같은 극작가를 보면서 자신이 체코를 떠나지 않았다면 아마도 자신 또한 하벨과 비슷한 입장에 있었을 것이라고 생각했을 수도 있다. 스토파드가 체코의 정치적 문제에 대해 적극적으로 관심을 표명하는 것은 아마도 그런 이유에 기인할 것 같은데 스토파드 자신은 이 문제에 대해 직접 언급한 적은 없다(Jenkins 136).

스토파드는 1970년대 후반에 이르러서 소련 및 동유럽 국가들의 정치 상황 및 인권 문제에 대해 본격적으로 관심을 갖고 이를 극작으로 형상화한다. 사실 그가 처음부터 체코를 비롯한 동유럽 국가들의 정치 현실에 관심을 갖고 있었던 것은 아니다. 그는 1977년 2월 세계적인 인권단체인 국제사면위원회(Amnesty International)의 일원으로 소련과 동유럽 국가들을 방문했는데, 이 경험은 스토파드가 공산권 국가들의 현실에 눈을 뜨게 되는 결정적으로 중요한 계기를 제공했다.[4)]

스토파드는 동유럽을 직접 방문해 방문을 통해 개인의 권리, 더 나아가 예술가의 표현의 자유가 억압적인 정치 체제에 의해서 얼마나 훼손되고 있는지를 확실하게 깨닫게 되었다. 체코의 인권 문제 고발과 문제 해결에 대한 스토파드의 적극적인 관심과 지속적인 열정은 그가 탈정치적이라는 오해와 편견을 불식시키기에 충분했다. 스토파드는 1977년 6월 체코를 처음으로 방문해 그곳에서 수많은 반체제 인사들을 만나는데, 그 만남 가운데는 훗날 체코의 대통령이 되는 하벨과의 만남도 있었다.

스토파드는 정신적 학대 반대 위원회(Committee Against Psychiatric Abuse)가 주최한 런던집회에서 반체제 인사들을 정신병자로 몰아 수용소에 가두는 일을 중단하라고 연설한다. 스토파드는 체코의 인권운동가들의 인권 탄압 사례를 몇 페이지에 걸쳐 ≪뉴욕 서평(*New York Review of Books*)≫에 기고를 하고, 당시 소련에 억류된 정신의학자의 열세 살 된 아이 미샤의 석방을 촉구하는 미샤 석방 운동

4) 체코에서 태어난 스토파드는 의심할 여지없이 그의 고국에서 벌어졌던 사건을 지켜보았다. 특히 인권 문제는 그의 마음속에서 무겁게 걸려 있었다. 오랫동안 스토파드는 인권 침해를 감시하는 전 세계적인 단체인 국제사면위원회의 회원이었고, 국제사면위원회의 산하기관으로서 1975년 제노바에서 창설된 정신적인 학대 반대 위원회의 회원이었다(Londré 144).

(Let Misha Go)에도 적극적으로 참여한다. 그는 체코의 반체제 극작가 하벨을 지지하면서 체코의 정치적 억압에 대해 실천하는 투사의 역할을 떠맡기도 했다. 그뿐만 아니라 모스크바 올림픽에 영국이 참가한 것에 대해 비난하는 글을 싣기도 했다.

극작가로서 스토파드는 『모든 착한 아이는 칭찬을 받을 만하다』와 『의도적인 반칙』을 시작으로 본격적으로 체코를 비롯한 동유럽의 정치 상황을 주제로 극작품을 쓰기 시작한다. 이후 『도그어로 쓴 햄릿, 캐훗의 맥베스(*Dogg's Hamlet, Cahoot's Macbeth*)』(1980)를 통해 체코의 정치적인 상황에 대한 비판의 수위를 높여 간다. 이 시기의 작품들에는 인권을 억압하는 동유럽 공산 체제의 현실에 대한 작가의 직접적인 경험이 구체화되어 있다. 『모든 착한 아이는 칭찬을 받을 만하다』에는 반체제 인사를 정신병동에 강제로 수용하던 당시 소련의 현실을 비판하고 있고, 『의도적인 반칙』에는 국제학술대회에 참석하기 위해 프라하를 방문한 영국인 윤리학 교수가 정치적 압박을 받고 있는 체코인 제자를 만나면서 벌어지는 이야기를 형상화하고 있다.

스토파드는 체코의 반체제 인사인 빅토르 페인버그(Victor Fainburg)를 직접 만나면서 『모든 착한 아이는 칭찬을 받을 만하다』의 극작의 변화의 계기를 마련한다. 페인버그는 1968년 프라하의 봄에 소련이 체코를 침공한 사건에 대해 항의했다는 이유로 체포되어 정신병이라는 진단을 받고 5년 동안 정신 병원이라고 하지만 실제로는 감옥에 수감되었다가 나중에는 망명길에 오른 반체제 인물이다. 스토파드는 1976년 4월에 페인버그를 직접 만나고 몇 주 만에 『모든 착한 아이는 칭찬을 받을 만하다』를 쓰게 된다. 즉 반체제 인사인 페인버그와의 만남은 스토파드에게 『모든 착한 아이는 칭찬을 받을만하다』를 쓰게 된 직접적인 동기로 작용한다.[5)] 그는 멜 거소(Mel Gussow)와의 인터뷰에서도 이와 비슷하게 말했다. 그에 따르면, 극의 주제가 형식에 부합되었고, 극 중 반체제 인물은 상당히 조직화된 사회에서 불협화음을 일으키는 음이었다(131).

『모든 착한 아이는 칭찬을 받을 만하다』는 1977년 7월 안드레 프레빈(André Previn)이 지휘하는 런던 심포니 오케스트라와의 협연으로 로열 페스티벌 홀(Royal Festival Hall)에서 공연되었다. 이 작품은 소재로 보았을 때는 명백한 정치극이지만 연극적으로는 오케스트라 연주로 인해 독특한 무대 미학을 성취했다. 작품의 부제 역시 이에 걸맞게 '배우와 오케스트라를 위한 극(A Play for Actors and Orchestra)'이다. 이 작품에서 오케스트라 장치는 조화로운 질서에 대한 메타포로 작용한다. 오케스트라는 엄격한 질서를 요구하고 있으며, 정해진 악보에서 조금이라도 벗어나면 불협화음이 생긴다. 개인의 가치와 사회의 가치가 모순을 일으키고 있다는 대전제는 오케스트라를 통하여 상징적으로 표현된다. 알렉산더(Alexander)는 "정치범"(15)으로서 사회에 대해 불협화음으로 작용하는 것처럼, 이바노프(Ivanov) 역시 "진짜 정신병 환자"(15)로서 사회에 대해 불협화음을 일으키고 있음을 오케스트라 연주를 통해 형상화하고 있다.

알렉산더와 이바노프는 정치적인 이유와 정신병으로 인해 수용

---

5) Tom Stoppard, "Introduction," *Every Good Boy Deserves Favour, and Professional Foul* (London: Faber and Faber, 1978), p. 6. 이후 작품 인용은 괄호 안에 쪽수로 표기함.

되어 있다. 그들은 사회에서 요구하는 질서에 편입되지 못한 인물들이다. 알렉산더는 "정말로 정신 나간"(24) 짓을 했다는 이유로 정신병원에 수감되어 있는 정치범이다. 그런데 그가 저지른 정신 나간 짓이란 멀쩡한 사람들이 정신병원으로 보내졌다는 내용의 편지를 써서 여기저기 보냈다는 것이다. 소비에트 체제에 반대하는 글을 쓴 친구가 정신병원에 수감되자, 다른 친구가 이 사실을 세상에 알리는 글을 썼고, 그 편지를 쓴 친구 또한 수감되자 결국 알렉산더는 이런 사실을 세상에 알리기 위해 여기저기 편지를 쓰다가 수감되었다. 반면 이바노프는 자신이 오케스트라를 소유하고 있고, 그 오케스트라에서 트라이앵글을 연주하고 있다고 상상한다. 그렇기 때문에 그의 머릿속에서는 끊임없이 오케스트라 연주가 계속된다. 실제 공연에서 이바노프의 상상 속의 오케스트라 연주는 프레빈이 지휘하는 오케스트라에 의해서 실제 연주로 이루어진다.[6)]

알렉산더와 이바노프는 당시 체코 공산주의 정권에서 각각 반체제 인사와 정신병자라는 대표성을 띠고 있는 인물들로서 획일적인 가치가 지배하는 소비에트 사회에서 위험인물로 간주된다. 주지하듯, 근대 사회는 사회를 존속시키기 위해 개인을 정상과 비정상을 구분하고 비정상을 교화하려 했다. 명목상으로는 교화였

6) 1974년 당시 런던 심포니 오케스트라를 지휘하던 프레빈은 스토파드에게 실제로 오케스트라가 편성되는 극을 써보라고 제안했고 스토파드는 그 제안을 적극적으로 받아들였다. 처음에 스토파드는 백만장자가 오케스트라를 소유하고 있는 것으로 설정했다가, 백만장자가 직접 트라이앵글을 연주하는 것으로 설정했다가, 급기야는 어떤 한 정신병자가 스스로 오케스트라를 소유하고 있으며 자신이 그 오케스트라에서 트라이앵글을 연주하는 상황으로 설정했다("Introduction" 5~6).

지만 실질적으로는 비정상으로 분류된 개인, 즉 사회의 위험인물을 감옥과 정신병원과 감금시켰다. 소비에트 공산주의 사회는 자신들과 정치적으로 견해가 다르다는 이유로 평범한 사람들을 정신병원에 감금시켰다. 알렉산더도 그 중 하나다. 로진스키 박사(Dr. Rozginski)는 알렉산더에게 "당신의 병은 반체제 인사라는 점이다"(30)라고 말한다.

『모든 착한 아이는 칭찬을 받을 만하다』의 제목인 '모든 착한 아이는 칭찬을 받을 만하다'는 어린이들에게 가장 높은 고음 부분을 가르치기 위해 사용되는 기억하기 쉬운 리듬(E-G-B-D-F)으로 이루어진 노래 제목으로 별다른 의미가 없다. 하지만 이 작품에서는 전혀 다른 맥락으로 사용된다. 즉 이 작품에서 착한 아이란 사회의 질서에 반대하지 않고 순응하는 아이로서 비록 사회의 질서에 반대하는 아버지를 가졌다 할지라도 그를 잘 설득해서 사회에 순응하도록 하는 아이를 가리킨다. 이 작품에서 착한 아이는 알렉산더의 아들 사샤(Sacha)다. 그는 조율된 사회에서 불협화음을 내지 않고 살아가는 방법을 체화하고 있기 때문에 불협화음을 일으켜서 이 세상에서 배제되어 살아가지 않도록 아버지를 설득한다. 그는 알렉산더에게 "아빠, 제발 융통성 없이 굴지 말아요. 용감하게 사람들에게 거짓말을 해요!"(35)라고 끊임없이 소리친다.

알렉산더는 끝까지 자신의 도덕적 양심을 지키려 한다. 그가 견지하는 도덕적 양심은 사회가 그에게 요구하는 가치보다 더 고상하다. 그렇다고 그가 자신의 정치적 행위에 특별하게 소신이 있거나 확고한 신념을 갖고 있지 않다. 그는 단지 자신의 도덕적 판단에 따라 자신이 하고 싶은 행동을 하겠다는 용기를 가졌을 뿐이다.

그렇기 때문에 폴 딜러니(Paul Delaney)는 알렉산더를 "현대의 성인극"에 나오는 인물의 전형으로 간주했다(97). 그는 자신의 높은 도덕적 신념이 다른 어떤 가치보다도 우선하기 때문에 비록 사회가 요구하는 기준에서 볼 때는 불협화음을 일으킬지언정 쉽게 타협하지 않고 자신의 신념을 고집하는 것이다.

알렉산더는 사샤에게 "거짓말을 하면 그들이 더욱 사악해지게 한다"(35)라고 말하며 자신의 신념을 굽히지 않는다. 그가 말하는 '사악함'은 정치적인 측면보다는 도덕적 측면에 방점이 찍히다. 바로 여기에 정치가 도덕의 하위 범주라는 스토파드의 인식이 내재되어 있다. 스토파드는 알렉산더를 통해 소비에트 정권이 자행하는 인간의 기본권에 대한 부당한 구속과 고문에 대해서 정치적인 이념보다도 도덕적인 신념의 문제로 판단한다.

스토파드는 정치극을 쓰면서도 항상 도덕적인 기반(moral matrix)을 바탕에 깔고 있기 때문에 그의 극작 세계는 정치극과 도덕극이라는 두 개의 범주로 분리될 수 없다. 정치적 부패, 사회의 억압, 인권유린 등을 다룰 때도 언제나 도덕적 기반이 작품의 이론적 모체로 작용한다. 바로 이 점은 스토파드의 정치극이 다른 작가의 정치극과 차별되는 지점이라 할 수 있다. 그의 정치극은 동시대 다른 극작가들의 정치극처럼 정치적인 쟁점만을 강조하지 않는다. 스토파드는 도덕적인 신념을 바탕에 깔아두고 그 위에 정치적인 문제를 위치시키기 때문에 정치적인 문제에 대해 더 넓고 입체적인 시각을 제공한다.

그러면서도 스토파드의 극은 특유의 희극성을 잃지 않는다. 알렉산더가 단식 투쟁을 벌이자 병원에서는 아들을 통해서 그를 회유하려 한다. 하지만 그 시도는 실패로 끝나고 결국 그를 정신병원에서 내보내기로 결정한다. 그를 정신질환자로 분류해 정신병동에 입원시켰던 것만큼이나 퇴원 과정 또한 정당한 절차가 요구된다. 로진스키 박사는 이바노프에게 "당신 생각에 소련 의사가 정상인을 정신병동에 수용할 것 같소?"(36)라고 질문하고, 알렉산더에게는 "당신은 오케스트라를 갖고 있소?"(37)라고 질문한다. 두 사람 모두 "아니오"(37)라고 대답한다. 그런데 질문이 바뀌었다. 원래는 정신질환을 앓고 있는 이바노프에게는 알렉산더에게 한 질문을, 정치범인 알렉산더에게는 이바노프에게 한 질문을 해야 한다. 둘의 이름이 '알렉산더'로 같기 때문에 실수로 보일 수 있지만 처음부터 의도된 것이다. 로진스키 박사는 처음부터 원하는 답이 있었기에 그들에게 의도된 질문을 했고 원하는 대답을 들은 뒤에 석방을 결정한 것이다.

스토파드는 정치적 성향이 뚜렷하게 드러나는 작품을 쓰면서도 정치극이 가질 수 있는 집약적이고 강한 사회적인 효과만을 염두에 두지 않고 도덕적인 메타포를 작품의 근저에 깔아놓고 있다. 스토파드의 정치극은 정치적인 문제로 국한되지 않는다. 도덕극과 정치극이라는 두 축을 맞물리면서 정치극이 갖는 특수한 목적에 머물지 않고 보편성을 획득하고 있다. 그는 『모든 착한 아이는 칭찬을 받을 만하다』를 통해 전체주의 사회에서 요구하는 질서보다는 개인적인 소신을 더 중요하게 생각하는 인물을 설정하여 개인과 사회의 타협점을 모색한다. 더 나아가 개인의 가치와 사회가 요구하는 가치가 일치하지 않을 때 모색해야 할 해법의 실마리도 제공한다. 개인과 사회의 대립적인 상황을 통하여 개인적인 신념을 주장하며 끊임없이 저항하는 인물과 그를 굴복시키기 위하여 온갖 방법을 동원하는 사회, 혹은 체제가 동원하는 갖가지 방법을 보여준다.

스토파드는 『모든 착한 아이는 칭찬을 받을 만하다』에서 정치적인 쟁점을 현실적으로 드러내기 위해서 여러 가지 연극적 관념적 장치들을 사용하여 정치적인 문제를 다루었다. 모순된 문제를 청각적으로 표현하고 있는 오케스트라 연주에서 이바노프는 트라이앵글을 맡고 있다. 그런데 그의 연주는 끊임없이 불협화음을 만들어낸다. 그는 오케스트레이션에서 벗어나 지휘자의 지배를 받지 않는 공간에서 자기 마음대로 연주를 한다. 오케스트라의 연주는 사소한 트라이앵글 소리만으로도 불협화음에 될 수 있음을 보여주면서 이바노프와 알렉산더가 사회에서는 불협화음과 같은 인물임을 상징적으로 나타낸다. 하지만 그들은 사회의 질서를 후퇴시키는 인물들이 아니다. 왜냐하면 그들도 사회를 구성하는 하나의 요소이기 때문이다.

『모든 착한 아이는 칭찬을 받을 만하다』와 항상 같이 언급되는 『의도적인 반칙』은 스토파드가 BBC의 요청으로 쓴 TV극이다. 스토파드는 처음부터 이 작품을 TV극으로 만들 생각이었다고 한다. 왜냐하면 부당한 처우를 받고 있는 정치범에 대한 여론을 환기시키는 데는 TV가 연극보다는 파급력이 훨씬 더 크기 때문이다. 『의도적인 반칙』은 체코의 상황을 보다 직접적으로 다루고 있다. 국제학술대회에 참석하기 위해 프라하를 방문한 영국인 윤리학 교수 앤더슨(Anderson)이 정치적 압박을 받고 있는 체코인 제자 홀라(Hollar)를 만나면서 벌어지는 이야기로서, 체코로 가는 기내 장면에서 시작해 런던으로 돌아오는 기내 장면으로 끝난다.

앤더슨은 체코 공산 정권 하에서 청소부로 전락한 옛 제자 홀라의 모습에 충격을 받는다. 홀라는 지도교수인 앤더슨에게 자신의 박사학위 논문이 영국에서 출간될 수 있도록 도움을 청한다. 앤더슨은 홀라의 도움 요청을 처음에는 윤리적인 이유로 거절하지만 학회 참석 후 심경의 변화를 일으킨다. 그는 원래 개인 윤리보다 국가 윤리를 더 중요시했다. 하지만 홀라와 그의 가족이 겪고 있는 어려움과 고통을 직시한 후 "할 수 있는 일이라면 뭐든지 다 하겠다"(82)고 약속한다. 결국 그는 학술대회에 같이 참석한 맥켄드릭(Mckendrick)의 가방에 홀라의 박사학위 논문을 몰래 넣어, 즉 '의도적인 반칙'을 통해 체코를 무사히 빠져나온다. 그는 비행기 안에서 맥켄드릭에게 "윤리학은 매우 복잡한 일이군요"(93)라고 말한다. 『의도적인 반칙』은 표면적으로는 체코의 억압적인 상황을 비판하지만, 마지막 장면이 예거하듯이 심층적으로는 도덕과 윤리에 대해 철학적인 질문을 제기한다.

『모든 착한 아이는 칭찬을 받을 만하다』와 『의도적인 반칙』은 소련과 동유럽의 현실에 처음으로 눈을 뜬 스토파드 자신의 경험과 인식 전환으로부터 나온 작품들이다. 이 작품들은 그에게 인간과 사회, 그리고 정치적 관계에서 파생되는 권력의 문제를 새삼 재고하게 만들었다. 이 시기에 인식한 인간과 사회의 문제가 다시 2000년도 이후 다양한 작품들을 통해 형상화되고 있는 점은 1970년대 말 동구권의 현실에 대한 경험이 스토파드의 창작에 적지 않게 영향을 미쳤음을 방증한다. 즉 이 시기의 경험은 여전히 그에게 창작의 원천 역할을 하고 있다. 그런 점에서 『모든 착한 아이는 칭찬을 받을 만하다』와 『의도적인 반칙』은 스토파드 작품 세계 전체를 두고 볼 때 주요 극작품 군에는 속하지 않는다고 하더라도, "새롭고 성숙한 스토파드"(Fleming 121)를 형성하는 데 기여를 한 작품이다(권혜경 2012: 47 재인용).

체코의 정치사를 소재로 하되 이를 축구라는 메타포로 극화한 『의도적인 반칙』은 당시 프라하의 후사크 정권의 인권탄압을 고발한 지식인들의 77헌장 선언의 해를 배경으로 개인과 국가의 윤리적·정치적 문제를 깊이 다루고 있다. 스토파드는 『의도적인 반칙』이 넓은 의미에서는 정치극이지만, 본질적인 면에서는 상충하는 도덕성을 다루는 윤리극이라고 스스로 평가한다(Hunter 168~169 재인용).

스토파드는 『모든 착한 아이는 칭찬을 받을 만하다』와 『의도적인 반칙』 이후 또 다른 정치극을 쓰는 데 다름 아닌 『도그어로 쓴 햄릿, 캐훗의 맥베스』다. 「도그어로 쓴 햄릿」과 「캐훗의 맥베스」는 원래는 별개의 작품이었지만 이듬해 하나의 작품으로 개작된 "또 다른 혼합물"(Brassell 234)이다. 표면적으로 이 작품은 별개의 작품처럼 보이지만 실제로는 떨어질 수 없는 하나의 완전한 작품이다. 그럼에도 작품의 성격에서 두 작품은 큰 차이가 있다. 「도그어로 쓴 햄릿」이 비트겐슈타인의 철학 논문 「철학적 탐구」에서 비롯된 '언어 게임'의 예라면, 「캐훗의 맥베스」는 체코의 억압적인 정치 상황에 대한 비판과 성찰이다.

스토파드는 1977년 고국 체코를 방문했을 당시 활동이 금지된 극작가 파벨 코훗(Pavel Kohout)과 그와 함께 체포된 배우 파벨 랜도프스키(Pavel Landovsky)를 만나고 그들이 공연한 작품 『맥베스』에 영감을 받아 「캐훗의 맥베스」를 쓴다. 「캐훗의 맥베스」는 제목에서 알 수 있듯이 셰익스피어의 『맥베스』를 창조적으로 현대적 상황에 맞게, 특히 정치적으로 억압을 받는 체코 상황에 맞게 극화한 작품이다. 당시 체코에서는 둡체크의 실각 이후 정상화의 마지막 10년 동안 수천 명에 이르는 작가와 배우들이 예술 활동을 정지당했는데, 「캐훗의 맥베스」에는 당시 체코 예술인들이 겪는 억압적인 사회 분위기가 잘 묘사되어 있다.

「캐훗의 맥베스」는 분명히 스토파드가 코훗과 그 일행의 『맥베스』 공연을 보고 영감을 받아 쓴 작품이다. 그럼에도 그는 이 작품의 서문에서 「캐훗의 맥베스」의 캐훗은 실제의 코훗이 아니라고 밝히며 예술 작품으로서의 이 작품의 독창성을 주장한다.[7] 사실 스토파드의 뛰어난 작품은 대체로 인간의 권리에 대한 전체주의적인 폭행서 비롯되는 도덕적인 분노로부터 온다. 「캐훗의 맥베스」는 스토파드가 체코의 정치적으로 억압적인 상황을 직시하고 쓴 작품이기 때문에 그의 분명한 정치관 혹은 도덕적 가치관이 분명하게 드러나 있다.

4. '벨벳 혁명'으로 나아가는 체코

『모든 착한 아이는 칭찬을 받을 만하다』에서 자신이 옳다고 믿는 신념을 견지하고 이를 지키기 위해 분투하는 알렉산더는 스토파드의 또 다른 희곡 『로큰롤』의 얀(Jan)으로 이어진다. 『로큰롤』은 체코

---

7) Tom Stoppard, *Dogg's Hamlet, Cahoot's Macbeth*(London: Faber and Faber, 1980), p. 9.

공산당에 저항하는 예술적인 반체제 인사에 관심을 둔 스토파드의 '전작(oeuvre)', 즉 『모든 착한 아이는 칭찬을 받을 만하다』, 『의도적인 반칙』, 『도그어로 쓴 햄릿, 캐훗의 맥베스』의 후속 작품이다.

『로큰롤』은 1968년 프라하의 봄부터 1989년 벨벳 혁명까지 약 20여 년의 세월을 주인공 얀의 삶을 통해 돌아본다. 이 작품은 체코 민주화 운동의 주변부에 있던 한 남자가 자유를 억압당하고 부당한 정부의 탄압을 목격한 후 민주화 운동의 중심부로 뛰어드는 과정을 담고 있다. 참고로 이 작품의 초고에서 주인공 얀은 스토파드 자신의 원래 이름처럼 토마스(Tomas)였다. 얀은 하벨의 연극에서 바넥(Vanek)처럼 1968년 고국으로 돌아온다는 점을 제외하면 스토파드와 비슷한 삶의 이력을 가진 스토파드의 분신이라 할 수 있다. 그리고 토마스라는 이름은 밀란 쿤데라(Milan Kundera)의 소설 『참을 수 없는 존재의 가벼움(*The Unbearable Lightness of Being*)』(1984)의 주인공의 이름과 같다.[8] 하지만 『로큰롤』은 어느 한 사람의 열정에 관한 이야기 아니라 타협하지 않는 공산주의자 맥스(Max)에서부터 고대 그리스 시를 가르치는 그의 아내 엘레노어(Elenore)에 이르기까지 열정이 다른 사람에게서 취해지는 많은 모순되는 형태에 관한 이야기이기도 하다(Brantley).

『로큰롤』은 체코의 민주화 과정이 록그룹 플라스틱 피플을 체코 정부가 탄압하면서 시작되었다는 역사적 사실에서 출발한다. 스토파드는 역사적 사실을 기초해 정치나 사회에 관심이 없고 오직 서

8) Tom Stoppard, "Introduction," *Rock 'n' Roll* (New York: Grove, 2006), p. ix. 이후 작품 인용은 괄호 안에 쪽수로 표기함.

구의 로큰롤 음악에만 관심이 있던 주인공이 "전체주의적인 국가의 통제 속에서 서서히 체코의 반체제 인사로 변모하는 과정"(권혜경 2010: 6)을 극의 주된 줄거리로 설정하고 있다.

다시 말하지만 『로큰롤』은 체코 출신의 영국 유학생 얀, 그의 친구 페르디난드(Ferdinand), 그리고 얀의 스승인 영국인 공산주의자 맥스 가족을 중심으로 1968년 프라하의 봄부터 1989년 벨벳 혁명에 이르기까지 20여 년간에 걸친 이야기다. 맥스는 자기 자신을 "마지막 흰 코뿔소"(24)라고 부를 정도로 정통 마르크스주의자다. 그는 얀과의 격렬한 논쟁에서 개혁적인 공산주의의 길은 없다고 단언한다. 그는 개혁적인 공산주의를 "구강성교를 하는 수녀와 같은 게 개혁적인 수녀"(4)라고 독설을 퍼붓는다. 그는 재치와 지능의 소유자로서 일종의 대단히 공격적인 지적 열정을 구현하고 있다. 그는 물러서지 않고 그 주변 사람들이 그와 그의 생각에 참여하도록 강제로 이끈다.

스토파드는 극작가로서 자신의 첫 번째 의무는 훌륭한 스토리텔러가 되는 것이라고 말한다. 그는 『로큰롤』에서 정통 마르크스주의자인 영국인 공산주의자가 공산주의 국가에서 살고 있는 한 남자와 논쟁하는 상황을 설정했다. 둘 사이의 논쟁이 진행되면서 이론과 실제 사이의 긴장이 발생한다(Lunden).

맥스는 아내 엘레노어와 정신과 물질에 대해 토론한다. 정통 마르크스주의자인 맥스에게는 오직 물질만 있을 뿐이다. 반면 엘레노어는 물질에 대한 정신의 우위를 주장한다. 그녀는 끊임없이 반복되는 암으로 죽어가고 있다. 그녀는 "내 몸은 그것 없이는 내가 아무것도 아니라고 말하는데, 당신도 나에게 똑같이 말해 (……) 마치 당신은,

당신이 암과 공모하는 것처럼 보여"(50)라고 말한다. 엘레노어는 암에 걸려 자신의 몸이 망가졌어도 절대 약해지지 않았다고 말한다. "나는 정확히 항상 나였던 바로 그 모습이야. 나는 내 몸이 아냐. 내 몸은 나 없이는 아무것도 아니야, 그게 진실이야"(50).

맥스는 모든 것은 경제적인 관계와 물질주의로 치환될 수 있다고 믿는다. 그는 모든 이해와 지식, 심지어 사랑과 같은 감정도 객관적이라고 믿는다. 그가 생각하기에 인간에게 정신은 없다. 단지 몸만이 있을 뿐이다. 모든 것은 하나의 메커니즘이고 세상은 이러한 기계적인 법칙을 통해 이해될 수 있다. 그는 이론적인 측면에서 생각하지만, 이론이 실제로 어떻게 구체화되는지 관심도 없고 고려하지 않는다. 그렇기 때문에 그는 '인간의 얼굴을 한 이론'을 받아들일 수 없다. 맥스와 엘레노어의 입장에서 본다면 『로큰롤』은 "사건의 핵심이 인간의 마음인 극"(Brantley)이라고 말할 수도 있다.

『로큰롤』이라는 정치적인 작품을 이끌어가는 중심 사건은 주로 체코라는 한 동유럽 국가에서 벌어졌던 여러 역사적 사실에 바탕을 둔 사건들이고, 작품의 공간적 배경은 영국의 케임브리지와 체코의 프라하다. 권혜경은 이 작품에 대해 다음과 같이 말한다.

> 『로큰롤』은 스토파드의 가장 자전적인 희곡작품으로 일컬어지고 있다. 이는 체코에서 태어나 어린 나이에 영국으로 건너온 작가의 전기적 사실에서 그 연관성을 쉽게 찾을 수 있을뿐더러, 작가 스스로 이 작품을 "일종의 유사 전기"(Lunden 6)라고 지칭하는 데서 보다 확실시된다. 그는 만일 자신이 제2차 세계대전이 끝난 뒤 영국에 정착하지 않고 체코로 돌아갈 때, 1960년대 이후 80년대에 이르기까지 벌어진 체코

민주화 운동의 중심에 서 있었을 자신의 모습을 이 작품에서 상상해 보았다는 것이다. (2010: 6 재인용)

『로큰롤』에서 주인공 얀은 체코에서 태어나 영국의 케임브리지 대학에서 공부한 엘리트 청년이다. 자유롭고 열정적인 그는 거침없는 노랫말과 반항 정신으로 가득 찬 '로큰롤'에 심취해 있다. 체코에 공산주의 정권이 들어설 무렵 얀은 영국에서 공부를 끝내고 귀국한다. 하지만 그는 귀국 과정에서 로큰롤을 좋아한다는 이유로 심문을 받게 되고, 갖고 있던 레코드판을 압수당한다. 사실 그는 정치적인 문제에 큰 관심이 없었다. 그의 유일한 관심사는 압수당한 레코드판을 돌려받을 수 있는지 여부다. 그는 조사관에게 언제 자신의 레코드판을 돌려받을 수 있는지 묻는다(14). 그렇기 때문에 친구이자 반체제 인물인 페르디난드가 정부 대항 운동 서명에 요청했을 때도 반응이 시큰둥하다. 그는 서명하지 않겠다는 의사를 페르디난도 뿐만 아니라 마그다(Magda)에게 분명히 한다(29).[9]

하지만 얀도 체코에 부는 새로운 변화의 바람을 피할 수 없었다. 그저 로큰롤일 뿐인 음악을 정부가 탄압하고 그들을 감시하기 시작하면서 얀의 삶은 예상치 못한 방향으로 흘러간다. 얀을 포함해 『로큰롤』에 나오는 등장인물들은 대체로 당대의 모순적이고 비합리적인 현실을 거스르는 반항아들이다. 그들은 지나온 과거를 다시

9) 『로큰롤』의 주요 등장인물 가운데 주인공 얀의 친구인 페르디난드는 하벨에 대한 경의를 표하기 위해 창조된 인물이다. 하벨은 페르디난드 바넥이라는 이름의 주인공으로 세 편의 극작품을 썼다. 이 작품들은 지하출판으로 배포되었고 저항의 상징이 되었다. 수많은 하벨의 친구들은 페르디난드 바넥을 등장인물로 하는 자신들만의 극작품을 썼고, 스토파드 역시 『로큰롤』에서 이 전통을 따르고 있다.

살피고, 현재 직면한 문제를 직시하고, 미래를 바꾸기 위해 노력한다. 결과와 상관없이 말이다.

"자유에 대한 명상"과도 같은 『로큰롤』을 통해 스토파드는 영국 문화의 정세에 대한 중요한 문제를 제기했다. 동시대에 체코슬로바키아 국민들은 민주주의를 성취하기 위해 고투했지만 영국 국민들은 힘들게 성취한 자유가 점진적으로 침식당하는 것을 그냥 지켜보기만 했다(Billington 400).

『로큰롤』에서 렌카(Lenka)는 영국과 서구 민주주의 전체가 예리함을 잃고 붕괴되었다고 얀에게 한탄한다.

> 얀, 돌아오지마. 이곳은 겁먹었어. 네가 여기 있었던 이후로 그들은 물속에 무언가를 넣었어. 그것은 복종의 민주주의야. …… 넌 나라를 되찾았잖아. 적어도 50년 동안이나 엉망이었던 이 나라와 왜 그것을 바꾸려 해? (102~103)

체코 당국은 자유분방하고 냉소적인 록그룹의 음악이 사회에 부정적인 영향을 끼친다고 생각해서 그들의 공연을 허락하지 않았다. 그래서 플라스틱 피플과 같은 록그룹은 체코 당국의 검열이나 감시를 피하고자 강연이나 결혼식과 같은 개인적인 행사에서 공연을 했다. 강연의 경우는 실제 강연은 십 분 정도밖에 되지 않았고 나머지는 그들의 공연으로 채워졌다. 결혼식의 경우 장소는 비밀리에 물색되어 하루 전에야 입에서 입을 통해 전파되었고, 관객들은 온갖 방법을 동원해 깊은 숲속의 외딴 농가나 외양간 등의 공연장을 찾아왔다. 억압적인 공산 정부의 지시와는 상관없이 자신들이 원하는 음악을 자신들의 방식으로 표현하려 했던 플라스틱 피플은 체코 당국이 우려하는 것처럼 음악을 통해 정치적인 항의를 한 게 아니라 자유롭게 자신들의 의사를 표명한 것이다(권혜경 2010: 14).

연주자나 관객 모두 온갖 위험에도 굴하지 않고 계속 연주를 하고 또한 그 연주를 찾도록 만든 데는 로큰롤 음악에 내재되어 있는 본질적 속성이 크게 기여했다고 볼 수 있다. 로큰롤이라는 음악 장르 자체에 내재한 근원적인 자유로움과 열정이 이를 가능하게 만든 것이다. 로큰롤은 본질적으로 사회적 속박에서 벗어나 자유롭게 살고자 하는 삶의 양식이 가장 발 반영된 음악 양식이다(권혜경 2010: 14~15).

이단자와 이교도는 엄연히 다른 존재다. 이단자가 어떤 틀이나 제도에 대해 반대하는 존재라면 이교도는 그 틀이나 제도 바깥에 위치하는 존재다. 체코의 반체제 인사들은 체코 공산 정부라는 억압된 체제를 대상으로 저항운동을 벌이는 이단적인 존재라면, 플라스틱 피플과 같은 록그룹들은 아예 공산 정부 체제 자체에 관심을 두지 않고 자신들의 음악 활동에 몰입하는 이교도적인 존재다(권혜경 2010: 17). 체코 당국은 플라스틱 피플의 정치적 무관심과 냉소주의에 겁을 먹고 그들을 탄압했고 플라스틱 피플은 자신들의 의도와 관계없이 정치적인 색채를 띠게 된다.

록그룹 플라스틱 피플 멤버의 구속은 반체제 인사들의 구속과는 의미가 다르다. 정치적인 활동에 나서지 않고 오직 자유로운 음악 활동을 추구하던 그들을 구속하는 것은 곧 체코 국민 누구라도 언제든지 구속이 될 수 있다는 위험한 상황을 예고한다. 이 사건은 체코의 지식인들로 하여금 "생명에 대한, 그리고 인간의 자유와 진실성이라는 본질에 대한 전체주의적 제도의 공격"(Duberstein 98~99)이라는 자각을 갖도록 만들었고 곧이어 플라스틱 피플의 멤버들에 대한 구명으로 표면화되었다(권혜경 2010: 20).

얀의 플라스틱 피플의 멤버 구명 운동은 자유와 인권을 주창하는 77헌장으로 이어진다. 극 초반 그는 록 음악을 즐겨 들으며 정치에는 별다른 관심이 없는 젊은이로서 체코 공산주의 정권의 미래에 대해 낙관적인 태도를 보였다. 그렇기 때문에 둡체크의 실각이나 반체제 인사들의 구명 운동을 위해 서명을 받으러 다니는 친구 페르디난드를 냉소적으로 바라보았다. 하지만 록그룹 멤버의 구속은 그에게 인간의 기본권을 침해하는 체코 정부의 비인간성을 직시하도록 했다.

얀은 처음에는 페르디난드의 청원 서명에 반대했지만, 나중에는 77헌장의 자발적인 서명인이 되었고, 그것 때문에 감옥에 수감된다. 얀은 록그룹 플라스틱 피플과의 연대를 통해 그가 재기발랄하게 선언하듯이 입을 다물고 하기 싫은 일을 감수하는 것을 제외하고는 모든 것이 반대라는 것을 이해하게 된다. 그는 플라스틱 피플 때문에 투옥되지만 자신의 삶을 후회하거나 의심하지 않는다. 감옥에서 나온 이후에도 계속해서 반체제 운동을 전개하고 지식인임에도 불구하고 제빵 공장의 노동자로 살면서도 자신의 신념을 버리지 않는다(93).

사실 얀은 케임브리지대학에 있을 때 양심의 가책을 느끼지 않고 공산주의자 맥스의 행적을 당국에 비밀 파일로 만들어 보고했다. 그 파일은 체코의 벨벳 혁명 때 전부 소각된다. 다 지난 일이지만 그는 1990년 케임브리지에 돌아와서 맥스에게 자신이 수집한 비밀 파일을 맥스에게 건네며 자신이 한 일에 대해 용서를 구한다(94). 그는 맥스의 파일을 통해 자신이 77헌장에 서명을 하고 투옥되었을 때 그가 감옥에서 나올 수 있도록 맥스가 도왔다는 사실을 알게 된다. 『로큰롤』에서 얀은 하벨의 대역이라고 할 수 있는 페르디난드를 '돋보이게 하는 역할'을 한다. 얀은 처음에는 반체제 인사에 반대한다. 그는 개혁 정신이 둡체크의 축출과 소비에트 침공 후에도 지속될 것이라고 믿고 있다. 페르디난드는 얀의 이런 생각을 순진하다고 반박한다.

시종일관 정치극이자 논쟁극이었던 『로큰롤』은 결말에 이르면 마치 셰익스피어의 '낭만 희극'처럼 사랑 이야기의 해피 엔딩으로 귀결된다. 맥스는 아내 엘레노어가 죽은 뒤 딸 에스메(Esme)의 보살핌을 받고 있다. 이제 그는 자신이 예전부터 마음에 두고 있던 엘레노어의 제자 렌카와 함께 런던에 머물기를 원한다. 렌카 역시 마찬가지다. 렌카는 에스메에게 양해를 구하고 에스메는 이를 흔쾌히 받아들인다. 얀은 에스메에게 프라하로 함께 가자고 제안하고 그녀 역시 이 제안을 받아들인다(106~107). 스토파드는 『로큰롤』에서 혁명을 결국 사랑으로 승화시켜 '정치적 낭만 희극'이라는 새로운 장르를 선보였다.

스토파드는 『로큰롤』에 로큰롤이라는 한 대중문화 장르가 갖는 정치적 함의를 도입하고 있다. 이는 체코 민주화 운동의 성격에서 직접적으로 기인한 것이긴 하나 스토파드의 관심 범위가 사상과 역사뿐만 아니라 대중문화 현상에 대한 인식으로까지 폭넓게 확산되고 있음을 반영한다(권혜경 2010: 7).

『로큰롤』은 공산주의와 자본주의, 사회주의 유물론과 그리스 고

전의 세계를 통하여 역사와 사상에 대한 스토파드의 지속적인 관심과 끊임없는 탐구를 파악할 수 있는 동시에, 그가 70년대 말에 다루었던 동구권 국가들의 현실과 정치적 억압을 다시 무대상에 구체화시키고 있다(권혜경 2012: 47). 『로큰롤』은 흥분을 불러일으키는 혼합물이다. 체코의 반체제 인사들과 영국의 마르크스주의자들의 삶에서부터 사포의 그리스 시, 로큰롤의 억제되지 않는 힘의 충돌하는 의식의 이론에 이르기까지 모든 것에 관한 사상의 '조각보 누비이불'이다(Lunden).

5. 자유롭고 자율적인 인간

스토파드는 1960년대 후반 1970년대 초반에 쓴 초기극들로 인해 정치적 문제에 대해 관심이 없는 작가로 간주되었다. 하지만 1970년대 후반부터 스토파드가 체코를 비롯해 동유럽의 정치 문제를 소재로 극을 발표하자 평론가들은 그가 기존의 탈정치적인 입장에서 정치적인 입장으로 선회했다고 평가했다. 마이클 빌링턴(Milchael Billington)은 스토파드가 대중적인 정치적 문제들을 그의 트레이드 마크인 위트나 교묘한 말솜씨를 희생시키지 않고 다루기 시작했다고 평했다(7). 존 불(John Bull)은 초기극에서 비교적 비정치적인 내용을 다루었던 스토파드가 점차적으로 동유럽의 현실에 초점을 맞춘 것은 그의 작가적 정신과 신념의 변화를 반영하며 후기 극작에서는 극이 품고 있는 사상에 대한 대변인으로서의 극작가의 역할에 보다 초점을 맞춘다고 평했다(1994: 198~199).

하지만 스토파드 자신은 ≪뉴욕 타임즈(*New York Times*)≫와의 인터뷰에서 자신은 항상 정치적인 문제에는 아니더라도 도덕적인 문제에 깊이 천착해 왔다고 말하며 일각에서 제기하는 자신의 비정치성을 반박했다(Corballis 14). 그는 정치적인 문제에 무관심하지 않았고 예전부터 언론의 자유나 인권 문제에 진지하게 관심을 가져왔다고 주장한다. 자신의 정치적인 입장에 대해 다음과 같이 말한 적이 있다.

> 정치에 대해서라면 난 보수적인 사람으로 출발했죠. 하지만 이 세상은 우리 모두에게 궁극적으로 보수주의가 꽤 충분하지 않다는 것을 가르쳐주었죠. 변한 것은 인간의 본성에 대한 내 생각이죠. 예전에는 사람들은 내버려두면 알아서 잘 행동할 거라고 생각했어요. 나이가 들면서 그런 생각은 유지하는 게 점점 힘들어지죠. 문제는 공공선을 위해 필요한 어떤 규제의 형식과 그에 반대하는 자유롭고 자율적인 개인 사이 균형을 맞추는 거죠. (Evans)

권혜경에 따르면, "자유롭고 자율적인 개인"은 예술가로서 스토파드가 추구하는 인간의 가장 기본적인 존재 양식이라고 할 수 있다. 초창기 삶의 양식에 내재되어 있는 부조리성에 대한 인식에서 출발하였던 그는 점차 사회이든 혹은 국가이든 자신을 둘러싼 구체적 세계가 휘두르는 정치적 폭력성과 관료성을 목격하게 되었던 것이다. 이러한 현실 세계에 대한 목격과 인식이야말로 스토파드를 정치적으로 보다 진보적이고 참여적으로 만든 주요한 요인이었다(2010: 11).

『모든 착한 아이는 칭찬을 받을 만하다』와 『의도적인 반칙』은 소련과 동유럽의 현실에 처음으로 눈을 뜬 스토파드 자신의 경험과 인식 전환에서 비롯되었다. 이 작품들에서 그는 인간과 사회, 그리고 그 정치적 관계에서 파생되는 권력의 문제를 숙고했다. 이 시기에 그가 천착했던 문제는 2000년대 이후 다양한 작품들을 통해 다시 형상화되고 있다. 이는 1970년대 말 동유럽의 정치 현실에 대한 스토파드의 경험과 인식이 스토파드의 이후 극작에 적지 않은 영향을 미쳤음을 예거한다. 이 시기의 경험과 인식은 여전히 그에게 창작의 원천 역할을 하고 있다. 『모든 착한 아이는 칭찬을 받을 만하다』와 『의도적인 반칙』은 스토파드 작품 세계 전체를 두고 볼 때 주요 극작품 군에는 속하지 않는다고 하더라도 새롭고 성숙한 스토파드를 형성하는 데 중요한 역할을 했다고 평가할 수 있다.

스토파드는 『로큰롤』에 로큰롤이라는 대중문화가 갖고 있는 정치적 함의를 주입하고 있다. 『로큰롤』의 극작은 비록 체코 민주화 운동의 성격에서 직접 기인한 것이지만 스토파드의 관심 범위가 사상과 역사뿐만 아니라 대중문화 현상에 대한 인식으로까지 폭넓게 확산되고 있음을 잘 보여준다. 『로큰롤』은 공산주의와 자본주의, 사회주의 유물론, 그리스 고전 등 역사와 사상에 대한 스토파드의 지속적인 관심을 고찰하고, 그가 1970년대 말에 다루었던 동유럽 국가들의 현실과 정치적 억압이 어떻게 현재화되는지를 이해하는 데 시의적절하고 유용한 텍스트다.

스토파드에게는 극작 초기부터 탈정치이고 비정치적이라는 꼬리표가 늘 따라다녔다. 하지만 그는 언제나 정치적이었다. 그의 정치적 입장이 동시대 영국의 다른 극작가들과 달랐을 뿐이다. 사실 인간의 모든 행동은 정치적이다. 모든 정치 행위는 반드시 도덕적 견지에서 그 결과에 따라서 판단되어야 한다는 그의 신념은 그의 극에 지속적으로 반영된다(Hudson 63~64). 스토파드가 체코를 비롯한 동유럽의 정치 상황에 지속적으로 관심을 갖고 이를 소재로 극화한 일련의 작품들은 그의 갑작스러운 심경의 변화보다는 오랜 기간 이루어진 고심과 숙고의 결과물이다. 그 작업은 여전히 진행 중이다.

본드의 『리어』와 셰익스피어 다시 쓰기

1. 폭력의 정치사회학

에드워드 본드(Edward Bond)는 영국의 노동자 집안에서 태어나 일찍부터 사회의 다양한 양상을 직접 경험했고 이를 작품으로 형상화했다. 그는 존 아든(John Arden), 아널드 웨스커(Arnold Wesker), 데이비드 헤어(David Hare), 하워드 브렌튼(Howard Brenton), 데이비드 에드거(David Edgar), 카릴 처칠(Caryl Churchill) 등과 함께 인간성 회복과 인간 해방을 기치로 연극을 통한 진정한 사회주의 사회의 확립을 궁극적 목표로 내건 1960년대 영국의 정치사회극 운동을 주도했다.

본드는 극작 초기부터 현대 사회의 위기의 원인을 폭력에서 인식하고 이를 희곡으로 형상화했고, 암울한 유머와 정교하면서도 짜임새 있는 극 구성으로 불합리하고 부조리한 현대문명을 비판적으로 재현했다는 점에서 중요한 위치를 차지한다. 그가 중심적인 위치를 차지하는 보다 근본적인 이유는 그의 일관된 정치적 행보에서 찾을 수 있다. 1978년 영국 총선에서 보수당이 승리를 거두자 정치적 분위기는 보수적 기류가 팽배해지고 눈에 보이지 않는 검열이 강화되고 정치사회극에 대한 일반 대중의 관심도 사라지면서 극작가들도 더 이상 예전만큼 정치·사회 문제에 관심을 기울이지 않았다. 하지만 그는 극작 초기부터 예술가, 예술, 그리고 자신이 속해 있는 사회의 관계에 천착해 정치적·사회적으로 불합리한 문제에 지속적으로 관심을 갖고 이에 대한 해결책을 극작을 통해 모색했다.

본드의 극은 등장인물들의 행동에 대한 동기가 명확하지 않다는 이유 때문에 부조리극으로 간주되기도 하지만, 그 자신은 해럴드 핀터(Harold Pinter)와 사무엘 베케트(Samuel Beckett)가 주도하는 부조리극이 사회의 공포와 혼란을 암묵적으로 인정할 뿐 미래에 대한 어떤 합리적인 대안도 제공하지 못한다고 비판했다. 특히 그는 정치·사회적인 문제보다도 개인적인 문제에 머무는 한계를 노정한 부조리극의 도덕적 기반의 결여를 비판했다(Bulman 61). 그는 사회의 부조리한 측면을 관객들에게 보여주는 것에서 한발 더 나아가 관객들로 하여금 변화를 이끌 수 있는 행동을 하도록 유도하는 것이 극작가의 진정한 임무라고 생각하고 현대 사회가 당면한 문제를 제기하기보다는 그 문제에 대한 해답을 제시하는 극을 쓰는데 극작의 초점을 맞추었다.

본드는 자신의 연극을 서사극이라 규정하고 "공적인 독백"(Klein

412)의 중요성을 역설했다. 그는 독백이 단순히 개인의 감정을 표출하는 도구에 그치지 않고 사회적 울림을 갖는 공적이고 보편적인 관념을 나타내야 한다고 역설하며 자신의 연극의 기능을 다음과 같이 규정했다.

> 한 가지 기능은 파시스트를 선동해 더 많은 유대인을 잡도록 하는 것이고 또 다른 기능은 나머지 절반의 관객이 그것을 하는 것을 막는 것입니다. 즉, 양과 염소를 구분하는 것입니다. 무언가를 꾸미는 것은 말이 안 됩니다. (Klein 415)

그는 현대 사회가 폭력이 만연되어 있고 모순과 부조리로 가득 차 있다고 생각하고 이를 효과적으로 형상화하고 미래의 대안을 제시하기 위해 의도적으로 과장되게 잔혹한 폭력적 장면을 연출했다. 토니 콜트(Tony Coult)에 따르면, 본드가 폭력적 장면을 다루는 것은 종종 카타르시스를 일으키는 것으로 잘못 제시되거나, 앙토냉 아르토(Antonin Artaud)의 잔혹극(Theatre of Cruelty)과 같은 관계없는 개념으로 혼동되어 왔다. 아르토가 폭력에 천착하는 이유에 대한 답은 부분적으로 그의 상상력의 감수성에서 찾을 수 있다. 그는 폭력을 통해 화가의 솜씨로 인간의 몸의 상처받기 쉬움과 위험을 관객에게 환기시킬 수 있다(81). 반면 본드가 연출해 내는 폭력은 단순히 폭력 그 자체를 위한 대항폭력(counter attack)이 아닌 폭력을 치유하기 위한 폭력이며 그 이면에는 인류의 미래에 대한 그의 긍정적인 믿음이 내재해 있다.

본드는 자신의 연극이 관객들의 둔감해진 이성을 깨우쳐 줄 수 있는 하나의 지침서가 되기를 원했다. 그는 극중 제시되는 폭력을 통해서 불합리한 현실에 대한 관객들의 정확한 인식을 유도하고, 나아가 등장인물들의 대사나 행동을 통해서 사회의 불합리성의 극복을 위한 개개인의 의식 있는 행동의 필요성을 전달하려 했다. 예술을 통해 정의와 질서를 표현함으로써 세계를 재편성하여 이 세계를 보다 이성적인 곳으로 이끌어야 한다는 것이 본드의 일관된 연극관이었고, 그가 극을 통해 꾸준히 외치고 있는 중요한 극적 주제이기도 하다. 그는 근본적으로 부조리한 사회는 인류의 노력에 의해 극복되어질 수 있다고 생각했고, 이러한 극복 방안으로 관객 스스로가 사회 변혁을 위해 주체적으로 행동하기를 원했다.

본드는 불합리한 사회에서 야기되는 폭력의 악순환을 폭력의 변증법(Dialectics of Violence)으로 규정한 바 있다. 그는 폭력의 역학관계에 대한 객관적 인식의 중요성을 강조하며 사회구조적 폭력뿐만 아니라 이에 대한 대응 수단으로서의 폭력에 대해서도 비판적이다. 왜냐하면 대항폭력이 불의를 응징한다는 점에서 일시적으로 정당화될 수 있다 해도 곧 더욱 심화된 폭력을 가져올 수 있기 때문이다. 폭력 현상 자체를 대상화하는 이러한 본드의 관점은 그의 작품에서 구체적으로 폭력의 문제에 접근하는 출발점이 되고 있다. 권력구조에서 야기되는 폭력이 더 큰 대항폭력을 낳는 폭력의 연쇄적인 심화 현상은 그의 여러 작품에서 전쟁과 반복되는 혁명 과정을 통해 표출된다. 특히 전쟁을 도덕의 옹호라는 명분으로 살육행위를 자행하는 집단 광기의 표출이라고 보았던 본드에게 전쟁에 대한 비판은 극작의 중요한 동기로 작용한다. 그는 전쟁이라는 거대한 폭력 행위가 결국은 그럴 듯한 명분으로 미화된 소수 권력

집단의 이해가 관철되는 수단에 불과하다고 결론을 내린다.

본드는 정치적·사회적 폭력의 역학 관계에 주목하면서, 사회악의 원인을 집권자의 도덕적 각성과 그 실천에 두고 있는데, 그의 작가 의식이 가장 두드러진 작품이 바로 『리어(*Lear*)』(1971)다. 그는 사회의 부조리와 모순의 척결이 어렵고 전체사회의 가치관이 즉각적으로 바뀌지 않을 것임을 인식하고 있다. 그러나 그는 한 개인, 특히 사회 또는 국가의 지도자의 행동의 가치를 입증하는 데에 단호하다. 그는 "의식과 행동에 대한 필요성"(Jones 506)을 끊임없이 강조했고, 사상과 행동의 상호 의존은 그의 극의 변함없는 주제가 되어 왔고, 이 주제를 잘 구현하고 있는 작품이 『리어』다.

2. 본드의 셰익스피어 다시 읽기/쓰기

1) 본드와 셰익스피어

윌리엄 셰익스피어(William Shakespeare)는 영국 문학 또는 영국 문화의 기반의 역할을 수행해 왔다. 그의 사후 지금까지 수많은 시인과 비평가들은 그를 위대한 정신, 인류 최고의 지혜의 보고로 간주해 왔고, 이런 전통은 20세기를 거쳐 현재에 이르기까지 지속되고 있다. 즉, 셰익스피어는 특정한 상황 속에서 논의한 문제가 중류계층 독자나 관객에 의해 오해될 정도로 부르주아의 문화적 사고관으로 동화되어 왔다(Scott 30).

셰익스피어 극은 17세기 후반부터 20세기에 이르기까지 각각 당대의 시대적 분위기와 필요에 따라 끊임없이 개작되었고, 1960년대 후반 이후 톰 스토파드(Tom Stoppard), 웨스커, 본드 등 현대 극작가들을 거치면서 보다 정교해지고 의미도 확장되었다.[1] 이들은 대부분 중산층 출신으로 대학에서 정규교육을 받았으며, 이들에게 셰익스피어는 거대한 문학적 토양인 동시에 커다란 부담으로 작용했다. 이들은 셰익스피어를 현대적 관점에서 재해석함으로써 셰익스피어 작품의 시간적, 공간적 범위를 초월한 보편성을 공유하는 동시에, 기존 극단과는 달리 셰익스피어를 교육체제로부터 국가 정체성의 개념에 이르기까지 권위주의적 보수주의 문화를 지탱하고 확신시키는 이념적 무기로 인식했다. 즉 이들은 무비판적이고 의문을 제기하지 않는 종래의 셰익스피어관에 문제를 제기했다.

1) 17세기 나훔 테이트(Nahum Tate)의 『리어왕(*King Lear*)』(1681) 이후로 조지 버나드 쇼(George Bernard Shaw), 루이지 피란델로(Luigi Pirandello), 브레톨트 브레히트(Bertolt Brecht), 외젠 이오네스코(Eugene Ionesco), 스토파드, 본드 등 현대 극작가들은 셰익스피어의 작품을 당대에 맞게 재해석하는 경향이 지배적이다. 이들은 셰익스피어의 작품을 신비화하려는 일반적인 경향에 도전해, 그의 작품을 개작, 번안, 각색, 변형함으로써 셰익스피어의 현대화 작업을 주도했다. 구체적으로, 쇼는 『안토니와 클레오파트라(*Antony and Cleopatra*)』를 개작한 『시저와 클레오파트라(*Caesar and Cleopatra*)』(1898)에서 셰익스피어 우상화를 비판하면서 원작에서 초점에 맞추어진 남녀 간의 애정문제보다는 초인(superman)으로서의 시저의 역할에 초점을 맞추었다. 브레히트 또한 당대의 부르주아 관객에게 익숙한 셰익스피어 공연 방식을 탈피하여 새로운 시각에서 『코리올레이너스(*Coriolanus*)』(1952)를 해석하고 있다. 그는 당대의 정치적 쟁점들을 다루면서 계급간의 투쟁과 군부귀족 정치가 시민혁명에 의해 붕괴됨을 묘사함으로써 사회주의적 개혁가의 시각을 나타내고 있다. 이오네스코의 『맥베트(*Macbett*)』(1972)와 본드의 『리어』도 브레히트와 유사하게 셰익스피어의 작품을 정치적 측면에서 재해석하고 있다. 『맥베트』는 희극의 틀 안에서 정치적 권력다툼에 따르는 연쇄적 살인 행위의 무의미함을 다루고 있으며, 『리어』는 정치권력 구조 속에서 거듭되는 파괴, 살인 등 비인간적인 행동의 악순환을 보여주고 있다. 현대 작가들이 셰익스피어 작품을 개작하는 가장 표면적인 이유는 정치적 재해석을 도입하기 위한 것임에도 불구하고 일부 작가들은 자신들이 처한 시대정신을 표출하기 위해 형이상학 측면에서 셰익스피어 작품을 개작한다(최영 659~660).

본드는 본격적으로 극작품을 쓰기 전부터 셰익스피어에 심취했고 작품에 그 영향을 폭넓게 수용했다. 특히 그는 『맥베스(*Macbeth*)』(1623)에 큰 감동을 받은 것으로 알려져 있다. 크리스토퍼 이네스(Christopher Innes)에 따르면, 본드는 만일 누군가가 『맥베스』를 본 뒤에도 기존의 그릇된 삶의 태도를 변화하지 않는다면 자신은 그 이유를 이해하지 못한다며 『맥베스』에 대한 경외감을 표했다(1992: 161). 본드의 셰익스피어에 대한 경외감은 여기에 그치지 않는다. 『이른 아침(*Early Morning*)』(1968)에서 죽은 아버지의 영혼이 아들을 찾아오는 장면은 『햄릿(*Hamlet*)』(1603)의 1막에서 유령의 등장을 상기시키고, 『먼 북쪽으로의 좁은 길(*Narrow Road to the Deep North*)』(1968)에서 광기를 일으키는 조지나(Georgina)는 오필리아(Ophelia)와 맥베스 부인(Lady Macbeth)을 연상시킨다. 『리어』에서는 『리어왕(*King Lear*)』(1605)으로부터 등장인물들을 거의 그대로 빌려 와서 브레히트적인 무대장치를 최대한 배제시킨 무대 위에 올려놓았으며, 『빙고(*Bingo*)』(1973)에서는 셰익스피어를 주인공으로 하여 인간으로서뿐만 아니라 작가로서의 셰익스피어를 다루어 지금까지 알려지지 않았던 그의 개인사를 보여줌으로써 기존의 셰익스피어에 대한 신비의 베일을 벗기고 있다. 이처럼 본드는 많은 작품에서 셰익스피어 또는 그의 작품을 직접적으로 차용하거나 아니면 간접적으로 인유하고 있다.

『리어』는 제목에서 알 수 있듯이 셰익스피어의 『리어왕』을 현대적으로 각색하고 재해석한 작품이다. 본드는 『리어』에서 영국 문학사, 그리고 연극 전통에서 가장 유명한 작품 가운데 하나인 『리어왕』에 의문을 제기한다(Scott 30). 그에 따르면 이 작품은 한마디로 관객을 “위압하고 교란시키는 작품”(Holmstrom 60)이라고 말할 수 있다. 하지만 이 작품이 『리어왕』을 원전으로 했다고 해서 이를 전적으로 따르는 것만은 아니다. 물론 부녀간의 갈등과 딸들의 배신, 주인공의 지위 상실에 따른 상실감과 정신적 고뇌 등 기본적인 플롯은 『리어왕』과 맥락을 같이 하지만, 『리어』에서는 리어 개인적 감정보다는 리어라는 인물을 통해 드러나는 사회적·정치적인 면이 더 부각된다. 즉 본드는 『리어』를 통해 『리어왕』을 새롭게 정치적 해석을 시도하고 있다. 『리어왕』을 개작한 이유에 대해 다음과 같이 말했다.

> 어떤 식으로든 나는 『리어왕』을 비판하지 않습니다. 그것은 (……) 내가 상당히 경의를 표하는 극이며 나는 다른 어떤 작품보다 그 작품으로부터 더 많은 것을 배워왔습니다. 그러나 내가 안타깝게 여기는 것은 우리가 그것을 잘못된 방식으로 이용하고 있다는 점입니다. (……) 바로 그런 이유 때문에 우리 자신, 우리 사회, 우리 시대, 우리의 문제를 위해 그 작품을 사용하도록 그 작품을 다시 쓰고 싶은 것입니다. 그러나 그것이 결코 그 극을 손상시키지 않습니다. 그것이 셰익스피어 극을 결코 축소시키지 않습니다. (Wardle 24)

본드는 셰익스피어 텍스트의 미흡한 점으로 파악한 정치성의 결여를 보완하고자 『리어왕』을 개작하게 되었다고 분명하게 밝히고 있다. 특히 그는 스스로 초래한 무질서한 세계를 있는 그대로 수용하며 모든 것을 운명에 맡기는 리어의 안이한 태도에 문제를 제기한다. 제임스 불만(James Bulman)에 따르면, 본드는 리어왕의 통찰력에 매력을 느끼긴 했지만, 그러한 인식에 따른 적극적인 행동의 부재를 혐오했다. 그는 한 인터뷰에서 셰익스피어의 리어가 “단지 처해진 결과를 고통스러워하면서, 또는 인내와 체념을 통해서는 그의 문제에서 벗어날 수 없고 처한 결과를 맞이하고 그것과 투쟁해야만 했다”고 비판했다(Worthen 473 재인용). 그는 셰익스피어의 『리어왕』이 인간이 처한 상황에 대한 설득력 있는 비평을 한 것에 대해서는 경의를 표했지만, 셰익스피어가 리어가 독재한 사회보다는 그의 개인적인 고통에 초점을 맞추었기 때문에 『리어왕』을 시대의 위험한 산물로 규정했다(61). 그는 세상의 불의와 무질서가 원래의 상태로 돌아올 때까지 그저 참으며 무력하게 죽음을 맞이하는 리어 대신, 한 공동체적 사회구성원으로서 도덕적 책임을 통감하고 자신의 신념을 실천에 옮기는 사회적 인간 리어를 통해서 현대의 우화를 만들고자 한 것이다.

본드는 자신이 셰익스피어와 『리어왕』에 경의를 표하며 결코 축소시키지 않는다고 분명하게 밝히고 있지만, 실제로 그는 셰익스피어 작품의 구시대적 비전과 형식에 대해 전면적으로 개작을 시도하고 있다. 하지만 좀 더 세밀히 살펴보면 그는 셰익스피어와 그의 텍스트만을 문제 삼는 것이 아니라 논의의 초점을 작가와 작품보다 그것들이 잘못 사용되어 온 보수적 억압적 전용에 돌리고 있다. 즉 그는 셰익스피어와 그의 텍스트보다도 당대의 정치적 상황에 천착하고 있다. 따라서 당대의 시각에서 셰익스피어의 작품이 보수적이냐 그렇지 않느냐의 문제는 그의 논의에서 핵심 사항이 아니다. 문제는 셰익스피어의 작품이 현대의 관객들에게 미치는 영향과 의미이다. 그는 작품이 전용되는 필연적 상황에 대해 반대하는 것이 아니라 셰익스피어의 현대적 전용의 배후에 놓여 있는 보수주의적이고 억압적인 정치적 의도를 지적하는 것이다.

셰익스피어와 엘리자베스 시대를 전면에 내세운 또 다른 작품 『빙고』에서 본드는 자신의 관심사를 셰익스피어의 역사적 모습과 영국 문화 내에서 엘리자베스 시대의 우선적 지위에 연관시키고 있다. 그는 예술을 사회적 실재로부터 격리된 것으로 간주하는 부르주아 예술관에 의문을 제기한다. 『빙고』에서 그는 셰익스피어의 삶과 예술의 모순에 천착한다. 서문에서 "예술은 항상 건전하다. 그리고 항상 진리를 주장해야 하고, [사회의] 건전함에 필요하지만 일반적으로 사회에 의해 파괴되는 정의와 질서를 표명하려고 노력해야 한다"(viii)라고 자신의 예술관을 피력하고 있다. 본드는 『빙고』에서 셰익스피어가 자신이 생각한 예술관을 구현하고 있지만 그의 실제 삶은 그의 예술관과 유리되어 있음을 보여주고 있다. 셰익스피어가 당시의 인클로저 운동(Welcombe Enclosure)에 직접적으로 간여했는지에 대해서는 많은 사람들이 동의하지 않을지라도, 중요한 점은 본드가 예술가가 일관되지 못함을 증명하기 위해 셰익스피어의 삶의 요소를 이용한 방법에 있다. 본드에게 있어 예술가의 삶은 그의 예술의 본질과 가능한 한 가까워야 한다(Jones 512).

그렇기 때문에 본드는 『빙고』에서 셰익스피어를 모든 문화와 예술의 토양을 제공하는 위대한 작가가 아니라 속물적인 경제인으로 묘사하고 있다. 셰익스피어는 경제적 파산에 이른 아버지의 전철을 밟지 않으려고 연극으로 번 돈을 땅에 투자한다. 즉, 그에게 땅은 착취의 대상이 된 것이다. 본드는 기본적으로 셰익스피어에 씌워져 있는 신성(deity)을 벗기는 데 관심이 있다. 그에게 셰익스피어는 의심할 여지가 없는 문학적 전범이 아니라 특정한 역사적 시기에 생존한 한 명의 작가일 뿐이다. 그렇기 때문에 본드는 셰익스피어의 작품들을 그가 최고 형태로 끌어올리고자 했던 부르주아 예술의 일부로 간주했다. 그렇다고 본드가 셰익스피어를 전면적으로 부정하는 것은 아니다. 단지 셰익스피어를 영향력 있는 비극 작가로서 헌사를 보내고 있을 뿐이다(Scott 35). 그는 셰익스피어가 그가 산 역사적 시기의 관점에서 파악되어 지금까지 무비판적인 셰익스피어에 대한 찬사는 사라져야만 한다고 생각했다. 즉 본드는 셰익스피어를 당대의 관점에서 파악하는 것이 온당하다고 본 것이다. 본드에게 있어 도전은 셰익스피어 작품을 탈신비화해 적나라하지만 이성적인 태도로 문제를 방해하고, 주의를 분산시키고 문제화하는 관객과 접점을 발견하는 것이다(Scott 38).

본드는 『리어왕』에서 중요한 주제로 간주되는 '구질서의 회복'을 비판하고 오직 진실을 말해야만 한다는 생각으로 『리어』를 썼다. 그는 사회라는 조직이 인간다운 삶을 유지하기 위해서가 아니라, 삶을 정형화시키고 구속하는 조직과 체계이기 때문에 그 안에서 개성은 모두 소멸된다고 보았다. 그가 생각하기에 그와 같은 사회 속에서 법률과 질서는 그 부당함을 유지시키기 위한 하나의 수단으로 전락되고, 도덕이나 사회 윤리 역시 권력을 가진 자의 편의에 의해 해석될 수밖에 없으며, 부당한 조직 속의 수많은 피해자들을 복종시키기 위한 하나의 방책일 뿐이다. 이러한 현실로부터 눈을 돌리는 것을 부도덕한 행위로 간주한 본드는, 현실을 직시하고 이것을 극적으로 제시함으로써 관객과 독자로 하여금 현실비판 능력과 사회 개혁 의지를 갖도록 하고 있다.

폭력 외에 본드 작품의 주요 주제 가운데 하나는 작가의 역할과 책임인데, 그는 그릇된 문화의 이미지를 작품에 제공한다. 그의 시도는 문학에 대한 학문적인 또는 예술적인 접근을 공격하는 한 가지 방식이다. 그릇된 문화에 대한 그의 관념은 『리어』에서 암시적이다. 왜냐하면 이 작품은 본드로 하여금 『리어왕』을 개작하도록 부추긴 셰익스피어가 순수 예술의 전형이자 정당성이라는 명제를 다루었기 때문이다(Innes 1982: 200).

2) 본드의 『리어』

성벽 공사현장에서 사고로 인해 한 인부가 죽고 마침 시찰을 나온 리어는 이를 목격한다. 그는 단순한 사고임을 알면서도 공사가 늦어지는 것에 대한 책임을 물어 사고를 일으킨 인부를 처형시킨다. 동행한 그의 두 딸 보디스(Bodice)와 폰타넬(Fontanelle)은 이런 리어를 비난하며 자신들은 그의 오랜 숙적인 콘월 공작(Duke of Cornwall)과 노스 공작(Duke of North)과 결혼할 것이라고 선언한다. 리어는 이에 충격을 받아 두 딸에게 저주를 퍼붓고 그들과의 전쟁을 준비한다.

보디스와 폰타넬은 리어의 구세계 질서의 척결이라는 명분을 내세워 리어와의 전쟁에서 승리한다. 그들의 승리는 표면적으로는 정당해 보이지만 정의가 아닌 폭력을 통해 이루어졌기 때문에 실제로는 정당성을 확보할 수 없고 승리 이후에도 끊임없이 폭력에 의존할 수밖에 없다. 그들은 서로를 감시하고 기존의 폭력을 그대로 재현함으로써 새로운 사회의 건설이라는 당초의 명분을 구현하지 못한다. 또한 각자 자신의 남편을 암살하고 상대방의 군대를 무너뜨린 후 워링턴(Warrington)과 결혼하려 했으나 그들이 살아서 돌아오자 크게 실망하고 자신들의 계획이 폭로될까 두려워하며 그의 혀를 자르고 잔인하게 고문한다. 이 장면은 말할 수 있는 수단을 제거함으로써 어떠한 저항도 허용하지 않겠다는 독재자의 전형을 보여준다.

『리어』에서 본드는 지배계층 내에서 억압의 세계를 창조하고 있다. 마이클 스코트(Michael Scott)는 특히 폰타넬의 채워지지 않는 성적 욕구를 그녀가 열망하는 독재와 정치 체제의 상징물로 보았다(38). 워링턴을 끔찍하게 고문하는 과정에서 그녀는 마치 장난을 즐기듯 그의 몸에 올라타고 보디스는 뜨개질을 하며 태연히 그 광경을 바라보다가 바늘로 그의 귀를 찌르는 장면에서 폭력효과가 극에 달한다(13~15). 본드는 이것을 "공격 효과"2)(Hirst 133 재인용)라고 명명했는데, 이는 관객들에게 전혀 예상치 못했던 낯선 장면을 보여주고 충격을 주어 극단적인 감정적 반응을 이끌어내고 깊이 사고하도록 유도하는 의도적인 극적 장치이다. 본드는 이를 통해 폭력이 일상적인 틀을 벗어나 돌발적으로 일어나는 것이 아니라, 현대 사회에 편재한 보편적인 현상임을 예거한다. 워링턴의 고문장면에서 나타나는 잔혹한 소극(farce)과 인간의 고통을 병치시키는 것의 부조화는 상당히 혼란스럽게 명시적으로 의도된 것이다. 본드가 소극적인 희극을 사용하는 것은 폭력에 대한 그의 노출된 이미

2) 본드의 '공격 효과'는 『리어』에서 워링턴의 고문, 코딜리어(Cordelia)의 강간, 묘지기 아들(The Gravedigger's Boy)의 살해, 리어를 장님으로 만드는 고문, 폰타넬의 부검장면에서 가장 분명한데, 이들 폭력적인 장면은 압제 정권의 잔인함을 더욱 직접적으로 재현한 것이다(Hirst 135).

지의 확장으로 간주되어야만 한다(Innes 1982: 198).

리어는 전쟁에서 패한 후 숲속으로 도피하다가 성벽을 쌓는 공사 현장에서 탈영해 숲속에서 살고 있는 묘지기 아들을 우연히 만나게 되고 그의 집으로 간다. 낯선 사람의 침범을 두려워하는 그의 부인은 불안한 마음으로 리어를 맞이한다. 그는 리어에게 현 정권이 성벽을 허물고 있는데 보통 사람들에게는 벽을 쌓고 허무는 일이 자신들과는 아무 상관도 없는 일이라고 말한다(25). 리어는 그의 이야기를 통해 성벽 건설이라는 것이 자신의 거창한 목적과는 아무런 상관없이 일반 대중들에게는 소모적이고 힘든 작업일 뿐이라는 것을 조금씩 깨닫기 시작한다. 딸들에 대한 실망감과 자괴감으로 괴로워하던 리어는 그곳에서 모든 것을 잊고 살아가려 한다. 결국 외부의 적을 막기 위한 리어의 성벽은 오히려 "그의 백성들이 그의 적이 되는"(Nodelman 269) 아이러니컬한 상황을 가져왔고, 결과적으로 성벽은 "권력과 편집증의 표상"(Innes 1992: 161)이 되었다.

곧 아기를 낳을 묘지기 아들의 부인을 위해 목수 존(John)이 요람을 가지고 들어와 잠시 평화로운 분위기가 흐르지만, 잠시 후 보디스와 폰타넬 측의 수색대가 들이닥쳐 평화가 깨진다. 그들은 묘지기 아들을 살해하고 임신한 그의 부인을 강간하고 리어를 끌고 간다. 이때 묘지기 아들에 의해 그의 부인의 이름이 "코딜리어"(29)라고 처음으로 언급된다.

보디스는 리어에 대한 재판에서 "정치는 정의의 보다 고차원의 형태"(32)라며 그를 처형하도록 재판관을 종용한다.[3] 리어의 정권

---

3) 『리어』에서 리어를 비롯해 정권을 잡은 그의 딸들과 코딜리어는 계속해서 정의를

에서 충성을 맹세했던 재판관과 평의원은 이제 리어를 광기에 사로잡힌 늙은이로 몰아간다. 정의라는 가치는 권력을 가진 자의 편의에 의해 그들의 정당성 확보를 위한 수단으로 이용되고 있으며, 이 세계에서는 이미 가족의 유대 관계라든가 군주에 대한 충성심 같은 가치는 지나가 버린 시대의 유물일 뿐 이제는 더 이상 아무런 의미가 없다. 원래 개인의 보호를 위해 만들어진 사회적 제도는 그 자체가 영속성을 지니게 되었고, 법률, 종교, 사회적 관습과 도덕 같은 것들이 오히려 그들의 필요에 따라 사람을 억압 규제하는 이외의 다른 기능은 갖지 못한다. 그와 같은 억압이 인간의 공격성의 원인이 되고 있고, 이런 억압은 사회적 진보의 뒤에서 추진력이 되고 있다(Innes 1982: 191).

리어는 보디스의 거울을 통해 투영된 자신의 모습을 바라보면서 이 세상이 동정심이란 없는 무정하고 무자비한 세상이라고 절규한다. 그는 거울이라는 한정된 공간을 통해 비춰진 현재의 비참한 자신의 모습을 보면서 자신이 "우리에 갇혀 있는 짐승"(35)과 같다고 말하면서 우리로부터 꺼내달라고 눈물을 흘리며 호소한다. 하지만 폰타넬은 리어의 눈물 흘리는 모습을 보며 깔깔거린다.

코딜리어는 남편이 죽고 아이가 유산되는 아픔을 겪은 뒤 삶을 유린한 비정한 현실에 정면으로 맞서게 된다. 그녀는 남편이 죽기 전까지는 그저 그의 순종적인 아내에 불과했지만 남편이 죽은 후

부르짖으며 자신의 행동을 정당화한다. 이는 바꿔 말하면 그들의 행동에 정당성이 결여되었음을 입증한다. 본드는 리어뿐만 아니라 악마와 같은 딸들, 코딜리어와 그녀의 농민 혁명군 모두 똑같이 권력의 필요에 의해 부패되었다고 간주했다(Innes 1982: 201 재인용).

더 이상의 도피가 불가능하다는 것을 깨닫고 목수와 함께 게릴라군을 이끌고 보디스와 폰타넬에 대항한다. 보디스와 폰타넬 측의 병사가 탈영해 코딜리어에게 투항하지만 그를 처형하고 자신의 부대의 부상병 또한 처형할 정도로 그녀는 육체적 정신적으로 큰 고통을 겪은 뒤 평범한 촌부에서 권력욕에 사로잡힌 냉혹한 독재자로 변모한다.

보디스와 폰타넬은 전쟁을 앞두고 도주한 그녀들의 남편 콘월과 노스 공작이 잡혀오자 군사들에게 그들의 처형을 명령한다. 보디스는 전의를 불태우지만 불안감을 느낀다. 결국 보디스와 폰타넬의 군대는 코딜리어의 게릴라군과의 전쟁에서 패배한다. 그들은 전쟁에서 패배해 후퇴하다가 리어를 포함한 죄수들을 이송하던 중에 길을 잃고 게릴라군에게 잡힌다. 포로가 된 폰타넬은 리어를 비난한다. 폰타넬은 리어에게 도움을 요청하며 살려고 발버둥을 치지만 결국 처형당하고 부검대에 오르게 된다(58~59). 앞에서 언급한 공격효과는 이 장면에서 극대화된다. 살육의 피비린내가 진동하는 무대는 관객들에게 깊은 충격과 함께 인간의 잔인성의 한계에 대한 의문과 회의를 제시한다. 보디스 역시 게릴라군에게 체포되어 압송되는 과정에서 "정당한 재판을 받을 권리가 있다"(61)라고 주장하지만 결국 총살당한다.

리어는 처음에는 자신을 배반한 딸들을 비난했지만 그들의 죽음을 보면서 자신과 딸들에게 처해진 불행의 모든 책임이 자신에게서 비롯되었음을 깨닫게 된다. 딸들의 비인간적인 면모는 어릴 적 자신에게서 받은 상처로부터 시작되었으므로 결국 그가 딸들을 비인간적으로 만들고 불행에 이르게 한 셈이다. 목수는 리어를 그대로 석방하려하지만 죄수 군의관은 리어를 살려두는 대신 그의 안구를 제거한다.

안구를 제거 당한 리어는 유령과 함께 성벽을 비틀거리다가 농부 가족을 만나게 되고 그들로부터 성벽 공사가 다시 시작되고 있음을 알게 된다. 이 장면은 역사의 반복성을 예증한다. 피지배층이었던 게릴라군이 정권을 장악했지만, 그들은 성벽을 다시 건설함으로써 모든 상황은 리어가 집권했던 처음과 똑같아졌다. 정권의 교체여부와 일반 대중의 삶은 아무런 상관이 없다. 리어가 퇴위당한 뒤 사람들은 집으로 돌아왔지만 이들은 다시 성벽 건설현장의 인부로, 그 현장을 감독하는 군인으로 끌려가 강제로 징발되어 가족은 다시 해체되기에 이른다. 리어는 "인간은 자신을 파괴하고 그것을 자신의 의무라고 말하지?"(67)라고 절규한다. 모든 것을 잊고 현실에 순응하려 했던 리어는 딸들의 죽음과 실명을 통해 자신의 삶에 대해 성찰하기에 이른다. 그는 자신이 두 딸의 살인자일 뿐만 아니라 국가 전체에 해가 되는 존재임을 인식하게 된다. 그는 처음으로 정치적 상황에 대한 책임을 타인이 아닌 자신에게 돌리고 더 이상 현실로부터 도망치지 않고 당당히 맞서기로 맹세한다.

리어는 묘지기 아들의 집으로 돌아와 토마스(Thomas), 존, 수잔(Susan)과 함께 살고 있다. 성벽 공사장으로부터 탈영한 탈영병(Small Man)이 이곳으로 들어온다. 수색대가 들이닥쳐 그를 찾으려하지만 찾지 못하고 대신 리어에게 앞으로 감시당할 것이라고 말하고 떠난다.

몇 달이 흐른 뒤 진실을 전파하는 리어의 가르침을 듣기 위해 많은 이방인들이 모여든다. 그는 '새장 속에 갇힌 새'에 관한 우화를

통해 모든 생명체의 자유에 대한 권리, 자신과 타인에 대한 이해와 책임을 강조한다.[4)]

리어: (청중에게) 한 남자가 어느 날 아침 일어나서 목소리를 잃어버렸음을 알게 되었소. 그래서 그는 목소리를 찾으러 갔고 숲속에 갔을 때 그걸 훔쳐간 새를 만났다오. 그 새는 아름답게 노래했고 남자는 '아름답게 노래하니 앞으로 부자가 되고 유명해질 거야' 라고 말했다오. 그 새를 우리에 넣고 '내가 입을 활짝 열면 넌 노래를 불러야 해'라고 새에게 말했지요. 그리고 왕에게 가서 '당신의 존엄을 찬양하는 노래를 부르겠습니다'라고 말했소. 그러나 그가 입을 열었을 때 새는 오직 비명만 질러댔는데 왜냐하면 우리 안에 갇혀 있었기 때문이오. 그래서 왕은 그 자에게 매질을 했소. (……) 결국 그는 새를 데리고 다시 숲에 와서 새를 우리에서 꺼냈소. 그러나 그는 왕이 자신을 부당하게 대했다고 생각했고 혼자 계속해서 '왕은 바보야'라고 말했고 새는 아직 그 남자의 목소리를 가지고 있기 때문에 이 말을 숲 전체에 퍼뜨렸고 곧 다른 새들도 이 말을 배우게 되었다오. 왕이 사냥하러 숲에 왔을 때, 모든 새들이 '왕은 바보야'라고 노래하는 것을 듣고 왕은 놀랬지요. 왕은 그 노래를 시작한 새를 잡아서 깃털을 뽑고, 날개를 꺾고 모든 다른 새들에게 경고하는 뜻으로 그 새를 나뭇가지에

4) 본드의 새장 속에 갇힌 새에 관한 우화는 리어의 정신적인 상황을 통제하는 이미지로서 셰익스피어의 『리어왕』에서 리어왕의 정신적 방황과 고통을 상징하는 폭풍우를 대신한다. 이 부분에 나타나는 리어의 대사는 『리어』에서 가장 감정적이고 정교하게 은유적이다(Spencer 88).

못질을 했다오. (……) 새가 남자의 목소리를 가졌던 것처럼 남자는 이제 새의 고통을 갖게 되었다오. (74~75)

리어는 이 우화를 통해 자신이 예전에 국가와 국민의 안위를 명분으로 성벽을 쌓아서 결국 자신과 나라 전체를 성벽이라는 커다란 우리 안에 가두어 놓는 잘못을 범했다고 자신의 과오를 고백한다. 그의 과오는 결과적으로 현 정권의 과오로 연결되기 때문에 정부 당국자들은 그에게 더 이상 공개적으로 발언하거나 공적인 모임에 참석할 수 없으며, 그를 찾아오는 모든 방문자는 군대에 의해 조사를 받게 될 것이라고 위협한다. 그는 정부에서 지정한 사람에게 보살핌을 받으며 조용히 여생을 보내라고 회유를 받는다. 이에 대해 그는 그들이 법률이라는 미명하에 날마다 범죄를 저지르고 있다고 비난한다. 그는 벽이라는 것은 독재자가 자신의 권력을 확고히 하기 위해 쌓아 올리는 자기 방패이며 이로 인해 사람과 사람 사이에 벽을 쌓아 가족조차도 믿지 못하게 하고, 일반 대중의 삶을 변화시킴으로써 결과적으로 인간성에 대한 고려가 전혀 이루어지지 않는 폭력적이고 억압적인 사회를 만들어내는 장치에 불과하다고 일갈한다. 코딜리어와 리어는 성벽 축조에 관해 논쟁을 벌인다.

리어: 성벽을 쌓지마.

코딜리어: 쌓아야 해요.

리어: 그래도 바뀌는 것은 없어! 혁명은 최소한 개혁을 가져와야 해!

코딜리어: 모든 것이 바뀌고 있어요!

리어: 계속 성벽을 쌓는다면 소용없어! 허물어!

코딜리어: 적들에게 공격을 받게 될 거예요!

리어: 성벽이 자네들을 무너뜨릴거야. 이미 그렇게 되어 가고 있어. 어떻게 자네들에게 보여줄 수 있을까? (84)

리어는 코딜리어에게 성벽이 자신을 해쳤던 것처럼 결국은 그녀 자신을 해치게 될 것이며 이미 그렇게 되고 있으므로 벽을 허물 것을 강권한다. 권력을 손에 쥔 코딜리어는 리어의 말이 옳다는 것을 인정하면서도 예전에 그가 그랬던 것처럼 다른 사람의 말을 듣기를 거부하고 외부로부터의 적을 방어한다는 명분으로 성벽 건설을 고집한다.

하지만 코딜리어는 리어의 세계를 부정하고 새로운 세계의 건설을 목표로 했던 두 딸이 리어가 그랬던 것처럼 고문과 폭력을 일삼았듯이, 그 세계를 뒤엎고 민중들에 의해 세워진 나라 역시 지속적인 성벽 축조를 통해 결국은 이전의 세계와 다를 바 없음을 보여주고 있다. 그녀에게 자신이 범했던 과오를 되풀이 하지 말라고 경고하는 리어의 태도는 정당한 사회 건설에 참여하고자 하는 적극적인 실천의지를 보여준다. 리어는 코딜리어에게 자신의 말에 귀 기울일 것을 주장하지만 코딜리어는 지금과 같은 상황에서는 강력한 정부가 필요하다고 대응한다. 본드는 코딜리어를 통해 그가 인간적인 사회에 대한 우리의 인식에서 가장 주요한 결함으로 간주한 것, 즉 "방어"를 극화하고 있다(Bulman 62).

마침내 리어는 진정한 해방은 스스로 창조한 벽을 스스로 허무는 직접적인 행동을 통해 이루어진다고 확신하고 수잔의 안내를 받아 성벽에 올라 성벽을 허물기 시작한다. 이네스는 리어의 성벽을 허무는 행동을 다음과 같이 설명했다.

> 두려움과 억압이라는 순환에 대한 책임을 인식한 뒤 그는 성벽을 허물려고 시도하면서 그 책임에 대해 자신의 목숨으로 대가를 치른다. 그의 이런 행위는 셰익스피어의 극의 마지막 대사에 의해 제안된 고통의 수용과는 정반대의 상징적인 몸짓이다. (1992: 161)

그는 성벽을 허무는 행위를 통해 예전에 토마스가 자신에게 한 "진실을 말하는 것은 위험해, 힘없는 진실은 항상 위험해. 그래도 우리는 투쟁해야만 한다!"(76)라는 말을 직접 행동으로 옮겼다. 그는 결국 총살당하지만 그의 죽음으로 모든 것이 끝난 것은 아니다. 그의 주검을 돌아다보는 한 인부의 모습은 앞으로도 이런 혁명적 시도가 끊임없이 이루어질 것임을 암시하기 때문이다. 본드는 리어의 죽음을 통해 다가오는 세대에 의한 보다 합리적인 사회의 건설에 대한 낙관을 암시하는 것은 아니다. 오히려 이러한 '끊임없는 폭력의 연쇄 고리를 어떻게 끊을 수 있는가', 또 '지배 사회 구조 내에서 혁명적 의식은 과연 어느 정도로 가능한가'에 대한 관객의 성찰을 촉구한다. 『빙고』에서 셰익스피어의 죽음에서 그랬던 것처럼 리어의 죽음에서 본드는 끊임없이 17세기보다는 20세기에 적절한 진리가 인지될 수 있는 최소한의 낙관적인 진술을 하고 있다 (Scott 43).

리어는 처음에는 묘지기 아들처럼 은거한 채 모든 것을 잊고 체념하며 자유로운 삶을 살아가려 했으나 그것이 현실도피에 지나지 않음을 깨닫고 더 나아가 행동이 뒤따르지 않는 자아인식은 타락한 기존체제에 동조하는 것에 다름없다고 인식한다. 평생을 통해 쌓아 올렸던 성벽을 무너뜨리려다가 총살당하는 리어의 비극적 종말은 시대에 만연된 폭력성을 재차 확인시켜 준다. 동시에 성벽이 방어의 수단이 아니라 억압의 상징임을 인식한 그의 마지막 행동은, 사회의 제반 모순이 남아 있는 한 또는 인간에 대한 억압이 지속되는 한, 이에 대한 도전 또한 계속되어야 한다는 점을 상징적으로 표현하고 있다. 그렇기 때문에 데이비드 허스트(David L. Hirst)는 『리어』가 폭력에 관한 극이지만 또한 혁명에 관한 극이라고 규정한다(132). 세계에 대한 새로운 인식을 통해 리어는 이제 행동할 준비가 되었고 직접 실행에 옮김으로써 사회의 불의를 인지할 뿐만 아니라 이를 변화시키기 위해 또한 노력하는 "진정한 본드적인 영웅"(Jones 508)이 된 것이다.

본드는 비극적 영웅으로서 리어의 고상한 광기를 사회적 도덕주의자로서의 리어의 상징적 행위로 환치함으로써 미학을 도덕에 종속시키고 있다. 따라서 『리어』는 『리어왕』의 패러디로서의 성취를 뛰어 넘어 "셰익스피어의 작품이 그가 살던 시대를 위해 부합했던 것만큼 우리 시대에 부합하는 비극"(Nodelman 275)이며 주인공 리어는 "행동하고 따라서 현대 세계를 위해 필요한 보다 실용적인 영웅인 왕"(Jones 505)이라 할 수 있다.

3) 『리어』와 『리어왕』

『리어』는 『리어왕』으로부터 극의 구조와 등장인물, 이미지와 상징 등 비교적 폭넓은 범위에 걸쳐 영향을 받았기 때문에, 근본적으로 『리어왕』의 형식적 재현 또는 굴절시킨 패러디의 관점에서 분석하는 것이 적절하다. 이와 같은 분석은 본드가 『리어왕』을 정치적으로 재해석한 의도에 보다 정확히 다가가는 접근 방식이기도하다.

『리어』의 3막 구성은 각 막이 몇 개의 장으로 구분되면서 구조적으로 『리어왕』과 외형적 유사성을 가진다. 두 작품의 유사성의 가장 명백한 증거는 『리어왕』에서 리어왕이 왕국을 분할하겠다는 어리석은 결정과 『리어』에서 리어가 적으로부터 방어를 위해 성벽을 쌓겠다는 무모한 결정의 병치를 들 수 있다. 『리어』에서 성벽은 "비이성적인 공공 정책과 사회적 불의 사이의 연관 관계를 회상하게 만드는 냉혹하고 물리적인 대상"(Spencer 85)으로 규정된다.

하지만 『리어』는 1막에서 『리어왕』을 압축시켜 재현한 뒤, 2막과 3막에서는 리어의 독재의 결과로써 야기된 폭력의 악순환 과정을 부각시킨다. 즉 1막에서는 자신만의 사회적 믿음 속에 고립된 리어가 주변 상황에 대한 이해를 거부하는 모습을, 2막에서는 신화의 허구성을 깨달은 리어와 신화를 고수하려는 새 집권 세력 간의 긴장관계를, 3막에서는 리어의 고양된 인식이 죽음을 무릅쓰고 자신이 쌓은 성벽을 허무는 행위로 승화되는 단계를 극화시키고 있다.

본드는 『리어』의 서문에서 1막은 신화에 의해 지배된 세계를 보여주고 있고, 2막은 신화에 실제, 미신적인 인간과 독재 세계 사이의 충돌을 보여주고 있고, 3막은 그 안에서 죽어감으로써 우리가 사실이라고 입증한 세계 속에서의 충돌의 해결을 보여주고 있다고 말한다(xiii). 그러면서 그는 특히 현대 사회에 만연한 비인간적 행동의 악순환 문제를 부각시키기 위해서 극의 초반에 저질러진 폭력의 인과적 사슬이 어떻게 연결되고 발전 심화되고 있는가에 깊이 천착하고 있다. 이 주제는 특히 억압적 체제를 상징하는 성벽에서 벌어지는 살육행위로 시작하여 동일한 장소에서 리어가 타살되는 장면으로 끝을 맺는 순환구조를 통해 한층 심화되고 있다. 이를 통해 본드는 『리어왕』이 결여했다고 간주한 공동체적 삶에서의 주인공의 사회적 책임과 도덕적 행위에 대한 보다 이성적인 성찰을 촉구하고 있다.

본드는 『리어왕』을 정치적 측면에서 새롭게 해석하면서 『리어』에서 사회구조와 개인의 갈등에 초점을 맞추기 위해 원작의 등장인물들을 과감하게 변형시킨다. 등장인물의 면면을 살펴보면, 두 작품에서 주인공은 모두 자신과 사회에 대한 허위와 몰이해로 인해 고난을 겪는다. 그들은 행동이나 사유에 있어서 이성이 결여되어 있으며, 자신들이 처해 있는 무질서한 세계에 대하여 무지하다. 하지만 『리어왕』에서는 제목에서부터 리어의 왕으로서의 정체성이 분명하지만 『리어』에서는 왕의 정체성이 거세됨으로써 군주라는 상황은 암시하면서도 그를 사회 구성의 일부로 간주하고 있다. 『리어』의 보디스와 폰타넬은 『리어왕』의 고너릴(Gorneril)과 리건(Regan)의 역할을 담당한다. 그들은 『리어』에서 "폭력의 희생자이자 원인"(264)으로서, 『리어왕』에서 고너릴과 리건이 남편이 있음에도 불구하고 동시에 에드먼드(Edmund)라는 한 남자를 사랑해 결국 질투에 눈이 멀어 파멸에 이르듯이, 워링턴을 두고 질투하다 결국 파멸에 이른다. 그러나 그들은 비인간적인 고문과 광기를 보이며 원작의 인물보다 더 잔인함을 보이고 기괴함을 유발한다.

무엇보다도 『리어』와 『리어왕』 간에 가장 두드러진 차이는 코딜리어와 광대(Fool)의 성격화에 있다. 즉 『리어』에서 코딜리어는 리어의 딸이 아닌 게릴라군의 지도자로 등장하고 광대는 묘지기 아들로 대체된다. 코딜리어는 『리어왕』에서 리어왕에 대한 무조건적인 사랑과 순종의 인물이지만 『리어』에서는 처음에는 자신의 보금자리를 지키려는 소박한 소망을 가졌으나 정신적 육체적인 고통을 겪은 뒤에는 게릴라군을 이끌고 나중에는 최고 지위에 이르는 권력 지형적인 인물이다. 본드는 셰익스피어의 코딜리어가 정권 유지를 위해 폭력을 사용하고 전쟁을 일으킨다는 점과 리어왕의 사회적 무책임을 간과했다는 점을 들어 "절대적인 위협—매우 위험한 형태의 인물"(Bulman 62 재인용)로 간주하고 그녀에게서 이런 특징을 제거하고 그녀를 리어의 딸이 아닌 묘지기 아들의 부인으로 설정했다. 『리어왕』에서 코딜리어는 리어의 자아인식을 촉발시키는 동시에 그의 인식을 완성하는 역할을 수행하지만 『리어』에서 그녀는 지배 계급의 권력투쟁의 희생자로서 전쟁 과정에서 냉혹한 실용주의자로 변모하는데, 이는 그녀가 리어의 진정한 후계자라는 증거로 작용한다.

코딜리어는 자신을 강간하고 남편을 죽음으로 몰아넣은 보디스와 폰타넬 정권을 몰락시키기 위해 게릴라전을 펴는 과정에서 권력을 위해서라면 어떠한 행위도 서슴지 않는 잔인한 독재자로 변모한다. 이와 같이 일개 촌부에서 일약 게릴라군의 지도자로 변모하는 코딜리어는 시대적 폭력성이 낳은 개인의 변모를 극적으로 가장 잘 구현한다. 그녀는 무엇보다도 사회 정의의 구현이라는 명분으로 살인을 자행하고 이를 합리화한다는 점에서 국민의 수호자라는 명분으로 잔인한 독재를 일삼았던 리어, 그리고 그의 두 딸과 상당히 유사하다.

코딜리어가 외부의 인물들을 경계하게 된 가장 큰 이유는 그녀가 자라온 환경에 기인한다. 그녀는 목사의 딸로 태어나 남편인 묘지기 아들과는 달리 엄격한 사회적 관습과 규범의 범주 내에서 사고하고 행동하도록 강요받았다. 그렇기 때문에 그녀는 기존의 사회적 관습에 얽매이지 않은 남편의 생활 방식을 소망하면서도 자신의 주변에 울타리를 치고 울타리 밖의 인물들과 접촉하기를 꺼린다. 딸들과의 전쟁에서 패한 후 리어가 자신의 집에 머무르려 하자 그를 거절했던 이유도 바로 이 때문이다. 그곳에서 벌어진 끔찍한 일은 그녀에게 자기방어의 필요성을 절감케 하는 결정적인 계기가 되었다. 본드는 자신의 영역을 고수하기 위한 코딜리어의 독선과 성벽 밖의 인물들을 제거하는 파괴적인 행위를 병치시킴으로써 그녀를 리어와 그의 딸들과 동일선상에 놓고 있다. 또한 보디스와 폰타넬이 시작했던 리어에 대한 반란이 자신들보다도 더 억압된 자들에 의해 계속되고, 뿐만 아니라 거세어지는 대항폭력에 맞서 그들이 더 많은 병력을 동원하고 있음을 보여주는 것도, 폭력의 연쇄반응이 갈수록 증폭되는 현상을 강조하려는 본드의 의도에서 나온 것이라 할 수 있다.

본드는 코딜리어와 리어의 관계의 재정립이 『리어』에서 매우 중요하다고 전제한다. 주지하듯 『리어왕』에서는 코딜리어는 순진무구하다. 반면 리어의 나머지 두 딸들, 즉 고너릴과 리건은 지나치게 부정적으로 다루어지고 있다. 본드는 그들의 악한 성격 형성에 리어의 책임이 크다고 주장한다. 그런데 본드의 코딜리어는 악을 정화하는 과정에서 희생되는 선의 상징적 존재인 셰익스피어의 코딜리어와는 다르다. 즉 그녀는 리어의 폭력에 희생되어 게릴라 군으로 변모하는 인물로 등장함으로써 리어의 도덕적 책임에 대한 객관적 판단을 이끌어내는 중요한 역할을 한다.

『리어』에서 코딜리어가 권좌에서 밀려난 리어가 권력의 실체를 비로소 직시하게 되는 과정에서 대면해야 할 외부의 장벽을 상징한다면, 그가 극복해야 할 심리적 장벽은 묘지기 아들을 통해 구체화된다. 즉 코딜리어는 신화 속에 살고 있는 리어를, 묘지기 아들 또는 그의 유령은 리어 내면의 이기적이고 비현실적인 측면을 상징하는 더블 이미지(double image)이다. 본드는 자기 파괴적인 코딜리어와 묘지기 아들을 경쟁시키고 있다. 묘지기 아들은 이 작품에서 『리어왕』에서 코딜리어가 보여주었던 자비로움을 구체적으로 나타낸다(Bulman 62~63). 그는 『리어왕』에서 리어왕을 이끌며 그가 자신의 실존을 깨닫고 광증에서 벗어나도록 도와주는 광대와 에드거(Edgar)의 역할을 담당한다. 그래서 그는 『리어왕』에 등장하는 광대(Fool)처럼 리어의 어리석음을 신랄하게 꼬집는다.

아들: 쌓고 허물고, 쌓고 허물고. 왕이 미쳤어요. 그가 마을에서 모든 사람들을 끌고 갔죠. 그러나 전 숨었어요. 그들이 평생 두 손으로 일을 했지만 그러나 성벽에서 시작했을 때 일주일 동안 손에서 피가 난대요.

리어: 아냐.

아들: 일하다 죽거나 일 못해서 총살당하거나 둘 중 하나예요. 병이 있는데—

리어: 그들은 그것을 멈추려고 했지.

아들: —'성벽의 죽음'이라나요. 발이 진흙으로 부어오르는 거죠. 잠

> 잘 때도 냄새가 나요. 무덤 속에 사는 것과 다름없어요. 왕이 여기를 온다면—옛날에 하던 일로 돌아가서 왕을 위한 무덤을 파주고 싶어요. 성벽 근처에서 작업을 할 때 우리는 밤에 성벽을 파곤 했지요. (25~26)

묘지기 아들은 보디스와 폰타넬의 수색대에 의해 살해된 이후로는 유령으로 등장하는데 유령은 하나의 인물이라기보다 리어가 겪는 정치적 수난의 심리적 기제이다. 그는 환상과 현실, 현재와 과거가 교차되는 리어의 자아각성 과정에서 고통스러운 현실을 회피하려는 욕구를 대변한다. 무엇보다도 그가 육체적으로 죽은 후에 유령으로 다시 등장하는 것은 그의 정체성, 행동 불능 등 죽음과 관련된 속성을 입증하고 있다. 유령은 리어가 현실에 대한 책임감으로부터 회피하기를 원하는 순간을 시각화하는 이미지로서 인간 존재의 깊은 지층을 이루는 잠재의식의 한 측면을 상징한다. 유령이 리어의 눈에만 보인다는 점도 리어의 심리 상태를 반영하고 백발과 뼈대만 남은 모습 역시 리어의 정신적 성숙을 의미하고 있다.

리어가 도덕적 각성에 이르는 과정에서 유령의 등장 횟수가 급격히 감소되고 그의 몸도 쇠퇴해지며 리어의 사회적 의지가 개인적 욕구에 의해 더 이상 흔들리지 않을 때 유령은 사라진다. 그는 리어를 "의미 있는 죽음보다는 쉬운 죽음으로"(Trussler 24) 유혹하지만 리어는 그의 유혹을 뿌리친다. 이 장면은 본드의 리어와 셰익스피어의 리어왕의 분명한 차이를 보여준다. 즉 셰익스피어의 리어왕이 자신의 육체적 고통을 감내하고 운명에 순응한다면, 본드의 리어는 사회를 개혁하고 사회를 보다 인간답게 만들기 위해서는 누군가가 다른 사람을 위해 희생을 해야 한다는 것을 깨닫고 벽을 허무는 것이다.

『리어』는 정치적 내용과 교훈적 의도가 강하게 표출되는 동시에 시적 서정성과 강렬한 이미지를 통해 인간 경험의 원형적 유형을 제시한다. 셰익스피어를 '현대화' 또는 '동시대화'하려는 다양한 시도 가운데 『리어』는 우리시대가 안고 있는 폭력의 문제를 직접 다루어 관객의 의식을 일깨우는 현실 참여적 측면과 폭력의 근원적 본질을 제시해주는 상징적 측면을 아우르고 있다.

본드는 『리어』에서 정치적 메시지를 강조하면서도, 시적이고 감각적인 이미지를 통해 계속해서 셰익스피어를 부각시키고 있다. 특히 그는 『리어왕』을 구조적인 골격으로 사용하면서 동시에 『맥베스』의 강렬한 피의 이미지를 효과적으로 사용하고 있다. 『리어왕』과 『리어』의 가장 중요한 차이점은 극적 사건에 있는 것이 아니라 셰익스피어풍의 언어와 이미저리를 재구성하는 데 있다(Spencer 85). 특히 단어보다도 이미지를 통해 두 작품은 큰 차이를 보인다. 허스트에 따르면, 본드는 본질적으로 단어가 아니라 이미지를 통해 그의 사상을 고안하는 작가이다(137). 그렇기 때문에 그의 작품에서는 이미지가 중요하다. 『리어왕』에서 호랑이, 늑대, 독수리, 뱀의 이미지가 고너릴과 리건의 비이성적인 악을 강조하듯이(Spencer 85), 본드는 『리어』에서 빈번히 등장하는 동물의 이미지를 주요 인물의 대사 속에 도입하여, 비이성적인 인간들의 군상을 보여준다. 리어는 자신의 백성은 "양"(7), 적들은 "여우"(6), 딸들에게 왕위를 뺏긴 자신을 "굶주린 개"(17)에 비유하고, 현실을 이해하지 못하는 어리석은 농부 일가족을 "늑대", "여우", "말" 등에 비유한다(66).

그리고 폰타넬의 해부된 시신을 보면서 "그녀가 사자와 양과 어린 아이처럼 안에서 자고 있다"(59)라고 말한다.

보디스와 폰타넬의 주도로 열린 재판정에 선 리어는 딸들이 준 거울을 통해 비친 적나라한 자신의 모습을 "우리에 갇힌 짐승"(35)의 이미지로 비유한다. 거울 속에 비쳐진 '우리에 갇힌 짐승'은 리어가 자기연민 속에서 자신의 모습을 투영해 보는 것이지만, 이는 동시에 극의 주요한 이미지인 '성안에 갇힌 인간'을 즉각적으로 연상시킨다. 본드는 동물이미지를 통해 타락한 육체에 갇힌 영혼과 정신이라는 기독교적 개념을 바꾸어 놓은 경의로 끊임없이 우리를 아름다움, 진실, 건전함, 타락이전의 순수의 장소로서의 인간의 몸으로 이끄는 총체적인 생물학적 명부를 구성하고 있다(Spencer 87). 『리어』 전체를 통해 지속적으로 반복되는 성벽, 지도, 울타리, 감옥, 자루, 우리와 같은 극에 사용된 소품과 동물 이미지가 합쳐져 창출된 '우리에 갇힌 동물'의 이미지는 반복적으로 사용됨으로써 비이성적인 인간들이 정신적인 덫, 즉 각자의 아집 속에 갇혀 있는 모습을 예리하게 나타낸다. 로버트 테너(Robert L. Tenor)에 따르면, 본드는 『리어』를 쓰면서 그의 주제와 극적 긴장감을 고조시키기 위해 극의 소품과 소리를 변증법적으로 사용하는 방법을 어떻게 조절하는지 알게 되었다(427).

본드가 『리어』에서 주로 사용하는 또 다른 이미지는 감각적인 '피의 이미지'다. 특히 묘지기 아들의 죽음과 코딜리어의 강간 장면은 『맥베스』의 피의 이미지를 연상시킨다. 마당의 빨랫줄에 걸린 흰 시트가 그 뒤편에서 자행되는 살육, 강간 행위로 인해 빨갛게 물드는 장면은 시각적으로 강렬한 충격을 준다. 리어는 꿈속에서

핏빛으로 변한 우물을 보는데 이는 곧 현실에서 워링턴의 피로 물든 사실로 입증된다. 『맥베스』와 『리어』를 연결시켜 주는 이미지는 가장 잔인한 형태의 파괴 행위로써 '태어나지 않은 아이'를 파괴시키는 이미지이다.

맥베스 부인은 야심을 달성하기 위해 젖을 물고 있는 어린아이도 죽일 수 있는 담력을 요구하며, 맥베스는 뱅코우(Banquo)의 자손들을 죽이려하다 실패하자 맥더프(Macduff)의 어린 자식을 살해한다. 『맥베스』에서 어린아이는 연민의 상징이듯이 『리어』에서도 연민은 순진무구한 어린아이의 모습으로 나타난다. 인간 세계를 폭력의 악순환으로부터 구하기 위해 필요한 것이 연민의 감정을 깨닫는 것이며 연민의 파괴는 코딜리어의 태어나지 않은 아이를 살해하는 것과 어린 시절 겪은 죽음의 공포로 인해 악하게 변모된 리어의 두 딸의 모습으로 구체화되어 나타난다. 유령이 점점 늙어서 변모해 가는 모습 또한 폭력의 결과의 시각적 산물이다. 또한 본드는 시각적 이미지와 함께 비명소리, 돼지들의 울음소리 총소리 등 청각적 이미지를 통해 폭력성을 부각시키고 있다.

본드는 『리어』에서 『리어왕』을 구조적 틀로 사용하면서도 다른 극적 전개를 보이는데, 이와 같은 원작과 다른 극의 전개는 본드의 극작 세계를 단적으로 보여준다. 그는 연극이 남들과는 다른 어떤 개인의 특이한 삶의 형태를 보여주고 그의 정신 상태에 초점을 맞추고 그것을 부각시킴으로써 관객들로 하여금 그와 정서적 동화를 느끼도록 하는 것만이 전부가 아니라고 보았다. 그는 기본적으로 사회적 효용과 결론을 이끌어내는 행위를 강조하는 의식극에 역점을 두고 있다. 이와 관련해서 본드는 '이성극(Rational Theatre)'이라는 자신만의 독특한 극 개념을 제시한다. 그는 『리어』의 서문에서 인간의 내면에는 근원적으로 이유 없는 공격성이 존재하기 때문에 "폭력이 인간 사회를 형성하고 사로잡고 있어서 만일 폭력을 멈추지 않는다면 우리에게 미래는 없다"(v)고 주장한다. 그는 사회를 지배하고 있는 이러한 폭력을 외면하고 언급하지 않는 것은 작가로서 비도덕적인 행위라고 간주했다. 그는 연극을 "사회, 역사, 정치적 진실을 말하는 수단"(Klein 409)으로 보았고 "극작가는 자신이 사는 사회에 대해 도덕적으로 책임을 가져야 하며"(Bulman 60), 그의 책임을 "사회를 변화시키고 세상을 보다 좋게 만드는 것"(Klein 408)이라고 보았다. 본드가 셰익스피어의 "지적인 힘과 열정적인 미"에는 아낌없는 찬사를 보냈지만, 그가 내리는 "정직하지 못한 화해"에 대해서는 불만을 나타냈던 것도 이와 같은 자신의 신념과 관련해서이다(Innes 1982: 161)

3. 더 나은 사회를 만들기 위한 도구로서의 연극

『리어』는 왕국의 분할, 눈을 멀게 하는 고문, 그리고 주인공 리어가 권력의 정상으로부터 광인의 상태를 거쳐 도덕적 각성에 이르는 과정을 기본 골격으로 한다는 점에서 『리어왕』을 따르고 있다. 하지만 『리어왕』이 리어왕의 고통과 그 극복 과정을 통해 질서의식과 도덕성의 확립을 보여주려 했다면, 『리어』는 왕의 칭호를 제거당한 리어라는 한 통치자를 통해 현 시대의 정치적, 사회적인 위기 상황을 인식하고 그것이 인간에게 미치는 영향과 개인의 상관관계를 극화하였다는 점에 있어 두 작품은 차별된다. 『리어』는 한 개인의 비극적인 삶에 초점을 맞추기보다는 사회 전체로 시각을 확대시켜 자신이 처한 상황에 대한 전적인 단념과 수동적 수용에서 벗어나 스스로의 잘못을 고통 속에서 인식하고 한 걸음 더 나아가 사회를 변화시키려는 노력을 제시하였다는 점에 있어 독창적이다. 또한 오늘날 부당한 정치권력 구조 속에서 연쇄적으로 행해지는 반란과 혁명의 악순환 과정에서 비롯되는 파괴, 살인, 고문 등 집권자의 타락상과 전제정치의 잔학상을 예증하는 동시에 사회 개조의 필요성을 강력히 환기시킨다는 점에 있어 유효하다.

본드는 『리어』에서 신비스러움과 숭고함을 상징하는 고급문화의 표본인 『리어왕』에 씌워진 신화적 요소를 제거하고, 개인적 양심이나 죄책감이 사회의 구조적인 문제를 해결할 수 없다는 인식에 토대를 두어, 불합리한 사회의 폭력으로부터 벗어나 합리적인 미래로 이행하기 위해 인류가 해야 할 일이 무엇인가를 리어의 고통, 고통에 대한 인식, 실천의 과정을 통해 제시하고 있다. 즉 그는 기존 질서의 수호를 위해 극기와 인내를 요구하는 셰익스피어 시대의 사회적인 도덕률이 오늘날에는 효용성이 없고 오히려 위험할 수도 있음을 역설한다.

본드의 셰익스피어 다시 읽기/쓰기는 하나의 성상이나 유산으로서 신성화된 셰익스피어와 그의 텍스트에 대한 도전이다. 그는 기본적으로 셰익스피어를 이데올로기가 적극적으로 생산되는 장소, 문화적 투쟁의 장소로 인식한다. 『리어』를 통해 표면적으로는 셰익스피어와 그의 텍스트를 비판하고 있지만, 궁극적으로는 사회의 부조리와 모순이 셰익스피어를 비롯한 기득권층만의 책임이 아니라 모든 인간, 그리고 사회 전체의 책임이라고 역설하고 있다.

본드는 셰익스피어를 포함해 과거를 일관되게 극의 역사적 소재로 삼아왔다. 그는 이런 극작 태도를 취하는 표면적인 이유로 과거를 잘 이해하고 이용해 같은 실수를 반복하지 않기 위해서라고 주장한다. 하지만 보다 근본적인 이유는 따로 있다. 그는 과거를 역사적 배경으로 삼든, 현재를 역사적 배경으로 삼든, 관료적인 사회 구조에 의해서 야기된 사회의 불의, 개인적인 소외, 폭력, 부패에 관심이 더 많다. 더 나은 사회를 만들기 위해서는 그런 문제를 외면하지 말고 즉각적으로 대처해야 한다. 바로 그 점이 본드의 극작의 본령이라 할 수 있다.

『욕망이라는 이름의 전차』에 나타난 남성성과 가부장적 폭력

1. 가부장적 사회에서 고통 받는 여성

테네시 윌리엄스(Tennessee Williams)는 고독한 유년기의 경험을 바탕으로 한 자전적 요소가 강한 『유리동물원(*The Glass Menagerie*)』(1945)과 이 작품에서 다루어진 중요한 주제와 등장인물들을 보다 발전시킨 『욕망이라는 이름의 전차(*A Streetcar Named Desire*)』(1947)를 통해 극작가로서 큰 성공을 거두게 되고, 이후 아서 밀러(Arthur Miller)와 함께 유진 오닐(Eugene O'Neill) 이후의 전후 미국 현대극을 주도한다. 그는 기존의 브로드웨이의 자연주의 연극 전통에 기반을 둔 등장인물의 성격 묘사, 무대 설정, 현실의 생생한 묘사에 치중하기보다 현실과 꿈의 결합을 통해 상징주의 연극을 구현한다. 바튼 파머(Barton R. Palmer)에 따르면, 윌리엄스가 브로드웨이의 전통으로부터 단절한다는 것은 그에게 있어 미국 사회의 도덕적·정치적 분석을 포기하고, 감정적으로 충격을 받고 사회적으로 소외된 자들의 성심리적인 내면의 삶의 설명을 지향하는 것을 의미한다(206~207).

윌리엄스 또한 『유리동물원』의 「극작 노트(Production Notes)」에서 자신의 연극관을 다음과 같이 천명한 바 있다.

> 연극이 전통에 얽매이지 않은 기법을 이용할 때, 연극은 실제를 다루거나 경험을 해석하는 책임에서 벗어나려고 노력하는 것은 아니고, 확실히 아니어야만 하고, 대신 있는 그대로 좀 더 가까운 접근, 즉 조금 더 침투적이고 생생한 표현을 시도하는 것이고, 마땅히 그래야만 한다.[1]

즉 그는 연극에 이용할 수 있는 모든 재료, 즉 극 언어, 극 행동, 배경, 음악, 의상, 조명 등을 유기적으로 잘 조합해 전통에서 벗어나 독자적인 예술관을 구현했다. 또한 그는 영화의 영향을 그 누구보다 많이 받아 작품 도처에서 영화적인 기법을 통해 인습적인 사실주의 관행을 해체했다.[2]

윌리엄스의 작품은 대체로 새로운 기계 문명에 의해 쇠퇴하고

---

1) Tennessee Williams, *A Sweet bird of Youth A Streetcar Named Desire The Glass Menagerie* (Harmondsworth: Penguin, 1977), p. 229. 이후 작품 인용은 괄호 안에 쪽수로 표기함.

2) 윌리엄스가 당대의 어떤 극작가보다도 영화에 영향을 많이 받은 것은 주지의 사실인데, 특히 그는 영화감독 엘리아 카잔(Elia Kazan)으로부터 많은 영향을 받았다. 카잔은 나중에 『욕망이라는 이름의 전차』를 원작으로 동명의 연극과 영화로 연출할 정도로 윌리엄스에게 많은 영향을 끼쳤다.

몰락한 미국 남부를 공간적 배경으로, 가족 내에 존재하는 불안한 감정 및 해소되지 못한 섹슈얼리티 문제를 전경화(foregrounding)한다.[3] 제럴드 윌스(Gerald Weales)에 따르면, 윌리엄스의 주인공들은 주로 자신의 고향에서 추방당하거나 소중한 안식처를 박탈당한 "사회로부터 격리된 자들"로서, 주로 "예술가", "정신병자", "장애인", "성적 소수자", "이방인" 등이다. '도망자' 또는 '사회부적응자'라는 개념은 특별한 환경에 처해 있는 인물에 대한 구체적인 언급이라기보다는, 일반적으로 인류에 관한 보편적인 진술이다(385~387). 그들은 현실과 괴리되어 부끄러운 과거를 숨기고 무조건 이상화하려는 경향이 강하며, 타인에게서 상처받기 쉽기 때문에 혼자 있기를 원하면서도 동시에 자신의 외로움을 달래줄 동반자를 끊임없이 갈구한다. 즉 그들은 섬세하고 연약한 인물들로서 차갑고 낯선 환경에서 안주할 곳을 찾지 못하고 덧없이 살아간다. 또한 현실에 대해 보상을 받기 위해 허위와 자기기만으로 가득 차 있고, 음주와 섹스에 탐닉하며 환상을 추구한다.

『욕망이라는 이름의 전차』의 블랜치(Blanche)와 『유리동물원』의 로라(Laura)는 '사회로부터 격리된 자들'로서의 윌리엄스 등장인물의 전형적 인물들이다. 그들은 자신들을 속박하는 정신적 혹은 물

---

3) 『욕망이라는 이름의 전차』는 오닐의 작품을 제외하면, 섹슈얼리티, 즉 회복하고 파괴하는 힘을 가진 성적 에너지가 모든 등장인물의 삶의 핵심에 명백하게 영향력을 발휘하고 있는 최초의 미국 연극이다(Bigsby 51). '섹스'가 보통 생물학적 성의 구별이나 직접적인 성행위를 뜻한다면, '섹슈얼리티'는 19세기 이후 만들어진 용어로 '성적인 것 전체'를 의미한다. 즉 성적 욕망이나 심리, 이데올로기, 제도나 관습에 의해 규정되는 사회적인 요소들까지 포함한다. 따라서 섹슈얼리티의 개념을 이해하기 위해서는 시대와 사회적 상황과 같은 문화적 맥락을 우선적으로 고려해야 한다. 섹슈얼리티는 생리적 현상이라기보다는 심리 사회적 현상이고 문화에 의해 학습되는 것이다.

질적 억압으로부터 해방되어 자유를 갈구하지만, 그러한 자유에 수반되는 외로움이라는 무서운 희생을 두려워해 결국 포기하고 만다. 블랜치와 로라는 작가 자신의 경험에서 비롯된 등장인물이고, 이들은 때때로 작가 자신의 분신으로 읽혀질 수 있다. 프랭크 브래들리(Frank Bradley)에 따르면, 윌리엄스는 특히 블랜치를 통해 그가 종종 쓰레기 취급을 했던 호화로운 호텔 방처럼 그것들이 그를 매혹할 때 그를 거절했던 강요된 타락한 공공의 정체성으로부터 개인적인 자아의 구원을 극화하려고 시도했다(52).

지금까지 『욕망이라는 이름의 전차』는 주로 윌리엄스의 전기적 사실과 작품과의 관련성, 이원론적 관점에서의 극 해석, 극적 장치에 대한 연구, 시적 언어 및 표현주의 중심의 극 기교나 등장인물의 특성 등에 초점을 맞추어 연구가 이루어져 왔다. 토머스 애들러(Thomas P. Adler)는 두 주인공 스탠리(Stanley)와 블랜치의 대립되는 요소들의 집합으로 보고 있다(32~33). 펠리시아 하디슨 론드레(Felicia Hardison Londré)는 연극 기법에 초점을 맞추어, 이 작품을 "그의 특징적인 극작 기법, 구어·시각적 언어, 주제상의 집착의 요약"(1997: 45~46)이라고 규정하고 있다. 블랜치와 스탠리를 비교한 연구도 대부분 카잔의 해석을 반복하는 것에 불과하다. 이 작품을 연극뿐만 아니라 영화로도 연출한 카잔은 「노트북("Notebook")」에서, 이 작품은 옛 남부의 매력적이고 농업 중심의 경제, 예법(decorum)과 스탠리가 대표하는 새롭고 야수적인 산업 사회 질서 사이의 강력한 충돌을 그리고 있다고 밝혔다(Kolin 2004: 244~245 재인용). 등장인물의 분석도 일반적으로 블랜치의 꿈의 좌절에 초점이 맞추어져 분석되어 왔다.

최근 현대 미국 연극에서는 가족, 섹슈얼리티, 폭력, 정치, 동성애 등 다양한 주제가 다루어지고 있고, 비슷한 주제라 하더라도 다층적인 목소리로 표출되고 있는바, 현대 미국 연극을 범주화하는 작업이 쉽지 않다. 하지만 이런 다양한 주제를 다층적으로 다루고 있는 작품을 통시적으로 고찰해 보면 그 원류를 테네시 윌리엄스에서 찾을 수 있다. 『욕망이라는 이름의 전차』는 위에서 열거된 주제를 직접적이고 선명하게 다루고 있기에 여전히 현대적이다.

최근 들어서는 '상호텍스트성(intertextuality)'의 관점에서 윌리엄스의 텍스트와 연극, 영화 매체와의 비교를 주제로 활발한 연구가 이루어지고 있다. 하지만 윌리엄스의 연극뿐만 아니라 현대 미국 연극의 가장 두드러진 특징이라 할 수 있는 '남성성'과 '가부장적 폭력의 양상'에 대해서는 심도 있는 연구가 부족한 게 사실이다. 루이스 블랙웰(Louise Blackwell)에 따르면, 윌리엄스는 그의 작품에서 여성과 남성 중 어느 한 쪽이 도덕적으로 더 우월하고 절대적이라고 주장하지는 않지만 가부장 사회에서 억압되고 종속적인 삶을 살아가는 여성이 겪는 고통과 갈등, 그리고 가부장제에 의해 파멸되어 가는 여성의 모습을 잘 묘사하고 있다(정효숙 159 재인용). 즉 남성성에 의해 강요된 가부장적 사회에서 고통 받는 여성은 윌리엄스의 연구에서 중요한 의제 가운데 하나이다. 따라서 이 글에서는 언어, 육체, 물리적 폭력의 양상을 중심으로 『욕망이라는 이름의 전차』에 나타난 남성성과 가부장적 폭력의 양상에 대해 살펴보고자 한다.

2. '시들어버린 아가씨' 대 '동물적 야수'

윌리엄스에게 뉴욕 비평가상과 퓰리처상을 안겨주면서 그를 미국 연극계에서 확고한 위치에 올려놓은 『욕망이라는 이름의 전차』는 그의 "고통스럽고 균열된 삶"(Kolin 2004: 244)으로서 그의 모든 작가적 역량이 집약되어 있을 뿐만 아니라, 그의 개인적 고민과 번뇌를 총체적으로 잘 담아내고 있다. 주지하듯이, 이 작품은 작가의 자전적 요소가 더욱 정교해지고 예전의 등장인물과 주제들이 『유리동물원』보다 성숙되고 발전된 양상을 보인다. 뿐만 아니라 안톤 체홉(Anton Chehov)의 『세 자매(*Three Sisters*)』(1901)와 아우구스트 스트린드베리(August Strindberg)의 『미스 줄리(*Miss Julie*)』(1951)의 영향을 받고 있다. 즉 윌리엄스는 이 작품을 통해 체홉과 마찬가지로 자매의 삶을 통한 지주 계층(gentry)의 몰락을 보여주고 있고, 스트린드베리처럼 계층과 성적 투쟁을 결합시키고 있다.

윌리엄스의 극은 극 구성이 유기적으로 긴장을 이루며 연결되어 있기 보다는 에피소드의 연결이나 강렬한 이미지의 재현으로 이루어지기 때문에 극적 구조가 정교하지 않다는 지적을 받아왔다. 이에 대해, 로저 복실(Roger Boxill)은 윌리엄스의 극 형식이 대체로 "일직선적이 아니라 나무껍질이 벗겨지는 듯한 구조이며, 서사적이지 않고 서정적"이기 때문이라고 설명한다(22).

『욕망이라는 이름의 전차』는 윌리엄스의 다른 작품과 달리 잘 짜인 극적 구조가 돋보인다. 이 극은 전체적으로 블랜치의 등장과 퇴장이 중심 사건으로서 대칭적 구조를 이루며, 세부적으로는 막(Act)이 아닌 11개의 장(Scene)에 따라 극적 사건이 긴장감이 고조되며 발전한다. 이처럼 윌리엄스는 그 자신의 특기인 빈틈없는 장의 구성을 통해 극적 사건을 전개시키고 자연스럽게 결론에 이르도록 한다. 복실은 블랜치가 스텔라(Stella)를 두고 벌인 경쟁에서 스탠리에게 패배하듯이 미치(Mitch)를 두고 벌인 경쟁에서 패배할 것은 예정된 결론이라고 언급했는데(79), 그의 주장은 이 극의 정교한 극적 구조를 뒷받침한다.

『욕망이라는 이름의 전차』에서 공간적 무대가 되는 스탠리의 아파트는 블랜치의 불안한 정서를 대변한다. 그곳은 지저분하고 많은 사람들—블랜치에게는 낯선 사람들—이 수시로 드나드는 곳으로서 위험이 상존하고 사생활이 보장되어 있지 않다. 방도 벽에 의해 완전히 구획된 것이 아니라 커튼으로 일시적으로 구획되어 있다. 가장 은밀한 공간이라 할 수 있는 욕실조차도 외부인들에게 노출되어 있다. 그렇기 때문에 브래들리는 블랜치가 스탠리를 비롯한 엘리시언 필드(Elysian Fields) 사람들에게 경계심을 갖게 되고 때로는 적대적 태도를 취한다고 주장한다(54).

『욕망이라는 이름의 전차』나타난 '남성성'과 '가부장적 폭력'의 양상을 살펴보기에 앞서 먼저 이 극의 주요 등장인물에 대해 간략하게 살펴볼 필요가 있다. 블랜치는 현실과의 타협을 거부하며 과거의 추억 속에 침잠해 있는 인물로서 쇠퇴해가는 남부 문명을 상징한다. 요컨대, 그녀는 "상반되는 측면과 다층적인 정체성을 가진 혼합물"(Kolin 2004: 245)이라 할 수 있다. 그녀는 윌리엄스의 가장 유명한 '시들어버린 아가씨(faded belle)', 즉 우아한 아름다움과 문학적 취향을 가진 여주인공으로서, 쾌락적 본능과 청교도적 순결이라는 양립할 수 없는 모순성을 지닌 작가 자신의 모습이기도 하다

(Boxill 83). 그녀는 겉으로 보았을 때는 귀족적이고 고결한 삶을 살아가는 것처럼 보이지만 실제로는 문란한 성적 충동을 품고 있다. 그녀는 미치에게 자신의 이름이 "흰 숲"을 의미한다고 말하며 은연중에 자신의 도덕적 순결함을 내비친다. 그러나 그녀는 신문 대금 수금원에게 추파를 던지고 나이 어린 제자를 유혹했을 정도로 성적으로 문란하다. 낮에 입는 흰색 드레스와 밤에 입는 붉은 새틴 가운은 그녀의 분열된 자아를 상징한다.

반면 스탠리는 폴란드계 이민자로서, 현실 세계를 중요시하고 블랜치의 "장식적인 문학적 화법"(Bradley 55)을 조롱, 멸시하고 현대 물질 문명 세계에 잘 적응하는 인물이다. 즉 그는 현대 미국의 물질문명에 토대를 둔 '동물적 야수성'을 상징한다. 역사적으로 볼 때, 유럽계 이민자 중 프랑스, 영국, 네덜란드의 이민자들이 대체로 종교적 이유 때문에 미국으로 이주했다면, 동·남부 유럽 이민자들은 주로 경제적인 이유 때문에 이주했다. 그렇기 때문에 영국, 프랑스, 네덜란드계 이민자들은 동·남부 유럽 이민자들에 대해 신분적인 우월감을 가졌고 그들을 무시하고 경멸했다. 프랑스계의 이민자인 블랜치는 폴란드계의 스탠리를 조소하고 경멸한다. 스탠리는 "나는 폴랙이 아냐. (……) 나는 완전한 미국인이야"라고 말하며 자신의 정체성에 대해 역설하지만(197), 블랜치는 그럴수록 그를 주변화, 타자화한다. 그녀에게 스탠리는 "색욕이 왕성한 원숭이, 거친 짐승, 주체할 수 없는 성욕에 지배된 추정상의 성폭행범"(Crandell 343)일 뿐이다.[4]

4) 스탠리는 블랜치로부터 인종차별적인 발언을 듣고 분개하지만 그 역시 똑같은 어리석

전직 공병대 상사 출신의 스탠리는 전후 산업화된 뉴올리언스의 역동적인 노동자 계층의 구성원이고, 직업이 없는 과부 블랜치는 옛 농업 중심의 남부의 몰락한 지배 계층의 피난민이다(Boxill 79~80). 이처럼 블랜치와 스탠리는 출신이나 외모, 교양, 취향 등 모든 면에서 대비된다. 블랜치가 교양 있고 세련된 미적 감각을 소유한 몰락한 옛 남부 부호의 딸로서 귀족적인 가치와 전통에 충실한 남부 귀족을 대표한다면, 스탠리는 순회 외판원이라는 그의 직업에서 알 수 있듯이, 20세기의 급격히 변하는 미국 산업사회의 화신이다. 그가 대표하는 현대 사회는 약탈적이며 남부 귀족 사회가 지니지 못한 생명력과 힘을 지니고 있다. 그들은 자신들이 서로 조화를 이룰 수 없다는 사실을 인정하고 있다.

> 스탠리: 코왈스키 가문과 두보아 가문은 가치관이 다르지.
> 블랜치: (……) 우리들의 삶의 방식은 너무나 달라요. 우리의 태도와 환경은 서로 양립할 수 없어요. 우리는 그와 같은 점을 인정해야 돼요. (126~127)

스탠리와 블랜치의 출신, 행동 양식과 언어의 차이는 결국 가치관 더 나아가 세계관의 차이로 발전하고 서로 간의 반목과 충돌의

음을 범하고 있다. 그는 포커를 치면서 멕시코계 친구인 파블로(Pablo)에게 "영어로 말해, 멕시코 놈아"(216)라고 말한다. 원래 'greaseball'은 사전의 정의상 남부 유럽, 또는 라틴 아메리카 출신자를 가리킨다. 아무리 친구라 하더라도 모욕적인 언어기에 금기시 되는 단어이다. 자신이 블랜치로부터 "폴랙"이라는 인종차별적인 차별을 듣고 분개한 후, 똑같이 모욕적인 인종차별적인 발언을 하는 스탠리의 모습에서 모순되는 면을 발견하게 된다.

시발점이 된다.

『욕망이라는 이름의 전차』의 중심 플롯은 양립할 수 없는 스탠리와 블랜치의 대립, 갈등이다. 극이 시작되면 블랜치는 '욕망(Desire)'이라는 열차를 타고 다시 '묘지(Cemeteries)'라는 열차로 갈아타고 엘리시언 필드에 도착한다. 엘리시언 필드는 그리스 신화에서 신들의 사랑을 받은 사람들이 사후에 행복한 생활을 영위한 낙원을 상징하고, 그녀가 타고 온 두 열차 '욕망'과 '묘지'는 그녀의 내부에서 그녀를 사로잡는 어두운 힘을 상징한다. 따라서 '엘리시언 필드'와 '욕망'이라는 열차는 서로 양립할 수 없는 부조화의 상징이며, 그녀의 불행한 운명의 전조라고 할 수 있다.

블랜치는 엘리시언 필드에 도착하자마자 정신적인 충격 혹은 문화적인 충격을 겪는다. 그녀가 자란 '벨 리브(Belle Reve)'는 그녀의 선조들이 대대로 살아온 곳으로서 단어 그대로 '아름다운 꿈'이 살아 숨 쉬던 곳으로서 예절, 상냥함, 점잖음, 미덕, 행복이 보장되었던 이상향의 세계이다.[5] 반면 엘리시언 필드는 스탠리, 스텔라, 스티브(Steve), 유니스(Eunice) 등에게는 사소한 다툼은 있다 하더라도 관능적이고 기쁨으로 가득 찬 낙원 또는 천국이지만, 블랜치에게는 육욕과 야수성이 들끓고 슬픔과 고통, 파멸이 내재되어 있는 지옥이자 추악한 현실일 뿐이다. 이 세계에도 욕망은 있으나 그것

---

5) 사실 벨 리브(Belle Reve)는 문법적으로 잘못된 표현이다. Reve는 "beautiful"의 남성 형용사 beau를 취하기 때문에 문법적으로는 Belle Reve이 아니라 Beau Reve가 맞다. 또한 논리적으로는 이 저택의 이름은 Belle Rive, 즉 "아름다운 해변"이었을 것으로 추정된다. 시간이 지나며 가세가 기울면서 저택의 이름도 굴절되어 현재의 이름으로 바뀐 것이다. 즉 "단단한" 해변이 "덧없는" 꿈으로 바뀐 것이다. 시간의 흐름과 함께 쇠락한 저택은 블랜치의 운명을 상징한다(Londré 1997: 52).

은 닿을 수 없는 인간 한계의 밖의 것을 갈구하는 고민과 번뇌가 아니며, 오히려 원시적이고 역동적이고 생명력으로 충만한 욕망이다(Riddel 24).

엘리시언 필드 사람들은 수치심을 모르며 절제도 없으며 오직 성적 만족감만을 중요하게 여긴다(Falk 81).[6] 이곳에서 블랜치는 이해받지 못하며, 안주할 수도 행복을 찾을 수도 없다. 블랜치는 엘리시언 필드에 도착했을 때 이미 더 큰 불행에 처할 수밖에 없는 운명에 처했다고 할 수 있다. 그녀는 자신에게 닥친 운명을 그대로 받아들이려 하지 않고, 또한 받아들이기를 원하지 않기 때문에, 스탠리와 끊임없이 갈등을 겪는다.

스탠리의 입장에서 보면 블랜치의 엘리시언 필드 방문은 단순한 친척의 방문이 아니라 자신의 영역의 침범이고, 따라서 그녀는 "퇴출되어야만 하는 침입자"(Hirsh 30), 또는 "안정적이고 정상적인 가정의 훼방꾼"(Londré 1979: 79)이다. 블랜치는 엘리시언 필드의 절망적인

---

6) 스탠리뿐만 아니라 스텔라도 엘리시언 필드의 세속적 욕망을 구체화한다. 그녀는 블랜치와 마찬가지로 남부출신이지만 남부의 전통으로부터 해방되어, 난폭하고 때로는 야수적인 스탠리의 삶에 적응하고 있다. 그녀는 개인적 자아를 절멸시킴으로써 참기 어려운 소외와 불안에서 벗어나려 한다. 그녀는 자기보다 더 강한 남편의 일부분이 되어 그의 세계에 편입되기를 원한다. 극 초반 그녀가 스탠리가 던져주는 날고기 덩어리를 간신히 받자 그 모습을 보고 이웃들이 웃는데(116~117), 이 장면은 스탠리가 육체적 욕망과 더불어 음식과 술에 대한 집착과 같은 동물적 본능에 집착하는 그의 일면을 예증하고 있다(Londré 1997: 51). 또한 이 장면은 동물적인 스탠리의 삶에 자신을 적응시키려는 스텔라의 모습을 반영하기도 한다. 그녀는 자신의 정체성을 절멸시키고 스탠리의 세계에 편입시킴으로써 새로운 안정과 긍지를 얻으려 한다. 그녀는 자신의 존엄, 문화, 전통을 희생시키고 자신을 외부세계로부터 단절시키고 스탠리의 세계에 안주하며 마치 마약에 중독 된 것 같은 삶을 살아가고 있다. 그녀의 이런 모습은 실제로 뇌엽 절제 수술이후 식물인간처럼 살았던 윌리엄스의 누이 로즈(Rose)를 연상시킨다. 로버타 해밀턴(Roberta Hamilton)의 주장처럼, 스텔라는 남편의 성적 대상으로서 결혼을 통해 가부장제 사회의 일부가 되어 버렸다(정효숙 166 재인용).

상황에 좌절하지 않고 그녀 나름대로 생존 전략을 구사하는데 바로 남부 출신 이외의 등장인물에 대한 '주변화'와 '타자화 전략이다.

『욕망이라는 이름의 전차』에서 블랜치는 스텔라와 스탠리뿐만 아니라 뉴올리언스에 살고 있는 다른 사람들의 비도덕성(immorality) 또는 무도덕성(amorality)을 경멸한다. 그녀는 그들을 "내 생각에 크고 뚱뚱한 것들"(147)이라며 인종차별적인 발언도 서슴지 않는다. 이는 일종의 다른 문화권에 살고 있는 사람들을 무시하면서 자신의 문화의 우월성을 내세우는 문화적인 편견에서 비롯된다.[7] 하지만 블랜치는 선언적으로만 문화적 우월성을 내세울 뿐 스탠리와의 권력 다툼에서 승리할 수 있는 구체적인 전략을 제시하지 않고 단지 스탠리의 문화와 혈통에 대한 조롱으로 일관한다. 반면에 스탠리는 감정적이고 즉흥적으로 대응하지 않고 철저한 준비를 바탕으로 상대방의 약점과 결점 및 진술의 진위 여부를 조사한다. 그는 그녀의 진술이 거짓이라는 것을 확인한 후 자신의 가정과 동료들을 보호한다는 명분으로 블랜치에게 가부장적 폭력을 가해 결국 파멸에 이르게 한다. 그리고 스텔라와 미치를 비롯해 엘리시언 필드의 모든 사람들로 하여금 그의 폭력적 야수성에 대해 침묵하도록 강요한다.

---

7) 일반적으로 인종의 문제는 '백인'과 '비백인' 범주, 특히 미국 문학에서는 아프리카계 미국인(African Americans)의 범주에서 논의되었으나, 조지 크란델(George W. Crandell)은 미시적으로 같은 백인인 스탠리와 블랜치 사이에도 적용된다고 보았다. 그에 따르면, 동물적인 야수성을 가진 남성이 천사와 같은 여성에게 폭력을 행사하는 것은 미국 문학의 오랜 전통이었다. 윌리엄스가 이종족의 혼합(miscegenation)과 연관된 충돌하는 욕망과 두려움을 묘사하거나 흑인을 동물과 노예 상태로 연관 짓는 이미지를 사용하기 전, 이런 감정과 원형적인 재현은 영미 문화, 결과적으로는 19세기 미국 문학에서 하나의 흐름이었다(341).

3. 가부장적 폭력의 양상

스탠리의 블랜치에 대한 가부장적 폭력의 양상을 구체적으로 살펴보자. 블랜치는 엘리시언 필드에서 나름대로 자신의 생존 전략을 구사하는데 그것은 바로 정숙한 남부 아가씨의 역할 연기이다. 그녀는 남성 중심의 가부장 사회에서 홀로 남은 여자가 겪어야 하는 어려움을 너무나 잘 알고 있고, 위험에서 벗어나기 위해 남성들이 구축해 놓은 이상적인 여성성의 행동양식인 수줍음, 유혹, 순종 등을 끊임없이 연기한다.

블랜치의 남부 아가씨 역할 연기는 첫 등장부터 두드러진다. 그녀는 엘리시언 필드와는 전혀 어울리지 않는 옷차림으로 등장해서, 스텔라에게 이런 환경에 산다는 것이 전혀 믿어지지 않는 듯 "하녀는 있겠지"(121), "이런 곳에서 뭘 하는 거야?"(121)라고 말하며 경멸의 눈초리를 보낸다. 남자들이 카드게임을 하는 동안 스텔라와 함께 외출했다가 돌아온 그녀는 집으로 들어가기 전에 거울을 본다. 그녀는 내심 다른 사람이 자신의 용모에 대해 칭찬을 해줄 것을 기대하고 있다. 카드 게임을 하고 있는 남자들이 자신이 지나가도록 일어날 줄 것을 기대하며 "일어나지 마세요"(145)라고 말하지만, 스탠리로부터 "아무지 일어나지 않을 테니 걱정하지 마시오"(145)라는 예상치 못한 공격을 받고 당황해한다. 또 더운 여름날에 목욕을 하면서 마치 여왕처럼 스텔라에게 음료수 심부름을 시킨다.8) 그녀는 또한 미치에게는 전등의 갓을 달아달라고 부탁

---

8) 목욕은 블랜치의 섹슈얼리티에 대한 이중적인 태도와 관련이 있다. 그녀는 목욕을

하고 정숙한 숙녀인 척하며 가벼운 신체적 접촉도 허락하지 않는다.[9] 미치와의 데이트에서 돌아온 그녀는 "이 세상에 혼자 사는 독신 여성은 자신의 감정을 잘 다스려야지 그렇지 않으면 신세를 망친다"(176)라고 말한다. 그녀는 자신이 정숙한 남부 아가씨처럼 보이면 남자들이 자신을 함부로 대하지 못할 뿐더러 자신에게 이성으로서 관심을 가질 것이라고 기대하며 끊임없이 역할 연기를 하는 것이다.

블랜치는 가장(pretence)을 통해 찬란했던 기억 속의 과거, 즉 젊음, 사랑, 세련됨, 예법 등으로 가득 찬 벨 리브 시절을 회상하고 이를 재현함으로써, 현재의 비루하고 굴욕적인 환경에서 벗어나려 한다. 그녀는 미치를 만난 뒤 그를 자신의 마지막 구원자(saviour)로 간주하고 그에게 잘 보이려 역할 연기를 한다. 그녀는 자신뿐만 아니라 미치에게도 장미의 기사 역할을 부여하기도 한다. 다시 말하면 그녀는 가부장제에 대항하기 위해 또는 살아남기 위해 "완전한 역할 연기자"(Kolin 2004: 246)로서 정숙한 남부 아가씨의 역할을 수행하는 것이다.

신경을 안정시켜 주는 일종의 치료로 간주하지만, 부끄러운 그녀의 과거를 정화한다는 측면에서 볼 때 그녀의 잦은 목욕은 심층에 깔려 있는 깨끗함, 순수성에 대한 열망의 표출이고 자신을 정화시키려는 욕구의 표현이다. 조지프 리델(Joseph N. Riddel)은 "블랜치의 강박적인 목욕은 죄와 구원에 대한 바람의 명목상의 행동"이라고 말한다(26). 메리 코리건(Mary A. Corrigan)도 블랜치가 자주 목욕을 하는 것은 술을 마시는 행위와 마찬가지로 일종의 심리적 도피기제라고 규정한다(53).

9) 론드레는 전등에 갓을 씌우는 사람도 그것을 벗기는 사람도 미치라는 사실에 주목하며, 전등에 갓을 씌우는 3장에서 이를 벗기는 9장까지를 블랜치가 만들어낸 환상에 따라 미치가 블랜치를 바라보는 기간으로 상정하고 있다(1997: 55). 또한 애들러는 전등갓은 이 작품에서 쓰인 주요한 상징으로서 블랜치 자신의 모호성을 반영하고 시간에 대한 그녀의 예술적인 창의성뿐만 아니라 상처받기 쉬운 속성을 나타낸다고 파악했다(Kolin 2004: 246 재인용).

하지만 블랜치의 꿈을 펼치기에 현실은 너무나 가혹하다. 그녀의 아름다운 추억은 냉혹한 스탠리에겐 증오의 대상이 되고, 미의 화신으로서 경외되기는커녕 오히려 신랄한 조소와 경멸의 대상일 뿐이다. 스탠리는 블랜치가 등장할 때부터 남부의 아가씨라는 가식적인 정숙함 밑에 숨겨진 그녀의 이중성을 간파한다. 1장에서 블랜치와의 첫 대면에서 그는 블랜치가 술을 먹었음에도 불구하고 술을 마시지 못한다고 하자, "어떤 사람은 술에 손을 못 대지만, 술이 그 사람에게 손을 대지"(129)라고 빈정댄다.

스탠리가 생각하기에 블랜치의 행동에서 특히 용납할 수 없는 부분은 자신의 가부장적 권위에 도전하는 것이다. 스탠리는, 갈 곳이 없어 얹혀살면서도 그녀 자신의 처지는 망각하고 그와 스텔라, 특히 그의 출신과 행동을 비아냥거리거나 경멸하고 궁극적으로는 그의 가정을 파괴하려는 블랜치의 행동을 좌시해서는 안 된다고 생각한다.[10] 따라서 그는 블랜치를 자신의 혈통과 계급, 더 나아가 자신의 정체성의 위협 요소로 간주하고 그녀를 파괴시킬 전략을 구상한다.

이때부터 『욕망이라는 이름의 전차』는 자신의 과거를 은폐, 조작하려는 블랜치와 이를 폭로하려는 스탠리의 대결 구도로 집약되는바, 필립 콜린(Philip C. Kollin)은 이 작품을 "완전한 폭로를 위임하는 힘과 은폐를 요구하는 힘들 간의 협정 계약"(1997: 464)이라고 규정했다. 많은 평자들은 이 작품은 처음부터 스탠리와 블랜치 간의

10) 평생 남에게 시중을 받으며 살아온 블랜치가 유니스에게 거만하게 군다거나 스탠리와 그의 집에 대해 험담을 늘어놓는 모습은 관객을 스탠리의 편에 서게 한다(Boxill 83).

권력 충돌이 예정되어 있고, 그 과정에서 두 사람 사이의 승부 역시 미리 정해져 있다고 보았다. 대표적으로 앤 플레체(Anne Fleche)를 들 수 있는데, 그녀는 이 작품에 대해 다음과 같이 논평했다.

> 『욕망이라는 이름의 전차』를 그녀의 "처형자" 스탠리의 손에 의한 블랜치의 묵시론적 파괴로 치닫는 우의적인 여정으로 읽는 것은 "당연하게" 여겨진다. 이 작품의 폭력, 타락과 무법의 기이한 이미지는 관객들에게 미국의 도가니 출신의 원숭이 같은 야수적인 남성에 의해 귀족적인 남부의 포(Poe)적인 나방과 같은 신경 쇠약에 걸린 여주인공 "블랜치"의 파괴를 약속한다. (496~497)

그녀의 의견에 따르면, 그 둘 간의 권력 충돌은 불가피한 것이었고 그들의 세력 다툼이 논리에 의거한다기보다는 처음부터 가부장적인 폭력에 의존한다는 것이다.

『욕망이라는 이름의 전차』에 나타난 스탠리의 블랜치에 대한 가부장적 폭력의 양상은 처음에는 단순히 언어상의 신경전 양상에 국한되었지만, 블랜치가 엘리시언 필드에 익숙해지고 점차 자신의 영역을 구축하려 들수록 물리적인 폭력으로 발전하게 된다. 즉 처음에는 단순한 가치관의 차이에서 비롯되었지만 점점 갈등이 고조되어 서로의 세계를 부정하고 폭력으로 상대를 제압하려 하는 상황에까지 이르게 된다. 블랜치가 구사하는 남부 아가씨라는 위장과 역할 연기에 대해 스탠리는 언어적·물리적인 폭력으로 대응한다. 이에 블랜치도 위축되지 않고 대항한다.

스탠리가 스텔라에게 폭력을 가하자 블랜치는 스텔라에게 "너는 미친 사람과 결혼했어"(158), "그는 동물같이 행동하고 동물의 습관을 가지고 있어! 짐승같이 먹고, 움직이고 말해! 그에게는 인간 이하의 아직 인간성의 단계에 이르지 못한 어떤 것이 있어!"(163)라고 독설을 내뿜으며 스탠리를 무식하고 야만적인 존재로 규정한다.

블랜치는 스탠리뿐 아니라 그의 주변 친구들까지도 진화하지 못한 석기시대의 인간들로 비유하며 "야만인과 함께 살지 말라"(164)고 말한다. 그러면서 그녀는 스텔라에게 자신들이 자란 벨 리브의 귀족적 환경을 환기시키면서 셉 헌틀리(Shep Huntleigh)를 구원자로 간주한다. 블랜치는 "사실 존재하지 않을 미래와 결코 실제로 존재하지 않았던 과거를 갈망하는 시대의 희생자"(Boxill 93)라고 할 수 있다.

하지만 스텔라는 결국 스탠리에게 돌아간다. 스탠리는 블랜치를 승리자의 표정으로 조소하며 스텔라를 포옹한다.[11] 이 시점으로부터 스탠리는 블랜치와의 대결에서 우위를 점하기 시작한다(Quirino 68). 블랜치는 스텔라를 두고 스탠리와 힘의 대결을 벌였지만 패배했고, 결국 이 패배는 이 상황에만 국한되지 않고 이후의 스탠리가 블랜치에게 가하는 물리적 폭력의 시발점이 된다.

주도권 싸움과 블랜치의 처벌을 위한 스탠리의 물리적 폭력은 우선 블랜치의 소유물에 대한 폭력으로 시작된다. 2장에서 스텔라가 "우리는 벨 리브를 잃었다!"(131)라고 하자 스탠리는 아내의 재

11) 카잔이 연출한 영화 〈욕망이라는 이름의 전차〉에서는 이 장면에서 스탠리는 스텔라에게 용서를 빌고 둘은 화해한다. 스탠리는 스텔라의 어깨를 감싸 안으며 방으로 들어간다. 블랜치는 둘의 모습을 먼발치서 지켜보는데 스탠리는 만면에 승리자의 표정을 짓고 있고 블랜치는 절망감과 패배감에 사로잡혀 있다. 이 장면은 스탠리와 블랜치의 싸움에서 결국 블랜치가 스탠리에게 굴복하게 될 것이라는 사실을 전조한다.

산에 대한 자신의 권리를 주장하며, 블랜치가 속임수를 써서 재산을 빼돌렸을 것이라 의심하고 그녀의 소지품을 뒤져 벨 리브에 관련된 서류를 면밀하게 살핀다(132~134).[12] 콜린 역시 『욕망이라는 이름의 전차』를 특히 '서류 존재론(Paper Ontology)'의 관점에서 분석했다. 그에 따르면, 블랜치는 그녀가 가져온 벨 리브에 관련된 서류처럼 정신적으로 파편화, 단절되고 있고 벨 리브에서 로렐과 같은 하나의 세계로부터 찢겨 또 다른 세계, 즉 스탠리의 뉴올리언스로 빠져들었다. 작은 서류 조각은 블랜치의 무질서, 그녀의 현실 세계와의 단절을 의미하고 더 나아가 여성으로의 그녀의 비극을 강화한다(1997: 456).

스탠리의 폭력은 블랜치에 대한 뒷조사가 진행하면서 과거의 사실들이 밝혀지고 미치가 그녀에게 속아서 결혼까지 고려하자 점증한다. 그는 블랜치가 목욕하는 동안 목욕탕 문을 발로 차고 그녀의 생일날 식탁 위에 있는 접시를 바닥에 내동댕이치는 등 폭력의 수위를 점점 더 높이며 그녀를 위협한다. 결국 스탠리는 블랜치의 생일 파티에서 그녀의 플라밍고 호텔에서의 문란한 애정 편력을 폭로하고 로렐로 돌아가는 버스표를 생일 선물로 줌으로써 그녀를 절망감에 빠뜨린다(198).[13] 고귀한 혈통과 교양을 들먹이며 자신의

12) 스탠리가 블랜치의 소지품을 뒤지는 것에 대해 안카 블라소폴로스(Anca Vlasopolos)는 "무생물에 대한 폭력은 주인공이 나중에 희생당한다는 것을 전조한다"라고 말한다(이형식 207 재인용). 론드레 역시 이 사건은 "10장에서 그녀에게 직접 가해질 폭력을 예고한다"고 평한다(1997, 53). 스탠리의 무생물에 대한 폭력은 블랜치에 대한 가부장적 폭력의 극단적 형태로까지 발전하게 된다.

13) 로렐은 아이러니컬하게도 부도덕의 소용돌이를 암시한다. 이곳에서 블랜치는 엘리시언 필드에서보다도 환영받지 못한다. 레너드 퀴리노(Reonard Quirino)에 따르면, 스탠리가 블랜치에 생일 선물로 건넨 로렐로 가는 버스표는 그녀에게는 사형선고나 다름

천박한 출신을 경멸하기를 서슴지 않았던 블랜치에게 성적으로 난잡한 과거가 있다는 것을 알아낸 스탠리는 그녀의 이중성과 위선으로부터 미치와 가정을 지켜내야 한다는 자기합리화를 통해 비열하고 잔인한 폭력을 행사한 것이다. 이는 스탠리가 블랜치를 엘리시언 필드로부터 타자화시키려는 전략으로 볼 수 있다.

사실 스탠리의 가부장적 폭력성은 블랜치에만 국한되지 않는다. 그는 블랜치 뿐만 아니라 스텔라에게도 복종을 강요한다. 강태경에 따르면, 여성의 복종을 요구하는 그의 공격적 폭력성은 당시의 사회적 분위기에서도 그 원인을 찾을 수 있다. 스탠리와 그의 동료들은 대부분 제2차 세계대전에 참전 후 귀향했지만, 전쟁 후 그들이 직면한 것은 그들이 기대한 경제적 번영이라는 보상이 아니라 군대와 마찬가지로 보상이 적고 비인간적인 일자리뿐이었다. 가진 것도 기대할 것도 많지 않았던 전후 노동계층 남성들에게 열린 유일한 길은 그나마 그들에게 주어진 번영의 초라한 몫을 지키는 일이었다. 스탠리의 행동 방식을 많은 부분 설명해주는 것도 바로 이 빈약한 물질적 보상에의 몰아적 애착이었다(24~25).

강태경은 스탠리의 몰아적인 쾌락의 탐닉은 남루한 현실을 외면하기 위한 심리적 도피 기제로 보았다. 그녀에 따르면, 스탠리는 자신이 장악한 환경의 근본적인 열악함을 느끼고 있다. 부정하고 싶지만, 자신이 향유하는 쾌락적 삶의 취약성을 알기 때문에 그는 필사적일 수밖에 없다. 볼링이나 포커 게임 같은 일상적인 유희가 스탠리에게 중요한 이유는 이들이 가정 밖의 사회적 관계 속에서

없다. 그렇기 때문에 그녀는 버스표를 받고 절망에 빠지게 된다(64).

그가 장악할 수 있는 유일한 영역이기 때문이다. 이 영역들을 지키기 위해서라면 그는 폭력도 서슴지 않는다(29).

극이 진행되면서 스탠리의 가부장적 폭력은 점점 수위가 높아간다. 언어적 폭력에서 사물에 대한 폭력으로 발전하고 마침내는 신체적인 물리적 폭력에 이르게 된다. 여성에 대한 남성의 폭력의 가장 극단적인 형태는 성적 폭력인 강간이라 할 수 있는데(이형식 208), 『욕망이라는 이름의 전차』에서도 스탠리의 언어적·물리적 폭력은 블랜치를 하나의 물건으로 대상화하면서 마침내 신체에까지 확장된다. 강간을 둘러싼 가부장적 편견은 강간을 당하는 여성이 강간을 당할 만한 행동을 했다는 전제이다. 윌리엄스도 작품의 곳곳에서 블랜치를 성적으로 도발적인 기질이 있는 여성으로 묘사함으로써 이런 편견에 동조하고 있는 듯한 인상을 준다. 앞에서 언급했듯이, 블랜치는 스탠리에게 단추를 채워달라고 부탁을 하며 향수를 뿌리고 희롱을 한다.

4장에서 블랜치는 구타를 당한 스텔라와 이야기를 나눈다. 그런데 이 장면은 그녀가 마치 스탠리와 같은 야수적인 남자를 갈구하고 있다는 인상을 준다.

스텔라: 블랜치, 언니는 어제 밤 그의 최악의 모습을 본 거야.

블랜치: 반대로, 나는 그의 최상의 모습을 보았어! 그런 남자가 제공해야 만하는 것은 동물적인 힘이고 그는 그것을 멋지게 보여주었어! 그러나 그와 같은 남자와 살 수 있는 유일한 방법은— 그와 함께 자는 거야! 그건 네가 할 일이지—내 일이 아니야! (161)

블랜치는 스탠리와 스텔라의 관계를 동물적 욕망으로 규정하는 바, 표면상 스탠리의 동물적 야수성과 난폭함을 경멸하나, 마음속으로는 그들의 관계에 매력을 느끼며 스텔라가 스탠리의 동물적 욕망에 적응한 것에 강하게 질투하는 것처럼 보인다.[14] 즉 그녀는 그를 한편으로는 무시하면서도 다른 한편으로는 그의 남성적 매력에 관심을 보이며 그를 갈망하는 듯하지만, 이는 감정의 순간적 분출일 뿐 이성간의 감정의 교감과는 층위가 다르다. 블랜치에게 스탠리는 "백인에게 없는 어떤 상징물"(Crandell 342)에 가깝다.[15] 즉 블랜치가 스탠리에게 느끼는 감정은 백인이 흑인에 대해 느끼는 감정과 유사할 뿐, 사랑 또는 이성에 대한 호감이 아니다.

블랜치는 스탠리에 의해 강간을 당하기 바로 직전, 그녀를 찾아온 미치에게 플라밍고 호텔에서의 행적, 제자와의 불륜으로 인해 학부모가 학교에 찾아온 사건, 집 근처에 있는 부대의 군인들과 어울린 사건 등 과거를 고백한다. 특히 그녀는 동성애자 전 남편 앨런(Allan)이 왜 자살을 하게 되었는지, 그 후 자신이 왜 성적 편력에 집착하게 되었는지를 고통스럽게 고백한다. 그녀는 전 남편이 자신에게 도움을 청했을 때, 그를 도와주지 못하고 그를 더욱 고통스럽게 해 결국 남편을 자살에 이르게 했다고 자책을 한다(204~205).

하지만 엄밀히 따져 보았을 때 블랜치가 앨런을 이해하지 못하고 결국 그의 자살에 이르게 한 것은 그녀의 잔인함 때문이라기보다는

---

14) 콜린은 스텔라와 블랜치의 갈등의 초점을 맞추어, 스텔라의 임신을 블랜치로 상징되는 "과거에 대한 승리이자 현재에 대한 헌신의 가시적인 징표"(2004: 248)로 간주했다.

15) 윌리엄스가 『욕망이라는 이름의 전차』에서 이종족의 혼합이라는 주제를 좀 더 심층적으로 파고들지 못한 것은 당대의 관객들의 반응과 상업적으로 공연이 실패할지도 모른다는 불안감에서 비롯된다(Crandell 344~345).

아이나 순진한 어른에게서 볼 수 있는 "천성적인 순진함"(Boxill 82)에서 비롯된 것이다. 그녀는 개인적인 불행과 남편을 자살에 이르게 했다는 죄책감에 사로잡히고, 이를 극복하기 위한 탈출구로서 성적 편력을 보였다. 그녀의 성적 편력이 완전하게 정당화될 수는 없다고도 하더라도 최소한 세상에 홀로 남겨진 여성이 두려움을 극복하기 위한 심리적 도피 또는 방어 기제로 충분히 볼 수 있다. 즉 그녀의 말처럼 그녀의 성적인 방황은 남편이 죽고 홀로 된 상태의 여성이 남성적 틀에 귀속하여 보호받고자 하는 욕망에서 비롯된 행위라고 볼 수 있다. 더 넓게 보면 남부 아가씨의 정숙한 역할을 취하는 것이나 남성들과의 성적 편력은 생존을 위한 불가피한 전략이라 할 수 있다. 따라서 그녀의 고통스러운 과거의 고백에도 불구하고 그녀의 행동에 대해 "당신은 내 어머니에게 데려갈 정도로 충분히 깨끗하지 않다"(207)고 도덕적 평가를 내리는 미치의 행동은 적절하지 않다.

그럼에도 불구하고 몇몇 비평가들은 스탠리가 블랜치를 강간한 것은 그녀의 방종한 성적 편력에 대한 응징이자 남편의 자살을 방조한 행위에 대한 복수라고 스탠리에게 면죄부를 주려했다. 윌리엄스도 블랜치의 성적 편력이 그녀가 강간을 당해야만 하는 전적인 이유는 아니라 하더라도 부분적인 이유가 될 수 있다는 인상을 주고 있다. 즉 그는 일정 부분 스탠리를 블랜치의 성적 일탈행위에 대한 도덕적인 심판자로 간주하고 있다. 왜냐하면 블랜치가 성에 굶주려 있으며 끊임없이 남성을 갈망하는 타락한 여성으로 묘사되는 것과는 대조적으로 스탠리의 성적 매력은 긍정적으로 그려지고 있기 때문이다. 지문을 통해 땀에 젖은 볼링 셔츠를 벗는 모습 등 스탠리의 남성성이 강조된다. 윌리엄스는 블랜치를 강간한 스탠리의 행동은 비난받아 마땅하지만, 그 책임을 일정 부분 블랜치에게 전가하고 있다.

하지만 이런 해석은 '남성성'과 '가부장적 폭력'을 정당화하려는 시도에 불과할 뿐이다. 벤저민 넬슨(Benjamin Nelson)의 지적처럼, 성은 블랜치에게 아킬레스건으로 작용한다(Corrigan 57 재인용). 스탠리는 이런 사실을 알기 때문에 블랜치를 강간하며 그녀를 정신적으로뿐만 아니라 육체적으로 파멸에 이르게 하고 도덕적인 책임에서 벗어난다. 스탠리는 환상 속에서 그녀는 남부의 교양 있고 세련된 여성이지만 현실에서는 외롭고, 절망적인, 야수적인 육욕에 사로잡힌 성 도착증 환자일 뿐이라고 간주한다. 환상과 현실의 괴리가 그녀를 더욱 고통스럽게 만든다. 스탠리는 블랜치를 강간하며 그녀를 환상에서 벗어나 그녀로 하여금 동물적인 육욕에 직면하도록 한다(Corrigan 57). 스탠리가 블랜치를 강간하는 것은 첫 장면부터 지탱되어 오던 두 사람 간의 갈등에 최종적인 종지부를 찍는 행위이다.

몇몇 비평가들은 스탠리의 강간을 블랜치에 대한 애정의 표현이라고 평하기도 한다. 그러나 블랜치가 스탠리에게—사랑의 차원이 아닌—남성적인 매력을 느꼈는지 몰라도 스탠리는 블랜치에게 여성적인 매력을 느낀 것처럼 보이지 않는다. 스탠리는 "젊었을 때 이후로 삶의 중심은 여성과의 즐거움"(128)이었기에 그에게 여성은 그의 "동물적 기쁨"(128)을 만족시켜 주는 성적 수단이자 가부장적 폭력의 투사 대상일 뿐이다. 스탠리는 술에 취해 낡은 의상을 입고 있는 블랜치를 보며 "어떤 넝마주이에게서 50센트 주고 빌린 다

떨어진 축제 의상을 입은 당신 자신을 봐!”(212~213)라고 힐난한다. 따라서 스탠리가 블랜치를 강간하는 것은 궁지에 몰린 그녀를 철저하게 파괴해 엘리시언 필드로부터 추방하고 자신을 정당화하기 위한 가부장적 폭력일 뿐이다.

스탠리는 우정을 위해 블랜치를 미치에게서 떼어놓았다고 주장하는데 이 역시 자기 합리화일 뿐이다. 스탠리가 블랜치를 강간한 것은 단지 구실일 뿐 처음부터 의도된 가부장적 폭력의 소산이자 보복적 행위일 뿐이다. 코리건은 스탠리가 블랜치를 강간하는 장면은 “자신의 존재를 그녀 자신과 세계에 관한 환상을 유지하는 것에 만족하는 한 여성의 완전한 패배”(56)로 보았다. 애들러 역시 이 장면을 “더럽혀진 결혼의 영기”(45)로 규정했다.

『욕망이라는 이름의 전차』에서 ‘남성성’과 ‘가부장적 폭력’의 상관관계를 잘 보여주는 상징적인 사건은 바로 ‘포커 게임’이다. 론드레에 따르면, 윌리엄스는 ‘블랜치와 스탠리가 공통적으로 무엇을 원하는가’, ‘그들의 행동이 그들에게 위태로운 것이 무엇인가’라는 맥락에서 이해되어야만 한다는 것을 보여주기 위해 둘의 힘의 균형을 의도했다(1997: 50). 이들의 힘의 균형 상태를 상징하는 것이 바로 포커 게임이다. 이 작품에서 포커 장면은 블랜치가 한 자리에 모인 엘리시언 필드 사람들을 처음으로 만나는 3장과 엘리시언 필드를 떠나는 마지막 11장에서 전개된다.

3장에서 스텔라는 스탠리와 그의 친구들이 집에서 포커 게임을 벌일 예정임을 알고 엘리시언 필드를 방문한 블랜치와 함께 외식을 한다. 포커 게임이 끝났을 것이라고 예상하고 집에 돌아오지만 여전히 게임은 진행 중이고 스탠리는 계속해서 돈을 잃고 있다(143).

이 장면은 블랜치의 출현과 더불어 스탠리가 기존에 갖고 있던 권력이 도전을 받으며, 그녀가 스탠리에게 상당한 위협적 존재가 될 것임을 상징한다. 반대로 블랜치는 이 장면에서 미치를 만나면서 자신의 구원에 대한 희망을 찾기 시작한다. 결국 스탠리는 계속 돈을 잃자 신경이 날카로워지고 급기야 그의 신경을 거슬리는 라디오를 창밖으로 집어던지고 이성을 잃으며 임신한 스텔라를 폭행한다. 스탠리의 분노는 돈을 잃은 것에 대한 분노일 뿐만 아니라 지배권을 잃은 것에 대한 분노다(Quirino 62).

11장은 상황이 3장과 정반대이다. 이 장면에서 블랜치는 스탠리에게 강간을 당한 후 정신병원으로 이송되어야만 하는 비참한 상황에 처해 있다. 스탠리는 블랜치라는 위협 요소가 제거되자 돈을 따게 되고, 블랜치는 정신병원으로 끌려간다.[16] 결국 스탠리는 블랜치와의 대결에서 승리하고 기쁨을 만끽하며 스텔라를 성적으로 희롱한다. 이 장면은 스탠리의 인생관을 극명하게 보여준다.

자네 행운이 뭔지 아나? 행운이란 자신이 운이 좋다고 믿는 그 자체야. 살레르노에서 겪은 일을 말해 주지. 나는 운이 좋다고 믿었어. 다섯

---

16) 블랜치는 강간을 당한 피해자임에도 불구하고 오히려 정신병자로 간주되어 정신병원으로 끌려간다. 그녀는 마지막 장면에서 간호사에 의해 결박되는데, 블라소폴로스는 "강간이라는 사적인 폭력이 공적인 폭력으로 바뀐다"고 설명했다(이형식 212 재인용). 그녀는 결국 또 한 명의 남성인 의사의 팔에 의지해 무대를 떠나가고, 스텔라는 이 모습을 애절하게 바라본다. 스탠리는 스텔라를 달래며 그녀의 블라우스 안에 손을 집어넣는다. 결국 그는 침입자가 물러감에 따라 스탠리는 자기의 세계를 지켜 낸 것에 대해 승리감을 만끽하며 게임과 육체적 쾌락의 세계로 복귀한다. 그러나 콜린은 이 작품에서 욕망의 다층적 의미의 탐색이라는 점에서 블랜치도 스탠리도 완전하게 승리하지 못했다고 보았다(2004: 250).

> 중 넷이 실패해도 나만은 성공할 수 있다고 생각했어 …… 그리고 나는 해냈어. 이게 내 원칙이라고. 이 대가리 터지는 생존경쟁 앞에서 앞서려면 스스로 운이 좋다고 믿어야만 해. (216)

포커 게임은 이 세상이 서로 돕고 서로의 상처를 치유하는 세상이 아니라 서로 패배시키려하는 경쟁심으로 가득 찬 세계라는 사실을 상징적으로 보여준다. 특히 남성적 야수성과 가부장적 폭력의 양상을 잘 보여주는 상징적인 사건이라 할 수 있다. 그래서 『욕망이라는 이름의 전차』에서 3장의 제목이 '포커 치는 밤(The Poker Night)'이다.

『욕망이라는 이름의 전차』에서 스탠리는 블랜치가 자신의 가부장적 권위를 위협하고 도전할 때 그에 대한 대응 수단으로 언어적, 물리적 폭력을 사용한다. 스탠리는 블랜치를 "퇴출되어야만 하는 위협적인 침입자"(Hirsh 30)이자, "안정되고, '정상적인' 가정의 방해자"(Londré 1979: 79)라고 간주하고 가부장적 폭력을 행사하고 이를 정당화하고 있다. 그는 블랜치의 거짓말과 위선에 대해 정당한 대응이 아닌 자신만의 동물적인 야수성으로 보복한 것이다. 그는 "그녀의 동성애 남편에 대한 복수"(Ganz 128)이자 그녀의 성적인 방종에 대한 응징으로 정당화하지만, 이미 정신적인 파멸을 겪은 블랜치를 끝까지 육체적인 파멸로 이끈 행동에 대해서는 결코 정당화될 수 없다.

4. 폭력의 제도화

『욕망이라는 이름의 전차』의 핵심은 남부 아가씨를 역할 연기하는 블랜치에 대한 스탠리의 남성성을 통한 위협과 가부장적 폭력이다. 계층과 혈통에서 전혀 다른 환경에서 태어나고 성장한 두 사람은 처음 만나는 순간부터 불가피하게 갈등 충돌한다. 두 사람 사이의 갈등과 충돌은 결국 스탠리가 블랜치를 강간해 그녀를 정신적·육체적으로 파멸에 이르게 하는 것으로 끝난다. 콜린은 특히 두 주인공의 이름에 주목하며, 스탠리와 블랜치라는 이름에서 둘의 육체적 충돌, 즉 강간 사건이 암시된다고 주장했다. 그에 따르면, 스탠리 코왈스키에서 스탠리는 고대 영어에서 "돌(stan)"을 의미하고 코왈스키는 폴란드어로 "대장장이(blacksmith)"를 의미한다. 블랜치 두보이스는 "흰 숲"을 의미한다. 따라서 대장장이가 흰 숲을 파괴하듯이 스탠리의 검은 이미지는 블랜치의 흰 이미지를 파괴한다(2004: 247). 남부 프랑스 귀족 출신인 블랜치와 폴란드계 이민자의 후손이자 노동자 계급인 스탠리는 처음부터 충돌할 수밖에 없다. 왜냐하면 섹스, 술, 카드게임, 볼링 등 감각적인 쾌락을 탐닉하며 가정 내에서 가부장적인 독재자의 면모를 보이는 스탠리에게 블랜치는 가정의 뿌리를 송두리째 흔들어 놓고 자신의 가장 친한 친구 미치까지 빼앗으려는 위협적인 존재로 상정되기 때문이다.

『욕망이라는 이름의 전차』에서 블랜치의 환상의 세계와 스탠리의 현실 세계는 끝임 없이 충돌한다. 그녀의 현실 세계는 옛 남편의 성적 도착과 자살, 벨 리브의 상실, 그 후의 문란한 사생활 등 부끄러운 과거와 고통스러운 현실로 점철되어 있는바, 그녀는 더욱 더 낭만적인 남부 시절의 우아함, 세련됨, 예법, 화려한 의상과 보석 등에 집착하며 환상에 몰입한다. 반면 감각적인 쾌락을 추구하는 현실세계의 대표자 스탠리에서는 오로지 눈에 보이는 물질적 세계와 육체적인 욕망만이 중요하다. 스탠리와 그의 동료들은 물질적 삶을 위해 필요한 기본적인 것들을 얻기 위해 전력을 다한다. 이곳에서의 삶은 본능의 수준에서 추구되기 때문에 선의 개념이나 악의 개념도 없고 전통적인 도덕성도 존재하지 않는다(Riddel 23). 그는 블랜치가 자신의 속물근성을 경멸하는 것을 알지만, 그녀의 추악한 과거를 약점으로 나약하고 민감한 블랜치의 미화된 환상의 껍질을 벗기고 정신적, 육체적으로 그녀를 절망에 빠뜨린다. 현실에 든든한 바탕을 둔 속물적이고 잔인한 스탠리의 현실 세계가 종이 갓처럼 망가지기 쉬운 블랜치의 환상의 세계를 무너뜨린 것은 바로 그 세계가 지닌 폭력성과 야수성 때문이다.

『욕망이라는 이름의 전차』의 기존 연구에서는 스탠리와 블랜치의 갈등 충돌 양상을 대체로 뉴올리언스의 도시 산업 문명 대 남부 귀족 사회의 문명의 충돌로 보았다. 스탠리의 폭력의 행사는 블랜치로 대변되는 사라져 가는 또는 사라져야 할 남부의 퇴락한 귀족 문화의 침입으로부터 현대 미국 문화의 보호라는 명분으로 정당화되어 왔고, 심지어는 블랜치를 육체적으로 극단적인 폭력을 행사한 강간에 대해서도 일종의 면죄부가 부여된 게 사실이다. 하지만 엄밀히 말하자면 스탠리의 폭력적 행위는 현대 문명을 수호해야 한다는 대의가 아니라 오직 자신의 이해에 관계된 영역만을 고수하려는 속물근성에서 비롯된 것이기에 결코 정당화될 수 없고 비판적으로 접근되어야만 한다.

이 글에서는 『욕망이라는 이름의 전차』를 통해 나타난 남성 또는 남성중심의 사회가 여성에게 가하는 가부장적 폭력의 양상을 스탠리와 블랜치의 대립과 갈등을 통해 살펴보았다. 기실, 폭력은 단순히 감정의 배출구가 아닌 우위를 차지하기 위한 유형, 무형의 고차원의 전술로서 정치적인 함의를 담고 있다. 결론적으로 폭력은 이 작품에만 국한되는 문제가 아니라 현대 미국 희곡, 더 넓게 보자면 현대 미국 사회에 만연한 문제이기도 하다.

‘이웃의 정치신학’

: 아서 밀러의 『시련』

I. 역사는 반복된다!

아서 밀러(Arthur Miller)를 극작가로 이끈 동기는 “하나의 드라마는 관객과 직접 소통할 수 있으며 사람들을 급진적으로 개혁할 수 있다”라는 확신이었다. 그는 극작의 목표를 관객에게 감동을 주거나 정서적으로 감화시키는 것보다는 관객과 직접 소통하고 사람들을 합리적인 행동으로 이끄는 것에 두었고, 이를 작가의 사명으로 간주했다. 그리고 그의 작가적 사명에 가장 잘 부합되는 예술 장르가 바로 연극이었다(Bigsby 1997: 2). 그는 다른 어느 장르보다도 연극이 상호 의존적인 인간 공동체를 가장 직접적으로 표현할 수 있는 장을 마련해줄 뿐만 아니라, 연극을 통해 사람들의 의식과 행동을 변화시킬 수 있을 것이라고 확신했다. 밀러에게 작가는 진실을 말하는 사람이며, 작가의 역할은 우리 사회의 도덕적 가치를 회복하고 우리가 속한 세계에 대한 책임을 거부하게 하는 위압적인 힘과 유혹에 대항하도록 경고하는 것이다. 그는 예술가의 임무는 사람들로 하여금 그들이 망각하기로 선택한 것을 기억하게 만드는 것이며, 과거는 개인이 짊어져야 할 짐이라고 역설한다(Bigsby 1990: 200).

유진 오닐(Eugene O'Neill), 테네시 윌리엄스(Tennessee Williams), 에드워드 올비(Edward Albee)를 비롯한 동시대 미국 극작가들이 애증, 꿈, 환상, 고독, 소외, 구원, 삶의 부조리 등 주로 개인적인 문제를 내면의 심리묘사를 통해 극화했다면, 밀러는 이런 개인적인 문제들이 발생하는 사회적 환경을 극화했다. 밀러는 주인공의 개인적인 삶과 그가 속한 사회의 문제를 연관시킨다. 표면상 개인의 내적 투쟁으로 보이지만 기실 개인의 차원을 넘어서 더 큰 사회적 문제들과 연관되어 있기 때문이다. 요컨대 밀러의 극은 한 인간의 내면이 자신이 처한 동시대의 정치·경제·문화 권력에 어떻게 조응하고 변화되는지를 보여주는바, 당대의 역사적 사건들과 평행한다. 따라서 밀러의 극을 이해하기 위해서는 작품의 역사적 배경과 밀러의 개인적 삶을 교직해 고찰하는 것이 요구된다.

밀러에게 역사는 작품을 위한 텍스트이며, 그의 삶과 작품들은 텍스트화된 역사다. '텍스트의 역사성'과 '역사의 텍스트성'을 가장 잘 결합한 작가가 밀러라고 할 수 있을 만큼, 그의 작품은 20세기의 주요 역사적 사건을 극화하고 있다. 그 스스로 자신의 모든 작품들이 자서전이고, 자신이 속하지 않았던 상황에 관해서는 극을 쓸 수 없으며 또한 어떻게 쓰는지도 모른다고 천명하고 있듯이(Bigsby

1997: 1), 밀러의 극은 대부분 실제 사건을 소재로 하기 때문에 텍스트의 역사성에 충실해 보인다. 개인과 사회를 불가분의 관계로 파악하고자 하는 밀러의 극작관은 다양한 인간의 삶을 거대하고 복잡한 역사의 연쇄의 일부로 파악하고, 그 경계의 안과 밖에 존재하는 타자나 집단의 행위의 인과관계를 분석하려는 시도로 귀결된다.

밀러의 극작에서 가장 중요한 역사적 사건은 1920년대와 1930년대 미국 사회에 큰 파장을 일으켰던 경제공황과 유대인 학살이었다. 경제공황은 '미국의 꿈'이라는 성공 신화에 붕괴를 가져와 그의 역사관을 뒤흔들어놓았고, 유대인 학살은 "개인의 의미와 지탱하는 의무의 체계로서의 사회"(Bigsby 1997: 5)라는 개념을 파괴했다. 제2차 세계대전 후 냉전시대에 접어들면서 미국은 이데올로기의 대립이라는 극한 상황에 처하게 된다. 미국은 자신들의 민주주의가 위협받는다고 생각했고 이는 강박적인 레드 콤플렉스(Red Complex)로 이어진다. 때를 맞추어 극단적인 반공주의자인 위스콘신주 공화당 조지프 매카시(Joseph McCarthy) 상원의원은 공산주의자 색출을 위한 일명 '매카시즘(McCarthyism)' 광풍을 일으켰다. 그는 1950년 2월 의회에서 미국 국무부와 정부에 침투한 205명의 좌익분자 명단을 가지고 있다고 선언했다. 이후 공화당이 주도한 반미 활동 조사위원회(House Un-American Activities Committee)가 벌인 공산주의자 색출 과정은 정부관리, 정치인, 군인, 문화계 인사, 대학교수 등 소위 지성인들에게 극심한 심리적 압박과 고통을 주었다. 매카시는 미국과 전 세계에 대해 자유의 숭고한 가치와 민주적 질서를 위협하는 상징이 되었다.

반미 활동 조사 위원회 특히 활동은 문화, 예술 산업에 상당한 혼란과 부작용을 초래했다. 이를 기화로 적극적으로 지지한 측과 거부한 측으로 양분되었고, 절친한 예술인들조차 정치적 이념으로 대립했다.[1] 대표적으로 밀러와 그의 절친한 친구 카잔을 꼽을 수 있다. 카잔은 영화 〈워터프론트(*On the Waterfront*)〉(1954)를 통해 반미활동 조사 위원회에 출두해 과거에 공산주의 활동을 한 동료의 명단을 넘긴 자신의 행위에 정당성을 부여한다. 밀러의 『시련(*The Crucible*)』(1954)과 『다리에서 본 풍경(*A View from the Bridge*)』(1955)은 카잔의 〈워터프론트〉에 대한 "일종의 반격"(Palmer 206)이다. 밀러는 미국 문화에서 최근의 발전에 의해 중요해진 역사를 복원하기 위해 『시련』을 의도했다(Palmer 209). 결국 반미활동 조사의원회는 조사방법의 비합리성과 폭력성, 매카시의 권력남용 등으로 비판을 받았고 심지어는 매카시를 탄핵한다.[2]

---

1) 반미 활동 조사 위원회 활동에 동조한 예술인들로는 유명한 반공주의자인 로널드 레이건(Ronald Reagan), 엘리아 카잔(Elia Kazan), 월트 디즈니(Walt Disney) 등을 꼽을 수 있으며, 이를 거부한 예술인들로는 밀러, 릴리언 헬만(Lillian Hellman), 베르톨트 브레히트(Bertolt Brecht) 등이 있다. 고발당한 사람들의 명단에는 특히 유대인이 많았는데, 당시 많은 유대계 지식인들이 진보적 성향을 보였기 때문이다. 밀러는 어린 시절 유대인들 속에서 자랐지만 미국식 가치를 충실히 따랐다. 그는 돈을 소중히 여기는 유대인의 습속규범을 철저히 내면화한 것으로 보이지는 않지만, 그렇다고 해서 그가 유대인의 정체성을 완전히 거부한 것은 아니었다(Bigsby 2009: 52).

2) 실제로 밀러는 1930년대 미국 공산당에 입당하지만 1940년대 당의 스탈린주의 노선에 회의를 느껴 공산당과 절연한다. 그는 십여 년 전의 '반체제적 작가 모임' 참석자 명단을 밝히라는 의회와 연방수사기관의 요구를 거절하여 법정 모독죄로 기소 당했다가 결국 1957년 항소심에서 무혐의 판결을 받았다. 『시련』뿐만 아니라 『전락 이후(*After the Fall*)』(1964)도 밀러 자신이 겪었던 반미 활동 조사 의원회로부터의 소환과 그로 인한 정신적 갈등과 후유증을 반영한다. 『시련』이 반미 활동 조사 위원회 활동 과정에서 피해자로서 겪게 되는 고통의 과정을 비이성과 광기가 지배하는 마녀사냥으로 유비해 극화했다면, 『전락 이후』는 개인의 행동이 연쇄적인 과정을 통해 타인에게 영향을 끼친다는 주제를 담고 있다(Corrigan 12). 다시 말하면 매카시즘의 횡포로 인간관계가 어떻게 파괴되어 가는지를 예거한다. 주인공 쿠엔틴(Quentin)은 조사위원회의

1692년 미국의 매사추세츠주 세일럼에서 벌어졌던 '마녀재판(Witch Trials)'은 미국 역사상 비극적이고 부끄러운 역사적 사건이다. 밀러는 『시련』에서 세일럼의 재판관들의 권위에 반대하는 자들을 재판의 위엄을 파괴하는 무리, 즉 마녀로 낙인찍어 교수형에 처하도록 한 1690년대의 사회적 분위기를 매카시 의원에 반대하는 모든 인사들을 공산주의자로 몰아붙인 1950년대의 폭압적인 정치 상황을 유비(analogy)하고 있다. 밀러는 『시련』에서 비이성과 광기에 의한 마녀사냥과 1950년대를 휩쓴 정치적 마녀재판을 이중적으로 비판함으로써 예술가는 사람들로 하여금 잊으려 하려는 과거를 기억하게 하고, 잘못된 행동을 교정시켜야 한다는 자신의 예술관을 실천했다.

밀러에 대한 국내 연구는 주로 작품에 투영된 비극성에 집중되어 왔다. 그 외에 등장인물들의 성격분석이나 인간의 소외와 갈등, 가족관계에서 빚어지는 비극적 갈등, 도덕주의와 인본주의에 관한 연구, 페미니즘적 분석이 주된 비평적 흐름이었다. 『시련』 역시 이런 비평적 조류에서 크게 벗어나지 않는다.[3] 『시련』은 형식적으로

소환을 받은 친구 루(Lou)와 미키(Micky)의 행동으로 난처한 입장에 놓이게 된다. 미키는 공산주의 혐의자들의 명단을 밝히면서 친구 루를 배반하고 루는 자신의 변호를 쿠엔틴에게 의뢰한다. 쿠엔틴은 루의 변호를 맡기로 하면서도 자신의 안위를 위해 불안감을 감추지 못한다. 루는 쿠엔틴의 우정을 의심하고 결국 지하철 선로에 뛰어들어 자살을 한다. 루의 자살로 인해 쿠엔틴은 사랑하는 친구의 죽음을 방관했다는 죄의식과 동시에 안도감을 느끼는 자신의 모습에 혐오감을 느낀다. 쿠엔틴은 대공황 이후 자본주의에 대한 반발심으로 1930년대 잠시 몰두했던 사회주의/공산주의라는 과거가 현재를 파괴하는 것을 목도하게 되는 것이다.

3) 『모두가 나의 아들(*All My Sons*)』(1947)과 『세일즈맨의 죽음(*Death of a Salesman*)』(1949)이 기업 윤리, 시대착오적인 인생관, 전쟁 폭리 등을 소재로 한 사회문제극으로서 물질적 성공에 대한 왜곡된 가치관 때문에 주인공들이 패배 또는 죽음에 이르게 되는 비극이라면, 『시련』은 명예 또는 도덕적 갈등 때문에 주인공이 마침내는 죽음을

는 당대의 매카시즘 열풍의 1690년대 미국의 마녀사냥에 대한 정치적 알레고리로 읽혀진다.[4] 내용상으로는 주인공인 프록터의 개인과 사회의 비극적 갈등 및 진실 추구의 문제에 집중되었다. 즉 프록터의 자유주의'에 대한 논쟁이 내적 비평의 중심이었다.[5] 이와 같이 주인공 프록터의 행위를 중심으로 개진된 『시련』의 비평은 1990년대에 들어서면서 웬디 쉬슬(Wendy Schissel), 조지프 발렌티(Joseph Valente) 등 다수의 학자들이 착목한 페미니즘 비평을 통해 전환점을

받아들이는 순교자적인 비극이다. 이처럼 역사적 사실과 허구성을 능숙하게 결합한 『시련』은 정치적 비유극인 동시에 역사적 그리고 사회비판 극으로 그 의미가 당대에 한정되는 것이 아니라 모든 시대에 적용된다(Martin 279; 290). 존 페레스(John H. Ferres)도 『시련』이 모든 사회에 적용 가능한 사회극으로 규정한다(김성철 32 재인용). 레너드 모스(Leonard Moss) 역시 『시련』을 과거뿐만 아니라 오늘날에도 일어날 수 있는 사회적 히스테리 상황을 분석하고, 이런 위험에 노출된 인간의 주관적인 반응에 주의를 집중시킨 사회극으로 평가한다(38). 하지만 에릭 벤틀리(Eric Bentley)는 이 작품이 완전한 비극이라고 할 수 없고 "기껏해야 현대판 도덕극이나 아니면 멜로드라마"에 불과하다고 혹평했고, 그 근거로서 주인공의 약점은 있으나 "비극적 결함(tragic flaw)"이 없다고 점을 지적했다(204~205). 『시련』은 비극적 요소를 갖추고 있다. 일단 프록터는 도덕극에서 말하는 '미덕의 의인화'가 아니라 인간적·사회적 결함을 지닌 한 개인으로서 개성을 지녔다. 주인공 프록터(John Proctor)는 그의 하녀이던 애비게일(Abigail Williams)과 간음함으로써 도덕적으로 윤리적으로 명예가 실추되었고 그로 인해 평화롭던 그의 일상과 가정은 붕괴된다. 하지만 프록터는 도덕적 붕괴 후 비로소 참된 인간으로서의 자기 발견에 이르고 확고부동한 자아인식을 갖게 된다. 『시련』은 과거의 역사적 사건과 현재의 상황과의 역사적 유비를 통해 살펴볼 수도 있지만 프록터라는 개인의 비극성에 초점을 맞출 때 작품의 내용적 해석이 보다 충실해진다.

4) 밀러는 『시련』을 실제 세일럼의 법원 기록물을 참고해서 원래 사건과 거의 비슷하게 극화했다. 매카시즘을 현대판 세일럼 마녀재판으로 비유한 밀러는 무지한 집단이 야기한 정치적 광기의 어리석음과 그 과정에서 배반하고 희생당하는 인간들의 모습을 보여주고 있다. 존재하지도 않는 악마를 증명하기 위해 소녀들을 선동한 헤일 목사(Reverend Hale)과, 패리스(Samuel Parris)는 매카시 상원의원을 풍자하며, 공포와 이기심으로 무고한 사람을 고발한 소녀들과 고발당해 죽은 마을 사람들은 1950년대 무고한 사람들의 명단을 제출하라고 강요받은 이들과 그 피해자들을 상기시킨다.

5) 『시련』은 사상의 자유, 즉 모든 시민은 그가 본대로 진실을 말할 수 있는 권리를 갖고 있다는 전제에 의거해 살아가는 미국의 경험의 실패를 연대적으로 기록한다(Palmer 207).

맞이하게 된다. 이들은 프록터 및 남성 인물들을 중심으로 한 기존의 비평이 여성을 논의의 틀에서 배제하거나 타자화했다고 지적하며, 비평의 축을 여성으로 옮겨왔다.[6] 이와 같은 페미니즘 해석은 작품에 대한 해석의 틀을 확장시키고 다양화했다는 점에 있어서 긍정적으로 평가할 수도 있지만, 여전히 작품의 콘텍스트 보다는 등장인물에 집중하고 있다는 점에 있어 한계를 노정하고 있다.

매카시즘과 마녀사냥이라는 두 역사적 사건과 관련해서 밀러가 관심을 가진 부분은 마녀 사냥시대에 마녀를 축출하듯 국가가 나서서 공산당원의 색출을 가능하도록 국민에게 선동했던 죄의식, 사회적 혼란과 갈등을 부추기는 개인의 복수심, 인간생활을 폐허로 만든 악의적인 고발들, 특히 민주적이고 적법한 절차의 붕괴였다(김성철 34). 따라서 이 글에서는 기존의 주류적 비평에서 벗어나 슬라보예 지젝(Slavoy Zizek) '이웃의 정치신학', 자크 랑시에르(Jacques Ranciere)의 '공동체', 조르조 아감벤(Giorgio Agamben)의 '호모 사케르(Homo Sacre)'를 개념어로 해서 『시련』을 살펴보고자 한다.

---

6) 여성주의 비평에서는 프록터와 애비게일의 간통사건에서 드러나는 연장자 남성 프록터에 의해 주도된 성관계의 책임을 연소자 애비게일에게 전가하는 밀러의 극작 태도를 "남근중심주의적 극작법"(Schissel 461) 또는 "가부장적 상상력의 한계"(Valente 125)라고 지적한다. 특히 쉬슬은 밀러가 티투바(Tituba)를 희생양으로 삼고 있을 뿐만 아니라 애비게일과 엘리자베스(Elizabeth Proctor)를 "여성의 성욕의 극단성"으로 상정하고 있다고 비판한다(464). 더 나아가 그녀는 애비게일의 '관능성'과 엘리자베스의 '냉담함'은 남성의 육체를 시험하고, 그의 영혼을 위협하고, 그의 자연적인 지배 또는 필요성을 위협한다고 지적한다. 그녀는 『시련』이 그들이 성적 정치적 판타지를 수행하는 카타르시스를 느끼는 남성 등장인물의 대리 쾌감에 봉사하기 위해 팜므 파탈과 냉담하고 무자비한 아내라는 원형을 강화한다고 파악했다(461).

2. 이웃의 정치신학

일찍이 지그문트 프로이트(Sigmund Freud)는 『문명 속의 불만(*Civilization and Its Discontentment*)』(1930)에서 성서의 레위기 19장 18절에서 언급되는 이웃에 대한 명령, 즉 '네 이웃을 네 몸과 같이 사랑하라'는 계명에 대한 자신의 입장을 분명하게 밝히고 있다.

> 내가 만일 누군가를 사랑할 수 있다면 그는 사랑할 만한 가치가 있다. 또한 그가 나보다 훨씬 완벽해서, 내가 그 안에서 나 자신의 이상을 사랑할 수 있다면, 그 역시 나의 사랑을 받을 자격이 있다. 그러나 그 사람이 내가 전혀 모르는 사람이라면, 그리고 자신의 가치로 나를 매혹시키지 못하거나 내 감정생활에 아무런 중요한 의미를 획득하지 못했다면, 나는 그 사람을 사랑하기 어려울 것이다. (……) 생면부지의 사람은 단지 내 사랑을 받을 가치가 없는 것만이 아니다. (……) 낯선 사람은 나의 적개심과 증오까지 불러일으킨다. 솔직하게 고백해야 한다. (296~300)

프로이트는 이웃 사랑에 대한 성찰을 인간의 지속적인 공격성, 즉 원초적인 상호적대성으로 드러나는 근원적인 기질에 호소하여, 인간은 부여받은 동물적 자질들에 상당한 공격성이 포함된 피조물이기 때문에, 인간의 이웃은 그들에게 잠재적인 협력자나 성적 대상일 뿐만 아니라, 그들의 공격 본능을 자극하는 존재라고 규정한다. 더 나아가 인간은 이웃을 상대로 자신의 공격 본능을 만족시키고, 아무 보상도 주지 않은 채 이웃의 노동력을 착취하고, 이웃의 동의도 받지 않은 채 성적으로 이용하고, 이웃의 재물을 강탈하고, 이웃을 경멸하고 이웃에 고통을 주고, 이웃을 고문하고 죽이고 싶은 유혹을 느낀다고 상정한다. 프로이트는 이웃을 본질적으로 적대적이고 악한 존재로 규정한다. 그렇다고 그의 주장의 핵심이 '인간은 본질적으로 악하다'는 것을 규명하는 것은 아니다. 오히려 이웃이라는 주제는 본질적이며, 전쟁과 학살이라는 대재앙의 경험이라는 관점에서 '이웃'의 개념을 고찰해보자는 제안이 본령이다.

밀러 스스로 자신의 작품 중에 가장 애착을 갖는다고 언급한 『시련』은 세일럼 마을에서 일어난 실제 '마녀 재판'을 극화했다. 따라서 『시련』에서 묘사된 많은 사건들은 밀러 스스로 조심스럽게 학문적인 차원에서 역사가 아니라고 밝혔음에도 불구하고, 세일럼의 에섹스 카운티 기록 보관소에 보관되어 있는 사료를 근거로 하고 있다. 즉 이 작품은 표층으로는 '과거 역사의 현대화'로 해석되지만, 주요 등장인물 프록터, 애비게일, 엘리자베스 프록터를 비롯한 세일럼 마을 사람들의 개인적 차원의 죄, 즉 개인적인 원한, 증오, 복수가 사회적 행위와 어떻게 연관되는가를 극적 주제로 형상화하고 있다. 다시 말하면 『시련』은 '이웃 간의 불화' 혹은 '공동체의 붕괴'가 어떤 비극적 결과를 초래하는지를 극명하게 예증한다.

극은 세일럼 마을의 패리스의 집 침실에서 시작된다. 세일럼 마을은 청교도 교리에 의해 운용되는 신정정치사회이다. "그들의 [생활] 신조는 극장 또는 '헛된 향락'이라 할 만한 그 어떤 것도 용납하지 않았다."[7] 그러나 패리스의 질녀 애비게일의 주도로 마을 소녀

7) Arthur Miller, *The Crucible: A Play in Four Acts*(New York: Penguin, 2003), p. 4. 이후

들은 하녀 티투바와 함께 밤중에 몰래 빠져나가 숲속에서 춤을 추면서 악령을 불러들이는 장면이 패리스에 의해 발각되고, 그의 딸 베티(Betty)는 그 충격 때문에 혼수상태에 빠져있다. 그로 인해 마을에는 마술이 퍼져 있다는 소문이 떠돌고 있고 또한 이웃 간에 토지 소유권을 둘러싼 분쟁이 한창 중이다.

역사적으로 1692년은 점차 마을이 안정기에 접어들면서 초기에 엄격했던 청교도 교리가 느슨해지면서 신정정치 공동체에도 조금씩 균열이 일기 시작해 이웃끼리 반목과 대립, 질투와 시기가 표면화되는 시기였다. 다시 말하면 "1692년의 세일럼 주민들은 메이플라워호를 타고 미국 대륙에 도착한 사람들처럼 헌신적이지 못했다. (……) 사회의 표층 아래로부터 기이한 일들이 발생할 경우, [사람들이] 좌절에서 비롯된 폭력으로 희생자들을 공격하지 않고 인내하기를 바라는 것은 너무 지나치다"(6).

『시련』에서 한밤중 숲속의 소녀들의 춤과 개구리와 닭을 이용한 놀이의 의식은 바로 이런 당대의 역사적 배경을 환기시킨다. 엄격한 청교도 사회에 염증을 느낀 소녀들의 사소한 장난은 마녀가 사주한 소행으로 확대된다. 또한 마을 사람들이 이상한 병에 걸리거나 가축들이 죽는 등 불가사의한 사건의 원인으로 규정된다. 그리고 여기에 이웃 간의 반목과 불화가 사건을 더욱 확대시킨다. 이제 "이웃에게 품어 온 오랜 증오심은 이제 공공연히 드러낼 수 있게 되었고 성경이 자비를 가르침에도 불구하고 복수를 할 수 있게 되었다"(7).

작품 인용은 괄호 안에 쪽수로 표기함.

세일럼 주민들은 신대륙에 정착한 후 처음에는 서로를 '우리(We)'로 간주했다. 그들은 '청교도 사회의 건설'이라는 공동의 목표로 근접성의 범위에 들어간다. 하지만 근접성은 그 구성원들 간의 어떤 실정적인 특징들에도 의존하지 않는다. 그렇기에 그들은 시간이 흐르면서 서로를 적대시하며 진정한 이웃이 되지 못한다. 이웃이 된다는 것은 닮음이나 친근함 혹은 비슷함이 아니라 오히려 대부분이 단지 개인적인 의도나 마음 상태보다는 어떤 종류의 언어적이며 사회적인 실천에 의해 유지되는 일종의 공유된 의연함을 함축한다(샌트너 173~174). 그렇다면 반대로 이웃은 개인의 의도나 상태의 변화에 따라 언제든지 적으로 돌변할 수 있다.

애비게일과 마을 소녀들은 경직된 사회에서 쌓였던 불만과 원한을 이 의식에서 발설한 것이 알려질까 두려워 자신들이 마녀들에게 이용되어 희생된 것처럼 거짓 소동을 일으킨다. 개인의 욕망과 의지를 억제하도록 강요해 온 세일럼 사회에서 주민들은 노동과 금욕의 배후에 숨겨진 욕구 때문에 이웃에 대한 시기심과 적대감을 도덕성의 탈을 쓰고 표현하고 심지어 신앙의 구호 아래 보복의 기회를 찾게 된다. [소녀들이] 죄 없는 사람들을 마녀로 지명한 마녀 사냥은 개개인의 욕구불만을 분출하고 속박 감정으로부터 벗어나는 기회를 제공한 사건이다(김성철 34). 닐 카슨(Neil Carson)은 소녀들의 대담한 행동을 세일럼 사회의 억압 통치형태와 박해에 대한 저항의 기폭제로 간주했다(65).

패리스와 애비게일이 숲속에서 있었던 소동에 대해 논쟁하는 동안 퍼트넘 부인(Ann Putnam)이 등장한다. 그녀는 여덟 번 출산을 했지만 모두 사산했고 딸 루스(Ruth)만이 남았는데, 그녀는 병으로 누워 있다. 퍼트넘 부인은 "뒤틀린 성격"(12)에 "죽음의 공포에 사로잡힌 여성이며 악령에 시달린다"(12). 그녀는 루스가 병이 든 것을 "악마의 손길"(13) 때문이라고 확신한다. 하지만 패리스는 이를 악마의 소행이라고 단정하지 않는다. 그는 악마 또는 악령의 존재를 부정한다. 이 모든 소동의 원인이 마술에서 기인한 것으로 밝혀지면 교구목사로서 지위를 잃을지도 모르기 때문이다. 그는 퍼트넘(Thomas Putnam)의 은근한 압박과 지역교구에서 불안한 입지를 확고히 다지기 위한 방편으로 마녀 문제를 공론화한다(Warshow 114).

주변 사람들에게 우월감을 갖고 있던 퍼트넘은 딸 루스가 병으로 누워 있는 것과 관계없이 패리스를 포함한 마을 사람들 전체에게 불만에 가득 차 있다. 왜냐하면 마을의 주요 직책인 목사직에 자신이 추천한 처남 제임스(James Bayley)가 임용되지 않았기 때문이다. 결국 패리스는 마녀소동에 자신이 전면에 나서지 않고 퍼트넘의 원한을 이용하고 결정적으로 비벌리의 퇴마 전문가 헤일을 끌어들인다.

단순한 소녀들의 장난이 마녀의 소행으로 사건으로 전화하는 데 결정적인 역할을 하는 인물은 헤일이다. 자신 과시욕이 강한 헤일은 세일럼에 도착한 뒤 명확한 근거 없이 악마의 존재를 기정사실화하고 공포감을 조장한다. 그는 신분이 가장 열등한 흑인 하녀 티투바를 희생양으로 삼아 그녀를 신이 보낸 도구로 추켜세우며 그녀로 하여금 실제로 마술에 걸린 것처럼 자극시켜 자신을 억압했던 사람들을 고발하게 만든다. 티투바의 기이한 행동에 영향을 받은 소녀들은 신들린 듯 흥분하며 자신들이 평소 증오해 왔던 사람들을 사악한 마녀들이라 지적한다. 그들의 마녀 고발은 사실로 간주되고 집단적 히스테리는 마을 사람들의 왜곡된 종교적 광기로 변한다. 결국 마녀고발은 그들의 복수심을 정당화하고 욕망을 배출하는 수단으로 전화한다. 환언하면, 소녀들의 히스테리는 그들이 상상해 왔던 마녀의 모습을 재현하고자 하는 욕망의 반복적 충동과 다름이 없다(Nathan 106). 결국 소녀들의 마녀 고발은 세일럼이라는 공동체에 잠복해 있던 이웃 간의 불화 문제를 표면화한 것이다.

프록터는 하녀 메리 워렌(Mary Warren)을 찾으러 왔다가 우연히 애비게일을 만난다. 그는 애비게일과 불륜의 관계를 맺었고 이를 아내 엘리자베스에게 고백했다. 그 때문에 애비게일은 프록터의 집에서 쫓겨났다. 애비게일은 엘리자베스에게 반감을 품는 한편 프록터에게 여전히 사랑을 호소한다. 애비게일은 간밤에 숲속에서 있었던 일을 프록터에게 알려준다.

> 우리는 지난 밤에 숲속에서 춤을 추고 있었어요. 그리고 저희 삼촌이 우리들에게 달려들었고 그녀[베티]는 겁에 질렸어요, 이게 다예요. (20)

애비게일의 설명대로 숲속에서 있었던 일은 처음부터 마녀와는 관련이 없었다. 단지 애비게일을 비롯한 소녀들이 자신들에게 마녀의 혐의가 씌워질 게 두려워 마법을 시인해 마을에 있는 몇 사람들을 마녀로 지목하고, 다른 소녀들도 합세한 것뿐이다. 그 과정에서 그들은 청교도 사회에서 가장 힘이 없는 존재, 즉 고발해도 사회 전체에는 크게 해가 없는, 극단적으로 보자면 오히려 배제될 때 사회적으로 개선되는 존재인 흑인 하녀 티투바 또는 사라 굿(Sarah Good)과 같은 가난한 과부들을 고발한다.

결국 티투바와 사라 굿은 교수형의 위협에 굴복해 마법을 행했다고 허위 자백한다. 그들은 허위 자백을 통해 일시적으로 목숨을 보존하지만, 그들의 생존에는 아무런 의미와 가치가 없다(Abbotson 128). 왜냐하면 그들은 거짓 자백을 함으로써 사회 구성원으로서의 책임과 권리뿐만 아니라 독립된 개체로서의 양심과 자유를 상실했기 때문이다. 따라서 이들은 아감벤이 명명한 호모 사케르로 명명될 수 있다. 호모 사케르란 사람들이 범죄자로 판정한 자를 의미한다. 이들은 희생물로 바치는 것은 허락되지 않으나, 누가 이들을 죽이더라고 처벌하지 않는다. 그러므로 호모 사케르는 신의 법과 인간의 법으로부터 이중으로 배제된 범접할 수 없는 존재, 그러니까 예외상태에 처한 불가촉의 천민, 곧 벌거벗은 생명이다(아감벤 173~182).

이처럼 『시련』에서 마녀와 관련된 모든 소동과 재판은 애비게일과 소녀들의 거짓자백에서 시작된다. 특히 애비게일이 다른 소녀들을 협박하고 거짓자백을 사주했기 때문에 애비게일은 모든 소동의 원인이라 할 수 있다. 따라서 애비게일은 많은 비평가들에게 의해서 "사악한 시골 계집애"(Levin 253) 또는 "매춘부"(Schuleuter and Flanagan 69) 등 부정적으로 파악되었다. 그러나 세일럼의 마녀 소동과 이를 둘러 싼 재판은 이보다 훨씬 더 다층적이고 복잡하다. 기본적으로 청교도 신정정치가 존속하기 위해서는 "배제와 금지(exclusion and prohibition)"라는 신념 위에 형성되어야만 했다(Adler 92). 즉 한 집단이 존속하기 위해서는 금지 조항을 규정하고, 집단 내 개인이 살아남기 위해서는 이웃일지라도 타자화하고, 금지 조항을 위반한 자는 배제하는 원리를 바탕으로 청교도 신정정치 체제가 운용되었다.

고발이 연쇄 반응으로 확대되면서 마을 사람들은 평소에 사이가 좋지 않았던 이웃을 마녀로 고발하기에 이른다. 이 과정에서 이성과 논리는 실종된다.

헤일이 사건의 발단을 묻자 퍼트넘 부인은 자신의 모든 아이들이 죽고 마지막 남은 루스마저 사경을 헤매는 원인을 악령 때문이라고 단정하고 티투바에게 악령을 불러내 달라고 부탁했다고 고백한다. 상식적으로 악령을 불러내 달라고 한 퍼트넘 부인과 그녀의 부탁을 받고 악령을 불러낸 티투바 둘 모두 유죄가 되지만, 퍼트넘 부인의 광기가 이성과 논리를 압도한다. 그녀는 자신의 증오와 원한을 레베카(Rebecca Nurse)에게 투사한다.

> 하느님이 날 벌주실 일이지. 당신은 아니예요, 당신은 아니야, 레베카! 당신이 날 더 이상 심판하도록 내버려 두지는 않겠어! (헤일에게) 일곱 아이들이 단 하루도 살지 못하고 죽는 것이 자연스러운 일인가요? (36)

퍼트넘 부부와 너스 부부는 마녀 소동이 일어나기 전부터 토지 문제와 교구 목사 서임 문제로 원래 서로 사이가 좋지 않았다. 탐욕적인 퍼트넘 부부와 달리 레베카와 그녀의 남편 프랜시스(Francis Nurse)는 마을 사람들로부터 평판이 좋았다. 프랜시스는 비공식적인 판사처럼 마을에서 분쟁이 벌어지면 이를 중재해달라는 요청을 받곤 했다. 그는 퍼트넘 가문과 토지 분쟁을 겪기도 했는데, 결국 좋은 평판 덕분에 문제를 원만하게 해결했다. 교구 목사 임명 문제에 있어서도 퍼트넘은 자신의 처남의 임명을 너스 일가가 반대했다고 생각했다. 여기에 퍼트넘의 일곱 아이들이 모두 죽은 반면 레베카는 열 명의 자식에 스물 여섯 명의 손자를 두고 있기에 두 가문은 사이가 좋지 않았다. 결국 재판에서 퍼트넘은 자신의 딸 루스에게 레베카를 마녀로 지목하도록 사주한다. 요컨대 마녀의 존재의 진위보다도 이웃 간의 증오, 시기, 질투가 문제의 궁극적인 원인이었다.

배제와 금기를 규준으로 세일럼의 청교도 사회가 잘 운용되었지만 시간이 흐름에 따라 청교도 윤리적 기강이 해이해지고, 탐욕과 시기, 원한, 증오 등의 개인적 감정에 지배되어 마을 사람들은 서로 반목하게 되고, 마녀 소동을 기화로 걷잡을 수 없는 사태로 번지게 된 것이다. 세일럼의 신정 체제 법정은 공정한 적법 절차를 무시하고 미신적 공포 분위기를 조성하여 마을 사람들에게 비합리적이고 억압적인 형태의 집단/전체주의를 받아들이도록 강요한다. 신정 체제에서 법정에 대한 공격은 신에 대한 공격으로 간주되고, 법정을 모독하는 행위는 신의 이름으로 심판과 처벌이 뒤따른다.

2막에서는 프록터, 엘리자베스, 애비게일 등의 개인적인 문제와 마녀재판이라는 공적인 문제가 교직된다. 법정은 소녀들에게 마법을 고백하지 않으면 모두 교수형에 처해질 것이라고 위협한다. 엘리자베스는 프록터에게 법정에 출두해 애비게일의 거짓을 폭로할 것을 종용한다.

엘리자베스: 존, 저는 당신이 세일럼에 가야 한다고 생각해요. (……)
당신은 이것이 사기라고 말해야만 해요.
프록터, 이 이상을 생각하며: 그래 사기 행위지, 분명히 그렇고말고.
(50)

하지만 프록터는 소녀들의 마녀 고발이 정당하지 않음을 알면서도 애비게일과의 간통 때문에 법정에 출두하는 것을 망설인다. 결국 프록터와 엘리자베스는 애비게일로 인해 언쟁을 벌인다. 이처럼 프록터가 사회의 계율과 내적인 욕구 사이에서 갈등하는 모습은 애비게일과 엘리자베스와의 대립적인 관계 설정에서 잘 드러나고 개인적인 동기들과 공적인 동기들의 필연적인 충돌이 일어나는 이 극의 성격을 잘 보여준다(Hassan 147).

그때 기진맥진한 상태로 겁에 질린 자신이 등장한다. 그녀는 엘리자베스에게 법정에서 앉아 있는 동안 만든 인형을 건네준다. 그리고 법정에서 있었던 일들을 프록터와 엘리자베스에게 알려준다. 프록터가 그녀에게 법정에 더 이상 나가지 말라고 하자 그녀는 자신들은 "하느님의 일"을 하기 때문에 법정에 나갈 것이라고 강변한다(56). 엘리자베스는 애비게일이 자신을 고발할 것이라는 것을 감지하고 프록터에게 그녀를 달래라고 애원하지만 프록터는 분노에 차 말을 하지 못한다. 그 순간 헤일이 프록터를 방문한다. 하지만 "그는 달라져 있다. 약간 찡그린 듯한 그의 태도에서는 공손하고 심지어는 죄의식을 느끼고 있는 듯하다"(59). 헤일은 처음에는 자신의 판단에 오류가 없음을 확신했지만 법정에 선 피고인들의 죄에 대해 확신할 수 없다고 프록터에게 고백한다. 법정에서 엘리자베스의 이름이 언급되고 레베카가 고발당했다는 사실을 전한다(60~61).

헤일은 프록터에게 불성실한 예배 참례의 이유를 묻자, 프록터는 패리스의 세속적인 물욕 때문이라고 적대적인 감정을 토로한다. 그는 "그[패리스 목사]에게서 "하느님의 빛을 볼 수 없다"고 단언한다(62). 헤일 은 한편으로는 프록터를 만류하고 다른 한편으로는 패리스를 변호하면서 더욱 혼란스러워한다. 헤일은 프록터와 패리스의 갈등은 종교적인 문제라기보다는 개인적인 원한과 불화에서 기인한 것임을 감지한다. 세일럼의 마녀 소동은 이처럼 이웃 간의 반목과 불화를 기저에 깔고 있다. 세일럼 주민들은 "신성한 일을 하기 위해서 하느님을 필요로 하기보다는 세속적인 일에 적합한 주의를 기울이기 위해서 하느님을 필요로 한다"(샌트너 211).

프록터와 엘리자베스는 예배 참여는 소홀했지만 신앙에 있어서는 결코 악마를 숭배한 적이 없다고 확고하게 주장한다. 프록터가 십계명을 제대로 암송하지 못하자 프록터와 엘리자베스는 불안해하고 헤일은 이를 의혹의 빛으로 바라본다. 엘리자베스의 강권으로 프록터는 소녀들이 아픈 것과 마법과는 아무런 상관이 없다고 주장한다(64~65). 프록터는 이 말을 애비게일로부터 들었다고 주장하자 헤일은 더욱 혼란스러워 한다. 왜냐하면 자신의 마녀에 관련한 조사는 잘못되었을 리가 없다고 확신한 상태에서 법정에서 많은 사람들을 심문했고 그들로부터 자백을 받았기 때문이다. 헤일이 프록터에게 법정에서 진술해 줄 수 있냐고 묻자 프록터는 망설인다.

이때 자일스(Giles Corey)와 프랜시스가 등장해 자신들의 아내가 잡혀갔다는 소식을 전한다. 특히 프랜시스가 레베카가 살인 혐의로 고소되었다고 하자 헤일은 혼란스러워하면서도 악마에 대한 자신의 주장을 굽히지 않는다.

> 악마는 세일럼에 살고 있습니다. 그래서 우리는 고발하는 손길이 가리키는 곳이라면 어디든지 감히 겁내지 말고 좇아가야만 합니다! (68)

그러면서 자일스에게 그의 아내 마사(Martha Corey)가 고소된 이유를 묻는다. 그에 대해 자일스는 다음과 같이 대답한다.

> 그 못된 잡종 같은 월콧이 내 아내를 고소했소. 아시다시피 그 녀석이 사오 년 전에 집사람의 돼지 한 마리를 사갔는데, 그 돼지가 곧 죽어 버렸지요. 그래서 그 녀석이 돈을 되돌려 달라고 펄쩍 뛰며 왔어요. 그래서 우리 마사가 이렇게 말해 주었소. "월콧 씨, 돼지 한 마리 제대로 키우는 지혜가 없다면, 돼지를 많이 치기는 글렀어요."라고 말이죠. 이제 그 놈이 법정에 가서는 우리 마사가 책으로 돼지들에게 마법을 걸었기 때문에 그때부터 지금까지 돼지를 사 주 이상 키우지 못했다고 고소를 한 거요! (68)

레베카와 마사가 마녀로 지목되고 구인되는 장면을 통해 세일럼의 마녀 소동은 종교적인 신념 때문이 아니라 이웃 간의 불화에서 비롯되었다는 것을 알 수 있다.

법정 서기 치버(Cheever)와 경찰 서장 헤릭(Herrick)은 애비게일을 저주했다는 죄목으로 엘리자베스를 체포한다. 그들은 메리 워렌이 엘리자베스에게 주었던 인형을 마녀의 증거품으로 제시한다. 프록터는 엘리자베스의 체포에 대해 저항하지만 헤일은 프록터를 만류하며 재판의 공정성을 역설한다. 그러자 프록터는 헤일에게 마녀 소동에 대한 본질적인 부분에 대해 강변한다.

> 어째서 당신은 패리스와 애비게일이 결백한지는 결코 의심해 보지 않는 겁니까? 이제는 고소한 자들만이 항상 거룩한 겁니까? 그자들이

하느님의 손가락같이 순결하게, 오늘 아침 태어나기라도 했단 말입니까? 세일럼을 돌아다니고 있는 것이 무엇인지 말해 드리겠소. 복수가 세일럼을 돌아다니고 있소. (73)

결국 엘리자베스는 체포되어 끌려가고 프록터는 고통스러워한다. 헤일은 자신의 섣부른 공명심으로 마을 전체가 광기에 사로잡히게 되었음에도 책임을 회피하고 오히려 마을 사람들에게 책임을 전가한다. 프록터는 메리 워렌에게 법정에서 애비게일이 인형에 바늘을 찔러 넣었다는 사실을 재판관에게 말해야 한다고 설득한다.

3막은 『시련』의 핵심 부분으로 이며 주로 마녀 재판이 이루어지는 법정 장면이다. 버나드 로젠탈(Bernard Rosenthal)의 주장처럼, 마녀 재판 그 자체를 조사하는 것은 불가피하게 "일종의 텍스트상의 문제, 즉 [여러 가지 이야기 가운데] 하나의 이야기, 그들의 신뢰성을 위해 서로에 대해서 경쟁하는 이야기들을 비교, 검토하는 일"(27)이다. 따라서 이성과 논리에 입각해 재판이 이루어져야 하지만 실제로는 정반대이다. "잔인하고 무자비한"(78) 해손(Hathorne) 판사는 자기중심적이며 권력지향형 인물로서 진실을 규명하는 것보다는 자기 이익을 우선시한다. 해손은 마사가 마녀라는 기소에 대해 자신의 결백을 주장하자, 오히려 그녀에게 "그렇다면 당신이 마녀가 아니라는 것을 어떻게 알 수 있는가"라고 반문한다(77). 해손의 이런 반응은 『시련』에서의 마녀 재판은 비이성과 광기에 의해 추동되며 이웃 간의 반목과 불화가 기저에 있음을 방증한다. 프랜시스와 자일스의 소녀들의 증언이 거짓이라는 주장을 해손은 이들을 법정 모독죄로 기소해야 한다고 묵살한다.

프록터는 메리 워렌을 데리고 증언하러 법정에 출두한다. 패리스는 메리 워렌을 보고 놀라며 댄포스(Danforth) 부지사에게 프록터가 "위험인물"이기 때문에 조심하라고 말한다(81). 메리 워렌은 머뭇거리면서 소녀들이 거짓 행동을 하고 있다고 증언한다. 하지만 패리스는 당황하며 메리 워렌의 증언이 오히려 거짓이라고 반박한다. 댄포스는 치버와 패리스, 헤일로부터 프록터의 행동에 대한 설명을 듣고 프록터를 의심의 눈초리로 바라본다. 프록터는 패리스에 대한 자신의 적대적인 감정을 토로하고 패리스와 치버 역시 프록터가 "일요일에도 밭을 갈고 (…) 교회에 가지 않는다"고 불리하게 증언한다(84).

댄포스는 프록터에게 엘리자베스가 임신했다는 진술서를 제출했다는 사실을 전하며 그 사실을 알고 있었는지 프록터에게 묻는다. 프록터는 그 사실은 몰랐지만 엘리자베스는 "거짓말을 하지 않기" 때문에 그녀의 말이 사실이라고 단언한다(85). 댄포스는 엘리자베스의 목숨을 구하는 것이 가장 큰 목표라면 그녀가 임신 중이기 때문에 1년 동안 형 집행이 이루어지지 않을 것이므로 목표가 달성되었고, 따라서 고소를 취하하겠느냐고 묻자 프록터는 고소를 취하할 수 없다고 주장한다. 그는 재판을 통해 엘리자베스뿐만 아니라 고소당한 다른 사람들의 결백을 입증해야 한다고 주장한다. 패리스는 프록터가 법정을 모독하려 한다고 비난한다.

프록터는 엘리자베스를 포함해 마녀로 고발당한 사람들이 선량한 사람이라고 마을 사람들이 서명한 탄원서를 댄포스에게 제출한다. 패리스는 이들을 모두 소환해야 한다고 주장하고 프랜시스는 이들에게 아무런 해도 끼치지 않을 것을 약속했기에 소환해서는 안 된다고 항변한다. 결국 댄포스는 탄원서에 서명한 사람들을 소환하라고 명령한다. 프록터는 메리 워렌이 증언을 망설이자 그녀에게 "선한 일을 하면 너에게 아무런 해도 오지 않을 것이다"라고 말하며 안심시킨다(88).

『시련』에서 이웃 간의 반목과 불화를 가장 극명하게 보여주는 또 다른 예로 자일스와 퍼트넘을 들 수 있다. 자일스는 퍼트넘이 자신의 딸을 사주해 조지(George Jacobs)에게 마법 혐의를 외치게 했다는 고소장을 제출했고 퍼트넘은 허위사실이라고 반박한다. 댄포스가 자일스에게 고소에 대한 증거를 요구하자 자일스는 서류를 가리키며 외친다.

> 제이콥스가 마법 혐의로 교수형을 당하면 그의 재산을 몰수당합니다. 그것이 법입니다! 그런데 그렇게 넓은 토지를 현금으로 살 수 있는 사람은 퍼트넘뿐입니다. 이자는 이웃의 땅을 차지하려고 이웃들을 죽이고 있습니다. (……) 퍼트넘이 그렇게 말한 것을 들은 한 정직한 사람에게서 이 선서 증언을 들었습니다. 그의 딸이 제이콥스에게 혐의를 씌운 날, 퍼트넘은 자기 딸이 자기에게 훌륭한 토지 선물을 주었다고 말했답니다. (89)

해손은 자일스에게 이름을 대라고 하자, 그는 망설이다가 결국 이름을 대지 못한다. 그러자 해손은 이를 법정모독으로 간주한다. 댄포스 역시 주 정부와 중앙 교회의 이름으로 자일스에게 퍼트넘을 저속한 살인범이라고 말한 자의 이름을 밝힐 것을 요구한다. 하지만 자일스는 끝까지 거부한다. 왜냐하면 그의 이름을 밝히면 그가 투옥되기 때문이다. 자일스는 무고한 사람의 이름을 밝히는 대신 자신의 죽음을 선택한다. 다른 사람의 생명을 구하기 위해서 증언하기를 거부하는 것은 그를 나의 "동료인간", 나의 동료, 즉 내가나 자신의 자아의 거울 속에서 상상하는 선한 존재(자기보존, 욕구의 만족)로 취급하는 것이다(레이너드 78).

메리 워렌은 갑자기 흐느끼고 프록터가 그런 그녀를 진정시킨다. 프록터가 메리 워렌의 선서 증서를 댄포스에게 건네려 하자, 헤일은 댄포스에게 변호사를 동반해 재판을 진행하자고 제안한다. 하지만 댄포스는 소녀들이 확실히 증언을 했기 때문에 변호사가 필요하지 않다고 그의 제안을 기각한다.

> 일반 범죄에 있어 어떻게 피고인을 변호하죠? 무죄를 증명하기 위한 증인을 소환하면 되겠지요. 그러나 마법 행위는 사실상, 외면적으로도 본질적으로도 비가시적인 범죄요. 그렇지 않소? 따라서 누가 마법 행위에 대한 증인이 될 수 있겠소? 마녀와 그 피해자. 그 외에는 없어요. 자, 마녀가 자신을 고소하길 기대할 순 없소. 동의하지요? 따라서 우리는 마녀의 피해자들에게 의지할 수밖에 없소. (93)

댄포스는 마녀 재판에 대해 확고한 신념으로 차있다. 그가 메리 워렌을 심문하면서 증언 과정에서 프록터가 위협했는지 묻자, 메리 워렌은 그런 적이 없다고 대답한다. 그때 애비게일을 비롯해 마녀 소동을 벌인 소녀들이 등장한다. 댄포스는 애비게일에게 메리 워렌의 증언의 사실 여부를 묻자 아니라고 답한다. 오히려 애비게일은 메리 워렌이 거짓 증언을 하고 있고 심지어 마술을 쓰고 있다고 주장한다. 결국 프록터는 애비게일의 흉계를 폭로하기 위해서 자신과 애비게일과의 불륜 사실을 고백한다. 댄포스는 엘리자베스를 출두시켜 진위여부를 밝히려 한다. 하지만 엘리자베스는 남편의 명예를 지켜야 한다는 일념으로 프록터와 애비게일과의 불륜 사실을 부인한다. 프록터의 "엘리자베스는 결코 거짓말은 하지 않는다"는 진술은 결국 그의 애비게일과 간통했다는 고백이 거짓임을 반증하게 된다. 헤일은 뒤 늦게 자신의 그릇된 공명심 때문에 일이 파국으로 치닫게 되자 잘못을 깨닫고 재판을 중단하라고 요청한다.

> 부지사님, 이것은 어쩔 수 없는 거짓말입니다. 간청하건대, 또 다른 사람이 유죄 판결을 받기 전에 여기서 중지해 주십시오! 저는 더 이상 이 문제에 대해 양심의 문을 닫고 있을 수 없습니다. 개인적인 복수심이 이 증언 가운데 작용하고 있습니다! (105)

한편 메리 워렌은 계속해서 소녀들을 비난할 경우 자신도 위태로워질 것이라는 사실을 깨닫고 프록터를 "악마의 사도"(110)라고 주장한다. 그리고 프록터가 자신을 거짓 증언을 하도록 사주했다고 허위자백을 한다. 법정이 마녀를 가장한 소녀들의 증언을 수락하자, 프록터는 "하나님은 죽었어"(111)라고 힐난하며 끌려간다.

『시련』에서 애비게일은 신정 체제의 전횡, 위선과 허위의식의 가면 속에 자신의 정체를 숨기고 있는 악의 화신으로 규정된다. 그녀는 프록터의 유혹을 에덴동산의 선악과의 접촉에 비교하여 자신을 잠에서 깨워 마음속에 지식을 불어 넣은 '시련'이라고 생각하고, 청교도 사회에서 수치와 금기로 간주된 성적 충동을 인간의 정상적이고 자연스러운 감정으로 간주한다. 그녀는 프록터와의 일시적인 불륜 관계 이후 엘리자베스에 대한 증오심과 복수심에 사로잡혀 양심과 자유를 잃는다. 그녀는 신정 체제를 악용하려는 태도와 허위의식에서 나오는 비양심적인 사고와 행동 양식을 벗어나지 못하고, 이단적 행위를 색출하고 사회를 정화시키는 성처녀로서 행세하며 엘리자베스를 마녀로 고발한다. 그리고 힘없는 소녀를 협박과 강요로 그녀의 음모에 끌어들인다. 이러한 상황은 청교도 사회에서 조성된 심한 공포심과 불안감, 또 애비게일의 개인적인 복수심과 허영심이 없다면 일어날 수 없다. 현실의 왜곡된 상황을 감추는 신정 체제의 가면이 애비게일로 하여금 선량한 인간에 적대적인 광포한 고발을 행할 수 있게 만든다(김성철 38~39).

4막에서 패리스는 죄책감으로 불안한 상태다. 마녀 재판으로 마을 전체가 불안과 혼돈으로 휩싸여 있고 자신이 모든 비난을 받고 있는 상황에 처해 있다. 결국 그는 죄책감과 혼자 모든 것을 감당할 수 없다는 불안감으로 헤일에게 도움을 요청하고 투옥되어 있는 사람들을 위해 헤일과 함께 기도한다. 해손은 댄포스에게 패리스가 최근 들어 미친 사람 같은 얼굴을 하고 있으며 불안정해 보인다고 말한다. 치버는 그 이유를 나름대로 다음과 같이 추정한다.

수많은 암소들이 큰길에서 헤매고 있습니다. 지금 주인들은 감옥에 있고, 이제 암소들을 누가 차지할 것인지에 대해 많은 논쟁이 일어나는 중입니다. 패리스 씨는 어제 온 종일 농부들과 말다툼을 했습지요. 부지사님, 암소를 둘러싼 아주 큰 말다툼이었습니다. 그 싸움이 그를 울게 만든 거예요, 부지사님, 그 사람은 항상 말다툼 때문에 우니까요. (115)

패리스는 댄포스에게 애비게일이 그의 돈을 훔쳐 달아난 사실을 전한다. 그에게는 종교적인 신념이나 정의보다는 교구 목사로서의 권위와 안전이 최우선이다. 그는 마을에서 신망을 받고 있는 레베카와 프록터가 교수형에 처해질 경우 자신의 지위와 생명에 위협이 될 수도 있음을 인지하고 댄포스에게 레베카와 프록터의 교수형을 연기하자고 제안한다. 하지만 댄포스는 감옥에 투옥되어 있는 사람들에게 죄를 고백하고 생명을 구하라고 설득하는 헤일의 노고를 치하하면서도 형 집행 연기는 있을 수 없다고 단호한 태도를 취한다. 그에게 중요한 것은 투옥된 사람들이 마녀인지 아닌지가 아니라 판사로서의 자신의 권위와 명예일 뿐이다.

> 지금 연기한다는 것은 내가 실수했다는 것을 시인하는 게 되오. 형 집행의 연기나 사면은 지금까지 죽은 자들의 죄에 의혹을 일으킬 것이오. (119)

댄포스는 『시련』에서 가장 위험한 인물일 수 있다. 해손이나 패리스는 탐욕적인 인물들로서 단지 자신의 이익에 따라 움직이기 때문에 상황에 따라 본의 아니게 정의를 택할 수가 있다. 하지만 댄포스에게 중요한 것은 정의와 무관하게 오직 판사로서의 자신의 권위이기 때문에 더 사악하고 위험하다. 그는 엄하고 동시에 결의가 굳은 감독자이자 동료 판사들보다 더 불손한 인물로 한층 더 위협적인 존재다(Abbotson 127). 댄포스의 독선적이고 권위주의적인 태도는 이성과 광기를 구분하지 못하는 사회, 정치 제도와 관행으로 인한 부패성, 그리고 반인륜적 지배층의 패륜과 타락성을 나타낸다(Nelson 162).

『시련』에서 해손, 댄포스, 퍼트넘, 해리스, 애비게일 등은 '충분히 인간적이지 않은 존재'로 규정된다. 오히려 이들은 임마누엘 레비나스(Emmanuel Levinas)가 인간의 범위에 포함시키지 않은 "비인간적인" 존재에 가깝다. "그는 비인간이다"라는 진술은 전혀 다른 어떤 것, 즉 그는 단순히 인간도 단순도 비인간도 아니며, 오히려 우리가 "인간성"이라고 이해하는 것을 부정하지만, 인간 존재에 고유한 섬뜩한 과잉으로 특징짓는 존재라는 것을 의미한다(지젝 254).

헤일이 계속해서 댄포스에게 교수형을 연기하라고 간청하지만 댄포스는 이를 거부한다. 대신 엘리자베스에게 교수형에 처해지는 해 뜰 무렵까지 프록터의 자백을 받아오면 그를 사면하겠다고 말하며 프록터를 설득할 것을 지시한다. 헤일은 처음보다 순화되고 자신의 지식에 대해 확신을 잃은 채 "우리는 그분[신]의 뜻을 알 수 없다"(122)고 한탄한다. 제임스 마틴(James Martine)의 설명처럼, 그는 목사 또는 퇴마사라는 그의 권위를 담보하는 책 없이 감옥에 들어온다(30). 헤일의 모습은 1막의 첫 장면에서 그는 '퇴마사'라는 자신의 지식을 과시하기 위해 "그가 대 여섯 권의 무거운 책들을 들고 등장하는"(14) 모습과는 상반된다. 그는 감옥에 있는 죄수들에게 목숨이 가장 중요한 가치이므로 목숨을 구명하기 위해서는 그녀의 간청대로 거짓 자백이라도 해야 한다고 말한다.

결국 프록터는 엘리자베스와 화해한다. 그는 악마를 본 적이 있고 악마에게 봉사하겠다고 맹세한 적이 있다는 거짓자백을 한다. 하지만 댄포스가 함께 투옥된 다른 사람들 모두 마녀라는 사실을 인정하라고 종용하자 이것만큼은 거부한다. "저는 저 자신의 죄만 말할 뿐입니다. 저는 다른 사람들을 판단할 수 없습니다"(131). 댄포스는 치버를 불러 프록터의 자백을 기록하도록 명령한다. 프록터가 왜 기록해야만 하느냐고 묻자, 그는 마을 사람들에게 좋은 교훈을 주기 위해서 교회 문에 게시할 것이라고 답한다. 프록터는 댄포스나 패리스가 자신을 이용하려 한다는 것을 알고 어쩔 수 없이 자백서에 서명은 했지만 그 자백서를 법정에 넘겨줄 수 없다고 완강하게 버틴다. 결국 프록터는 목숨을 지켜 명예를 더럽힐 수 있다며 자신의 자백서를 찢어버린다. 헤일은 엘리자베스에게 프록터를 설득하라고 간청하지만 엘리자베스는 이를 거부하고 그의 죽음을 받아들인다. 프록터 또한 자신의 죽음을 받아들인다.

프록터의 죽음은 인간의 행위와 그 행위를 한 자아에 대한 인식 사이의 갈등에 대한 고찰이다. 자아에 대한 인식은 스스로 생성된 것이 아니라 외부의 시선이 내재화된 결과라는 것이 비극의 본령이다. 레이먼드 윌리엄스(Raymond Williams)는 프록터의 죽음을 "박해하는 권위에 항거하여 자기 자신과 다른 사람들의 진실의 보존, 즉 자아보존의 한 행위"로 규정한다(104). 즉 프록터의 비극적 죽음은 목숨을 희생하더라도 인간의 존엄성을 지키려는 숭고한 행위로 간주된다. 프록터의 죽음은 한 개인의 죽음으로 한정되지 않고 사회적, 공동체적 파급 효과를 갖는다. 신정 정치 체제의 옹호자였던 헤일은 프록터의 죽음으로 혹은 그의 죽음의 과정을 지켜보며 양심의 수호자로 변모한다. 결과적으로 자신의 의지를 관철하는 프록터 부부와 소수 주민들과 헤일은 선과 고결함을 회복하고 마침내 악의 세력을 도덕적으로 단죄하기에 이른다(Moss 42).

미셸 푸코(Michel Foucault)의 '권력 담론'은 『시련』을 읽는 데 대단히 유용하다. 그는 문명이 발전함에 따라 인간은 권력의 틈바구니에서 희생의 제물이 되고 있다고 진단한다. 권력의 문제는 어느 시대를 막론하고 인간의 삶속에 중심과제가 되고 있다고 인식했다. 그는 개인의 존재가 권력과 깊은 관계로 얽혀져 있는바, 권력개념으로 개인과 사회의 비극을 설명했다. 그는 권력을 "사회 속에서 유통되면서 하나의 사슬처럼 얽혀 있는 그물망으로 그것을 통해 영향력을 행사하며 기본적으로 자연과 인간의 본능을 억압하고 개인의 본질적인 존재 방식을 억압하는 기제"로 파악했다(홍성민 130 재인용).

『시련』의 주요 등장인물들은 영국의 청교도에 대한 억압에 대항하기 위해 혹은 압제를 피하기 위해 영국을 떠나 미국 사회에 정착해 새로운 청교도 사회를 건설한 후예로 표상된다. 그들은 소수자가 감당해야 하는 박해의 고통과 위협을 누구보다 잘 알고 있다. 하지만 그들은 청교도 사회를 유지한다는 명분으로 자신들의 기득권을 유지하기 위해 사회적·경제적으로 미약한 소녀, 흑인 노예, 과부 등을 억압하거나 배제했다. 더 나아가 그들의 무고한 죽음을 사주하거나 이를 방조했다.

세일럼 청교도 사회의 기득권층만이 약자들을 박해하는 것은 아니다. 주인공 프록터 역시 세일럼 지역의 교회, 법원 그리고 고위층으로부터 억압을 받지만 동시에 그는 애비게일이나 메리 워렌과 같은 도덕적인 부분은 차지하더라도 사회적으로 미약한 존재들, 일명 서발턴(subalterns)을 가부장적 이데올로기로 억압한다. 애비게일의 진술을 통해 알 수 있듯이, 프록터는 사회적 '정의'를 위해 자신의 목숨을 희생하는 숭고한 인물이지만, 그 역시 애비게일에게 가부장적 폭력을 행사하는 등 가부장제의 가치를 내면화했고, 그 과정에서 애비게일이 도덕적·윤리적 부분은 차치하더라도 자신을 보호하기 위한 방어 기제로 다른 사람을 고발했다는 해석도 가능하다. 산드라 길버트(Sandra Gilbert)와 수잔 구버(Susan Guber)의 지적대로, 가부장적 사회는 실제로 신체적, 정신적으로 여성들을 병들게 하고 광장공포증, 건망증, 식욕부진, 실어증, 병적 게걸증, 히스테리아 그리고 광기 등을 초래한다(53).

『시련』은 1690년대의 마녀 재판의 광기가 침윤한 세일럼 마을과 매카시즘 광풍에 사로잡힌 1950년대 미국 사회를 유비하고 있다. 그렇기에 이 작품은 예술적 완성도를 떠나 사회적·정치적으로 큰 반향을 일으켰다. 이 작품에 대한 비평은 대체로 형식적으로는 정치적인 알레고리로 해석되었고, 내용상으로는 주인공 프록터의 숭고한 개인주의적 희생에 수렴되었다. 하지만 이 작품을 원작으로 한 동명의 영화 〈크루서블(*The Crucible*)〉(1996)이 제작, 개봉되었을 때는 다른 측면에서 반향을 일으켰다.[8] 즉 원작에서는 크게 부각되지 않았던 이웃 간에 벌어지는 갈등과 불화의 문제가 영화에서는 전경화되었다. 아무래도 그 이유는 영화가 개봉되었던 시대적 상황에서 찾아볼 수 있다. 1990년대 중반은 정치적으로 비주류적 개인이나 집단 또는 비관습적 행태에 대한 사회적인 불관용이 편재한 사회 안에서 마녀사냥의 모티프는 일상화된 시기였다. 당시 미국에

8) 『시련』을 최초로 영화화한 것은 장 폴 사르트르(Jean Paul Sartre)가 각색한 〈세일럼의 마녀들(*Les Sorcieres de Salem*)〉(1957)이었다. 밀러는 영화 〈크루서블〉의 시나리오를 쓰면서 단순히 원작 『시련』을 변용해 각색 작업을 했다기보다는 새로운 관점에서 작품을 쓰는 것처럼 재구성했다(Kauffmann 31).

서는 종교적 근본주의, 정치적 편협성, 외국인공포증, 동성애공포증, 비주류 문화의 탄압은 보편적이고 일상적인 현상이었다.

『시련』을 기존의 정치적 알레고리나 프록터를 중심으로 벌어지는 개인과 사회의 비극적 갈등 및 진실 추구의 문제로 작품을 분석했을 때는 분명 시대적 한계를 노정하기 때문에, 논의를 보다 유의미하게 확장시키기 위해서는 주요 등장인물 프록터, 애비게일, 엘리자베스를 비롯한 세일럼 마을 사람들의 개인적 차원의 죄, 즉 개인적인 원한, 증오, 복수가 사회적 행위와 어떻게 연관되는지를 파악하고, 이웃 간의 불화 혹은 공동체의 붕괴가 어떤 비극적 결과를 가져오는지 천착하는 것이 요구된다.

3. 벌거벗은 폭력

『시련』은 1692년 세일럼에서 실제로 있었던 마녀 재판을 극화한 작품으로 마녀 재판과 반미 활동을 벌인 자들을 색출하려는 매카시즘 광풍 사이의 유비를 통해 인간 본성의 본질적 문제들을 천착한다. 밀러는 이 작품을 통해 반복되는 역사적 사건이 벌어지는 사회현상의 원인과 과정을 규명하고 그에 대한 정확한 인식을 촉구한다. 매카시즘의 광풍에 대해 밀러가 받은 충격은 그것이 집단적인 공포를 야기할 뿐만 아니라 새로운 주관적 리얼리티를 조작한다는 것이었다. 그는 상대적인 것과 절대적인 것이 혼동되고, 주관적 리얼리티가 객관적 리얼리티로 전도되는 현상에 당혹해했다. 매카시즘 광기뿐만 아니라 자신의 양심을 속이는 현대 미국인들의 모습에서 공포와 분노를 느꼈던 밀러는 전횡적인 정치세력이나 오도된 여론 또는 일부 광신적인 종교집단이 '벌거벗은 폭력'에 노출된 약자를 어떻게 억압하는지를 극화했다. 밀러는 『시련』에서 극한 상황에 처한 인간이 겪는 행위와 자아 사이의 갈등을 주제화했는데, 그는 이런 갈등은 세일럼 사회나 매카시즘 지배하의 미국 사회뿐만 아니라 인간의 이성과 상식을 폐기하도록 강요하는 모든 비이성적 사회 조건이 배경이 될 수 있음을 역설한다.

밀러는 『시련』에서 당연하고 절대적인 것으로 간주되는 사회적 전제들이 실제로는 지극히 주관적인 판단에 의해 왜곡되고 조작된 허상이라는 점을 지적하고, 이것이 객관적 사실로 전화되는 과정의 문제점을 예각화한다. 그는 집단적인 공포의 분위기 속에서 새로운 가치관을 조작하는 강요하는 가시적인 또는 비가시적인 제도를 폭로하고, 그것에 의해 희생되는 개인의 존엄성에 관심을 두었다. 밀러는 이 작품에서 개인들 위에 절대적인 힘을 행사했던 당대의 매카시즘이나 세일럼을 지배했던 경직된 청교주의가 자의적이고 임의적인 과정을 통해서 형성된 것임을 규명한다.

『시련』은 왜곡된 종교적 광기에서 출발하여 세일럼 주민 개인의 이해관계에 얽힌 사적 복수로까지 전회한 마녀재판에서 희생된 주인공 프록터의 투쟁과 고통을 통해 그의 비극성을 강조한다. 밀러는 미국인들의 역사적 트라우마로 남아 있는 세일럼의 마녀재판을 재역사화함으로써 집단적 광기와 이데올로기 공세에 노출된 현대 지성인의 무력감을 극화했다.

무엇보다도 『시련』은 또한 '이웃'에 대해 고찰할 수 있는 계기를 마련해준다. 밀러는 이 작품을 통해 이웃은 개인의 의도나 상태의 변화에 따라 언제든지 적으로 돌변할 수 있음을 시사한다. 소녀들이 장난으로 벌인 놀이, 즉 일종의 해프닝은 애비게일의 프록터에 대한 집착과 복수심, 퍼트넘 부인의 레베카에 대한 시기심, 퍼트넘의 토지와 권력에 대한 열망, 패리스의 세속적 욕망, 헤일의 학문에 대한 과신, 댄포스의 권위 의식과 같은 숨은 동기들이 뒤엉켜 마녀사냥과 마녀재판이라는 끔찍한 결과를 초래한다. 여기에 마을 주민들의 증오와 원한이 더해진다. 마녀라는 희생양을 발견한 세일럼 주민들은 오랫동안 억압되어 온 욕구 불만을 악마에 대항해 싸운다는 명분하에 이웃에게 잔인하고 비열하게 투사한다. 즉 마녀 재판의 진행되는 과정에서 마을 사람들이 이웃에게 평소에 품었던 원한과 욕심, 시기와 같은 이기적인 욕망들이 예기치 않게 분출하게 된 것이다. 이 지점에서 이웃은 "얼굴 없는 괴물"(지젝 294)이 된다. 이때 마녀로 낙인찍히는 대상은 세일럼 마을에서 가장 힘이 없고 죄를 뒤집어 씌워도 저항하지 않을 것이고, 마을 사람들의 반발도 가장 작을 것으로 예상되는 존재들인 호모 사케르다. 요컨대 사회적 사건 이면에 복잡하게 얽히고설킨 개인들의 이기심과 권력의 역학 관계가 『시련』의 중심 주제로 자리 잡고 있다.

주지하듯 인간은 사회적 동물이다. 그렇기 때문에 대인 관계에서 상호간의 신뢰, 동료에 대한 존경심은 당연하게 요구된다. 이는 누구도 부정할 수도 없고 부정되어서도 안 되는 당위적 명제다. 이런 당위적 명제도 극한 상황에서는 벌거벗은 폭력에 의해 파괴될 수 있음을 『시련』은 예증한다. 인간은 피해자와 가해자의 경계에 처해 있다. 그 경계선은 확고하지 않다. 따라서 인간은 본성적으로 악을 체득화하기보다는 상황에 따라 악을 내면화하고 상대방을 타자화하고 폭력적으로 변한다. 결론적으로 말해 『시련』의 본령이자 핵심은 용기와 정신의 명료성이 담보하는 궁극적인 힘을 재확인하는 것이다. 작가 밀러는 이런 용기와 정신의 명료성이 가져오는 궁극적인 결과는 곧 자유라는 것을 역설하고 있다.

『미국의 천사들』에 나타난 쿠시너의 정치철학

1. 문학이 정치와 종교와 만났을 때

토니 쿠시너(Tony Kushner)의 『미국의 천사들: 국가적 주제들에 대한 게이 환상곡(*Angels in America: A Gay Fantasia on National Themes*)』(1993)은 제1부 『새 천 년이 도래한다(*Millennium Approaches*)』(1991)와 제2부 『페레스트로이카(*Perestroika*)』(1992)로 구성되어 있다. 이 작품은 표면적으로는 1980년대 미국 로널드 레이건(Ronald Reagan) 행정부를 배경으로 주로 동성애와 에이즈(AIDS) 문제를 전경화하고 있지만, 심층적으로는 동성애와 에이즈 외에도 미국 사회의 정치적 대립, 인종적 편견, 종교적 차이 등 다양한 문제로 인해 발생하는 다층적이고 복합적인 갈등 양상을 극화한다. 다시 말하면 이 작품은 "미국 사회 내에서 성, 정치, 종교, 인종적 소수자가 직면하게 되는 정체성의 혼란과 주류 문화에서의 배척으로 인해 주변인들이 겪는 소외와 고독"(김혜진 194)을 극화해 1980년대 미국 사회를 조망한다.

20세기 들어서면서 자유방임주의에 입각한 자본주의는 극도로 부패한 형태로 타락하기 시작했고 결국 세계경제대공황을 초래했다. 이에 충격을 받은 서구사회는 국가의 적극적인 경제 개입과 대대적인 사회복지의 확대를 통해 소득의 재분배와 시민 생활의 평준화를 실현하고자 하는 케인스 학파의 수정자본주의를 받아들였다. 그로 인해 국가는 시장의 경제시스템에 철저히 개입하고 사기업에 대한 강력한 통제를 행사할 수 있었다. 이와 더불어 국가 차원의 대규모 토목공사를 통한 일자리 확보와 공적 자본으로 사회적 복지를 최대한으로 확대시키는 정책에 개입하는 국가의 형태를 표방하는 이른바 수정자본주의는 성공적인 모습을 보이는 듯 했으나, 다시금 몰아친 세계적 경제 대불황에 휘청거리기 시작했다. 이와 같은 위기를 다시금 타개하기 위해, 레이건을 필두한 한 미국은 이른바 '힘에 의한 미국'을 재건하겠다는 기치를 내건 레이거노믹스 경제정책을 시행했다(김성규 27~28).

미국 연극사에서는 테네시 윌리엄스(Tennessee Williams), 에드워드 올비(Edward Albee), 윌리엄 인지(William Inge), 래리 크레이머(Larry Kramer), 테렌스 맥낼리(Terrence McNally) 등 수많은 동성애자 극작가들이 있었다. 그들은 주로 동성애를 작품의 중심 소재로 삼으면서도 이를 사회적·국가적 문제로 전경화하지 못하고 개인의 문제로 국한했다. 반면 쿠시너는 동성애를 범국가적 차원의 보편적 주제로 형상화했다는 점에서 이전의 동성애 작가들과 구별된다.

쿠시너의 대표작인 『미국의 천사들』은 1990년대 미국 현대 희곡을 논할 때 빼놓을 수 없는 고전으로서 확고한 자리를 차지하고 있다. 이 작품에 대해 여러 평론가들이 호평했다.[1] 또한 『미국의 천사들』은 1993년의 퓰리처상 수상에서 볼 수 있듯 작품의 중요성과 의의는 학문적으로뿐만 아니라 대중적으로도 입증되었다. 『미국의 천사들』은 게이 드라마로서 분명한 정치적 태도를 취하고 있지만, 게이 남성만을 위한 범주에 자신을 가두지 않으며 미국 드라마의 오랜 전통을 따르는 동시에 그것의 관습에 얽매이지 않는 '창조적 변형(Creative Transformations)'의 방식을 취하고 있다.

지금까지 『미국의 천사들』의 국내 선행 연구는 주로 동성애와 극적 기법을 중심으로 논의되었다. 하지만 동성애를 다루었다고 하더라도 그를 둘러싼 정치적 맥락보다는 주로 생리학적 성인 섹슈얼리티에 초점을 맞추고, 동성애를 둘러싼 정치적·종교적 맥락에 대해서는 심도 있게 연구되지 않았다. 따라서 이 글에서는 『미국의 천사들』을 1980년대 미국 레이건 시대의 정치와 종교에 연동해 살펴보고, 이를 통해 쿠시너의 서사 전략과 그 전략에 담긴 정치 철학을 논의하고자 한다.

---

1) 존 클럼(John Clum) 『미국의 천사들』은 미국 드라마의 전통을 긍정적으로 수용하면서도 사실주의의 엄격한 공식으로부터 탈피하고 있다는 점에서 이전 드라마와 차별화된다고 평한다(249). 연극의 정치성에 관심을 두었던 제임스 피셔(James Fisher)는 『미국의 천사들』이 미국 연극계의 소수였던 정치연극의 가능성을 최초로 드러낸 작품이라고 평가한다(59). 앨런 신필드(Alan Sinfield)도 『미국의 천사들』은 『욕망이라는 이름의 전차(*A Streetcar Named Desire*)』와 『세일즈맨의 죽음(*Death of a Salesman*)』 이후 미국의 고전 위치를 차지한 첫 번째 희곡이라고 평한다(205).

2 '동성애'와 '에이즈' 공포

성의 해석 주체가 종교에서 의학으로 넘어오면서 20세기 초반 이성 간의 성기 중심의 섹슈얼리티가 사회화와 교육을 통한 관습이라는 지그문트 프로이트(Sigmund Freud)의 주장은 점점 더 힘을 얻게 된다. 프로이트는 이성애와 동성애로 이분화된 성은 자연적인 것이라기보다는 사회화의 산물이라고 주장한다(143). 프로이트의 주장은 미셸 푸코(Michel Foucault)에 이르러 보다 체계적으로 연구되기 시작한다. 푸코는 성 담론을 인간의 상상력에 의해 생겨난 하나의 구조물이며 시간과 함께 변하는 문화적 산물로 간주했다. 그에 따르면, 성을 판단할 때 남성/여성, 자연적인 것/비자연적인 것, 이성애자/동성애자, 정상/비정상 등으로 구분하는 것은 역사와 더불어 변화한 것으로 당시 사회를 지배해 온 주류 이데올로기의 산물이고, 따라서 남성과 여성 사이의 성관계만이 본질적이며 정상적이라고 말할 어떤 근거도 실제로는 존재하지 않는다(42~57).

동성애에 관한 여러 담론 중 퀴어 이론(queer theory)은 최근의 동성애 연구에서 중요한 이론적 키워드다. 퀴어 이론은 그동안 비판 없이 당연한 것으로 간주한 이성애 중심주의의 절대성을 의심하며, 다양한 동성애 담론의 한계를 극복하고, 성 이해의 이성애와 비이성애라는 이분법적 도식을 반대하고, 정상과 비정상이라는 폭력적 구분에 저항한다. 퀴어 이론은 이성애를 벗어난 여타의 성을 억압하는 동성애 혐오를 비롯해 그와 유사한 성 이데올로기에 저항한다. 또한 역사적으로 만들어진 모든 종류의 차이점을 고려하면서 이러한 차이점들을 위계화하는 구조를 분석하고 비판한다.

사실 '퀴어'라는 단어에는 사전적으로 '기이하다' 또는 '괴상하다' 등의 뜻이 담겨 있다. 과거에는 주로 동성애자들을 경멸하고 천시하는 맥락으로 쓰였다. 그럼에도 불구하고 동성애자들이 부정적 함의를 가진 퀴어를 선택한 이유는 퀴어가 동성애를 혐오하는 말에서부터 시작하여 재전유되는 모습을 보여 줄 수 있기 때문이다(Tyson 336). 이성애자들이 동성애자들을 배격하고 혐오감을 표출하기 위해 사용된 용어가 이제 새로운 정치적 의미를 지니게 되었다. 즉 퀴어 또는 동성애는 과거에는 비천함을 의미했지만, 이제 재전유와 재발화를 통해 새로운 정치적 함의의 긍정적인 변화의 동력을 확보했다.

미국 연극에서 많은 동성애자 극작가들이 자신들의 동성애 경험을 부분적으로 또는 우회적으로 극화하기도 했지만, 대체로 20세기 이전까지 동성애는 일종의 정신병으로 간주되었다. 연극이나 영화 등 대중매체에 표현된 동성애자들은 비극적인 결말을 맞거나 우스꽝스러운 희화화의 대상이 되었다. 그렇기 때문에 주류 극작가인 윌리엄스나 올비조차 동성애자라는 자신의 성 정체성을 대중에 커밍아웃하지 못했다. 그러나 1969년 스톤월 항쟁(Stonewall Riots)을 계기로 동성애자들은 자신들의 성 정체성을 당당히 커밍아웃하고 권리와 표현의 자유를 주장하면서 게이 해방 전선(Gay Liberation Front)을 결성했다.

하지만 1980년대에 신보수주의 레이건 행정부가 들어서고, 에이즈라는 병을 옮기는 주체가 동성애자들이라는 그릇된 인식이 팽배해지면서, 동성애자들은 탄압의 대상이 된다. 1970년대에 워터게이트(Watergate) 사건, 베트남 전쟁에서의 패배, 지미 카터(Jimmy Carter)

행정부의 대외 장악력 추락 등을 겪은 미국 국민들은 강한 미국을 열망했고, 영화배우 출신인 레이건 대통령은 강력한 '신보수주의'로 급선회하면서 국민들의 열망에 보답하였다(이형식 714).[2] 그 과정에서 동성애자들은 에이즈 환자로 간주되고, 국가와 사회로부터 억압과 차별을 받고, 사회적으로 배제된다. 다시 말하면 서부 개척 시대의 영웅적이고 가부장적인 남성 이미지가 강했던 미국이 1960년대와 1970년대를 거치면서 나약해졌다고 믿은 레이건 정부는 강한 미국을 재건하고자 노력했고, 그 결과 전통적인 남성성과 반대되는 나약한 여성성을 상징하는 존재들, 즉 여성, 유색인종, 동성애자 등을 미국에 해를 끼치는 부류로 규정하고 차별하고 배제했다.

1981년 레이건이 미국 대통령에 취임하고 냉전 체제가 점점 해체되어 가면서, 미국의 보수 세력은 지구에서 유일한 '슈퍼 파워'로서의 미국을 지향하기 시작한다. 이때부터 세력화하기 시작한 신보수주의는 한편으로 포화 상태에 이른 국내 시장의 한계를 돌파하기 위해 세계화를 적극적으로 추진하면서 기업의 해외 진출을 지원하고 다른 한편으로는 미국 내 체제 유지를 위해 '바른 생활 USA 건설'에 나선다.[3] 구체적으로 신보수주의는 전통적 도덕과 책임,

---

2) 미국의 신보수주의는 신자유주의의 젖줄이 되어 '세계화'라는 거대한 구조물을 만들어냈고, 곧 미국의 패권주의로 전화해 전 세계적인 영향력을 확보하기에 이르렀다. 사실상 미국화의 거대한 물결은 지구 곳곳에 존재하던 다양한 문화를 일방적으로 통합하고 있다. 신보수주의는 전통적 보수주의와 달리 도덕적으로 문화적으로 우월한 미국의 패권이 인류를 위해 필요하다고 믿는다. 막강한 힘을 바탕으로 세계 질서를 확립하고 전 세계에 미국식 가치와 민주주의를 심는 것이 신보수주의자들의 신념이다. 즉 그들의 궁극적 목표는 단순한 체제 유지나 미국의 안녕이 아니다. 그들은 자유주의와 미국의 국익을 위해 타국에 대한 능동적이고 적극적인 개입은 당연하고, 이른바 '불량국가'에 대해서는 선제공격도 문제가 없다고 생각한다.

3) 레이건 집권과 함께 다시 정치 전면에 등장한 미국의 보수 세력은 냉전 체제가 허물어

의무를 우선하는 중산층 와스프(WASP)의 윤리적 틀에 맞춰진 기존의 위계질서와 성 역할 분담 등을 강조한다. 또한 개인의 책임을 강조하며 빈곤이나 인종 차별 등 사회 구조적 모순과 불평등을 사회 문제가 아닌 개인의 책임으로 전가한다. 특히 낙태와 동성애에 찬성하거나 반전시위에 나서는 등 와스프답지 않고 애국적이지 않은 대중문화의 양식을 경멸하고 억압한다.

더 나아가 레이건 행정부는 체제 강화를 위해 '가족'의 의미와 가치를 정치화했다. 레이건 행정부와 그 뒤를 이은 조지 부시(George H. W. Bush) 행정부는 집권 기간 내내 가족의 붕괴로 미국 사회가 혼란에 처한다는 위기감을 언론을 통해 끊임없이 조장했다. 범죄, 가난, 성 문란, 마약 등 당시 미국 사회에서 가장 심각한 사회문제를 가정, 특히 흑인을 비롯한 유색인종의 가정의 몰락 때문이라고 규정하고 '가정의 복구'를 역설했다. 그들은 붕괴된 미국의 가정의 복원을 명분으로 내세워 당시 경기 침체, 인종차별, 성차별 등 미국 사회의 구조적 문제에 대한 비난이 정부로 향하는 것을 막고, 오히려 그 희생자들에게 사회적 책임을 전가했다. 그 이론적 바탕에는 신자유주의가 자리하고 있다.

수정자본주의 시스템 아래에서 운영되던 경제정책이 노동의 저능률 현상과 경제성장의 정체, 복지의 과잉 등을 불러왔고, 그것을

져 가자 미국 내 지배 체제 강화에 몰두한다. 그 전략 가운데 하나가 바로 '책임'과 '경쟁'을 강조하는 것이다. 그들은 국가 정책의 실현이 궁극적으로 개인에게 달려 있고, 당파적 저항은 미국인의 의지에 역행하는 것이어서, 만약 국가 정책에서 문제가 발생한다면 그 책임은 대통령뿐만 아니라 국민 모두에게 있다고 주장한다. 이 과정에서 강화된 성실, 근면, 가족 부양, 화합, 노력, 인내, 경쟁에서의 승리, 솔선수범 등의 사회적 가치는 개인이 떠맡아야 할 사회적 책임으로 전환한다.

해결하기 위해 20세기 후반에 등장하여 전 세계의 경제 시스템을 새로이 장악한 신자유주의는 무한한 경쟁사회를 출현시켰다. 신자유주의가 가져온 무한 경쟁 시스템은 분명히 수정자본주의가 일으켰던 저능률과 침체된 경제성장을 빠르게 해결했다. 하지만 그 눈부신 경제성장 뒤에는 신자유주의만의 또 다른 병폐가 도사리고 있었다. 급격한 경제성장으로 인한 세대 간의 갈등과 물신만능주의, 인간적인 유대의 상실 등 자본을 새로이 현존하는 신으로 떠받드는 의식이 형성되면서, 신자유주의 특유의 병폐를 지닌 새로운 정체성이 나타나기 시작한 것이다(김성규 44).

레이건 행정부는 무엇보다도 '몸'을 중요시했다. 수전 제퍼즈(Susan Jeffords)는 레이건 시대를 한 마디로 '몸'의 시대로 규정했다. 레이건의 연로함과 그의 코에 암 성질을 띤 점이 생긴 것에 대한 걱정에서부터 에어로빅과 운동에 대한 열광, 미스터 유니버스 출신의 스포츠 스타가 1980년대 최고 흥행 배우가 된 사실, 낙태를 불법화하려는 보수 진영의 의제, 마약 복용, 섹슈얼리티, 출산을 통해 가치관을 식별하려는 시도, 에이즈에 걸린 사람에 대한 공격 등에 이르기까지 몸에 대한 담론은 레이건 의제의 상상계가 되었고, 그것이 구체화되는 현장이 되었다.

레이건 시대에 몸은 크게 두 가지 기본적인 범주로 나뉜다. 우선 성병, 부도덕성, 불법 화학 약품, 게으름, 위험에 빠진 태아를 담고 있는 잘못된 몸이 있는데, 이는 '소프트 바디'로 명명된다. 반면 힘, 노동, 결단력, 충성심, 용기를 감싸고 있는 표준적인 몸, 즉 '하드 바디'가 있다. 하드 바디는 레이건 철학, 정치, 경제의 상징이 되었다. 인종과 젠더로 구별되는 이런 사고 체계에서 소프트 바디는 영락없이 여성/흑인은 유색인의 것이고, 레이건의 몸과 같은 하드바디는 남성과 백인의 것이다(38).

레이건 시대 미국에서는 오직 하나의 완전하고 당당한 남성만이 존재했다. 즉 젊거나 젊은 이미지를 갖고 있고, 백인이고, 동북부 도시 출신의 이성애자이고, 대학 교육을 받은 신교도 아버지를 두고 있고, 정규직이고, 건강하고 적당한 신장과 체중을 지녔고, 스포츠에 뛰어난 남성만이 진정한 남성으로 간주되었다. 만일 이 가운데 어느 한 기준에서라도 자격이 모자라는 남성이라면, 자신을 가치 없고, 불완전하며, 열등한 존재로 여길 수밖에 없는 사회적 분위기가 팽배했다. 당연히 레이건 시대에 동성애와 남성성은 양립할 수 없었다.

남성성이 강조되는 레이건 시대에서 동성애 혐오와 에이즈 공포는 미국 사회의 보수화를 더욱 부추겼다. 아니면 반대로 미국 사회의 보수화가 동성애 혐오와 에이즈 공포를 확산시켰을 수도 있다. 에이즈는 후천성 면역결핍증으로 병원체인 HIV(human immunodeficiency virus), 즉 인간 면역 결핍 바이러스에 감염되어 체내의 면역 기능이 저하되어 사망에까지 이르는 전염병이다. 에이즈는 1981년 6월 의대 교수 마이클 고틀리브(Michael S. Gottlieb)에 의해 최초로 세상에 알려졌고, HIV는 1983년에 발견되었다. 당시 많은 과학자와 의사들이 에이즈의 위험성을 경고했지만 레이건 행정부는 이에 대한 연구에 힘쓰지 않았다. 왜냐하면 에이즈 초기 희생자 중 상당수가 주류사회에서 차별받고 적대시되던 동성애자였기 때문이다. 에이즈가 동성애자들만의 질병이 아님에도 불구하고, '에이즈는 곧 동성애자들의 질병이다'라는 도식과 에이즈에 대한 공포가 형성된다.

에이즈에 대한 사회적 관심을 넘어서 에이즈 공포를 불러일으킨 데에 결정적인 이바지를 한 인물은 동성연애자로 에이즈에 걸린 할리우드 스타 록 허드슨(Rock Hudson)이었다. 그는 영화를 통해 표상된 자신의 남성적 이미지를 유지하기 위해서였는지 동성애자라는 성적 정체성을 철저히 숨겼다. 그가 1984년 에이즈 진단을 받았음에도 불구하고 주치의와 홍보 담당자들은 그의 병명을 간암으로 숨겼다. 그는 죽음이 임박해서야 자신의 병명을 솔직하게 밝혔고, 심장병 수술 도중 에이즈 병균에 감염된 혈액을 수혈했을 가능성을 언급했다. 그의 죽음과 함께 에이즈는 소수 공동체에 한정된 '게이 병'에서 할리우드의 스타도 걸릴 수 있는 '무서운 질병'으로 인식되기 시작했다.

허드슨의 사망 직전 ≪라이프(*Life*)≫는 1985년 8월호 표지 기사로 에이즈를 특집으로 다루었다. 에이즈가 언론의 주목을 받으면서 일반 대중은 에이즈 공포에 빠져들었다. 당시 에이즈로 사망한 사람은 미국에서만 1만 1천 명에 달했다. 미국 언론은 에이즈가 난잡한 성교에서 비롯된 것이라고 발표하며 에이즈에 대한 공포를 더욱 확산시켰다. 미국 사회에서 동성애자라는 사실은 무절제, 비도덕적 행실, 난잡한 성생활을 의미했고, 그들은 곧 혐오의 대상인 에이즈 환자로 규정되었다. 레이건 행정부는 에이즈 확산을 막기 위해서는 전통적 가치로의 회귀와 결혼 제도의 강화가 필요하다고 주장했다. 하지만 이 주장은 논리적으로 설득력도 없을뿐더러 에이즈에 대한 근본적인 해결책이 될 수 없었다. 단지 에이즈에 대한 공포를 더욱 확산시키고, 그와 함께 동성애자에 대한 차별, 배제, 억압, 혐오가 심화시킬 뿐이었다.[4)]

에이즈 발병 초기 특별한 성관계나 성행위를 통해 전염된다는 확실치 않거나 그릇된 보고가 발표되자, 에이즈는 도덕적 타락의 상징이 되었고 동성애자들은 에이즈 공포의 희생양이 되었다. 『미국의 천사들』에서 의사 헨리(Henry)는 친구 로이(Roy)에게 에이즈의 원인과 징후에 대해 비교적 상세하게 설명하는데, 이 장면은 당시 동성애와 에이즈에 대한 미국인들의 공포를 잘 보여준다.

> 무엇이 그것[에이즈]을 일으키는지 아무도 몰라. 그리고 어떻게 치료하는지 아무도 몰라. 최상의 이론은 우리가 레트로바이러스, 즉 인체 면역 결핍증 바이러스를 비난하는 거지. 그 존재가 구멍을 통한 혈류의 진입에 대한 반응에서 나타난 쓸모없는 항체에 의해 우리에게 알려졌어. 항체는 그것에 대해 몸을 보호하는데 아무런 힘도 없어. 왜, 우리는 몰라. 몸의 면역 체계는 기능이 중단되어 버려.[5]

헨리의 설명에서 알 수 있듯이, 에이즈는 일종의 바이러스이기 때문에 정확한 원인과 그 치료법을 특정하기 어렵다. 그럼에도 불구하고 당시 많은 미국인들은 정부의 주장대로, 에이즈는 동성애자들이 걸리는 병이고 동성애자들에 의해 전염된다고 믿었다.

---

4) 당시 에이즈 감염자라 하더라도 정상적인 가정생활을 한 사람의 경우에는 동정의 여지가 있었지만 동성애자의 경우에는 그렇지 않았다. 전통적으로 미국 사회에서 정상적인 가정은 보호해야 하지만 동성애자 가정은 보호할 필요가 없다. 이는 결혼, 이성애, 일부일처제 등 정상적인 생활 형태를 안전하고 도덕적인 것으로, 동성애는 위험하고 비도덕적인 것으로 규정짓는 미국 사회의 이분법적 가치관을 보여준다.

5) Tony Kushner, *Angels in America*(London: Nick Hern, 2007), 1: 48. 이후 작품 인용은 괄호 안에 부와 쪽수로 표기함.

쿠시너가 헨리를 통해 에이즈에 대해 상세하게 기술하는 이유는 관객이나 독자들이 에이즈에 대한 편견이나 선입견을 갖는 것을 방지하기 위함이다. 만일 독자가 에이즈가 동성애자들의 병이라는 편견으로 『미국의 천사들』에 접근한다면, 이 작품의 등장인물은 에이즈의 공포와 죽음의 두려움에 빠져든 나약한 인물로 간주될 수 있다. 쿠시너는 『미국의 천사들』에서 에이즈의 공포와 동성애 혐오를 전경화하고 거기에 방점을 두는 대신 에이즈를 보다 정치적인 경향으로 끌고 갔다(Fisher 69).

쿠시너는 에이즈를 단순히 새로 생겨난 무서운 질병으로 간주하는 것이 아니라 미국 사회의 병폐와 타락을 반영하는 상징적 질병으로 간주한다. 그는 『미국의 천사들』에서 에이즈에 걸려 죽거나 죽어가는 동성애자와 주변 사람들의 고통과 갈등을 전경화해 에이즈가 창궐하기 시작했을 때 나타난 레이건 정부의 도덕적 무책임과 미국 사회에 대한 정치적 분노를 극화한다.

『미국의 천사들』에서 직접적으로 에이즈로 고통을 받는 환자는 로이와 프라이어(Prior)인데 작품 전반에 걸쳐 그들이 겪는 고통과 그들이 주변 사람들과 겪는 갈등이 전경화된다. 로이와 프라이어는 이성애 담론의 작용, 즉 몸에 나타난 에이즈 증상을 개인의 섹슈얼리티로 동일화하고 사적 영역을 박탈하는 담론의 폭력을 가시화한다. 그런데 둘은 같은 에이즈 환자지만 에이즈에 대해 다른 반응을 보인다. 그들은 에이즈를 받아들이는 태도가 다르다. 예컨대 비극의 악당 인물인 로이가 에이즈의 고통을 겪을 때 과거에 그에게 억울하게 당한 희생자의 혼령이 나타난다(2: 186~192). 반면 친구 루이스(Louis)에게 배신당한 프라이어에게는 천사가 강림한다(1:

123~134). 로이는 죽기 직전 희생자의 혼령에게 자신의 죄를 뉘우치고 프라이어는 자신을 떠난 루이스를 용서한다. 쿠시너는 로이와 프라이어를 통해 에이즈 환자가 저주받은 자가 아니라 회개하고, 용서하고, 구원을 받는 인물로 설정했다. 이는 쿠시너가 에이즈와 동성애자에 대해 갖는 동정과 연민을 예거한다. 동시에 그는 로이와 프라이어를 통해 에이즈와 동성애에 대한 그릇된 시각의 교정을 촉구한다.

『미국의 천사들』에서 에이즈 또는 에이즈 공포는 종말론적 세계관을 표상하고, 종말론적 세계관은 오존층의 파괴를 통해 구체화된다. 법원 서기 조(Joe)는 자신이 아버지처럼 따르는 로이에게서 워싱턴의 일자리를 제안받자 이를 아내 하퍼(Harper)에게 알리고 함께 워싱턴에 가자고 제안한다. 하지만 하퍼는 불안과 공포로 그 제안을 거절한다. 조는 레이건의 집권으로 "미국이 자신감을 회복했고"(1: 32) 앞으로 더 나아질 것이라는 낙관적인 미래를 예측하며 함께 갈 것을 종용하지만, 하퍼는 TV 프로그램에서 본 오존층 파괴를 언급하며 그의 제안을 거절한다.

> 독일식 억양을 가진 유대인 여자가 진행자였어. 지금이 적당한 때인데. 내가 임신하기에. (……) 그리고는 오존층에 구멍이 나 있다는 프로그램이 이어졌어. 남극 위에. 피부는 화상을 입고, 새는 눈이 멀고, 빙산은 녹고. 세상이 끝나려나 봐. (1: 33~34)

하퍼가 오존층 파괴를 언급하는 것은 한편으로는 환경 파괴로 인한 재앙의 위험성을 경고하는 것이지만, 다른 한편으로는 그녀가 겪는 정신적인 불안과 공포가 꽤 심각하다는 것을 시사한다. 오존층에 생긴 구멍들은 "하퍼 자신의 의식에 생긴 구멍들"(Geis 201)로서 미래에 대한 불안감, 동성애와 에이즈에 대한 공포, 남편에게 느끼는 소외감을 중층적으로 상징한다.

사실 하퍼는 동성애자 남편 조와 불행한 결혼 생활을 하고 있다. 그녀는 늘 신경안정제에 의존하고, 자꾸 망상으로 도피하며, 외부 세계와 단절된 채 고립된 삶을 이어간다. 조는 그런 하퍼를 이해하지 못한다. 아니 이해하려는 노력조차 하지 않는다. 오히려 그는 하퍼의 고통을 외면한 채 자신의 정서적 고독과 육체적 갈증을 해결하기 위해 한밤중에 공원을 찾고 그곳에서 낯선 동성애자들을 만난다. 결국 그는 자신처럼 연인의 고통을 외면한 채 정서적 고독과 육체적 갈증을 해결하기 위해 공원을 배회하는 루이스를 만나 동거하기에 이른다. 하지만 둘의 동거가 그들의 고독과 갈증의 근본적인 해결책이 되지 못한다. 하퍼 또한 상상 여행을 통해 현실의 불안과 공포를 떨쳐내려 하지만 결국 실패하고 만다. 조와 루이스의 고독과 갈증, 하퍼의 불안과 공포의 기저에는 동성애와 에이즈에 대한 공포가 자리하고 있다.

3. '차별'과 '배제'의 성 정치학

『미국의 천사들』에는 극 전반에 걸쳐 동성애와 에이즈 공포와 더불어 국가와 사회에 의한 동성애자들의 차별과 배제, 그들과 그 가족이 겪는 불행과 고통, 갈등이 극화되어 있다. 1980년대 미국의 정치 상황을 간략하게 살펴보자. 국가 차원에서 레이건 정부는 반동성애 주의를 조장하며 동성애자들을 사회의 주변으로 타자화했고, 민간 차원에서는 기독교 우파 교단인 모르몬(Mormon)교를 비롯해 여러 기독교 단체가 이러한 레이건 정부의 이데올로기를 적극적으로 지지하며 동성애자들을 억압했다.[6] 국가차원의 차별과 억압보다도 민간 차원의 차별과 억압이 훨씬 더 심각했고 당사자들에게는 고통스러웠다.

모르몬교는 기본적으로 보수적인 기독교 분파로서, 엄격한 신앙심과 성 역할의 뚜렷한 구별을 강조하고, 전통적인 가족구조에 대해 믿음이 확고하며, 남녀의 결혼으로 탄생한 핵가족의 기능을 중시한다.[7] 하지만 아이러니하게도 모르몬교의 엄격한 신앙심은 『미국의 천사들』의 조의 도덕률을 자극해 로이의 비도덕적인 제안을 거절하도록 하지만, 조가 동성애에 빠져드는 것은 막지 못한다.

6) 로라 반스(Laura L. Vance)는 모르몬교의 반동성애 주의를 다음과 같이 정식화했다. 첫째, 같은 성별끼리의 성적표현은 죄와 같으며, 인간애를 추구하는 신의 이상에 속하지 않는다. 둘째, 동성끼리의 섹스는 언제나 금지되어 왔다. 셋째, 동성애적 성향은 가능한 시기에 반드시 이성애로 전환되어야 한다. 넷째, 동성애적 성향이 이성애로 전환되기 전까지 게이와 레즈비언은 금욕해야 한다(조경진 14 재인용).

7) 기독교 우파는 정치적 지향을 갖는 종교적 정치세력의 이름이고, 기독교 복음주의와 근본주의는 일정한 종교적 태도다. 일반적으로 기독교 복음주의는 회심 경험을 강조하는 회심주의, 성서를 인간에 대한 신의 계시로 파악하는 성서주의, 복음 전도의 행동주의, 그리고 예수의 십자가 희생을 강조하는 십자가 중심주의를 내용으로 한다. 미국 기독교 우파 운동의 종교적 정체성을 구성하는 기독교 근본주의 운동은 역사적으로 '비순응주의자' 운동에서 자신만의 공동체 구축에 나서는 '분리주의자' 운동으로 발전해 왔으나, 이후 사회와 정체에 적극적인 참여로 변화되었다. 기독교 우파의 중심을 이루는 것은 복음주의 기독교인 가운데 정치적인 목표를 위해 활동하거나 공감하는 사람들이며, 정치적 목표를 공유하지 않는 복음주의 아웃사이더들은 기독교 우파가 아니다. 그 밖에 기독교 우파에는 정치적으로 보수적인 가톨릭교도, 유대인, 모르몬교도 그리고 경우에 따라서는 무종교인들도 포함된다(이신철 253~258).

다시 말하면 모르몬교의 엄격한 교리는 조의 도덕률에는 영향을 끼치지만, 그의 성 정체성에는 아무런 영향을 끼치지 못한다. 사실 성 정체성은 도덕적으로 혹은 윤리적으로 옳고 그르냐의 문제도 선과 악의 문제도 아니다. 정치적인 성향의 문제도 아니다. 단지 성적 지향성의 문제일 뿐이다. 조는 종교적으로는 독실한 모르몬교 신자이고, 정치적으로는 레이건 신봉자다. 반면 그는 성적으로 동성애라는 성적 지향성을 갖고 있다. 조를 통해 작가는 성 정체성이 도덕이나 윤리, 종교와 관련이 없다는 것을 잘 보여준다.

『미국의 천사들』에서 동성애자 조의 어머니 해나(Hannah)는 외부적으로는 당시 레이건 정부의 신보수주의 영향을 받고, 내부적으로는 반동성애적 종교 가르침을 삶의 지침으로 삼고 있기에, 동성애에 대해 누구보다도 강한 거부감을 갖고 있다. 사실 그녀는 동성애뿐만 아니라 전통적인 가족제도를 거부하는 인물에 대해서도 반감을 품고 있다. 그녀는 뉴욕에 도착했을 때 길을 잃었고 거리에서 만난 한 노숙자 여인에게 길을 묻는다. 하지만 그 여인이 제대로 길을 가르쳐주지 않자 해나는 흥분하며 그녀에게 반감과 경계심을 드러낸다(1: 109~110). 그런데 노숙자 여인에 대한 해나의 반감과 경계심은 그녀가 길을 잘못 알려준 것보다는 노숙자라는 사실에서 비롯된다.

레이건 이후 등장한 신보수주의 세력은 붕괴된 '가족의 복원'을 강조했다. 그렇기 때문에 그들이 가장 노골적인 공격을 퍼부은 대상 중 하나가 바로 미혼모다. 그들의 주장에 따르면, 미혼모는 가난하고, 무책임하고, 게으르고, 무능력하고, 뚱뚱하고, 과도한 성적 충동을 자제할 능력도 의지도 없는 사회적으로 불필요한 존재로 정상적인 가정을 꾸리지 못하거나 아니면 정상적인 가정을 파괴한다. 신보수주의자들의 공격 대상은 미혼모에게만 그치지 않았다. 그들의 공격은 흑인과 동성애자들, 심지어는 사회적으로 가장 힘이 없는 노숙인으로까지 확장된다. 신보수주의자들은 사회적 약자를 희생양으로 삼아 자신들의 정치적 입지를 강화하려 했다. 신보수주의자들의 사회적 약자에 대한 차별과 배제는 본질적으로는 가족의 붕괴, 동성애와 에이즈에 대한 공포에서 배태되었다.

해나는 아들 조를 만나기 위해 유타주에서 뉴욕으로 이주한다. 원래 모르몬교도들이 주류인 유타주는 백인 중심주의가 강한 지역이고, 유타 출신의 그녀는 뉴욕으로 이주하기 전까지 혼종 공동체의 경험이 거의 없다. 그녀는 서로 다른 언어를 쓰고, 서로 다른 문화를 가진 다양한 인종이 함께 살아가는, 다양성을 특징으로 하는 대도시 뉴욕에서 이질감을 느낄 수밖에 없다. 그녀는 처음에는 뉴욕의 낯선 외부적 환경과 동성애자뿐 아니라 그녀와 다른 인종, 계급, 종교의 소수자들에게까지도 배타적이다.

해나가 뉴욕으로 이주한 근본적인 이유는 아들 조가 다시 정상적인 결혼 생활을 할 수 있도록 돕기 위해서다. 그녀는 독실한 모르몬교 신자로서 조가 일탈적이고 비정상적인 동성애자로부터 모범적이고 정상적인 이성애자로 돌아오기를 염원한다. 이처럼 신보수주의 정치·종교 이데올로기는 사회적 소수자를 차별하고 배제하기 위해서뿐만 아니라 백인 중산층 구성원을 훈육하고 통제하는 데 복무한다. 신보수주의적인 사회 분위기는 정상적인 가정을 강조하면서 사회적 소수자를 바람직하지 못한 일탈적 구성원으로 규정해 주변부로 내몰거나 아니면 자신들이 원하는 세계로 편입시키기 위해 젊은이들을 훈육하고 통제했다. 더 나아가 백인 중산층 남성의 우월성이라는 보수적으로 왜곡된 의식을 구축했다. 요컨대 신보수주의는 자신들이 생각하기에 노동에 대해 불성실하고 규범적 백인 문화에 편입되기를 거부하는 젊은이들에게 성실하게 노동하고 결혼과 자녀 양육을 중시하며 경제적 상승과 안락한 교외 생활을 추구하는 올바른 젊은이 상을 주입하려 노력했다.

『미국의 천사들』에서 해나의 역할을 맡은 배우는 의사 헨리의 역할까지 이중배역을 수행한다. 해나와 헨리는 각각 조와 로이가 동성애자라는 사실을 누구보다도 먼저 인지하는 인물이다. 즉 다중배역으로 묶인 해나와 헨리는 작품 속에서 '은폐된 게이(closeted gay)'로 등장하는 두 남성, 즉 조와 로이가 동성애자라는 것을 가장 먼저 알게 되는 외부적 존재라는 점에서 연결된다. 사실 해나와 헨리는 모두 동성애자라는 단어에 두려움과 혐오감을 느끼고 있다. 앞에서 살펴보았듯이 헨리는 로이에게 에이즈의 증상을 상세하게 설명하지만 그의 동성애적 성향에 대한 직접적인 언급은 망설인다. 왜냐하면 한 개인이 동성애자로 규정되거나 스스로 커밍아웃했을 때 초래되는 결과를 누구보다 잘 알기 때문이다.

동성애라는 단어에 두려움과 혐오감을 느끼고 있기는 『미국의 천사들』에서 절대 악으로 표상되는 로이 역시 마찬가지다. 그는 개인의 정체성은 성적 욕망이 아니라 권력에 기반을 두고 있다고 생각한다. 그는 동성애자들을 사회적 약자로 간주하고, 자신처럼 권력을 가진 사람은 결코 동성애자가 될 수 없다고 주장한다. 그는 남성들과 잤다고 시인하면서도 자신은 동성애자가 아니라고 주장한다. 그는 권력유지를 위해 동성애자들을 차별하고 배제한다.

그런데 사실 로이는 이성애 사회와 동성애 사회 그 어디에도 속하지 못한다. 그는 성적 지향성으로 보면 이성애 중심사회에서는 동성애자로 분류되지만, 동성애 사회에서는 성적 정체성을 숨기며 동질감을 느끼지 못한다. 어쩌면 그는 『베니스의 상인(*The Merchant of Venice*)』(1596)에서 샤일록(Shylock)이 폐쇄적인 베니스 사회에서 살아남기 위해 돈에 집착했던 것처럼, 경직된 미국 보수 사회에서 살아남기 위해 권력에 집착하며 자신이 동성애자임에도 불구하고 동성애자들을 멸시하고 박해했는지 모른다.

로이의 예를 통해 살펴보았듯이, 동성애 공포는 당사자뿐만 아니라 주변 사람에게까지도 전염될 수 있다. 그 공포는 자신에 대한 차별과 배제를 피하기 위한 상대방의 차별과 배제로 이어질 수 있다. 쿠시너는 『미국의 천사들』에서 에이즈와 동성애에 대한 대중의 공포가 단지 에이즈와 동성애에 대한 혐오에 그치지 않고 주류 사회에서 배제될 수도 있다는 공포와 두려움으로 확장될 수 있음을 예거하고 있다.

미국 연극은 역사적으로 다양한 양상의 가족 문제를 통해 미국 사회의 불안과 갈등을 은유적으로 표현해 왔다. 수 엘렌 케이스(Sue-Ellen Case)는 이를 '가정성(domesticity)'이라는 용어로 규정했다. 그녀는 가정성을 작품의 특징으로 삼고 가족 단위에 그 초점을 두고 있는 드라마에서 여성 등장인물은 집 안에만 머물러 있고 남편에게 의존적이며 변화에 대해 패배주의적 견해를 갖는 모습으로 재현됐다고 주장한다(124).

미국 정전 작가들의 작품에서 여주인공들은 흔히 불만족스런 결혼 생활, 소통의 단절, 경제적 무능력 등 삶의 부정적 조건에 처해 있다. 열악한 삶속에서 그들이 겪는 소외와 고독의 징후는 알코올 중독, 약물 중독, 병리적 망상과 같은 모습으로 나타난다. 윌리엄스의 『유리동물원(*The Glass Menagerie*)』(1945)의 로라(Laura), 『욕망이라는 이름의 전차』의 블랑시(Blanche), 유진 오닐(Eugene O'Neill)의 『밤으로의 긴 여로(*Long Day's Journey into Night*)』(1956)의 메리(Mary)가 대표적인 예다. 그들은 미국 드라마에서 '사회 부적응자(social misfit)'로 규정되는 전형적인 인물들로서 자신의 정신적 육체적 고통을 극복하려는 의지와 행동을 견지하지 못한 채 수동적이고 나약한 여성에 머문다. 미국 주류 드라마에서 삶의 부정적 조건을 이겨내고 스스로 변화하는 적극적이고 능동적인 여성 등장인물을 찾아보기 어렵다. 그렇기 때문에 페미니즘 작가들은 여성을 나약하고 무능력한 사회 부적응자로 간주하는 미국 정전 드라마의 가부장적 메커니즘을 비판한다.

동성애 작가들, 주로 남성 동성애 작가들이 전통적인 가부장제를 개인의 자유와 행복을 방해하는 억압적 메커니즘으로 이해한다는 점에 있어서 페미니즘 작가들과 유사해 보인다. 페미니즘 작가들이 미국 드라마의 가정성이 일으킨 여성 억압에 대해 문제를 제기하였듯이 동성애 작가들도 동성애적 경향을 억압하려는 전통적인 가정성에 반발한다. 하지만 가부장제를 억압적 체제로 인식하고 있다고 할지라도 동성애 작가들은 남성의 욕망과 삶을 중심적으로 묘사하며 남성 중심적인 이야기를 생산한다는 점에 있어 차별된다. 다시 말해 그들의 동성애 드라마는 전통적 남성의 권위를 재생산하며 여성을 작품의 주변부에 위치시키고 미국 드라마의 정전에서 나타나는 "여성 혐오의 전통"(Foertsch 57)을 반복한다. 여성 인물들과 달리 남성 인물들은 동성애, 동성 간 교제, 정치적 참여 등의 행위를 통해 권력을 획득하기 때문이다(Meisner 178).

『미국의 천사들』도 가부장적 메커니즘에서 완전히 자유롭지 못하다. 왜냐하면 이 작품에서도 조, 로이, 프라이어, 루이스 등 남성 인물들이 주로 이야기를 이끌어나가고, 여성 등장인물인 하퍼와 해나는 나약하고 수동적이고 패배주의적인 여성 또는 동성애 드라마에서 자주 볼 수 있는 편협하고 이기적이고 보수적인 여성상을 반복하기 때문이다. 하지만 하퍼와 해나는 여러 면에서 기존의 미국 드라마에 나오는 여성 등장인물과는 차별성을 갖는다.

하퍼는 남편 조의 동성애 사실을 인정하고 받아들이기까지는 힘든 시간을 보내지만 결국 삶의 부정적 조건을 극복한다. 그녀는 홀로 서야 한다고 스스로 다짐하고 이후의 삶의 발판을 마련한다. 쿠시너는 남편의 동성애로 인해 성적 권리를 억압당하는 하퍼의 성격화를 통해 동성애적 욕망으로 인해 소외되고 억압당하는 여성에게 이성애적 욕망이 있을 수 있다는 것을 시사한다.

해나 역시 극 초반에는 동성애 드라마에서 흔히 볼 수 있는 편협하고 이기적이고 보수적인 여성으로 성격화되지만 작품이 진행됨에 따라 동성애 혐오를 극복하고 능동적인 자아의 변화를 성취한다. 나아가 자신의 변화뿐 아니라 다른 등장인물들이 성장할 수 있도록 도움을 주는 변화의 촉매제로 기능함으로써 극의 중심적 인물로 자리 잡는다.

따라서 『미국의 천사들』에서 하퍼와 해나는 기존의 미국 드라마에서 나타나는 가부장제를 따르는 수동적이고 보수적인 여성이 아니라 능동적이고 주체적인 인물에 가깝다. 하퍼와 해나를 조망하는 것은 미국 사회의 동성애 혐오적인 태도를 탐색하고 수정되는 발전적 과정을 추적해 나가는 새로운 시도가 될 것이다.

쿠시너는 『미국의 천사들』에서 레이건 정부에 대한 비판과 동성애자와 에이즈에 대한 인식 변화를 궁극적인 극작의 목표로 삼고 있다. '사회 비판'과 '더 나은 사회로의 변혁'이라는 극작가로서의 그의 이상과 목표는 『미국의 천사들』을 원작으로 한 동명 TV 영화 〈미국의 천사들〉(2003)에도 그대로 이어진다. 쿠시너는 원작 희곡에서처럼 영화에서도 아무런 비판 없이 당연한 것으로 간주되어 온 미국의 정치, 문화, 사회, 관습을 비판 대상으로 삼는다. 요컨대 『미국의 천사들』은 대중적 전통적 장르를 해체하고 보수적 가치에 도전함으로써 장르의 형식 속에 있는 코드를 전복시켰다(Gordon 364).

4. '고통스러운 진보'로서의 미래

『미국의 천사들』에서 해나는 프라이어와 계속 조우한다. 처음에 그녀는 동성애에 대해 편견을 갖고 있었지만, 프라이어와의 만남을 통해 그를 이해하고 더 나아가 동성애에 대한 무지와 편견에서도 벗어난다. 즉 그녀는 프라이어에게 처음으로 동성애자에 대해 느끼고 있던 자신의 솔직한 감정을 드러내며, 자신이 조의 커밍아웃에 대해 분노하게 된 원인을 고찰하는 계기를 마련한다(2: 234~235). 해나와 프라이어의 공감대 형성은 고통스럽지만 미래로 나아갈 것이라는 낙관적인 전망을 시사한다.

『미국의 천사들』에서 미래에 대한 낙관적인 전망은 독특한 극적 형식을 통해 구현된다. 『미국의 천사들』은 '환상곡(fantasia)'이라는 부제가 명시하듯 사실주의 텍스트의 관습과 제약에서 벗어나는 여러 가지 요소들을 포함하고 있다. 시간과 공간의 통일성이 부재하고, 극 구성상 연대기적 구성을 따르지 않고 있고, 삶과 죽음 그리고 나와 타자의 경계가 모호하여 3차원의 세계를 초월한다. 또한 사실주의와 표현주의를 넘나들며 현실/환상, 지상/천상, 과거/현재가 교차한다. 등장인물은 꿈과 현실을 넘나들고 천사가 지상에 나타나 인간과 만나며, 죽은 사람은 전령이 되어 산 사람 앞에 나타난다.[8)]

프라이어의 환상 속에 등장하는 천사는 생각하고, 상상하고, 이주하고, 탐사하는 인간의 행위가 천국을 위협하고 있다고 주장한다. 천사는 "너희들은 움직임을 멈춰야 한다"(2: 178)라고 말하며 인간들의 진보를 막는다. 하지만 쿠시너가 생각하는 진정한 천사는 인간의 진보를 저지하는 천사가 아니라 억압적이고 소외된 현실에 맞서 싸우며 계속 전진해나가는 인간들을 은유적으로 지칭한다. 이런 맥락에서 쿠시너의 '미국의 천사들'이 지향하는 진보는 발터 베냐민(Walter Benjamin)이 파울 클레(Paul Klee)의 그림 〈새로운 천사(Angelus Novus)〉(1920)를 보고 해석한 '역사의 천사' 개념과 부분적으로 상응한다. 왜냐하면 베냐민이 해석한 역사의 천사가 어찌할 바를 모르는 이미지였다면, 쿠시너의 천사들은 고통스러운 현실 속에

8) 『미국의 천사들』은 포스트모던 연극의 모든 요소들을 망라하고 있다. 이 작품의 구성이 인과적이 아니고 삽화적, 영화적이고, 여러 인물이 비슷한 비중을 갖고 있어, 어느 한 인물을 주인공으로 정하기 어렵고, 미국의 가족극 전통의 선상에 있는 개인들의 사적인 삶의 문제와 더불어 보다 큰 틀이 미국 전체의 사회 정치 상황으로 거론되고, 사실주의 표현주의 양식과 비극과 희극이 공존한다(구연철 180).

서 과거에 함몰되지 않고 앞으로 나아가는 강인함으로 가지고 있는 작품 속의 인물들이기 때문이다(조경진 35~36).

쿠시너는 브레톨트 브레히트(Bretolt Brecht)뿐만 아니라 다양한 작가들의 원리와 체계를 수용했는데, 피셔에 따르면, 쿠시너는 [극작] 방법론은 주로 브레히트에게서, 이론적 설명 및 원리는 베냐민에게서, 사회적 행동주의의 개념은 레이몬드 윌리엄즈에게서 얻었다(조성덕 335 재인용). 일단 그는 『미국의 천사들』에서 브레히트의 서사극(epic theater)을 원용해 무대와 관객의 벽을 무너뜨리며 직접 관객에게 말을 걸고 호소함으로써 진정성과 직접성을 확보한다. 브레히트는 쿠시너에게 극작 기법과 사회적 행동주의의 롤 모델이었다. 그렇기 때문에 쿠시너의 정치극은 한마디로 "브레히트 서사극의 정치적 재해석"(조성덕 331)이라 할 수 있다. 쿠시너는 서사극의 소외효과(Alienation Effect)를 효과적으로 끌어내기 위해 한 인물이 여러 배역을 연기하는 다중 배역 기법과 남성 배우가 여성 인물 역할을 하거나 여성 배우가 남성 인물 역할을 하는 성 교차 배역(cross-gender casting) 기법을 전략적으로 활용한다.[9]

---

9) 원래 성 교차 배역은 영국의 페미니즘 극작가 카릴 처칠(Caryl Churchill)이 즐겨 사용했던 극적 기법이다. 성 교차 배역은 한 명의 배우가 여러 역할을 수행함으로써 성, 계층, 종교의 경계가 허물어지는 효과를 시각화하고 인물의 정체성이 고정되지 않고 때로는 유동적일 수 있음을 시사한다. 쿠시너 스스로도 『미국의 천사들』을 쓰는데 처칠에게서 영향을 받았다고 인정했다(조경진 21 재인용). 그러나 쿠시너는 처칠의 성 교차 배역 기법을 차용하고 있지만, 그 효과에 있어서는 처칠의 교차배역과 사뭇 다르다. 즉 그는 『미국의 천사들』에서 주인공이 아닌 "조연(minor characters)"을 위해서만 성 교차 배역 기법을 썼다(Savran 23). 이에 대해 전준택은 성 교차 배역은 중요하지 않은 인물에 한해 이루어지기 때문에 남성성이 강화된다고 주장한다. 즉 그에 따르면, 처칠의 작품과는 달리 이 작품은 성별이 가진 특질을 새롭게 재구성하지 않고 오히려 생물학적 남성만이 구현할 수 있는 남성성을 한층 공고히 한다(155~156). 다시 말하면 쿠시너는 처칠의 교차 배역 기법을 활용했지만, 단순한 모방에 그치지 않고

쿠시너는 『미국의 천사들』에서 브레히트의 소외효과뿐만 아니라 현실과 환상의 공존, 희극과 비극의 교차, 역사와 고전에 대한 상호텍스트적 인유, 다중 플롯의 전개 등 파격적인 무대를 형상화하고 있다. 특히 인간관계의 붕괴, 사랑하는 사람에 대한 배신, 타락이라는 양상이 사회 전체에 만연해 있으며 서로 연결되어 있음을 보여주기 위해 그는 영화에서 볼 수 있는 분리 화면(split scene) 기법을 사용하여 한 무대 위에 동시에 여러 가지 사건을 재현하기도 한다. 그런 이유 때문인지 켄 닐센(Ken Nielsen)은 『미국의 천사들』이야말로 미국 희곡 중 브레히트의 역사극과 가장 흡사한 작품이라고 단언한다(55).

윌리엄스에서 쿠시너에 이르기까지 동성애자 극작가들은 사실주의를 극의 재현 방식 중 가장 반사실주의적인 형식이라고 간주했다. 그들은 사실주의에 주류 이데올로기가 침윤되어 있다고 인식했다. 그렇기 때문에 『미국의 천사들』은 형식에 얽매이지 않는 쿠시너의 문화적 표현으로서 서구 연극의 전통인 사실주의에 대한 거부이자 주류 연극과 주류 사회에 대한 저항으로 읽힌다.

그렇다고 쿠시너의 극작관 또는 예술관이 반드시 저항과 거부로 귀결되는 것은 아니다. 쿠시너도 일반론적인 예술관을 지향한다. 사실 세상 사람들이 예술을 필요로 하고 예술에 가치를 부여하는 까닭은 흔히 생각하는 것처럼 그렇게 거창하지 않다. 그들은 때로는 과도한 분노를 일으키고 때로는 직면하기 너무나 힘든 냉혹한 현실에서 벗어나 잠시 나마 쉴 수 있는 안전한 공간을 위해 예술에

이를 확장, 발전시켜 창조적으로 변용했다.

기댄다. 그리고 그 안에서 약간의 희망을 꿈꾼다. 『미국의 천사들』에서 하퍼는 조와 결별하고 샌프란시스코로 향하는 비행기에서 창밖을 바라보며 독백한다.

> 영원히 사라지는 것은 없어요. 이 세상에는 고통스러운 진보가 있기 마련이에요. 우린 과거를 그리워하면서도 다들 미래를 꿈꾸고 있잖아요. (2: 275)

하퍼는 남편 조를 떠나 자신의 삶을 찾아 떠난다. 그런데 그녀의 선택을 희망에 가득 찬 낙관주의로만 읽기도 어렵다. 왜냐하면 그녀의 불안과 공포는 여전히 해결되지 않은 상태이고, 궁극적으로는 종말론적 세계관을 견지하기 때문이다. 그럼에도 불구하고 그녀는 과거의 고통이 미래의 진보로 이행하기 위한 밑거름이 될 수 있다는 희망적 비전을 제시한다. 그녀의 독백에는 그녀 자신뿐 아니라 소외와 억압, 그리고 고통의 시간을 뒤로하고 앞으로 나아가려는 소수자들의 삶의 의지와 희망을 역설하는 보편적인 울림이 담겨 있다. 요컨대 과거를 그리워하면서도 미래를 꿈꾸며 '고통스러운 진보'를 성취하려는 하퍼의 낙관적 전망은 쿠시너의 진보적 역사관과 공명한다. 미래에 대한 낙관적 태도를 견지하는 쿠시너의 진보적 역사관은 고통스러운 현실 속에서 과거에 함몰되지 않고 앞으로 나아가는 강인함을 견지하고 있다.

『미국의 천사들』은 쿠시너 개인의 정치관을 단순히 반영하고 전달하는 차원을 넘어 미국의 여러 사회 문제들이 표출되는 지점 이면에 근간한 미국의 패러독스를 추적한다는 점에 있어 기존의 미국 정치극과는 차별된다. 이런 쿠시너의 극작 방식은 그에게 사회정치적 극작가라는 작가적 정체성을 부여해주었다. 쿠시너는 루이스를 통해 동성애자들에 관한 미국의 불평등을 예거할 뿐만 아니라 민주주의와 자유주의가 이룩되었다고 주장하며 자신들의 재산을 지키는 것을 진정한 인권으로 착각하고 있는 미국 중산층의 허위와 무지를 비판한다. 더 나아가 개인의 불행이 국가 또는 사회와 밀접하게 관련되어 있음에도 불구하고 모든 문제의 원인을 개인의 탓으로 돌리는 미국 사회를 통렬하게 힐난한다(1: 95~96).

> 이 사람들[공화당 정치인들]은 존재론적으로 자유나 인권이 뭔지 전혀 개념도 없이 그저 중산 계급의 재산을 지키는 게 진정한 인권인 것처럼 착각하고 있는데 그런 건 참정권 부여도 아니고 민주주의도 아냐. 민주주의에 내포되거나 안에 잠재된 바도 아니고, 피가 흐르는 살아있는 사상도 아니야. 그것은 단지 자유주의, 가장 안 좋은 종류의 자유주의일 뿐이야. (1: 96~97)

루이스가 생각하기에, 미국 사회는 민주주의가 이루어진 것처럼 보이고 국민들의 자유가 보장되는 것처럼 보이지만, 실제로는 전혀 그렇지 않다. 많은 미국인들이 그렇게 믿고 있을 뿐 사실은 전혀 그렇지 않다. 좋게 변하고 있다고 믿지만 변화된 것은 아무것도 없다. 세상은 결코 저절로 좋아지지 않는다.

쿠시너는 『미국의 천사들』에서 다수의 동성애자를 무대에 등장시키면서 하부 문화로 폄하된 동성애 문화와 코드를 극화했다. 그는 다양한 인종과 문명들이 충돌하는 현대 사회에서 인종과 국가를 초월하여 사회의 비주류 혹은 소수가 당면한 갈등적 상황에 주목한다. 로이는 사회의 주류에 편입하고 유지하기 위해 자신의 권력으로 비주류를 억압하는 악의 전형이다. 하지만 시각을 다르게 하면, 그 역시 강압적인 이성애 사회에서 비주류가 되지 않기 위해 안간힘을 쓰다가 결국 폐기된 희생자일 수도 있다. 루이스 역시 애인 프라이어가 에이즈에 걸리자 그를 버리고 떠나는 비정하고 비도덕적인 인물로 그려지지만, 당시는 동성애를 억압하기 위해 에이즈가 정치적으로 도구화되었던 혼돈의 시대였다. 즉 루이스는 단지 자신의 행복을 위해 프라이어를 버리고 떠났다기보다는 만연한 에이즈와 동성애 공포 또는 혐오를 피하기 위해 그릇된 선택을 한 것으로 해석될 수 있다. 쿠시너는 『미국의 천사들』에서 로이나 루이스의 도덕과 윤리성을 개인의 문제로 단순화시키지 않고, 사회 속 한 개인으로서 그런 선택을 할 수밖에 없었던 당시의 사회적 상황에 초점을 맞추고 있다.

쿠시너는 『미국의 천사들』을 통해서 전통적으로 물어왔던 질문의 영역을 바꾸어 놓았다. 그는 "나는 누구인가?"를 해명하는 방식으로 등장인물들을 설명하는 방식에서 벗어나 있다. "나는 누구인가?"라는 질문 방식에 대답하는 방식은 개인을 자율적인 존재로 설명할 수 있지만, 비대칭적인 관계 또는 대화적인 상황 내에 놓인 개인은 권력에 복종하고 수행하는 주체이면서 일인칭의 권위가 아니라 너에게 서로를 노출하는 구조를 가진 존재로 현현된다. 그러므로 우리는 쿠시너의 이 작품에서 "나는 누구인가?"라는 물음이 가진 비대칭적인 구조에서 탈피하여 "너는 누구인가?"라는 대칭적 질문을 제기함으로써 타자와의 상호성을 바탕으로 정치적인 문제

뿐 아니라 동성애 문제까지도 조망할 수 있을 것이다. 왜냐하면 동성애 문제는 정치적 문제와 긴밀하게 연결되어 있기 때문이다(김영숙 381~382).

쿠시너가 『미국의 천사들』을 통해 조망한 1980년대 미국 사회는 공감의 능력을 상실한 채 감정적 불능에 빠진 사회다. 쿠시너는 문화적 소수자에 대한 관심과 배려, 그리고 책임감도 모두 결여한 채, 개인의 이기심만 내세우는 레이건 정부가 왜 쇠퇴할 운명이며, 그들이 소멸한 자리에 어떤 종류의 대안적인 가치가 들어서야 하는지를 예견한다. 특히 하퍼와 해나는 대안적 사회로서 퀴어 공동체를 만들어나가는 능동적이고 주체적인 여성으로서의 임무를 수행한다. 쿠시너의 퀴어 공동체는 소외와 억압을 이겨내고 '고통스러운 진보'로 이행할 줄 아는 성숙하고 강인한 개인을 전제로 하며, 나아가 그것은 개인 간의 감정적 유대와 연결, 즉 상호연결성을 통해 더욱 견고해지고 미래를 지향하게 된다.

쿠시너는 『미국의 천사들』에서 동성애자에 대한 국가의 차별과 배제, 그에 따른 동성애자의 복수와 분노, 동성애자와 이성애자의 대립과 갈등에 초점을 맞추기보다는 화해와 공존을 꿈꾼다. 그렇기 때문에 클럼은 『미국의 천사들』의 주된 이슈가 동성애자가 이성애자에 대항해 어떤 관점을 취해야 하는지가 아니라, 게이들이 로이나 조와 같은 동성애자의 적들을 어떻게 대해야 하는지에 대한 문제라고 지적하며, 이에 대한 대답이 '축복'과 '용서'라고 말한다(322).

쿠시너의 연극은 정치성과 불가분의 관계에 있다. 스스로 밝혔듯이, 쿠시너에게 정치 없는 연극은 생각할 수 없다(Lahr 42 재인용). 하지만 그의 정치극은 단순히 미국의 병폐에 현실비판으로 그치지 않고 현실의 모순과 부조리를 해결하려는 적극적 의지와 실천을 강조하는 진보, 그것도 고통스러운 진보의 극이다.

쿠시너는 비관적 지성과 낙관적 의지라는 신념을 갖고 극작가로서 또 정치적 행동주의자로서 자신을 격려했고, 우리를 미래로 이끄는 과거의 문제들을 생각하는데 천착했고, 이를 위한 단련된 희망과 자각을 가지고 있다(Fisher 213). 쿠시너는 묵과할 수 없는 과거의 문제들에 상당한 관심을 기울여왔고 이를 극화했다. 그는 희망을 견지하며 신중하게 담대하게 미래에 나아가야 한다고 주장한다. 그의 주장을 받아들인다면 세상은 변하고 그 변화는 늘 가능하기 때문에 변화가 올바른 변화가 될 수 있도록 낙관적인 태도를 견지해야 한다.

쿠시너는『미국의 천사들』에서 동성애를 재현하면서 대중성보다는 진정성, 형식에 있어 고전적 멜로드라마의 보편성보다는 브레히트적 서사극의 실험성을 강조함으로써 레이건 정부를 비판하고, 더 나아가 동성애와 동성애자, 그리고 에이즈에 대한 그릇된 인식을 교정하는 것을 극작의 본령으로 삼고 있다. 그러면서도 어느 한쪽으로 치우치지 않는 균형적 시각과 작품 해석의 상당 부분을 관객의 능동적인 판단과 해석에 맡기는 열린 결말을 통해 미국의 다양성을 구현한다. 또한 사랑과 배신, 권력과 음모 등 인간사에서 일어날 수 있는 보편적이고 일상적인 주제들도 극화하고, 선악의 구분이 분명치 않은 양면적인 인물을 통해 관객의 감정적 이입을 끌어낸다.

5. "개인적인 것은 정치적인 것"

쿠시너는 "중요한 것은, 세상을 아는 것이 아니라 세상을 변화시키는 것"(Fanon 8)이라는 것을 인식하고, 예술은 단순히 감상하는 대상이 아니라 실질적으로 세상을 변화시키는 도구라는 사실을 강조해 왔다. 그는 '연극이 어떻게 사회변화의 도구로 쓰일 수 있는지', 그리고 '연극을 통해 무엇을 변화시키려고 하는지'에 대해, 연극은 정치적인 문제를 다루어야 하며, 특히 사회의 부정과 억압에 관해 관심을 가져야 한다고 강조한다. 즉 그에게 극장은 적극적으로 변화에 가담해야 하며 정치적으로도 진보적인 자세를 취해야 하는 장이다(Kushner 1997: 20).

쿠시너의 『미국의 천사들』은 동성애자들을 전면에 내세워 성, 정치, 인종, 계급, 종교 등 서로 복잡하게 얽혀 있는 미국의 다양한 문제들을 논한다. 따라서 이 작품은 한편으로는 동성애자들의 이야기이지만, 또 다른 한편으로는 동성애자들을 대하는 미국 사회의 다수의 태도에 대한 이야기이기도 하다. 개인의 이야기가 개인의 이야기로 끝나지 않고 일반화되어 보편적인 정치적 함의를 획득한다. 쿠시너는 『미국의 천사들』을 통해 "개인적인 것은 정치적인 것"(Kushner 2001: 62)이라는 자신의 신념을 구체화한다.

레이건 정부는 정치적 목적으로 동성애와 에이즈를 등치하며, 대중에게 에이즈에 대한 공포를 확산시키고, 동성애자들을 억압하고 배제했다. 『미국의 천사들』의 핵심 주제는 관객들이 레이건 시대의 신보수주의에 내재한 경직된 사고방식과 편견을 발견하고, 미국 사회의 모순을 깨닫는 것이다. 이를 위해 쿠시너는 등장인물들이 다양한 정치적 용어와 사회, 종교, 문화적 관습들을 직접 언급해 내포된 이중성을 비판하거나 조롱하도록 한다. 극 초반 유대교 랍비는 미국 사회를 "아무것도 녹아들지 못하는 용광로"라고 비판한다(1: 16). 그는 후손들에게 "너희들은 미국에 살지 않는다. 그런 곳은 존재하지 않는다"라고 단언하고, 이민자의 정체성을 잊지 말라고 충고한다(1: 16). 즉 쿠시너는 랍비의 충고 또는 경고를 통해 이민자들의 오랜 소망인 '미국적 꿈(American Dream)'의 허상과 깨지기 쉬움을 직설적으로 고발한다.

쿠시너 이전에도 적지 않은 동성애 작가가 있었고 동성애를 다룬 극은 많았다. 그런데 동성애 극작가조차도 동성애 인물들을 이성애자들 사이에 은밀하게 숨겨두는가 하면 극의 전면에 내세우더라도 정치적인 맥락보다는 주로 그들의 개인적 소외에 초점을 맞추었다. 하지만 쿠시너는 스스로 동성애자임을 커밍아웃했고, 동성애 문제를 회피하지 않고, 동성애 혐오를 극복한 주인공들을 통해 에이즈를 비롯한 이 시대의 민감한 주제를 전경화하고 있다는 점에 있어 기존의 동성애자 극작가들과 차별된다. 쿠시너는 『미국의 천사들』에서 에이즈를 등장인물의 단순한 비극적 장치로만 사용하지 않고 미국 사회가 안고 있는 문제를 반추할 수 있는 성찰의 계기로 극화한다.

유대계 혈통인 쿠시너는 유대인들이 본거지 없이 영원한 이방인이 되어 수많은 여정을 떠나고 머무르고 또다시 이주하는 이산(diaspora)의 유대인 문화가 진보주의와 일맥상통한다고 파악한다. 그는 유대교의 이산 문화도 역설적으로 모르몬교의 정신과도 맞닿아 있다고 보았다. 기실 모르몬교는 백인우월주의와 전통적인 가부장제를 옹호하고, 반여성주의와 반동성애 주의를 주장하는 등 정치적으로 보수적이기 때문에 유대인의 이산 문화와 양립할 수 없는 것처럼 보인다. 하지만 모르몬교는 본래 미국의 주류 기독교에서 벗어난 소수 종파이며, 미국 사회의 종교적 다원주의를 내세워 희망으로 가득 찬 새로운 천국을 표방했다는 점에서 그 사상적 토대가 매우 급진적이고 진보적이기도 하다. 쿠시너는 『미국의 천사들』에서 물리적으로 서로 대척점에 있는 이질적인 문화인 유대인의 이산문화, 동성애, 모르몬교 사이의 조화와 합일의 가능성을 모색한다.

『미국의 천사들』에 투영된 쿠시너의 정치철학은 레이건 정부에 대한 비판과 동성애자의 정체성을 인정해야 한다는 간절한 메시지로 수렴된다. 이는 삶의 고통을 대하는 인간의 정신적 태도에 대한 보편적인 가르침으로 확대 이해할 수 있다. 『미국의 천사들』의 등장인물들은 현재의 고통은 두려워할 대상이 아니라 더 나은 미래를 위해 적극적으로 누려야 할 기회라는 인류 보편의 메시지를 역설하기 때문이다.

『미국의 천사들』은 단지 1980년대 미국 사회의 부조리와 병폐를 비판하는 것에 머물지 않고, 현재 미국 사회, 더 나아가 현재 한국 사회를 고찰하는 데도 유용하다. 이 작품에서는 에이즈에 걸렸거나 혹은 잠재적 에이즈 환자로 취급받는 동성애자들이 차별과 박해, 그리고 억압과 배제의 대상이 되지만, 차별과 배제의 대상은 시대와 장소, 그리고 정치적 이해관계에 따라 언제라도 바뀔 수 있다. 하지만 그 대상이 언제나 사회의 소수자라는 점은 결코 변하지 않는다. 사회적 통합을 위해서는 마땅히 그들 역시 사회 구성원으로 받아들여야 하지만, 특정한 정치적 목적을 지닌 정치인들에 의해 그들은 의도적으로 차별받고 언제나 사회로부터 배제된다.

신보수주의 정권이었던 레이건 시대는 이미 과거가 되었고, 당시 끔찍했던 에이즈 공포는 지금은 많이 완화되었기에, 『미국의 천사들』이 제기하는 사회 문제의 시효가 만료된 것처럼 보일 수 있다. 하지만 표면적으로 레이건 시대가 끝났다고 하더라도 '차별'과 '배제'를 근간으로 하는 정치적·종교적·경제적 기제는 여전히 작동되고 있다. 오히려 예전보다 더욱 공고하고 교묘하게 작동되고 있다. 미국보다도 다른 나라에서 더 큰 영향력을 발휘하고 있다. 『미국의 천사들』은 특정 시간적·공간적 배경에 국한되지 않고 정치적·사회적·문화적 맥락에서 보편적으로 재고될 필요가 있는 현대적인 텍스트로 귀결된다.

참고문헌

강태경, 「'스탠리 코왈스키'의 미학/정치학: *A Streetcar Named Desire*의 대안적 독서」, 『현대영미드라마』 15.2, 2002, 5~36쪽.

구연철, 「『미국의 천사들, 제1부: 새 천년이 온다』의 비극적 인물과 희극적 인물」, 『인문학지』 44, 2011, 179~194쪽.

권재일, 『체코슬로바키아史』, 대한교과서, 1995.

권혜경, 「톰 스토파드의 동구권 소재 극작품에 나타난 정치성과 연극적 형상화」, 『현대영미드라마』 25.3, 2012, 25~48쪽.

권혜경, 「혁명과 대중음악: 톰 스토파드의 *Rock 'n' Roll*에 나타나는 록큰롤의 정치성과 상징성」, 『현대영미드라마』 23.3, 2010, 5~31쪽.

김문규, 「『헨리 5세』: 대영제국 비전의 투영과 비판」, 『신영어영문학』 50, 2011, 15~40쪽.

김성규, 「『세일즈맨의 죽음』과 『가족』에 예견된 신자유주의의 정체성과 병폐」, 『동서비교문학저널』 41, 2017, 27~50쪽.

김성제, 「후기식민 시대의 '특별한 관계': 핀터의 *The Homecoming*과 정치성」, 『현대영미드라마』 13.1, 2000, 6~27쪽.

김성철, 「『시련』: 양심과 자유」, 『영어영문학21』 24.3, 2011, 32~50쪽.

김영숙, 「토니 쿠시너의 『미국의 천사들』에 나타난 상호인정」, 『현대영미어

문학』 32.4, 2014, 363~387쪽.
김종환, 「문화유물론과 셰익스피어」, *Shakespeare Review* 25, 1994, 169~187쪽.
김혜진, 「토니 쿠쉬너의 『미국의 천사들』에 나타난 동성애자들의 새로운 남성성의 모색」, 『영어영문학연구』 57.1, 2015, 181~197쪽.
마키아벨리 지음, 강정인 옮김, 『군주론』, 까치, 1997.
미셸 푸코 지음, 이규현 옮김, 『성의 역사 1: 지식의 의지(*La volont'e de savoir*)』, 나남, 2010.
박우수, 「코러스의 극적 기능: 『헨리 5세』의 경우」, *Shakespeare Review* 45.1, 2009, 27~66쪽.
박우수, 『셰익스피어의 역사극: 언어, 구조, 아이러니』, 열린책들, 2012.
슬라보예 지젝·케네스 레이너드·에릭 L. 샌트너 지음, 정혁헌 옮김, 『이웃: 정치신학에 관한 세 가지 탐구』, 도서출판b, 2010.
안승국, 「체코의 벨벳 혁명과 민주화」, 『기억과 전망』 30, 2014, 213~245쪽.
유송희, 「해롤드 핀터의 『귀향』: 귀향을 통한 루스의 자아회복」, 전남대학교 석사학위 논문, 2000.
윤정용, 「창조적 변형: 스토파트 극에 나타난 상호텍스트성」, 충북대학교 박사학위 논문, 2006.
이신철, 「미국 기독교 우파의 이념적 특징과 정치참여」, 『사회와 철학』 10, 2005, 253~280쪽.
이종숙, 「*Henry V*와 Shakespeare의 민중적 관중/편집자들: 서지학/원문비평의 새로운 방향을 위하여」, *Shakespeare Review* 23, 1993, 209~247쪽.
이형식, 「동성애 재현의 두 양상: 진정성과 대중성」, 『문학과 영상』 14.3, 2013, 711~736쪽.
이형식, 「미국 연극에서 여성에게 가해진 폭력: *A Streetcar Named Desire*와

*The Conduct of Life*의 여성주의적 비교」, 『현대영미드라마』 16.2, 2003, 197~224쪽.

전준택, 「미국 주류 게이/퀴어 드라마 공연 전략 비교 연구: 맥낼리, 쿠쉬너, 라이트를 중심으로」, 『현대영미드라마』 22.1, 2009, 139~169쪽.

정윤정, 「메를로-퐁티의 살 개념으로 본 헨리 제임스의 『황금주발』」, 『영어영문학연구』 55.2, 2013, 283~302쪽.

정효숙, 「『욕망이라는 이름의 전차』에서 나타난 성의 정치학」, 『한영논총』 10, 2006, 157~178쪽.

조경진, 「토니 쿠시너의 『미국의 천사들』 여성 인물 퀴어링」, 고려대학교 석사학위 논문, 2011.

조르조 아감벤 지음, 박진우 옮김, 『호모 사케르』, 새물결, 2008.

조르조 아감벤 지음, 정문영 옮김, 『언어의 성사: 맹세의 고고학』, 새물결, 2012.

조성덕, 「브레히트 정치극의 창조적 계승: 토니 커쉬너의 원작에 기초한 TV 영화 〈미국의 천사들〉 고찰」, 『브레히트와 현대연극』 29, 2013, 329~353쪽.

지그문트 프로이트 지음, 김석희 옮김, 『문명 속의 불만』, 열린책들, 1998.

최영, 「Edward Bond's *Lear*: A Modern Shakespeare Offshoot」, 『영어영문학』 31.4, 1985, 659~676쪽.

최정호, 「체코슬로바키아의 정치와 문화: 프라하의 봄을 중심으로」, 『공산권 연구논총』 10, 1990, 90~111쪽.

홍성민, 『권력과 지식: 미셸 푸코와의 대담』, 나남, 1991.

Abbotson, Susan C. W., *Students Companion to Arthur Miller*. Westport:

Greenwood, 2000.

Adler, Thomas P., "Conscience and Community in An Enemy of the People and *The Crucible*." Christopher Bigsby (Ed.), *The Cambridge Companion to Arthur Miller*. Cambridge: Cambridge U.P., 1997. 86~100.

Adler, Thomas P., "Notes toward the Archetypal Pinter Woman." *Theatre Journal*, 33.3 (1981): 377~385.

Adler, Thomas P., *A Streetcar Named Desire: The Moth and the Lantern*. Boston: Twayne, 1990.

Almansi, Guido and Simon Henderson, *Harold Pinter*. London: Methuen, 1983.

Altman, Joel B., "'Vile Participation': The Amplification of Violence in the Theater of *Henry V*." *Shakespeare Quarterly*, 42.1 (1991): 1~32.

Beardsley, Tim, "Sex and Complexity." Rev. of *Arcadia*, by Tom Stoppard. *Scientific American*, 277.1 (July 1997): 98.

Bentley, Eric, "The Innocence of Arthur Miller." Gerald Weales (Ed.), *The Crucible: Text and Criticism*. New York: Penguin, 1980. 204~209.

Bigsby, C. W. E., *Modern American Drama 1945~1990*. Cambridge: Cambridge U.P., 1992.

Bigsby, C. W. E., *Tom Stoppard: Writers and their Work Series*. Harlow: Longman, 1976.

Bigsby, Christopher, "Introduction." Christopher Bigsby (Ed.), *The Cambridge Companion to Arthur Miller*. Cambridge: Cambridge U.P., 1997. 1~9.

Bigsby, Christopher, *Arthur Miller and Company*. London: Methuen, 1990.

Bigsby, Christopher, *Arthur Miller: 1915~1962*. Cambridge: Harvard U.P., 2009.

Billington, Michael, *Stoppard: The Playwright*. London: Methuen, 1987.

Bond, Edward, *Bingo: Scenes of money and death*. London: Eyre Methuen, 1974.

Bond, Edward, *Lear*. New York: Hill and Wang, 1972.

Boxill, Roger, *Tennessee Williams*. London: Macmillan, 1987.

Bradley, Frank, "Two Transient Plays: *A Streetcar Named Desire* and *Camino Real*." Robert F. Gross (Ed.), *Tennessee Williams: A Casebook*. New York: Routledge, 2002. 51~62.

Brantley, Ben, "Going to Prague in 1968, but Not Without His Vinyl." *New York Times*, 5 Nov. 2007: n. pag. Web. 12 Aug. 2020.

Brassell, Tim, *Tom Stoppard: An Assessment*. New York: St. Martin's, 1985.

Brater, Enoch, "Parody, Travesty, and Politics in the Plays of Tom Stoppard." Hedwig Bock and Albert Werthein (Eds.), *Essay on Contemporary British Drama*. Munich: Max Hueber, 1981. 117~130.

Brustein, Robert, "Something Disturbingly Voguish and Available." Tony Bareham (Ed.), *Tom Stoppard: Rosenctantz and Guilenstern are Dead, Jumpers & Travesties*. London: Macmillan, 1990. 93~95.

Bull, John, "Tom Stoppard and Politics." Katherine E. Kelly (Ed.), *The Cambridge Companion to Tom Stoppard*. Cambridge: Cambridge U.P., 2001. 136~153.

Bull, John, *Stage Right: Crisis and Recovery in British Contemporary Mainstream Theatre*. New York: Saint Martin's, 1994.

Bulman, James, "Bond, Shakespeare, and the Absurd." *Modern Drama*, 29.1 (1986): 60~70.

Cahn, Victor L., *Beyond Absurdity: The Plays of Tom Stoppard*. Rutherford, N.J.: Fairleigh Dickinson U.P., 1979.

Cahn, Victor L., *Gender and Power in the Plays of Harold Pinter*. New York: St. Martin's, 1993.

Carson, Neil, *Arthur Miller*. New York: St. Martin's, 1982.

Case, Sue-Ellen, *Feminism and Theatre*. New York: Palgrave Macmillan, 2008.

Clum, John M., *Still Acting Gay: Male Homosexuality in Modern Drama*. New York: St. Martin's, 2000.

Colby, Douglas, *As the Curtain Rises: On Contemporary British Drama 1966~1976*. Rutherford, N.J.: Fairleigh Dickinson U.P., 1978.

Corballis, Richard, *Stoppard: The Mystery and the Clockwork*. New York: Methuen, 1984.

Corrigan, Mary A., "Realism and Theatricalism in *A Streetcar Named Desire*." *Modern Drama*, 19.4 (1976): 385~396.

Corrigan, Robert W., "Introduction: The Achievement of Arthur Miller." Robert W. Corrigan (Ed.), *Arthur Miller: A Collection of Critical Essays*. Englewood Cliffs, N.J.: Prentice-Hall, 1969. 1~22.

Coult, Tony, *The Plays of Edward Bond*. London: Methuen, 1978.

Crandell, George W., "Misrepresentation and Miscegenation: Reading the Racialized Discourse of Tennessee Williams's *A Streetcar Named Desire*." *Modern Drama*, 40.3 (1997): 337~346.

Danson, Lawrence, "*Henry V*: King, Chorus, and Critics." *Shakespeare Quarterly*, 34.1 (1983): 27~43.

Delaney, Paul, *Tom Stoppard: the moral vision of the major plays*. London: Macmillan, 1990.

Dollimore, Jonathan and Alan Sinfield, "History and Ideology: the Instance of

Henry V." John Drakakis (Ed.), *Alternative Shakespeare*. London: Methuen, 1985. 206~227.

Dollimore, Jonathan, "Introduction: Shakespeare, Cultural Materialism and the New Historicism." Jonathan Dollimore and Alan Sinfield (Eds.), *Political Shakespeare: New Essays in Cultural Materialism*. Manchester: Manchester U.P., 1985. 4~17.

Dukore, Bernard F., *Harold Pinter*. London: Macmillan, 1982.

Dutton, Richard, *Modern Tragicomedy and the British Tradition: Beckett, Pinter, Stoppard, Albee and Storey*. Bringhton: Harvester, 1986.

Esslin, Martin, *Pinter: The Playwright*. London: Methuen, 1982.

Evans, Everett, "Politics Passion Fuel Stoppard's *Rock 'n' Roll*." *Chron*, 19 April 2009: n. pag. Web. 12 Aug. 2020.

Falk, Signi, "The Profitable World of Tennessee Williams." *Modern Drama*, 1.3 (1958): 172~180.

Fanon, Frantz, *Black Skin, White Masks*. Charles Lam Markmann (Trans.). New York: Pluto, 1986.

Fisher, James, *The Theater of Tony Kushner: Living Past Hope*. New York: Routledge, 2001.

Fleche, Anne, "The Space of Madness and Desire: Tennessee Williams and Streetcar." *Modern Drama*, 38.4 (1995): 496~509.

Fleming, John, *Stoppard's Theatre: Finding Order and Chaos*. Austin: U. of Texas P., 2001.

Foertsch, Jacqueline, "Angles in an Epidemic: Women as 'Negatives' in Recent AIDS Literature." *South Central Review*, 16.1 (1999): 57~72.

Freud, Sigmund, *Complete Psychological Works of Sigmund Freud Vol 14. (1914~1916)*. James Strachey (Trans.). London: Hogarth, 1973.

Gale, Steven H., *Butter's Going Up: A Critical Analysis of Harold Pinter's Work*. Durham, N.C.: Duke U.P., 1977.

Ganz, Arthur, "A Clue to the Pinter Puzzle: The Triple Self in '*The Homecoming*'." *Educational Theatre Journal*, 21.2 (1969): 173~181.

Ganz, Arthur, "Tennessee Williams: A Desperate Morality." Stephen Stanton (Ed.), *Tennessee Williams: A Collection of Critical Essays*. Englewood Cliffs, N.J.: Prentice-Hall, 1977. 123~137.

Garber, Marjorie, *Shakespeare and Modern Culture*. New York: Norton, 2008.

Geis, Deborah R., "'The Delicate Ecology of Your Delusions': Insanity, Theatricality, and the Thresholds of Revolution in Kushner's *Angels in America*." Deborah R. Geis and Steven F. Kruger (Eds.), *Approaching the Millenium: Essays on Angels in America*. Ann Arbor: U. of Michigan P., 1997. 199~209.

Gilbert, Sandra and Susan Guber, *The Madwoman in the Attic*. New Haven: Yale U.P., 1984.

Gordon, Giles, "Tom Sroppard." Tom Stoppard and Paul Delaney (Eds.), *Tom Stoppard in Conversation*. Ann Arbor: U. of Michigan P., 1994. 15~23.

Gordon, Robert. *The Purpose of Playing: Modern Acting Theories in Perspective*. Ann Arbor: U. of Michigan, 2006.

Gottfried, Martin, *Arthur Miller, His Life and Work*. Cambridge: Da Capo P., 2003.

Greenblatt, Stephen, "Invisible Bullets: Renaissance Authority and its Subversion, *Henry IV* and *Henry V*." Jonathan Dollimore and Alan Sinfield (Eds.),

Political Shakespeare: New Essays in Cultural Materialism. Manchester: Manchester U.P., 1985. 18~47.

Grosz, Elizabeth, *Space, Time, and Perversion: Essay on the Politics of Bodies*. New York: Routledge, 1995.

Gruber, William E., "A Version of Justice." Tony Bareham (Ed.), *Tom Stoppard: Rosencrantz and Guildenstern are Dead, Jumpers & Travesties*. London: Macmillan, 1990. 85~93.

Guppy, Shusha, "Tom Stoppard." George Plimton (Ed.), *Playwrights At Work*. London: Harvill, 2000. 279~300.

Gussow, Mel, "Stoppard's Intellectual Cartwheels Now With Music." Paul Delaney (Ed.), *Tom Stoppard in Conversation*. Ann Arbor: U. of Michigan, 1994. 129~134.

Hassan, Ihab, *Contemporary American Literature: 1945~1972*. New York: Frederick Ungar, 1978.

Hawkes, Nigel, "Plotting the Course of a Playwright." Tom Stoppard and Paul Delaney (Eds.), *Tom Stoppard in Conversation*. Ann Arbor: U. of Michigan P., 1994. 265~269.

Hayman, Ronald, *Tom Stoppard: Contemporary Playwright*. London: Heinemann, 1977.

Herbert, Hugh, "A Playwright in Undiscovered Country." Paul Delaney (Ed.), *Tom Stoppard in Conversation*. Ann Arbor: U. of Michigan P., 1994. 125~128.

Hewes, Henry, "Probing Pinter's Plays: An Interview." *Saturday Review*, 8 April 1967: 56~97.

Hinchliffe, Arnold P., *Harold Pinter*. Rev. ed. Boston: Twayne, 1981.

Hirsh, Foster, *A Portrait of the Artist: The Plays of Tennessee Williams*. New York: Kennikat, 1979.

Hirst, David L., *Edward Bond*. Houndmills: Macmillan, 1985.

Holderness, Graham, "Rosencrantz and Guildenstern are Dead." K. A. Berney (Ed.), *Contemporary British Dramatists*. London: St. James, 1994, 807~809.

Holmstrom, John, "Review of Lear." Peter Roberts (Ed.), *The Best of Plays and Players*. London: Methuen Drama, 1989. 60~62.

Hudson, Roger, Catherine Itzin, and Simon Trussler, "Ambushes for the Audience: Towards a High Comedy of Ideas." Paul Delaney (Ed.), *Tom Stoppard in Conversation*. Ann Arbor: U. of Michigan, 1994. 51~72.

Hunter, Jim, *About Stoppard: The Playwright and the Work*. London: Faber and Faber, 2005.

Hwang, Hyosik, "Pro-war or Anti-war?: *Henry V* Controversy and the Historical Shakespeare." *Shakespeare Review*, 36.3 (2000): 361~385.

Innes, Chrisopher, *Avant Garde Theatre 1892~1992*. London: Routledge, 1993.

Innes, Chrisopher, *Modern British Drama 1890~1990*. Cambridge: Cambridge U.P., 1992.

Innes, Christopher, "Edward Bond's Political Spectrum." *Modern Drama*, 25.2 (1982): 189~206.

Innes, Christopher, *Modern British Drama 1890~1990*. Cambridge: Cambridge U.P., 1992.

Irigaray, Luce, *This Sex Which is Not One*. Alan Sheridan (Trans.). New York: Cornell U.P., 1985.

James, Clive, "Tom Stoppard: Count Zero Splits the Infinite." Anthony Jenkins (Ed.), *Critical Essays on Tom Stoppard*. Boston: G. K. Hall, 1990. 27~34.

Jeffords, Susan, *Hard Bodies: Hollywood masculinity in the Reagan era*. New Brunswick, N.J.: Rutgers U.P., 1994.

Jenkins, Anthony, *The Theatre of Tom Stoppard*. Cambridge: Cambridge U.P., 1987.

Jones, Daniel R., "Edward Bond's "Rational Theatre." *Theatre Journal*, 32.4 (1980): 505~517.

Kauffman, Stanley, "Stageworn and shallow." Tony Bareham (Ed.), *Tom Stoppard: Rosenctantz and Guilenstern are Dead, Jumpers & Travesties*. London: Macmillan, 1990. 122~125.

Kauffmann, Stanley, "Letter-day Look." *The New Republic*, 16 Dec. 1996: 30~32.

Kelly, Katherine E., "Introduction: Transformation in Tom Stoppard." Katherine E. Kelly (Ed.), *The Cambridge Companion to Tom Stoppard*. Cambridge: Cambridge U.P., 2001. 10~22.

Klein, Hilede, "Edward Bond: An Interview." *Modern Drama*, 38.3 (1995): 408~415.

Kolin, Philip C., "'It's Only a Paper Moon': The Paper Ontologies in Tennessee Williams's *A Streetcar Named Desire*." *Modern Drama*, 40.4. (1997): 454~467.

Kolin, Philip C. (Ed.), *The Tennessee Williams Encyclopedia*. Westport, CT:

Greenwood, 2004.

Kushner, Tony, "How Do You Make a Social Change?" *Theater*, 31.3 (2001): 62~94.

Kushner, Tony, "Note about Political Theater." *The Kenyon Review*, 19.3/4 (1997): 19~34.

Kushner, Tony, *Angels in America: A Gay Fantasia on National Themes*. London: Nick Hern, 2007.

Lahr, John, "Blowing Hot and Cold: Chaos Meets History in a Brilliant New Play." *The New Yorker*, 17 April 1995: 111~113.

Lahr, John, "After Angels." *The New Yorker*, 3 Jan. 2005: 42~52.

Levenson, Jill L., "Stoppard's Shakespeare: textual revisions." Katherine E. Kelly (Ed.), *The Cambridge Companion to Tom Stoppard*. Cambridge: Cambridge U.P., 2001. 154~170.

Levin, David, "Salem Witchcraft in Recent Fiction and Drama." Gerald Weales (Ed.), *The Crucible: Text and Criticism*. New York: Penguin, 1980. 248~254.

Londré, Felicia Hardison, "A Streetcar Running Fifty Years." Matthew C. Roudané (Ed.), *The Cambridge Companion to Tennessee Williams*. Cambridge: Cambridge U.P., 1997. 45~66.

Londré, Felicia Hardison, *Tennessee Williams*. New York: Ungar, 1979.

Londré, Felicia Hardison, *Tom Stoppard*. New York: Frederick Ungar, 1981.

Lunden, Jeff, "Stoppard Remixes Personal, Political in *Rock 'n' Roll*." NPR (National Public Radio) *Weekend Edition Sunday*, 4 Nov. 2007: n. pag. Web. 12 Aug. 2020.

Martin, Robert, "Arthur Miller's *The Crucible*: Background and Sources." *Modern Drama*, 13.2 (1970): 279~292.

Martine, James, *The Crucible: Politics, Property, and Pretense*. New York: Twayne, 1993.

Meisner, Natalie, "Messing with the Idyllic: The Performance of Feminity in Kusher's *Angels in America*." *The Yale Journal of Criticism*, 16.1 (2003): 177~189.

Melbourne, Lucy, "Plotting the Apple of Knowledge: Tom Stoppard's *Arcadia* as Iterated Theatrical Algorithm." *Modern Drama*, 41.4 (1998): 557~572.

Miller, Arthur, *The Crucible: A Play in Four Acts*. New York: Penguin, 2003.

Milne, Drew, "Pinter's sexual politics." Peter Raby (Ed.), *The Cambridge Companion to Harold Pinter*. Cambridge: Cambridge U.P., 2001. 195~211.

Moss, Leonard, *Arthur Miller*. Boston: Twayne, 1980.

Nadel, Ira B., "Stoppard and film." Katherine E. Kelly (Ed.), *The Cambridge Companion to Tom Stoppard*. Cambridge: Cambridge U.P., 2001. 84~103.

Nathan, David, "In a Country Garden(If It Is a Garden)." Tom Stoppard and Paul Delaney (Eds.), *Tom Stoppard in Conversation*. Ann Arbor: U. of Michigan P., 1994. 261~264.

Nathan, George Jean, *The Theatre in the Fifties*. New York: Knof, 1953.

Nelson, Benjamin, *Arthur Miller: Portrait of a Playwright*. New York: McKay, 1970.

Nielson, Ken, *Tony Kushner's Angels in America*. London: Continuum, 2008.

Nodelman, Perry, "Beyond Politics in Bond's *Lear*." *Modern Drama*, 23.3 (1980): 269~276.

Ornstein, Robert, *A Kingdom for a Stage: The Achievement of Shakespeare's History Plays*. Cambridge: Harvard U.P., 1972.

Palmer, Barton R., "Hollywood in Crisis: Tennessee Williams and the Evolution of the Adult Film." Matthew C. Roudané (Ed.), *The Cambridge Companion to Tennessee Williams*. Cambridge: Cambridge U.P., 1997. 204~231.

Palmer, R. Barton, "Arthur Miller and the cinema." *The Cambridge Companion to Arthur Miller*. Cambridge: Cambridge U.P., 1997. 184~210.

Pinter, Harold, *Plays Three*. London: Eyre Methuen, 1978.

Prentice, Penelope, "Ruth: Pinter's *The Homecoming* Revisited." *Twentieth Century Literature*, 26.4 (1980): 458~478.

Quigley, E. Austin, *The Pinter Problem*. Princeton, N.J.: Princeton U.P., 1975.

Quirino, Leonard, "The Cards Indicates a Voyage on *A Streetcar Named Desire*." Harold Bloom (Ed.), *Tennessee Williams's A Streetcar Named Desire*. New York: Chelsea House, 1988. 61~77.

Rademacher, Frances, "Violence and the Comic in the Plays of Edward Bond." *Modern Drama*, 23.3 (1980): 258~268.

Renner, Hans, *A History of Czechoslovakia Since 1945*. New York: Routledge, 1989.

Riddel, Joseph N., "A Streetcar Named Desire—Nietzsche Descending." Harold Bloom (Ed.), *Tennessee Williams's A Streetcar Named Desire*. New York: Chelsea House, 1988. 21~31.

Riggs, David, *Shakespeare's Heroical Histories*. Cambridge: Harvard U.P., 1971.

Rosenthal, Bernard, *Salem Story: Reading the Witch Trials of 1692*. Cambridge: Cambridge U.P., 1993.

Sakellaridou, Elizabeth, *Pinter's Female Portraits: A Study of Female Characters in the Plays of Harold Pinter*. London: Macmillan, 1988.

Savran, David, "Ambivalence, Utopia, and a Queer Sort of Materialism: How Angels in America Reconstructs the Nation." Deborah R. Geis and Steven F. Kruger (Eds.), *Approaching the Millennium: Essays on Angels in America*. Ann Arbor: U. of Michigan, 1997. 13~39.

Schissel, Wendy, "Re(dis)covering the Witches in Arthur Miller's *The Crucible*: A Feminist Reading." *Modern Drama*, 37.3 (1994): 461~473.

Schlueter, June and James K. Flanagan, *Arthur Miller*. New York: Ungar, 1987.

Schulman, Milton, "The Politicizing of Tom Stoppard." Paul Delaney (Ed.), *Tom Stoppard in Conversation*. Ann Arbor: U. of Michigan P., 1994. 107~112.

Scofield, Martin, *The Ghost of Hamlet*. Cambridge: Cambridge U.P., 1980.

Scott, Michael, *Shakespeare and the Modern Dramatist*. London: Macmillan, 1989.

Shakespeare, William, *Hamlet*. Harold Jenkins (Ed.). London: Methuen, 1985.

Shakespeare, William, *King Henry V*. T. W. Craik (Ed.). London: Routledge, 1995.

Shakespeare, William, *King Lear*. R. A. Foakes (Ed.). Walton-on-Thames: Thomas Nelson, 1997.

Sinfield, Alan, *Out on Stage: Lesbian and Gay Theatre in the Twentieth Century*. New Haven: Yale U.P., 1999.

Smidt, Kristian, *Unconformities in Shakespeare's History Plays*. London: Macmillan, 1982.

Spencer, Jenny S., *Dramatic Strategies in the Plays of Edward Bond*. Cambridge: Cambridge U.P., 1992.

States, Bert O., "Pinter's '*Homecoming*': The Shock of Nonrecognition." *The Hudson Review*, 21.3 (1968): 474~486.

Stoppard, Tom, "Ambushes for the Audience: Toward a High Comedy of Ideas." Tom Stoppard and Paul Delaney (Eds.), *Tom Stoppard in Conversation*. Ann Arbor: U. of Michigan P., 1994. 51~72.

Stoppard, Tom, *Arcadia*. London: Faber and Faber, 1993.

Stoppard, Tom, *Dogg's Hamlet, Cahoot's Macbeth*. London: Faber and Faber, 1980.

Stoppard, Tom, *Every Good Boy Deserves Favour; Professional Foul*. London: Faber and Faber, 1978.

Stoppard, Tom, *Rock 'n' Roll*. New York: Grove, 2006.

Stoppard, Tom, *Rosencrantz and Guildenstern Are Dead*. New York: Grove, 1967.

Styan, J. L., *Modern Drama in Theory and Practice: Symbolism, Surrealsim and the Absurd*. Cambridge: Cambridge U.P., 1981.

Taylor, John Russell, *The Second Wave: British Drama for the Seventies*. London: Methuen, 1971.

Tennenhouse, Leonard, "Strategies of State and Political Plays: *A Midsummer Night's Dream*, *Henry IV*, *Henry V*, *Henry VIII*." Jonathan Dollimore and Alan Sinfield (Eds.), *Political Shakespeare: New Essays in Cultural Materialism*. Manchester: Manchester U.P., 1985. 109~128.

Tenor, Robert L., "Edward Bond's Dialectic: Irony and Dramatic Metaphors."

Modern Drama, 25.3 (1982): 423~434.

Tillyard, E. M. W., *The Elizabethan World Picture*. Hammondsworth: Penguin, 1963.

Trussler, Simon, *Edward Bond*. Essex: Longman, 1976.

Trussler, Simon, *The Plays of Harold Pinter: An Assessment*. London: Gollancz, 1973.

Tynan, Kenneth, "Profiles: 'Withdrawing with style from the chaos'." *The New Yorker*, 19 Dec. 1977: 41~111.

Tyson, Lois, *Critical Theory Today: A User-Friendly Guide*. New York: Garland, 1999.

Valente, Joseph, "Rehearsing the Witch Trials: Gender Injustice in *The Crucible*." *New Foundations*, 32 (Autumn/Winter 1997): 120~134.

Wardle, Irving, "A Discussion with Edward Bond." *Gambit*, 5.17 (1970): 5~38.

Wardle, Irving, "An amazing piece of work." Tony Bareham (Ed.), *Tom Stoppard: Rosencrantz and Guildenstern are Dead, Jumpers & Travesties*. London: Macmillan, 1990. 70~71.

Warshow, Robert, "The Liberal Conscience in *The Crucible*." Robert W. Corrigan (Ed.), *Arthur Miller: A Collection of Critical Essays*. Englewood Cliffs, N.J.: Prentice-Hall, 1969. 111~121.

Weales, Gerald, "Tennessee Williams." Leonard Ungar (Ed.), *American Writers: A Collection of Literary Biographies*, 2. New York: Charles Scribner, 1974. 375~401.

Weightman, John, "A Brilliant Idea, inadequately worked out." Tony Bareham (Ed.), *Tom Stoppard: Rosencrantz and Guildenstern are Dead, Jumpers &*

Travesties. London: Macmillan, 1990. 72~75.

Whitaker, Thomas, *Tom Stoppard*. London: Macmillan, 1983.

Wilcox, Lance, "Katherine of France as Victim and Bride." *Shakespeare Studies*, 17 (1985): 61~77.

Williams, Raymond, *Modern Tragedy*. Stanford: Stanford U.P., 1967.

Williams, Tennessee, *A Sweet bird of Youth A Streetcar Named Desire The Glass Menagerie*. Harmondsworth: Penguin, 1977.

Worthen, John, "Endings and Beginnings: Edward Bond and the Shock of Recognition." *Educational Theatre Journal*, 27.4 (1975): 566~579.

발표 지면

『헨리 5세』에 나타난 왕권의 탈신비화 양상

: 『영어영문학21』 제26권 3호, 2013, 75~100쪽.

'권력투쟁'과 '주체성'으로 살펴본 『귀향』

: 『영어영문학연구』 제55권 3호, 2013, 385~415쪽.

스토파드 극에 나타난 영화적 기법

: 『영어영문학21』 제31권 1호, 2018, 5~34쪽.

체코를 바라보는 스토파드의 시선

: 『영어영문학연구』 제62권 3호, 2020, 89~117쪽.

본드의 『리어』와 셰익스피어 다시 쓰기

: 『영어영문학연구』 제49권 4호, 2007, 207~232쪽.

『욕망이라는 이름의 전차』에 나타난 남성성과 가부장적 폭력

: 『영어영문학21』 제25권 3호, 2012, 55~80쪽.

'이웃의 정치신학': 아서 밀러의 『시련』

: 『영어영문학21』 제27권 3호, 2014, 51~79쪽.

『미국의 천사들』에 나타난 쿠시너의 정치 철학

: 『동서비교문학저널』 제46호, 2018, 263~294쪽.